정을병 장편소설

개새끼들
하

인동덩굴

瑞音出版社

大衆은 아름다운 꽃을 사랑하지만, 그 이전에 作家는, 추운 겨울 어두운 땅속에서 고통을 참고 견디는 인동덩굴의 뿌리를 생각한다.

—저 자—

이 책을 내면서

　이것으로써 서른번째의 저서를 세상에 내 보낸다.
　이 저서들 중에 두권의 수필집을 제외하고는 모두가 장·중·단편 등의 소설이다. 그리고 전작장편으로서는, 〈逃避旅行〉, 〈分斷期〉에 이어 이것이 세번째가 된다.
　〈分斷期〉는 우리 민족의 숙원이고, 또 비극의 씨가 되어 있는 남북문제를, 72년 최초의 역사적인 남북회담을 시대적인 배경으로 하여 쓴 것이고, 이 〈忍冬덩굴〉은 자유문제에 있어서 지극히 중요한 또 하나의 역사적인 사실인 74년도의 정치적인 열기(熱氣)를 바탕으로 하여 쓴 것이다.

　역사적인 사건은 그것이 좋은 것이든, 혹은 괴로운 것이든, 민족의 성장으로써 필요불가결하게 얻어지는 하나의 사건으로써 받아들여지지 않으면 안된다. 다만 어떻게 받아들이느냐 하는 것이 문제일 뿐이다.
　흔히 사람들은 제나름 대로, 혹은 편리한 대로 역사를 해석하려는 경향을 가지고 있다. 특히 정치를 하는 사람들이 그렇다.
　그러나 역사란 있는 그대로 민중의 거름이 될 뿐이지, 개인이 몽리적으로 편리하게 이용하는 것은 아니다. 3·1 운동이 민족의 성장에 필요한 거름으로 받아들여 져야지, 그게 개인의 입신출세를 위해서 어떤 모양으로든지 쓰여서는 역사의 가치를 올바로 인정하는 태도가 아닌 것과 같다.

　나는 정치를 직업적으로 하는 사람도 아니고 앞으로 할 의사나 능력을 가지고 있는 사람도 아니다. 그러기 때문에 내가 갈구하고 주장하는 자유의 개념은 지식인으로서 갖는 보편적이고 원천적인 것이지, 환물심리에 의한 매물같은 그런 뜻을 가지고 있는 것은 아니다. 그러므로 나는 자유를 열망하고 그것을 얻기 위해 부단한 노력을 하지만, 그걸 세속화 하려는 행동은 취하지 않는다.

　나는 원칙론을 사랑하고 있을 뿐이다.

　나는 글을 직접적으로 쓰기 시작하면서부터, 비교적 자유 문제를 많이 다루어 왔다. 특히 두드러진 것은 〈아테나의 碑銘〉과 〈까토의 自由〉, 그리고 최근의 〈본히퍼의 죽음〉이 있고, 그 다음이 이것이다.

　물론 이 작품은 특히 아세아적인 자유, 그리고 한국사람으로서 현실적으로 부딪치지 않으면 안 되는 자유의 문제를, 갇혀 있다는 상징적인 여건을 가지고 추구하려고 했으며, 거기에다가 한 개인의 성장과 정신적인 성숙이 자유와 깊은 관련이 있다는 것을 소박한 소시민의 예로써 표출하려고 했다.

　그러나 아직도 우리 사회는 자유스럽게 드나들 수 없는 타부의 세계가 많아서 충분히 그 목적이 달성됐다고는 볼 수가 없다. 자유 자체가 완벽한 변함없는 질량을 가지고 있는 것은 아니지만 ……

　74년의 열기를 '갑인사화'라고 명명한 안수길 선생은 이미 작고하셨고, 그 해도 다시 돌아오지 않는 과거로 흡수되어 들어가 버렸다. 그러나 그것이 우리를 정치적으로 혹은 사상적으로 현대화 하는데 큰 자극제가 되게 했고, 우리를 훨씬 더 어른스럽게 만들어 주었다. 자유란 항상 유린되면서 성장해 가는 것이니까.

모처럼 얻어진 자유발전의 기회에 이 졸작이 벽돌 하나만큼이라도 기여할 수 있게 된다면, 작품을 쓴 사람으로서는 그 이상의 영광이 없을 것이다.

'인동덩굴'은 아무 뜻도 없이 겨울의 추위를 참고 견디는 것이 아니라, 환희에 찬 봄을 맞기 위해서임을 이 기회에 다시 한번 강조하고 싶다.

민중은 바로 인동덩굴이다.

정 을 병

개새끼들 하 • 차례

머리말 • 9
인동덩굴 • 15
작품해설 • 303
작가연보 • 312

1

 사람이 비록 벼룩이만 못하지만, 자유가 주어진다면 상당히 높이 뛸 수가 있다. 뛰지 못하면 기어서나, 다른 물건을 타고서도 높이 올라갈 수가 있다.
 그러므로 자유가 박탈되고 나면 맨 먼저 사람에게 찾아오는 고통은 자기 힘으로 높이 뛸 수 없다는 사실이다. 그리고 그 사실이 또 얼마나 사람을 불행하게 하는지 모른다.
 나에게 주어진 방은 제법 아담하다. 있을 것이 다 있는 호텔방과 같은 것이다. 좁기는 하지만 콘크리트 바닥에 1인용 침대가 음탕하거나, 세속적으로 놓여 있는 것이 아니라, 약간 살벌해 보이고 지저분하게 보이도록 놓여 있다.
 현관 쪽으로는 조그만한 세면대가 있고, 수도물이 나오며, 수염도 깎을 수 있게 거울도 벽에 못으로 박혀 있었다.
 그 안 쪽은 욕조가 있는 목욕탕이다.
 있을 것은 다 있다. 수도꼭지는 하얀 페인트칠이 되어 있지만, 그게 스텐레스가 아닌지 빨간 녹물이 산 속에 있는 샘물가처럼 흘러 내리고 있었다.
 적어도 영업을 목적으로 하는 호텔이라면 주인은 그런 것을 손을 보았을 것이다. 안 쪽 방에는 호텔과 조금 다르게 높은 벽 쪽에 조그만한 문이 달려 있고, 그 문 밖에는 굵은 철근이 외부쪽으로 박혀 있었다. 보기만 해도 이 벽이 보통 싸구려집 벽보다는 두텁다는 것을 느끼게 하였다.

　벽 밖은 무엇이 있는지 알 길이 없다. 잡다한 상가와 주택들이 늘어서 있겠지만, 그건 보이지 않는다.

　손이 창틀에 닿기라도 하면 턱걸이를 해서 올라 가 보겠지만, 그게 안된다.

　밖에서는 이따금씩 헬리콥터가 날아가고 있는 것 같은 소리가 들린다. 사실은 무엇이 만들어 내는 소린지 알 수가 없지만. 그리고는 사람 소리, 자동차 소리, 강아지 소리…… 이따금씩 까치가 와서 울기도 하는데, 역시 까치의 반가운 모습은 보이지 않는다.

　문은 항상 열려 있다. 그러나 나갈 수 없다. 복도에다가 책상을 갖다 놓고 앉아 있는 사람이 있다. 그가 날더러 나가지 못한다고 한 마디도 말한 적은 없지만, 나는 스스로 나갈 수 없다는 것을 잘 알고 있다. 나의 비겁성 때문일까. 아니면 나의 몽상성 때문일까.

　그러나 인간이 자기 혼자서는 아무 것도 안되는 때가 얼마든지 있는 법이다. 심지어는 먹을 것을 먹고, 생식을 하는 본능마저도.

　커다랗게 생긴 사람이 지팡이 하나와 작업복을 가지고 들어왔다. 머리와 몸뚱이는 큰데 다리가 약간 짧아서 키보다는 작아 보이는 그런 남자였다. 머리는 굵은 철사로 엉켜있는 것 같았고, 그러나 다리가 짧다고 하여 어떻게 인간의 가치를 낮게 평가할 수 있을 것인가. 다리가 짧아서 안되는 일은 높이뛰거나 농구에 지장이 있을 뿐이지, 위대하게 되는 데는 아무 지장도 없다.

　그는 아무 이유없이 눈알을 부라리고 있었고, 내게 거친 말로 명령했다.
 "어이, 이거 입어."
 나는 옷을 많이 입고 있었다. 물론 그 옷은 난방이 잘 된 방에서, 그리고 히터가 들어 오는 자동차에서 견딜 수 있는 그런 옷이기는 했지만, 나는 그 옷이 가지고 있는 목적을 얼른 깨달았다. 로마 군인들이, 피묻은 상처를 보이지 않기 위해서 붉은 색의 옷을 입는 것과 흡사하다는 것을 알았다. 따라서 내게는 아주 필요하지 않는 옷이었다.
 "입으란 말이야."
 나는 입었다. 내가 입고 있는 평범한 옷을 벗고, 특수한 경우에만 입는 옷을 입었다. 옷은 내게 맞지 않았지만, 그것이 나로 하여금 깊이 겸손하게 만들어 준다는 것을 알았다.
 지팡이는 책상 위에 놓여 있었다. 지팡이치고는 짧고 몹시 굵은 것이다……
 그러나 그게 지팡이가 아닐 아무 이유도 없었다.
 "너는 천당에 갔었다고 했지?"
 그는 내 맞은편 의자에 앉았다. 우리 두 사람 사이에는 나무로 만들어진 책상이 놓여 있었다.
 "천당에 갔다고 했었지? 거기서 누굴 만났다고 했지?"
 나는 천당에 자주 간다. 그걸 모든 사람들이 다 잘 알고 있다. 물론 나는 그걸 자랑스럽게 생각하고 있었고, 그게 숨길 것이 아니라는 사실을 알고 있었다. 그러나 세상의 구석구석에 있는 사람들이 모조리 알 수 있도록 떠벌이고 다닌 일은 없었다.
 그러나 나는 그만한 사람이 모르고 있기를 기대하고 있은 것은 아니다.
 "말해. 다 알고 있으니까. 천당에 있는 사람들을 지금 모조리 잡아다 두었으니까, 곧 만나게 해줄 수 있어. 그러나 너에게서 그 말을 듣고 싶은 거야."

나는 뭐라고 대답할 수가 없었다. 과연 나는 거기 가서 무엇을 했던가, 아니 누굴 만났던가?

아무리 만났다고 하더라도 꿈 속에서 만나는 사람들이란 실감이 나지 않고, 또 현실성이 없는 것이다. 그리고 똑똑하게 누구를 만났다는 것을 알기에도 퍽 힘드는 일이다. 그러다가 어떤 사람을 만나게 되면, 아, 꿈에서 본 사람이구나, 하는 것을 알게 되었다.

"천당에 가서 누굴 만났다고 했는가 말이다. 천당이 아니라면 지옥이라도 좋아. 지옥에서 누굴 만났나?"

나는 다시 생각해 보았다. 정말 천당이 아니라면 지옥에서는 누굴 만났던가. 필경 유다가 끼어 있었을 것이고, 히틀러가 끼어 있었을 것이다. 아마 네로 황제 같은 사람도 만난 것 같았다. 그리고 해방 후에 반민특위에 걸려 있다가 풀려난 사람들도 몇 사람은 본 것 같았다.

거기에다가 놀란 것은, 신사 참배를 반대했던 위대한 신앙가 몇 사람도 만날 수 있었다는 점이다.

아니, 이건 단테가 지옥에 갔다가, 모조리 자기의 정적만을 그곳에서 발견하게 된 것과는 근본적으로 달랐다. 나는 정치하는 사람도 아니고, 깊은 원한을 가지고 있을만큼 인생에 큰 야망을 가지고 있는 것은 아니다. 그러니 개인적으로 못마땅했던 사람을 거기서 만날 수는 없었던 것이다.

다만 내가 몹시 사랑하던, 아니, 혼자서 오랫동안 짝사랑했던 사람이, 벌써 죽어서 그곳에 가 있는 것을 보고는 약간 아연해질 수밖에 없었다.

그러나 그게 무슨 상관이랴. 사람이 사람답게 사는 방법으로는 죄악일 수도 있고, 그 반대일 수도 있는 것이 아닌가.
"어이, 김봉주, 지옥에 가서는 누굴 만났나?"
"베드로를 만났습니다."
"베드로라구? 이 놈이 아직도 정신이 나지 않은 모양이구만."

그는 자리에서 일어나더니, 지팡이를 들고 내게로 다가와서는, 내 몸에 신경이 아직도 살아있는가 없는가를 실험하기 시작했다. 불행하게도 신경이 살아 있었다. 나는 이상한 희열과 공포를 뒤범벅으로 느끼며, 내가 꿈을 꾼 것이, 왜 이 사람으로 하여금 화나게 하는지, 내 꿈이 이 사람하고 어떤 관계가 있는지 알고자 애를 쓰고 있었다. 그러나 그건 알 수가 없다.

알 수 없는 사실은 항상 남을 화나게 하는 일인가. 이 사람은 그런 격앙스런 기분에 빠져 있는 것 같았다.

그는 한참 동안 무거운 지팡이를 휘두르고 나서, 숨을 헐떡이며 제자리로 돌아가서 앉았다.

"다시 똑똑하게, 대답을 하라고. 거기 유다가 있었지?"
"네, 있었습니다."
"어떤 옷을 입고 있었어?"

나는 가만히 있었다. 유다가 있었는지 어떤지는 확실하게 기억이 나지 않는데, 어떤 옷을 입고 있었는가를 어떻게 알 수 있단 말인가. 빨강색, 아니면 노란색, 자주빛이든가. 그것도 아니면 숫제 옷을 입고 있지 않았는가.

"글쎄요. 그건 기억이 나지 않습니다."
"이 자식이? 그러면 무엇을 먹고 있었어?"
"아마, 분명히 고구마 같은 것이었습니다."

"고구마 같은 것이라고? 고구마면 고구마고, 감자면 감자지, 같은 것이 뭐야? 사람을 애매하게 하지 말라구. 너도 시간을 아낄 줄 알아야지."
"저는 시간을 아끼는 것이 어떤 것인지 잘 모르는데요?"
"그는 노란 옷을 입고 감자를 먹고 있었다. 이렇게 말하란 말이야. 어디 말해봐."
"유다는…… 유다가 그렇게 했다는 거죠?"
"그래."
"유다는 노란 옷을 입고 감자를 까먹고 있었습니다."
"됐어. 진작 그렇게 하면 서로가 수월하게 되잖아. 너는 우리를 위해서 존재하는 자이고, 나는 너를 위해서 존재하는 자란 말이야. 우리는 같은 배에 타고 있어."
그는 상징적으로 말했기 때문에 그게 무슨 말인지는 잘 알 수가 없었다. 그래서 나는 그를 어떤 방법으로 도와 주어야 하는지를 알 수가 없었다.
"너는 그가 주는 감자를 얻어 먹었겠지?"
"제가 얻어 먹다니요? 제가 왜 얻어 먹습니까?"
"네가 이놈아, 그 사람을 만나러 간 것은, 감자를 얻어 먹기 위해서가 아닌가? 다른 사람들도 다 그렇게 생각하고 있는 모양이고, 사실 그렇다는 것을 알아야 한다 이 말이야."
그제사 나는 나 외에도 그런 꿈을 꾸기도 하고, 그런 식으로 천당에 갔다가 지옥에 갔다가 한다는 사실을 알게 되었다.
단테는 한 두 사람이 아니구나. 단테는 한 사람이면 족한데. 하지만 단테는 거짓말을 했는지도 모르고, 자기에게 필요한 일 외의 것은 보지 않았는지도 모르지. 그러니까 많은 단테가 필요한 것이 아닐까.

아닌게 아니라, 두꺼운 벽 사이로 다른 방에서 소리를 지르는 것을 가끔 들을 수가 있었다. 그들이 왜 소리를 지르는지, 그게 기쁜 소린지 슬픈 소린지, 아니면 괴로운 소린지를 구분하기가 힘들었다. 그에게 슬픈 소리가 사람에 따라서는 기쁘게도, 즐겁게도 들릴 수 있었다.
 다만 나는 그런 기분 문제 보다는, 그 진실된 상황을 알고 싶었다. 비현실적인 세계로 가는 방법은 각각 다른 것인가, 그걸 나는 알고 싶었다.
 "나는 미안한 말입니다마는…… 적어도 감자를 먹는데 남의 힘을 빌리지 않을만한 힘을 가지고 있습니다. 하찮은 것이라 해도 남에게는……"
 "그것은 일종의 변명이란 말이다. 우린 누구나 만나게 되면 자기의 생각 외로 남에게 얻어 먹게 되는 경우가 흔히 있단 말이다. 우리가 가진 것이 언제 그들이 가진 것으로 변할 줄 모르니, 내가 말하는 뜻을 올바로 이해하라구."
 "알고 있습니다. 나도 사주었지만, 경우에 따라서는 그에게도 얻어 먹었다는 뜻을 인정하라는 겁니까?"
 "인정하라는 것이 아니라…… 그런 경우도 있었을 것이다, 라는 거야. 누가 돈을 지불했는지를 정확하게 아는 일이란 그리 쉬운 것이 아니니까. 안그래? 그리고 나는 너가 아주 신사적인 사람이라는 것을 알기 때문에 이렇게 말하는 거야."
 "그렇습니다. 그건."
 "보라구. 내가 너를 얼마나 잘 평가하고 있는가를. 유다와 나는 화젠데……"
 역시 그는 또 다른 단계에서 나의 기억력을 촉구하고 있었다. 나는 자꾸만 내 기억력이 아니라 상상력이 부족하다는 것이 몹시 답답하다는 것을 알았다. 상상력만 풍부하다면 이 사람을 즐겁게 해 줄 수 있을 것이고, 그가 내 앞에서 기뻐하는 모습을 그대로 볼 수 있을 것이 아닌가. 그러면 분명히 나도 기쁠 것이다.

그러나 내게는 불행하게도 그런 것이 없었다. 나는 내가 형편없는 사람이라는 것을 거듭 느꼈다.

"화젠데…… 역시 그런 기억은 담배라도 한 대 피워야 잘 되겠지? 여기 있어."

그는 내게 담배를 권했다. 그것을 나는 뽑아서 물었고, 그가 신식 라이터에다가 불을 붙여서 정중하게 내게 내밀었다. 시원한 맛이 아니라, 몹시 쓰고 불쾌한 맛이었다. 마치 몸살이 겹쳤을 때의 담배맛이었다. 나는 아편 중독을 피하기 위해서라도 이를 얼른 꺼야 한다고 생각했다.

"담배는 안 피우나?"

"안 피우는 것은 아니지만, 기분이……"

"담배 피울 자유스런 분위기가 아니다, 이 말이지? 생각하기에 달린 문제야. 몸에 밴 생각이 아니라도 말이지…… 심각하게 말이야…… 그래도 상대가 있게 되면 말해 버리는 그런 습관도 있는 건데… 그건 결코 나쁘다고만 말할 수는 없을 거야. 악의가 없는 거니까. 나도 너에게는 악의가 하나도 없었다는 것을 인정해. 그러나 사실은 사실이니까 말하지 않을 수 없잖나?"

그는 정력적으로 생긴 얼굴을 똑바로 내게 밀어보였다. 담배를 피우면서.

"저는 기억력이 약해서 말이죠…… 내가 무슨 말을 했는가를 원하는 것이 있으면…… 그대로 말씀 드리겠습니다마는……"

나는 엄청난 겸손을 보였으나, 그는 그게 별로 탐탁하지 않은 모양이었다. 다시 담배를 끄고 지팡이를 들었다.
"어이, 김봉주, 우리는 특별한 사이야. 좀 친해 보자구."
그는 몽둥이를 휘둘렀고, 나는 소리를 질렀다. 미친 자가 목청을 돋구어 노래라도 부르고 있는 것 같았다.
"너는 나를 미워하나, 아니면 사랑하나?"
나는 물에 담가 놓은 미역처럼 돼 있었기 때문에, 그에게서 그 말을 알아듣는 데는 한참 동안이 걸렸다.
"저는 이게 당신을 위한 일도 아니고, 저를 위한 일도 아니라는 사실을 알고 있었습니다. 그러므로 당신에게도 책임이 없고, 내게도 책임이 없는 일이라는 것도, 모두를 위해서 당신이나 나의 희생이 필요한 거죠."
"그렇다면 이놈아, 기억력을 더듬어 봐야지."
이상하게도 그의 말은 구름 속에서 들려오는 것처럼 아득하기만 했다. 그건 내가 영계(靈界)로 갈 때 듣던 음성 같았다.
"내 말이 안 들리는가?"
"예, 잘 안 들립니다."
"그럼 가만히 있어. 의사를 불러오지."
그는 귀찮다는 듯이 밖으로 나가더니, 자기보다는 키가 좀 작은 사람을 데리고 들어왔다. 의사로 보이지 않았으나, 의사가 아니라는 어떤 특징도 가지고 있지는 않았다.
그는 내게로 와서 청진기를 대고 가슴 소리를 듣다가, 눈까풀을 까집어 보고, 다음은 귓속을 들여다 보고, 소의 나이를 따질 때처럼 억지로 입을 벌려서 속을 뒤적거려 보기도 하였다.
"아무 이상도 없고, 비타민C 부족입니다. 약을 보내드리죠."
의사는 한 마디 하고는 밖으로 나갔다.
"그것 보라구. 자네는 아주 건강한 거야."

조금 있으니 젊은 청년이 약봉지와 물 한 컵을 가지고 들어왔다. 엄지손톱 보다 약간 큰 하얀 약이었다. 입안에 넣고 바스트리니 식초산처럼 신맛이 있었다.

"사실은 잇몸에서 피가 자꾸 나고 있었어요. 귀도 잘 안 들리지만."

"그래. 너는 건강하단 말이야. 비타민C를 먹었으니 더욱 건강해졌을 테지. 그럼 이제는 옛날 이야기를 하듯이…… 유다와 만난 이야기를 해 주게나."

그는 아주 다감한 친구처럼 말했다. 그만큼 그의 힘발이 내 깊은 살 속에 들어왔으니, 그럴 수 밖에. 이게 여자와의 성교와 무엇이 다를 것인가. 깊은 살 속으로 들어가는 것과. 나도 그런 것을 절실히 느끼고 있었다.

"너나 나나 다 같은 사람이니까…… 처음 만나게 되면, 세상의 여러가지가 화제에 올랐을테지? 안그래? 그렇다고 나쁜 것은 아니야. ……세상은 살기 어렵다, 그러니 얼른 죽고 싶다, 나도 당신처럼 이렇게 영계에 와서 살고 싶다, 영계에 가는 방법은 무엇이겠느냐, 아직 죽도록 돼 있지 않는 경우에는 그런 것이 아니겠어?"

나는 묵묵히 있었다. 실상 그렇게 말할 수도 있지만, 모처럼 만난 사람들에게 그런 싱거운 이야기를 하지는 않았다. 그렇다고 비현실적인 이야기를 한 것도 아니지만. 상상은 객관성이 있지만, 경우에 따라서는 전연 없기도 하다. 모든 것이 객관성으로 만들어진다면 새로운 것이라고는 하나도 존재하지 않을 것이기 때문이다.

그러나 약간의 차이는 있다고 하더라도 그와 비슷하다고 말해서 별로 큰 오류가 있는 것은 아니다. 그가 말하는 대로 내가 이야기하지 않았다고 하더라도 특별히 기록할만한 이야기를 한 것은 아니니까.

"그와 비슷하죠. 나이가 차거나, 시효가 있는데도 불구하고 저 세상 생각을 한다는 것은 비도덕이라고 할 수 있지만, 그게 해서는 안될 것이다, 라고 생각하지는 않아요. 왜냐면 어차피 실현성이 없는 거니까요. 죽으면 누구나 걸어가는 길이지만, 살아 있을 적에는 아무에게도 가능하지 않은 길이니, 그걸 가지고 운운하다는 것은 시간 낭비다, 그래서 시간 낭비는 비도덕적이고 죄악이다…… 이렇게 말할 수 있죠."

"그래. 바로 그거야. 유다처럼 살든 베드로처럼 살든 저 세상으로 가기는 마찬가지다. 나는 그런 도덕성을 가지고 따지고 있는 것이 아니고…… 있었다는 사실만을 따지고 있는 거야. 나도 피곤하니, 빨리 일을 마치자구, 집으로 돌아가거던. 저 세상의 이야기를 분명히 해서, 많은 사람들로 하여금 비현실적인 환상에 젖도록 강요했겠지?"

"그야 물론 비현실적이라고는 보지 않고 있던데요?"

"응, 그래, 그렇겠지. 그들은 이사짐을 실어나르듯이 천국을 이쪽으로 가져 올 수 있다고 생각하고 있는 거지. 너는 아마 보지 못했을 거야. 나는 옛날 독립운동하고 다닐 때…… 중국에서 본 일인데…… 중국놈들은 집을 지어 농사를 짓고 있다가 이사를 가야 할 필요가 생기면 집 아래로 길다란 서까래를 넣어가지고 둘이서 번쩍 들어서 어깨에다 집을 매고 이사를 하더라고. 그들 맹꽁이 같은 놈들은 너하고 마치 중국집처럼 냉큼 들기만 하면 천국을 들어다가 지상으로 가져올 수 있다고 생각한 모양이지만, 그게 쉬운 일이 아니라는 것은 누구나 다 아는 사실이야."

"쉬운 일은 아니지만 가능하기는 한 일입니까?"

그는 내가 묻는 사실에 눈이 휘둥그레졌다. 갑자기 입장이 바뀌어도 괜찮을까 하는 것을 한참 동안 생각하고 있는 것 같았다.

"있구 말구. 그런 공법과 그런 비결이 있지. 그러니까 너 같은 허망한 사람들이 그런 방법을 꾸미고 있는 것이 아닌가. 바보 망난이 같은 놈들."

"어떻게 하는 건데요?"

"이 자식아, 어떻게 하는 거냐고? 너는 거기 가서 오림프스의 유능한 신들을 만나보지 못했나? 헤파이트스란 놈은 천국도 지었을 뿐만 아니라, 인간의 집도 아주 잘 짓는단 말일세. 만일 그들이 오기만 하면 집 한채, 자네가 원하고 있는 집 한채는 문제가 없단 말이야."

그는 열심히 말했다. 이제는 주객이 전도됐다는 것이 불안의 대상이 된다는 사실쯤은 크게 문제가 되지 않는 것 같았다.

그는 열심히 말을 했지만, 나는 그가 말하는 뜻을 잘 알 수가 없었다. 좀더 구체적으로, 단계적으로 설명해 준다면 훨씬 쉽게 알 수 있었지만, 그런 지나친 친절까지 그에게 요구할 수가 없었다.

"……허지만, 천당을 가져온다, 물론 우주선도 있고, 스카이랩도 있고, 우주 식민지도 만들 수 있는 시대니까 천국을 실어온다는 사실이 그리 어려운 것이 아니라고 하더라도…… 그렇게 하기 위해서는 과학자도 많이 필요하고, 건축 기술자, 사업가, 종교가, 심지어는 광대나 환쟁이까지 필요할텐데…… 그런 사람들을 어떻게 확보하며, 그들을 어떻게 한 목적을 위해서 봉사하게 한단 말입니까?"

나는 정말 진지한 얼굴을 하고 말했다. 도저히 납득이 가지 않았다.
　"왜 그걸 내게 묻나? 나는 네게서 그런 비밀을 알기 위해서 묻고 있는 건데?"
　그제야 자기는 묻는 사람이고, 나는 대답하는 사람이라는 것을 안 모양이다.
　"저는 모르니까요. 상상으로도 미치지 않는 일을 어떻게 행동으로 옮길 수 있었겠습니까?"
　"그러나 할 수 있어. 그걸 너같은 얼치기들이 했다는 것이 우습단 말이다. 허나, 그것도 너의 일은 아니야. 나의 일도 아니구. 그러니 너는 유다를 만나서 무엇을 이야기하고, 무엇을 약속했는지를 말해보란 말이야."
　"내게 아예 가능하지도 않는 것을 어떻게 말하라는 겁니까? 누구나 꿈은 꾸고 있습니다. 사나운 꿈도 있지만, 깨고 나면 그것이 꿈이었다는 사실이 아주 애석할 만한 그런 아름다운 꿈도 있는 겁니다."
　"그것은 방종이다. 방종이기 때문에 죄악이다."
　그는 화가 난 것 같았다. 허리에다 힘을 넣고 턱에다가도 힘을 넣고 있었다.
　"저는 지옥에 가서 유다를 만났고, 그와 함께 고구마를 까먹었습니다. 무슨 이야기를 했는지는 생각이 나지 않으나 그저 시정 잡담을 했습니다."
　나는 그를 실망시키고 싶지 않았다.
　"글쎄, 그러니까 너는 내가 말하는 대로 했다니까. 그렇잖아?"

　그는 눈쌀을 찌푸렸다. 자기를 좀 봐달라는 시늉도 아니고,

나를 가련하게 생각하는 그런 표정도 아니고, 자기가 진실이 아닌 것을 묻고 일그러진 그런 표정도 아니었다. 자기가 다 알고 사실을 확인하려고 하는데, 나라는 미련한 사람은 그걸 인정하지 않으려고 한다는 딱한 얼굴을 하고 있을 뿐이었다.
"너는 한 마디로 말해서…… 한심한 놈이다. 몸에 해로운 장난감을 가지고 있으니까 어른이 그런 걸 가지고 놀면 안 된다는 데도 그걸 모르고 고집을 부리고 있는 아이같은 한심한 놈이란 말이다."
"정말 나는 그럴까요?"
"그렇다."
"그럼…… 저는 선생님께서 하라는 대로 하겠습니다. 창작을 하시면 그게 옳다고 갈채를 보내드리겠습니다. 무슨 말이든지 따르도록 하겠습니다. 어차피 내게는 없는 것이고, 선생님께서 다 가지고 있는 사실이니, 선생님의 각본대로 따를 수 밖에 없는 일이 아니겠습니까? 나는 미친 공상가에 지나지 않습니다. 박선생님."
나는 고개를 숙였다.
"알았어. 알았어. 할 수 없는 놈이군. 국민학교 학생 같으니."
박선생은 서류를 들고 밖으로 나갔다.
나는 한참 기다려야 했다.

2

 밤이 되니 외롭다는 사치스런 생각보다도, 피곤해서 푹 잠을 잘 수 있으면 좋겠다는 생각이 들었다. 그러나 나는 그렇게 되지 않는다.
 단절이 급작스럽게 이루어지면 이루어질수록 환상적인 세계는 더욱 활발하게 활동하게 된다. 나의 머릿속은 아무것도 보이지 않는 가운데서, 온 세상의 모든 것을 너무도 리얼하게 보고 있는 것 같았다.
 그건 눈을 감았을 때가 더 했다. 그동안 나이께나 먹었기 때문에 본 것과 가진 것이 많아서 그 환상은 더욱 자신을 흥분하게 만들었다. 아무리 잠을 잘려고 해도 그렇게 되지 않았다. 잠을 자고 있는지, 아니면 꿈을 꾸고 있는지 단순하게 사색에 빠져 있는지를 분간할 수가 없었다.
 간신히 잠을 잤다고 싶으면 복도에서 떠드는 소리와 밝은 불빛 때문에 금방 잠이 깬 것을 느낄 수 있었다.
 픽픽 소리를 내며 라지에타에 수증기가 들어오고 있는 소리가 들렸다. 밖은 얼마나 추운지 분간할 수가 없었다. 어쩌면 무지한 폭설이 쏟아졌는지도 몰랐다. 그러나 방안은 양지쪽의 봄날처럼 모든 것이 녹는 듯한 기분이었다.
 시간이 되면 정확하게 모이가 들어왔다. 그러나 나는 그걸 제대로 먹을 수가 없었다. 마치 헝거스트라익을 하고 있는 짐승 같은 기분이 상대방에게 들거라는 생각 때문에 억지로라도 먹어보려고 했으나 그게 제대로 되지 않았다. 모이는 과히 나쁘지 않았다. 내가 평소에 대하는 것과 그리 차이가 나는 것은 아니었다. 회사의 공동식당의 것과 같은 음식이었다.

나는 별로 먹는 것은 없었지만, 변비와 설사를 번갈아가면서 하고 있었다. 먹는 것이 없었기 때문에 장에서 똥이 되도록 기다리느라고 오랜 시간이 걸렸고, 그러다 보니 변비가 됐지만, 변비는 심리적인 쇼크를 받으면 금방 설사가 되어 나왔다.

나는 그렇게 졸렬한 인간이었다. 마치 은종이와 같이 변화무쌍한 인간이었다. 조금 환경이 좋아지면 금방 즐거워지고, 나빠지면 금방 슬퍼지는 그런 인간이다. 왜, 옛날 선비처럼 짚을 잔뜩 삶아서 먹고도 호식을 한 것처럼 이빨을 쑤시지 못하는 것일까.

나는 한심한 인간이었다. 네팔의 어떤 신부는 지극히 소박한 스프만 마시고도 120년을 살았다지 않는가.

인간은 음식을 먹고 사는 것보다도 신념을 먹고 사는 것이 훨씬 건강에 좋다는 사실을 잘 모르기가 보통이고, 나도 그런 것을 전연 모르는 한 인간일 뿐이다. 신념을 먹고 살아야 한다. 신념을 먹고 살아야 한다. 그 신념이 세월이 지나면 아무 것도 아닌 휴지가 된다고 하더라도 신념이란 인간을 살찌우게 하는 가장 좋은 음식이다. 아무 것도 먹지 않고 신념만 먹고도 살아가는 사람이 얼만가는 있다. 토마스 무어같은 사람이 아주 없어졌다고 할 수가 없다. 다만 내 자신이 토마스 무어가 아닐 뿐이다.

그는 병적인 도덕관을 가지고 있었다. 왕이든 아니든, 필요에 의해서 재혼은 할 수 있는 것이 사람의 입장이다. 그것은 죄악일 수가 없다. 다만 그가 그런 것이 죄악인 시절에 살았다는 그 사실 자체가 불행한 것이다.

그러나 그 불행은 그것으로써 그에게는 좋았다. 그런 불행을 가지지 않는 사람보다는, 나는 아무 불행도 가질 수가 없다. 그럴 용기와 신념이 없는 것이다. 다만 나는 평범한, 지극히 바보같은 나의 존재가 달라질까봐 겁을 내고 있을 뿐이다.

나는 한꺼번에 두 가지 세 가지 환상을 주무른다. 아니 그것보다도 더 많은 환상을 만지고 있다고 해야 할 것이다. 이것은 내가 이 세상을 살아가는 데 별로 가치가 있는 인간은 아니기 때문이다.

인간은 천국과 연결되어 있다. 비록 무신론자라 하더라도 인간은 자기의 천국과 지옥을 가지고 있다. 그래서는 그 천국과 지옥을 이 지상으로 끌어들일려고 노력하고 있다. 그것은 존재가 있는 자에게 주어진 숙명같은 것이다.

당연한 일이다. 그러나 그 행위가 공개되거나 심판을 받을 때에는 조금도 당연한 것 같이 느껴지지 않는 하나의 비도덕적인 장난처럼 느껴지는 것은 도대체 어떤 이유에서인가?

인간은 누구나 일리어드를 가지고 있다. 자기 나름대로, 그래서 수시로 자기의 신과 만난다. 그 신은 그를 보호하기도 하고, 그의 행동을 결정하기도 하고, 비극이나 파멸로 이끌기도 한다. 그것은 이미 공개된 인간의 정신기전이다. 새삼스럽게 공개되는 아픔이나 수치가 있을 수 없는 것이다.

그런데도 나는 수치를 느끼고 있다. 그렇다면 여태까지 나를 가르친 교육은 잘못된 것일 수 밖에 없다. 나무가 햇빛을 향해서 자라는 습성을 가지고 있다고 배운 것이 모두 내게 있어서는 거짓이 된다. 식물의 향일성이 하나의 수치로 된다는 사실은 슬픈 일이다.

나는 이 향일성을 부인하고 있다. 적어도 부인하고 있지는 않다고 하더라도 그것을 시인하는 것이 부끄러운 것이라고 생각하고 있는 것이며, 그런 분위기에 굴복당하고 있는 것이다.

다만 나무에 따라서는 음수(陰數)도 있는 것이고, 경우에 따라서는 음수처럼 잠시 얼마동안은 햇빛을 멀리 해야 하는 때도 있는 것이다.

그러나 향일성이 소멸되거나 가치가 줄어드는 일은 절대로 없다. 나는 그것을 안다. 그러나 그걸 주장하지 못한다. 어떤 잘못된 교육 배경때문에 그런 비겁성이 내 맘 속에 자리를 차지하게 되었을까.

나의 비겁성은 순전히 내 마누라와 같이 지극히 프라이버시한 것이지만 실제로는 역사적인 충분한 배경을 가지고 있었다. 중국이라는 거대한 대륙과 연결되어 있기 때문에 비록 민족이나 언어나 문화가 다르다고 해도 독립성이나 고집을 부리기가 어려운 상태가 되었고, 그나마 목숨을 부지해서 살아가려면 지혜스럽게 변신해야 했던 것이 아닐까.

그렇기 때문에 나는 나 자신의 고집으로써 만들어진 생각이 아니라, 역사적인 배경으로, 민족적으로 물려받은 비겁성을 가지고 있는 게 아닐까.

아무리 그런 역사적인 타당성을 가지고 있다고 하더라도 우리가 지식인인 이상에는 그런 전통을 이어 받지 않아야 할 의무가 있는 것이지만, 나는 그런 박력과 의식의 강함을 지니고 있지 못했다.

밤이 되면…… 아주 잠을 이루지 못하다가, 간신히 잠을 좀 잤다고 생각을 할 때쯤이면 낮에 왔던 박선생이 아닌, 다른 사람이 불시에 찾아와서 나를 깨우곤 했다.

나는 몹시 잠을 자고 싶구나, 그러나 잠을 자는 것보다 깨어 있는 쪽이 훨씬 덜 피곤하구나 하는 생각을 하며, 그가 시키는 대로 다시 의자에 가서 앉았다. 눈까풀이 부풀어서 상대방을 자세히 볼 수가 없었다.

그는 머리도 잘 빗지 않은 거치른 몸집을 하고 있었다. 서류 뭉텡이를 들고 와서 열심히 들여다 보고 있었다. 누군가를 위해서 밤중이지만, 잠도 자지 않고 대낮처럼 일을 하고 있는 모양이다.

"자네는 환상가라고 했나?"

그 묻는 폼이 박선생의 소박함과는 전혀 다른 엄격한 모습을 지니고 있었다. 더 볼륨이 있고, 근육감을 강하게 느끼게 했다. 아마 남에게 위압감을 주기 위해서 열심히 헬스 클럽에라도 다닌 것 같았다.

"……그런데 말이야…… 환상이라는 것은 인간의 꿈이고, 인간의 권리고, 또한 유일하게 자유지. 완전무결한 나는 그 점은 인정해."

그는 무슨 말을 하기 위함인지는 몰라도 꽤 복잡하게 서론을 전개하고 있었다.

"……나는 소크라테스의 환상을 존경해. 그러나 그런 환상이 인류를 반드시 발전시켰느냐고 하면 그건 아니다, 라고 말할 수 있어. 그렇게 생각하지 않나?"

보리 방아를 찧어서 밥을 하던 여자들이 이제는 전기 밥솥으로 밥을 하고 있는 차이는 있지만, 환상적인 면에서의 발전은 과연 이루어지고 있을까. 나는 그 사람의 말이 일리는 있다고 생각했다.

어쨌든 나는 그가 하는 말이 옳다고 하더라도, 마치 근무시간에서 하고 있는 것 같은 그의 태도는 별로 존경할 만한 것은 아니었다. 그는 지금이 바로 근무시간인지는 모르지만, 자고 있을 시간이었다. 그것은 분명했다. 나는 그의 이야기를 들으면서도 눈은 감고 있었다. 뭐 그리 졸리는 것은 아니지만.

"어이, 눈 떠."

목소리가 좀 거칠어진 것 같기에 나는 얼른 눈을 떴다.

"그러나, 소크라테스는 위대해. 그 개인의 행동으로써 위대한 거야. 개인은 어떤 환상 속에서나 존경할 수 있어. 만일 자네가 그런 입장에 서 있다면 어떻게 하겠어? 그만한 상상력을 가질 수 있을까?"

"그건 어림도 없는 일입니다. 나는 평범한 놈이니까요."

"내 말은 그런 뜻이 아니야."

그는 내가 겁에 질린 듯이 얼른 대꾸하니까, 그럴 필요까지 없다는 듯이 조용하게 말했다.

"환상에는 수직적인 것도 있지만, 평면적인 것도 있어."

나는 그 말을 얼른 알아들을 수가 없었다.

나는 고개를 갸웃거리고 있었다.

"환상에는 목표라는 것은 없는 거야. 흔히 목표를 가지고 있는 것처럼 보이지만, 그것은 환상이기 때문에 그런 구체적인 것을 가지고 있는 것은 아니야. 그러면 왜 그게 존재하는가 하면…… 그건 그걸 가지고 있는 순간을 즐기는 거야. 그게 횡적인, 수평적인 환상이라는 거야. 신적인 것보다도 인간적인 유대 관계를 가지고서. 알겠나?"

나는 아무 말도 하지 않고 있었다. 잠이 오고 있는지, 잠이 깨어 있는 건지를 분간할 수가 없었다.

"그러므로 결국은 환상을 가지고 있는 사람은 그 목적보다는 횡적인 즐거움을 느끼고 있다, 그래서 조만간은 목표는 없어지고 횡적인 수단과 환상, 그 자체만 남는다는 거야. 그렇게 되면 어떻게 되는지 알지? 환상 자체가 비현실적이라는 이유때문에 오히려 환상을 내세우고, 그걸 가지고 행세를 하려고 한다고. 나는 네가 바로 그런 어이 없는 인간벌레의 하나다, 라고 감히 단언해."

나는 그제사 잠이 번쩍 깨었다.

아, 이 사람이 옳게 보고 있구나. 나는 이미 목표를 잊어버린 인간이 아니냐.

"그러므로 너의 행동은 아름다운 환상을 가진 강도에 지나지 않아. 좀더 내가 양보해서 생각한다면……절취범이라도 좋고 좀도둑이라고 해도 좋아. 너는 그런 놈이야."

그는 나의 자존심을 조금도 남김 없이 마구 파헤쳐 버리고 있었다.

"나는 그게 아닙니다! 나는 그게 아닙니다."

나는 고개를 떨어뜨리고 울부짖고 있었다.

"아니라면 얼마나 좋겠나. 우선 내 자신이 좋겠어. 허지만 나는 이상주의자가 아니라, 일종의 파렴치한에 불과해. 저 먼 목표보다는 겨드랑이에 있는 동료들과…너와 같은 파렴치한으로 짜여진 파렴치한 말이야…… 즐기는 것으로 모든 것을 다했다고 생각해? 너는 지옥이 어떻구, 천국이 어떻구 말하고 있지만, 그건 공념불에 지나지 않아. 그러기 때문에 네가 진짜로 목표를 똑바로 볼 수 있으려면 겨드랑이에서 친구들을 하나씩 떼어내어야 해. 그렇지 않고는 대들보가 가려져서 남의 눈에 든 가시는 영영 볼 수가 없어."

"그렇지 않습니다."

"흥, 지금은 그런 것을 주장할 때가 아니고, 그런 겨드랑이 친구들이 어떤 인물이었나, 하고 반성할 때야. 어디 말해 보시지? 너의 친구는 누구였지? 소위 천국에 같이 갔다는 친구들, 그리고 천국에서 이쪽으로 천국을 가지고 오겠다고 말하고 있는 친구들이?"

그는 결코 나를 위협하거나 동정하거나 하고 있는 것은 아니었고, 지극히 사무적으로 말하고 있었다. 그러나 어쩐 일인지 나는 그에게서 강한 위압을 받고 있는 것 같았다.

"아담과 이브와, 카인과 아벨과……"

"신들의 이름 말이다……"

"제우스와, 헤라와 아폴로와……"

나는 신들의 이름을 열심히 말했고, 그는 종이에다 또 열심히 적고 있었다.

"환상에서 깨어나게 해. 환상에서 환상으로 끝나는 환상은 죄악이야. 지금은 피부병을 앓고 있다는 사실, 그리고 이걸 고쳐야 한다는 사실, 이런 것이 더 중요하다는 사실을 인식해야 해. 그렇게 생각하지 않나?"

나는 과연 그렇다고 생각했다. 그가 돌아가고 난 다음에는 금방 그의 이론이 옳은 것이 아니라고 생각했지만, 그가 있을 때까지는 전혀 잘못된 것이 아니라고 생각한다.

나는 가만히 누워서 천정을 쳐다보고 있었다. 나의 가슴은 운동을 하고 난 사람처럼 심하게 요동하고 있었다.

도대체 나라는 인간은 무엇인가. 신이 인간을 만들 때는 반드시 어떤 의무를 지워서 만든다고 한다면 내게 주어진 참다운 의무는 무엇인가. 초동이나 필부에게 주어지는 그런 임무가 있었던 것이 아닐까?

그를 좀더 높이, 고상하게 평가하고 있었다면 그건 잘못된 것이 아닐까?

나는 나의 고향을 생각해 보았다. 그리고 아버지와 어머니를 생각해 보았다. 그리고서는 그런 여건 속에서 신은 내게 무엇을 주었을까 하고 생각해 보았다. 평범한 아버지에 평범한 어머니. 그리고 평범한 농촌. 십여호가 사는 조그만한 마을. 그 앞에는 넓은 들판이 있고, 그 들판 끝은 잔잔한 바다이다. 그 바다는 바다 저쪽에 활처럼 뻗은 산줄기가 있기 때문에 아무리 태풍이 불어도 파도가 거세게 일어나는 법이 없었다.

거울같이 잔잔한 바다 위에 장난감처럼 아기자기한 동양화에나 나올 수 있는 아름다운 섬이 물 위에 하나 떠 있었다.

나는 거기에서 나서 자랐다. 할아버지는 통정대부라는 이조시대의 쓰다 남은 낡은 벼슬을 자랑스럽게 가지고 있었다. 그러나 그건 틀림없이 매관매직의 좋은 붐을 타서 돈을 주고 사들인 엉터리 벼슬임이 틀림없다.

나는 할아버지가 굉장히 자랑스럽게 생각하고 있던 사령장을 본 일이 있었다. 그저 반절 크기의 노란 참종이었다. 가상사리에 어떤 조작이 이루어지지도 않은 그냥 그대로의 싸구려 참종이었다. 거기에 한문으로, 그것도 칼끝으로 삐진 것 같은 날카롭고 획이 긴 그런 글씨로 벼슬 이름과 옥새가 찍혀 있었다. 옥새를 찍은 위에는 옥새 크기보다도 조금 더 큰 참종이가 뚜껑으로 붙어 있었다. 옥새의 산화를 방지하기 위함인 것 같았다.

그런데, 이게 매관매직에 쓰였던 것이라고 할 수 있는 유일한 증거가 나타나 있다. 할아버지의 이름 쓴 글씨와 먹물이, 다른 바닥 글씨와 판이하게 다른 것이다. 중앙의 매관매직배들이 이런 종이를 한짐 지고 다니면서 지방의 토호들에게 벼를 받고 팔아먹은 것이 분명하다. 요즘처럼 보직이 꼭 있어야 하는 것도 아니고, 그저 관직만 있는 것이다.

할아버지는 재산이 많았으니까 그걸 사기 위해서 막대한 재산을 주었음이 분명했고, 그래도 그게 자랑스런 것이라는 것도 분명했다.

왜냐면 할아버지는 자신이 죽기 전에 자기 묘를 다 만들어 놓고 있었고, 그 비석까지 작정해 놓았는데 그 비문에는 통정대부 어쩌고 하는 말을 으젓하게 넣어놓고 있었다.

물론 지금은 자랑스럽게 그곳에 묻혀 있다. 아마 앞으로 몇 백년이 지나면 그가 가짜 통정대부였는지, 어쨌는지를 아는 사람은 아무도 없을 것이다.

그러나 그가 살았을 동안, 그의 행세는 진짜 통정대부보다도 더했었다. 지금은 그 집터가 국민학교에 기증되어 없어져 버리고 말았지만, 엄청난 집을 가지고 있었고, 그 주변에서는 어떤 사람일지라도 말을 타고 지나가지를 못하게 했다. 자기 뿐이 아니라, 자기네 식구들이 어떤 사람을 만나도 공대말을 쓰는 것을 절대로 허용하지 않았다. 어머니가 시집을 막 와서, 이웃 아낙네들이 공대말을 썼다가 도리혀 그 아낙네가 할아버지에게 혼이 났다고 했다.

그러나 할아버지가 엄청난 양반의 씨가 아니라는 것은 누구나 다 아는 바이다. 그것을 무엇보다도 정확하게 알려주는 것은 할아버지가 소중하게 생각하는 족보에서도 그렇게 명백하게 기록되어 있었다.

할아버지는 하도 가난한 집안에 태어나서, 서른이 되도록 돈이 없어 장가를 가지 못했다. 그러다가 할머니가 가지고 온 지참금——그건 돈이 아니고 논이었지만——으로 간신히 죽이라도 얻어 먹을 수가 있었다. 부지런히 농사라도 지어서 살림을 꾸려나가야 했지만, 그는 그런 일은 하려고 하지 않고 놀음판만 돌아다니면서 주색잡기에 여념이 없었다. 그래서 할머니는 하는 수 없이 돈을 꾸려서 장사를 하러 나가도록 했다. 할아버지는 돌아다니는 재미를 아는 사람이라 금방 장사를 떠났고, 올 때는 자루에 그득 돈을 가지고 돌아왔다.

그가 지주가 되기 시작한 것은 이런 식으로 장사를 십여년 했던 덕이었다.

부자가 되었을 때는 마누라를 너댓명 거느렸다. 그것도 처녀뿐만이 아니라 유부녀까지 건드려서 첩을 삼았다.

그래서 우리집 근처에서는 자기 아내를 빼앗긴 남편들이 다른 마누라를 얻어서 할아버지의 보호 밑에 살고 있는 달관한 남자들이 몇 사람 있었다. 할아버지는 왜 그들을 끌어다가 다른 여자까지 얻어주고는 또 이웃에서 살게 했는지 그 뜻과 멋을 전연 우리는 알 길이 없었다. 우리 아버지는 그 할아버지의 장자였다.──

잠시 눈을 붙였다고 싶으니 아침이 금방 온 것을 깨닫고 눈을 떴다. 환상 속에서는 자유스럽게 돌아다니고 있었지만 눈을 뜨니 다시 맘대로 할 수 없는 조그마한 공간에 내가 와 있다는 것을 실감나게 느끼게 되었다.

나는 어째서 몸이 부자유스럽다고 해서 불행하다고 느끼는 것일까. 나는 환상의 넓은 세계를 가지고 있지 않은가. 또 그것을 자랑스럽게 생각하고 있지 않았는가.

나는 나를 믿을 수가 없다.

쭈그러진 알미늄 쟁반에 실린 식사를 받아먹고 나니 의사가 또 와서는 나의 사지를 조사했다. 곧 시장에 팔러 가기 위해서 조사하는 가축의 모양처럼 말이다.

"비타민 C는 먹고 있나?"
"예."
"그러면 만사는 좋아질게야."
나는 그 말을 믿었다. 비록 서까래가 대들보에서 비끌어져 나갔다고 하더라도 비타민 C면 다 해결이 난다.
조금 있으니 박선생이 볼펜 한 자루와 종이를 가지고 와서 다시 이날의 사무를 보기 시작했다. 볼펜에서 글씨가 잘 나오지 않았다. 그는 사방으로 다니면서 볼펜을 구했으나, 썩 좋은 볼펜이 잘 구해지지 않는 모양이었다. 그는 신경질적으로 책상 바닥에다 볼펜 끝을 문질렀다.
"머릿속이 잘 정리가 됐겠지? 오늘은 시원하게 끝내기로 하자구."
허지만 나는 밤새 뭘 생각했는지 아무 것도 떠오르지 않았다. 그저 헝클어진 실타래처럼 복잡하기만 했다.
그를 만족하게 해줘야 할텐데……
두꺼운 벽이 있었지만, 다른 방에는 사람들이 많이 있는 것 같았고, 그들도 역시 나와 비슷한 처지에 있는 사람들이라는 느낌이 들었으나 이따금씩 그들이 말하는 짐승소리를 듣고는 그가 누군지는 식별이 가지 않았다.
"몽상가는 나 혼자만이 아닌 것 같군요."
"그랬다면 얼마나 좋겠어? 바보 천치들이 많아서 큰 일이야. 담배 한 대 피우겠어?"
나는 사양했다. 안 피우고 싶은 것은 아니지만, 그에게서 얻어 피우면 계속해서 담배가 피우고 싶을 것이고, 그때마다 자기 맘대로 피울 수 있는 담배가 자신에게 없다는 것을 알게 될 것이 겁이 나서 나는 사양했다.

"간밤에는 눈이 많이 왔어. 날씨가 포근하기는 했지만, 오늘 아침은 아주 쌀쌀해."

그가 말하는 말이 나는 전연 실감이 나지 않았다. 눈이라든가, 쌀쌀한 날씨라든가가 마치 그런 것을 한 번도 본 일이 없는 열대지방의 소년에게 들리는 것 같아서 전연 이해가 가지 않았다.

눈이란 어떤 것일까. 쌀쌀하다는 것은 어떤 것일까. 나는 며칠 되지 않았지만, 벌써 고향을 떠난 지 수십년이 된 것 같이 아득했다.

"천당에 가서 오입질은 하지 않았나?"

그는 무섭게 주름이 진 눈 가장자리를 하고 있었다. 아마 육십에 가까운 나이 같았다.

"오입질요?"

나는 다시 나 자신으로 돌아왔다. 마치 눈이 어떤 것인가를 생각하듯이 오입질이 어떤 것인가를 한참 더듬어 보았다. 여자의 입술, 유방, 그리고 성기…… 남자의 정액…… 그런 것과 관계가 있는 것이라는 것을 간신히 알아냈다.

"영계의 여자들은 아주 멋지다던데."

그는 정말 그런 여자들이 진심으로 욕심난다는 듯이 말했다.

"빌어먹을. 너는 그래도 행복한 놈이야. 남들이 하지 못하는 영계 성교를 다 해보구. 나도 그런 것 한 번 해 봤으면 원이 없겠다."

"아니, 박선생님은 내가 그런 일을 했다고 추궁하고 있는게 아닙니까?"

"아, 이자식은? 맹꽁이 같은 놈이로군. 그건 그거구, 직업은 직업이구. 좋은 것은 좋은 것이구. 헌데 말이야, ……어디 영계

성교의 이야기나 좀 해보시지? 여기서 하는 것보다 더 좋다며? 그게 사실인가? 여자는 어때?"
"모두가 천사 같지요."
나는 아무렇게나 말했다.
"그럴 거야. 천사 같지. 아니 천사일 거야."
그는 눈을 게슴츠레하게 해 가지고서는 달콤한 공상에 빠져들고 있었다. 나의 공상보다도 더 리얼하게.
"거기에 있는 사람들은 모두 백인여자 같은가?"
"백인은 아니지만, 거의 비슷하게 된 여자들. 다 비슷하게 돼 가니깐요. 한국 여자들처럼 머리털이 새까맣고 작달막한 키를 가지고 있는 아주 생경한 그런 여자들은 적어도 없어요."
"다 늘씬늘씬하단 말이지?"
그는 능글맞게 웃어보였다.
"그래요. 중국인이나 월남인같은 퇴보한 종자는 하나도 없었어요. 그렇다고 서양 종자같다는 그런 말은 아니구요…… 어차피 천국은 모든 종자와 성이 하나로 점차 통일되어 가니까."
"남녀가 결국은 없어진다구? 그럴 리가……."
"없어집니다. 남녀의 구별이 많다는 것은 결국 미개사회라는 뜻을 가지고 있잖습니까? 육천년 전의 여자가 남자에게 받는 대접은 별로 짐승과 다르지 않았어요. 문명이 발달한다는 것은 결국은 그런 차이가 점차로 없어져서, 어느 세월에는 남녀를 전연 구별할 수 없게 된단 말입니다. 그런데도 우리나라는 아직 너무 많은 차이가 있다 이겁니다."
"그렇다고 생리적인 차이가 없어지는 것은 아니겠지?"
그는 자기 직업을 떠나서 홍미를 가지고 대어들었다.
"생리적인 구별이 없어지는 사회가 완전무결한 사회입니다."

그렇게 말했지만, 나는 그가 그게 무슨 말인지를 알아들을 수는 없을 것이라고 생각했다.
"식물도 마찬가집니다. 원시 종류에 가까운 것은 암나무와 수나무가 따로따로 있습니다. 은행나무 같은 것이 바로 그렇거든요. 진화가 가장 잘 안된 나무라는 겁니다. 그러나 진화가 잘 된 나무는 암수가 한 나무에 같이 있고, 거기서 더 발전하면 꽃이 피어서 수정을 하는 행위 없이 열매를 맺게 되는데 그게 가장 진화된 나뭅니다. 무화과 같은 것이 그렇죠…… 인간이나 동물도 마찬가집니다. 진화되면 그렇죠…… 극도로 진화하게 되면 한 몸에 암수 양성이 혼재하게 되고, 생식작용을 하지 않고도 생식이 저절로 가능한 그런 인간이 되는데, 바로 신이란 존재가 그렇습니다."
"설마……"
그는 멍청해진 시선으로 나를 넘겨다 보고 있었다.
"그럼 너희들의 운동은 인간을 그렇게 만들자는 건가?"
"아니지요. 거기까지는 너무나 아득해서…… 우선은 남녀가 다르다는 일반적인 관념이나 철폐하도록 하자, 이런 겁니다. 그러는 가운데, 다시 천국이 지상에 마련되면 그때는 남녀의 성도 차차 차이가 적어져서 마침내는 천국처럼 완전무결하게 구별이 없어지는 거죠."
"바보 같은 소리. 인간에게 남녀가 있다는 것이 얼마나 즐거운데? 성이 없어 봐. 무슨 맛으로 인간이 살 마음이 날 것인가?"
"그건 우리들의 수준이 아직도 생리적인 수준에 머무르고 있기 때문입니다. 그것을 초월할 수 있으면 영적인 즐거움이 생리적인 즐거움을 훨씬 능가하게 되고, 인간의 참다운 쾌락이 바로 영적인 완전무결한 쾌락이라는 것을 알게 됩니다. 성의 구별로써 남녀가 친해지고 그래서 생식을 한다는 것은 아주 원시적인 일이거든요."
"그렇다면 네가 했다는 영적인 성행위는 어땠단 말이야? 여자도 없어서, 결국은 중성과 같은 그런 자하고 한건가?"
"물론 영계에는 여러 단계가 있습니다. 지상에서 간 지가 얼마 안 되는 사람들이 아직은 얼마든지 있으니까. 그들은 지상의 버릇과 향수를 그대로 가지고 있어서 맘에 드는 남자를 만나면 성행위를 하고 싶어하죠."
"그런 상대하고 너는 했단 말이지?"
그는 그런 답을 듣고 싶은 것 같았다.
"…… 저는 그런 것을 하러 거기까지 간 것은 아닙니다."
"흥, 제법 멋을 부리려고 하는구만. 그럼 거기서 무얼 했다는 거야? 본대로 이야기를 좀 해보시지? 알아듣기 쉽게……."
그는 어느 사이에 그만 사무적으로 되돌아 온 것 같았다. 나는 그게 싫었다. 나는 화제를 처음으로 되돌려 보고 싶었다.
"거기서도 완전무결한 사랑을 해요."
"그래? 그걸 말하는 게 아니야."
나는 설명을 했다. 도저히 상상할 수 없는 이야기를 그에게 한다는 것은 여간 어려운 일이 아니었다. 그는 항상 눈에 보이는 현실만 현실로서 받아들여 왔기 때문에 보이지 않는 현실은 전연 현실로써 느껴지지 않는 것이다.
"……신은 인간을 만들면서, 항상 진화할 수 있게 매우 불완전하게 만들었단 말입니다. 그 마지막 진화가 남녀의 합일입니다. 성으로의 합일은 영계생활의 초보 단계지요. 그렇기 때문에 지상생활의 연속이 그곳에는 있고, 그것이 아니면 전연 만족하지 못하는, 그런 사람들도 많이 있어요. 나는 그 곳에서, 나의 여자친구들을 만났어요. 제대로 사랑하지도 못하고 헤어진 여자 친구들이 있었어요. 나나 그 여자나 항상 서로 다시 만나지기를 열망하고 있었죠. 그러다가 만난 겁니다."
"너는 결혼하지 않았나?"
"그 이후에 결혼은 했지만, 그 여자에 대한 그리움과 궁금함은 항상 남아 있었어요."
"그래서 만나서 어떻게 했나? 곧장 호텔로 갔나?"
"그래요. 나는 아름다운 호텔을 상상했고, 그 아름다운 호텔에 우리는 걸어 갈 필요도 없이 금방 운반되어 갔어요. 마치 나는 나의 애인과 선녀춤이라도 추듯이 덩실덩실 날아서 그리로 갔어요. 내가 아직 한 번도 본 일이 없는 그렇게 아름답게 꾸며진 호텔이었어요. 잔디밭이 끝없이 깔려 있고 호수도 넓다랗게 파여 있었어요. 싱싱하게 자란 나무들이 울창한 숲을 이루고 있고, 햇빛이 잘 드는 쪽에는 키가 자그마한 화초들이 덤불로 잘 자라서, 온 주변이 향기로 가득해 있어요. 우리는 아무도 없는 꽃이 피어 있는 것을 배경으로 잔디에 앉았어요."
"호텔방으로 들어가지 않고?"
"그럴 필요가 없었어요. 잔디 위에 앉아서도 우리는 왜 만났는가, 이런 만남이 얼마나 행복한가를 알 수가 있었으니까요."
"그럼 끝내 그렇게 하고 말았단 말이야?"
그의 얼굴에는 완연히 실망의 빛이 감돌고 있었다. 나는 미안했다. 이럴 때는 창작으로라도 그의 실망을 막아야 한다고 생각했지만, 그럴 수는 없었다.
"그래서 어떻게 했어?"
"우리는 마주 앉아서 그동안 하지 못했던 이야기를 모조리 했어요. 그리고 무한히 즐거웠습니다. 마치 성행위하는 것 같은 즐거움을. 아니 그것보다도 더 황홀하고 더 기쁜."
"그걸 안 하고서도?"
그는 고개를 비틀었다.
"우리는 키스를 하고, 애무를 하고…… 연인들이면 할 수 있는 온갖 것을 다 했습니다."
"앉아만 있었다면서?"
나는 그제사 여기에 이 인간과 다른 인간의 차이가 있다는 것을 깨달았다.
"사람은 말을 해야 상대가 그 말과 소리를 듣고서 상대의 감정을 알게 되고, 상대가 하고자 하는 말뜻을 이해하게 됩니다. 그러나 보다 발달된 사회에서는…… 머리와 머리로써 말을 하기 때문에 말이 전연 필요가 없어요. 말을 하지 않아도 이쪽의 의사가 상대방에게로 전달되고, 상대의 의사도 이쪽으로 전달이 됩니다. 말하자면 완전무결한 대화지요. 이게 발달된 인간의 마지막 형탭니다. 우리는 항상 말을 하고, 그것도 부족해서 글로써 쓰기까지 하지만 실제론 의사 전달이 정확하게 되지는 않습니다. 말하는 것과 자기가 생각하는 것에는 차이가 있기 때문입니다. 두 색으로 천연색을 완전무결하게 표현할 수 없듯이 인간의 머릿속에 있는 생각을 언어라는 부자연스런 것으로는 충분히 표현이 안 되고, 또 이해하는 쪽에서도 정확하게 받아들일 수가 없습니다. 그러니 이쪽의 머릿속의 것이 저사람의 머릿속에 가서는 전연 다른 것으로 되어버린단 말입니다. 그러니까 사회는 얼마나 많은 오해가 있는 겁니까? 그러나 저 나라는 그런 오해가 없는 겁니다. 부자연스런 언어를 통하지 않고, 머리 속과 머리속이 바로 연결되니까요. 이게 콤뮤니케이션의 단곕니다. 싸움이니 데모 같은 것이 있을 수가 없습니다."
 그는 나의 이야기를 아는 듯 모르는 듯 듣고 있었다.
 "성행위도 마찬가지에요."
 그는 이제 아무 대꾸도 하지 않고 내 이야기를 기다리고 있었다.
 "나는 당신을 사랑한다. 그러기 때문에 그 사랑을 확인할 수 있는 모든 행위를 하고 싶다, 키스든, 무엇이든…… 그러면 그대로 상대에게 전달이 되어, 그 쪽에서도 그와 같은 대답이 나옵니다. 그러면 우리는 그런 행동을 합니다. 허지만 행동은 행동 이전에 그런 이메지가 있는 게 아닙니까? 그 이메지가 상대방과 결합을 하는 겁니다. 그러니까 실제로 나는 아무런 행동도 하지 않지만 우리는 멋지게 사랑을 하고 있는 겁니다. 지상에서 한 번도 경험하지 못했던, 가장 멋지고, 가장 쾌락적이고, 가장 아름다운 그런 사랑을 말입니다. 우리는 이것이야말로 한치의 빈틈도 없는 완전무결한 사랑이라는 것을 깨닫게 됩니다."
 "씨, 그런게 어떻게 가능할 수 있단 말이오?"
 "모르시는 겁니다. 그런 것이 없는 것이 아니라 모르실 뿐입니다. 저는 함양의 마천면엘 갔더니 변소 아래에 돼지를 키우는 것을 보았습니다. 분명히 변솝니다. 돼지는 그게 변소라고 생각하지 못하고 있었습니다. 자기의 집이 변소라면 어떻게 생활할 수 있어요? 모르고 있기 때문에 하고 있는 겁니다. 그것과 같은 거죠."
 "뭐라고? 날더러 돼지와 같은 생활을 하고 있다고 빈정거리는 거야?"
 그의 얼굴은 바야흐로 험악해 가고 있었다.

"아, 오해하시면 안됩니다. 제가 말한 뜻은 그런 것이 아니구요, 그쪽의 생활하고 우리 생활 하고가 엄청난 차이가 있다, 그 말을 하고 있을 뿐입니다. 그쪽 사람들은 한 차원이 다른 세계가 아니겠어요? 우리의 현실은 아닙니다. 오히려 우리에게는 우리의 이 세계가 더 만족스럽고 실감나는 것이 당연하고, 오히려 그게 진리일지도 모릅니다. 이쪽 사람들에게 그들의 생활이 이해가 가지 않는다고 해서 악의가 있는 것은 조금도 아닙니다."

나는 다급했다. 그래서 마구 지껄였던 것이다. 그 말을 듣고 그는 내 말이 옳다고는 느끼지 않았지만, 그걸 가지고 시비를 하는 것은 점잖지 못한 사람이라고는 인정을 한 모양이다.

"좋아. 다음 이야기를 해봐."

"뭐, 그런 겁니다. 더 말씀드릴 것도 없구요."

"거기는 완전한 세계가 있다, 그러나 여기는 그런 세계가 아니다, 이렇게 말하고 있는 것이겠지?"

"그건…… 그건 그 쪽은 천국이니까요. 성경에 있는 그대롭니다."

나는 얼버무렸다.

"영적인 세계란 죽으면 가는 곳이란 말이야. 너두 그게 원이라면…… 원하지 않더라도 죽으면 가는 것이니까 그걸 갖고 시비를 할 필요는 조금도 없는 거야. 아니야?"

그는 간신히 감정을 가라앉히고 있었다.

"그렇습니다."

"그런데도 너는 말이다…… 그게 영적인 세계, 도저히 이루어지지 않는 것을 알면서도 그걸 지상으로 끌어들이려고 하고 있단 말이다. 말하자면 혹세무민 하는 거지. 신흥종교의 교주처럼 말이지. 우리나라에는 그런 케이스가 많잖아?"
"그러나 그들은 종교인입니다."
"그럼 너는 종교인은 아니란 말이야?"
그는 내 말에 성급하게 대꾸했다.
"저는 종교인이 아닙니다. 신을 믿는 것도 아니고, 죽어서 천당에 가겠다고 생각하는 황당무계한 사람도 아닙니다."
"그러면 왜 그 따위 황당무계한 짓을 하고 다녔단 말이야?"
"그건 제 상상력 때문이고, 제 지식 때문입니다."
"지식 때문이라고? 홍 지식이란 그런 환상을 거부한다. 미친소리."
"아닙니다. 지식인은 인간을 사랑하고 주어진 생활을 사랑하지만, 환상때문에 먼 앞날을 생각하고, 좀처럼 이루어 지지 않는 세계를 꿈꿉니다. 영계에 있는 이상적인 세계를 말입니다."
"미친 놈 같으니. 영계라는 것은 지식의 입장에서 보면 아무 것도 아닌, 존재할 수 없는 세계가 아냐?"
그는 맥이 빠진 것 같았다.
"존재하든 안하든 그건 상관없는 일이 아닙니까? 과학적으로는 존재하지 않든, 그리고 종교적으로도 존재하지 않든 간에 지식이 만들어 준 환상의 세계는 객관적으로 존재한다고 볼 수 있는 겁니다."
나는 약간 조심스럽게 말했다. 그가 다시 화가 나지 않게 되기를 바라면서.
"그러니까 존재하지 않는 거야. 존재하지 않는 것을 존재한다고 주장하는 것은 곧 죄악이란 말이야."
"그건 존재합니다. 모든 사람들이 그걸 존재한다고 믿을 만큼 지식이 발달하면 그건 이 지상에 실현되고 맙니다. 보편화

하는 거지요."
"허허, 역시 너는 신흥종교의 귀신들린 교주에 지나지 않아."

그는 혼자서 단정을 했다. 나는 답답했다. 어떻게 하여 나를 미신덩어리의 신흥종교 교주로 본단 말인가. 이렇게 일반화 해 있는 사실을.

나는 아무 말도 하지 않고 그의 사무적인 얼굴만 들여다 보고 있었다.

"물론 신화라는 것이 없는 것도 아니겠지. 그러나 그건 신화야. 천국을 지상으로 끌어 올 수 있다면 그건 좋겠지. 그러나 그건 신화야. 우리에게 아편을 먹이고, 현실하고 전혀 다른 세계에서 쾌락을 느끼게 하는 거나 같아. 쾌락을 느끼게 하는 것은 좋지만, 그것이 현실하고 유리되어 있다는 사실 때문에 그 사람에게는 결과적으로 해를 끼치게 된단 말이야. 아편에 빠져 있는 친구들이 한 사람이라도 많아지기를 바라는 것이고, 빠지지 않고 있는 사람들을 보면 불쌍하고 가련하겠지. 그러나 그건 아편일 뿐이야. 너는 아편 중독자야. 중독돼 있다는 그 사실 자체 만으로도 악일 뿐만 아니라 남으로 하여금 아편을 사용하도록 하는 것 역시 악이야. 자네는 그걸 선이라고 할텐가."
"제 말은 그런 뜻이 아닙니다."
"허허, 답답하군. 그건 무리도 아니지. 아무 것도 안 보이는 벽 안에 들어있으니 그런 현실감이 없어진 모양이구만. 나하고 잠시 밖으로 나가 볼까?"
그는 일어섰다. 그도 무료하고, 나도 무료했다.
나는 그를 따라 복도로 나갔다. 복도 끝에는 무거운 쇠판으로 된 문이 있었다. 그는 그것을 열고 밖으로 나갔다. 의자 두 개를 가지고 젊은 사람이 뒤따라 나왔다.
 "아, 시원하구나. 역시 바깥 공기는 좋다."
 그는 기지개를 크게 켰다.
 아닌게 아니라, 밖에는 잔뜩 눈이 와 있었다. 나는 남양에서 바로 비행기로 북극으로 실려온 것 같은 기분이었다. 눈을 만져 보고, 얼굴에다 대어 보고, 눈이 인간에게 어떤 느낌을 주는지를 검토해 보았다.
 우리가 있는 마당은 건물의 뒷마당 같은 것이었다. 그리 공간이 넓지 않았으나 실내보다는 한결 시원했다.
 주택이 앞으로 총총 들어와 있었기 때문에 전망이 그리 좋은 편이 아니었다. 그래도 눈이 덮혀 있어서 그런지 답답한 느낌은 들지 않았다.
 그는 의자에 앉아서 담배를 피우고 있었다. 나는 한참 서 있다가 그의 곁에 의자에 가서 앉았다.
 그는 담배를 한 대 권했다. 그런 그의 옆 모습은 매우 다정해 보였다. 그가 절대로 나를 미워하고 있는 것은 아니라는 확신을 가질 수 있었다.
 "체조라도 좀 해."
 "괜찮아요."
 나는 생각했다. 이 사람과 나는 완전히 동질의 인간이다⋯⋯ 다만 직업이 다를 뿐이다. 그리고 생각이 다를 뿐이다. 아니 생각마저 똑같을지도 모른다. 다만 입장만이 다를지도.
 그는 내게 더 인간적인 말을 해주고 싶은 모양이었으나, 아무 말도 하지 않았다. 어떤 사람에게 지나치게 인간미를 보인다는 것은 그리 좋은 일이 아니었다.

조금 의자에 앉아 있으니 몸이 으시시해졌다. 회색 하늘에 또 다시 눈이 내릴 것 같았다. 나는 그래도 눈이 내리는 모습을 보고 싶었으나, 그는 추운 모양이었다. 그가 일어나자 나도 미련 없는 것처럼 일어나서 그를 따라 다시 픽픽 수증기 소리가 나는 방으로 들어왔다.

복도에서는 안면이 있는 친구들을 두어 사람 슬쩍 볼 수 있었다. 그러나 그쪽에서는 전연 나를 알아보지 못했다. 나는 소리라도 지르고 싶었지만, 그래서는 안된다는 것을 나는 알고 있었다. 그러나 모르는 사이에 그들과 내 혈관은 한 줄이 되어, 뜨거운 피가 흘러가고 있다는 것을 알 수 있었다.

한참만에 그의 사무는 다시 시작되었다.

3

며칠이 지났다. 네 벽 속에서 며칠이 지나갔다.
밖에서 다시 까치가 울었다. 창문 밖으로 까치 구경을 하고 싶었으나 역시 창은 손가락 끝도 닿지 않았다.
까치가 앉을만한 나무도 없을텐데 까치가 와 앉아 있다는 것이 좀 신기하기도 하고 암시적이기도 했다.
나는 아직 살아있다는 것이 즐거웠다. 의사가 자주 와서 몸을 검사하고 있었기 때문에 내 몸에는 아무 이상이 없다는 것을 나는 잘 알고 있었다. 이렇게 비오듯이 탄환이 지나가고 있는데도 별로 탄흔이 없다니 얼마나 다행한 일인가. 귀가 멍멍해서 잘 안들리는 것이 좀 무섭기는 했지만, 어쩌면 감쪽같이 원상회복이 될 수 있을지도 모른다. 그러나 조심은 단단히 해야겠다는 생각이 들었다.
나는 방 안을 휘둘러 보며, 전연 흘러가고 있지 않은 시간을 감지했다. 어디로 흘러 갈 데가 없었다.
그러나 시간은 틀림없이 흘러가고 있을 게다. 시간이 흘러간다는 사실이 얼마나 다행한 일이냐. 이거야 말로 신이 준 축복이다. 행복한 시간이든, 불행한 시간이든 만일 그것이 흘러가지 않는다면 자살하지 않고 살아 갈 사람은 그렇게 많지 않을 것이다.
시간은 흐른다. 포석정의 물처럼 비극이라는 술잔을 띄우고 시간은 흘러간다. 견딜 수 없다는 것은 시간이 흐르는 한 있을 수 없는 일이다. 무엇 하나 정지해 있는 것은 없는 거니까.

예수가 십자가에 달렸어도 만일 시간이 흘러가지 않았다면 그 고통은 영원한 것이었을 게다. 그러나 예수에게도 시간은 흘러간다. 그 흐름은 항상 낙관적인 측면을 가지고 있다. 내게도 그런 것은 필경 올 것이다. 비록 나쁜 방향으로 흘러간다고 해도 그것도 낙관적인 요소를 어느 정도는 가지고 있다.

그러고 보면 모든 것은 스승이고, 모든 것은 복을 불러오는 것들이다. 그것을 전면적으로 부인할 만큼 우리는 결코 무지한 것은 아니다. 우리에게는 항상 희망이 있다. 그건 신의 은총이다.

그러나 나는 기도같은 것은 하지 않았다. 아무리 합장을 해도 기도가 진실로 이루어질 만큼 심각해지지 않았다.

박선생은 씩씩거리면서 한바탕 일을 처리하고는 자주 밖으로 나갔다. 그리고는 다시 내게서 부족한 부분을 뽑아낼려고 했지만 내게는 그를 만족시킬 만한 것이 아무 것도 없었다.

때로는 그가 혼자서 나타나기도 했지만, 때로는 한 두사람 혹은 칠팔명씩 데리고 나타나서 열을 올리곤 했다.

나는 딱했다. 내게 그들이 만족할 만한 것이 있으면 얼마나 좋을까 하고 생각했다. 그러나 내게는 그런 것이 없었다. 나는 계속 환상 속에서 헤매고 있었고, 그들은 나를 거기서부터 끌어내리려고 애를 쓰고 있는 것 같았다. 그것보다도 천국을 훔쳐올려는 의도에 분명히 못마땅한 부분이 있을 것이라고 믿고 있는 것 같았다.

나는 평범한 인간이었다. 남들이 신경을 쓸만한 어떤 일도 나는 해낼 수 없는 평범한 인간이었다. 나를 비범하게 평가하려는 그런 작업이 내게는 아주 거북스러웠다.
 달력도 없는데 밤이 오고, 아침이 왔다. 또 그걸 계속했다. 그래서 나는 부피나 색깔도 없는 나날이 넘어가고 있다는 것을 느꼈다.
 나는 가족이 보고 싶었다. 그리고 그들과 함께 지극히 가치 없고 보잘 것 없는 생활이지만, 그런 걸 계속하고 싶어서 죽을 지경이었다.
 직장 일도 궁금했다. 직장의 한 쪽 모서리가 산사태라도 나고 있지 않을까 해서 맘에 걸렸다.
 나의 환상은 다시 요란하게 비상을 시작했다. 전에 뚜렷하지 않던 것이 이런 환상 덕분에 더욱 뚜렷해지고, 깊이가 생기는 것 같았다.
 나는 조용히 앉아 있다가, 창문쪽으로 가서 방안으로 들어오는 빛을 보았다.
 사람들은 나를 두고 왔다갔다 했지만, 나를 어떻게 한다는 확실한 언질은 주지 않았다. 나는 답답했다.
 아이들이 보고 싶었다. 겁에 질려 울먹이던 아이들이 보고 싶었고, 얼른 나타나서 그들에게 아무 걱정도 없는 일이었다는 것을 보여주고 싶었다.
 문득 아버지 생각이 났다. 비참한 죽음을 한 아버지 생각이 났다. 비참하기보다도 너무나 나이가 아닌 때에 죽어 간 아버지를 생각해 내었다. 아버지는 서른 여덟에 죽었다.
 나는 죽어 가던 아버지를 기억하고 있다.
 아버지는 몹시 성질이 급하고, 무엇이든지 제멋대로 하는 버릇을 가지고 있었다. 부잣집에서 태어난 데다가 할아버지가 아버지의 성격을 조금도 잡아주지 않았기 때문에 남들과 타협할 줄 모르는 고약한 성질을 가지게 되었다.
　거기에다가 머리도 좋고, 인물도 잘 생겨서 자존심이 여간이 아니었고, 따라서 남을 경멸하는 성격도 보통이 아니었다.
　아버지는 두 사람의 친구와 서당엘 다니고 있었다. 한 사람은 나중에 고모부가 된 사람이고, 다른 한 사람은 숙모의 오라버니가 된 사람이다. 고모부는 한의사가 되었고, 나머지 친구는 경성의전을 나와 양의사가 되었다. 제 1 회 졸업생이었다.
　세 친구가 훈장 앞으로 아침에 나가면 훈장은 그들에게 한문을 한 번씩 읽어주고 하루종일 그걸 외우도록 했다. 이 훈장은 박진사라고 해서, 나중에 우리 형제들이 또 가서 사사한 일이 있는 사람이다. 그래서 나는 잘 알고 있었다.
　박훈장은 우리가 둔한 것을 한탄하면서 아버지의 머리 좋음을 설명했다.
　세 사람의 친구 이야기.
　훈장이 아침에 한 번 읽어 주면 아버지는 그만 어디로 달아나서 하루종일 산을 돌아다니면서 장난을 했다. 그러다가는 훈장이 있는 방에다가 뱀을 잡아서 집어던지기도 했다. 남의 과수원에 들어가서 과일을 훔쳐먹기도 했다.
　그러다가 해거름에 불러다가 읽혀 보면 줄줄 외운다는 것이다. 다른 두 친구는 하루종일 외우고 있는데도 신통찮았다.
　"너희 아버지 머리만 닮아라."
　두 친구는 아버지가 죽고 난 다음 가끔 만나게 되면 내게 이런 말을 하곤 했지만, 그런 것은 유전이나 노력으로 되는 것도 아닌 모양이다.
　박훈장네 집에서 우리집으로 오려면 큰 들판을 하나 건너야 했다. 해가 넘어가서 어두워지면 아버지는 허리에 찬 피리를 뽑아들고 멋지게 불어 넘기면서 들판을 건너왔다.
 동네 사람들은 이른 저녁을 먹고 마루에 나가서 길쌈을 하고 있을 적이다. 그러면 저 건너에서 피리소리가 처량하게, 구성지게 들려오기 시작하고, 그건 점차 커져 온다. 그러면 그들은 일손을 놓고 그 피리 소리를 들으면서 시름을 잊었다…….
 나는 단편적으로 아버지 일을 기억하고 있을 뿐이다. 그리고 주변에서 역시 단편적으로 아버지의 이야기를 해주었을 뿐이다.
 기억은 지극히 정확하지 않다. 가장 정확한 듯하면서도 필요한 것은 기억하고 아무리 중요해도 필요하지 않거나 인상적인 것이 아닐 때는 기억하지 못한다.
 나의 기억은 단편의 연속이다. 나의 인생이 단편의 연속인 것과 마찬가지로.
 그러나 나는 기억한다. 패잔병의 훈장처럼 자랑스러울 것은 거의 없는 사건들이지만.
 아버지는 열여섯에 집을 도망쳐서 일본으로 들어갔다. 통정대부의 감투를 돈으로 산 할아버지에게는 아무리 설득해도 신식 공부같은 것은 더 시켜주지 않았다. 여수 수산을 나왔으면 고작이지. 아버지는 도망갈 기회만 노리고 있었다.
 그러다 하루는 기회를 포착하게 되었다. 할아버지가 돈을 잔뜩 주면서 군에 가서 세금을 내고 오라는 것이었다. 아버지에게 바로 절호의 기회라고 생각한 것이다.
 그는 같은 나이 또래의 사촌을 꼬셔서 같이 말을 타고 고개를 넘었다. 그 당시 우리 집에는 말이 몇 마리 있었다. 사촌은 영문도 모르고 따라 나섰다. 어디로 간다는 소리도 하지 않았다.
 고개를 넘어서니 저쪽에서 동네사람이 올라오고 있었다. 아버지는 그를 붙잡았다. 그리고는 고지서 뭉치를 그에게 건네 주었다.
"자네가 수고스럽지만, 이 고지서를 우리 아버지에게 전달해 주게. 그러면서 세금 한 번 더 내시라고 하더라고 전해 주게."

그는 말 위에서 내리지 않고 말했다. 동네 사람은 고지서 뭉치를 받기는 했지만, 무슨 영문인지 몰라서 멍청하게 서 있었다.
"실은…… 아버지가 날 보고 세금을 내고 오라고 하셨지만 나는 이 돈으로 일본으로 가야겠어. 그러니 자네가 가서 우리 아버지를 보고 그렇게 전하란 말일세."
그때사 동네 사람은 무슨 뜻인가를 알아차렸지만 엄청난 짓을 하는 이 소년을 보고 어안이 벙벙해서 입을 다물지 못했다.
"그래서야, 그래서야……"
"괜찮어. 그럼 부탁하네. 아버지가 날 잡으러 올 때쯤에는 벌써 상당히 달아났을 테니까 잡을 수가 없을 거야. 그러니 아예 단념하시라고 하는 것도 한 마디쯤 자네가 전해주면 고맙겠어. 그럼 또 보세."
아버지는 말에다 박차를 가했다. 두 마리의 말이 땅을 차며 달려갔다. 사촌은 그제서야 엄청난 일이 벌어지고 있다는 것을 알았지만, 평소에 아버지에게 끌려서 살아오던 처지고 보니 설마 죽을 짓이야 안하겠지 하면서 그를 쫓아 말을 달렸던 것이다.
동네 사람에게 고지서 뭉치와 사건 전말을 들은 할아버지는 기가 막혔다. 그는 방으로 뛰어 들어갔다. 방안에는 커다란 돈궤짝이 있었다. 그는 황급히 문짝을 열어봤다. 그랬더니, 없어졌을 거라고 믿었던 엽전이 커다란 접시에 그대로 있는 것을 알았다.

할아버지는 통곡을 했다.
"이 자식이 이왕 도망갈 바에야 돈이라도 톡톡히 훔쳐가지고 갈 일이지, 이 엽전 한 푼도 가지고 가지 않았으니…… 가다가 점심이라도 먹어야 할게 아닌가……."
아버지는 일본에 가서 중앙대학에 입학하여 문학 공부를 했고, 그건 실패로 끝났다. 삼지사(三志社)라는 이름의 출판사를 자영하면서 자작 시집도 내었지만 한 권도 전해 내려 오는 것은 없었고, 중간에 어떤 이유에선지 문학을 집어 치우고 사업에다 손을 대기 시작했다.
그의 사촌은 이미 착실하게 장사를 해서 어지간히 기반을 잡아가고 있었고, 아버지가 죽은 다음에는 사업에 성공하여 우리 시골에다가 고등학교를 하나 설립하기까지 했다. 그러나 그 자신은 일본으로 귀화해 버렸고, 자식들 역시 모두 일본 사람이 되어 버렸다.
그러나 아버지는 그렇게 하지 않고 가족을 이끌고 다시 일본으로 들어갔다가, 청진으로 옮겨 장사를 했다.
나는 일본의 히요시 시절을 아주 흐미하게 기억하고 있지만, 청진의 생활은 상세하게 모든 것을 기억하고 있었다. 나는 일본에 가서도 요꼬하마 근처에 있는 히요시를 다시 찾아가 봤지만, 한가한 시골 도시가 완전히 대도시가 되어, 옛날의 그 전원적이던 모습은 조금도 찾아볼 수가 없었다. 물론 청진은 아직 남북통일이 안됐기 때문에 찾아갈 수 없었다.
청진의 생활은 사년이 고작이었다. 해방이 되던 해에 아버지는 죽었고, 우리는 고향을 찾아 패잔병과 같은 허전한 귀향을 하지 않으면 안되었다.

사람들이 부지런히 내가 있는 방으로 들락거리고 있었으나, 다른 일은 벌어지지 않았다. 그럴수록 내게는 더 신경이 쓰여졌다. 그들은 나의 처리 문제를 가지고 옥신각신하고 있는 모양이었다.

나중에사 알게 된 일이지만, 그들은 연일 회의를 계속하다가 드디어 나를 집으로 보내는 대신에 다른 호텔로 보내야 한다고 결론을 내린 것이다. 아무도 그런 이야기를 해주는 사람은 없었지만, 나는 분위기로써, 그들의 표정으로써 그걸 읽어 낼 수가 있었다.

나는 나의 가슴이 조여드는 것 같은 느낌이 들었으나 울지는 않았다. 절망감이라고 하는 보이지 않는 형태의 것이 나의 눈 앞에서 춤을 추고 있었다. 나는 절대로 절망의 노예가 되어서는 안된다고 생각했다.

박선생은 조용하게 나를 다른 방으로 불러냈다. 그건 내가 있던 방 같은 것이 아니고, 연회장으로나, 아니면 집회장으로 쓰이는 넓다란 방이었다.

"길어야 육개월이다. 정신을 가다듬고 있으면 금방 지나가 버린다. 그리고 나면 만사는 다시 제자리로 돌아오게 될 거다."

아무 설명도 없는 말이었으나, 나는 그 말뜻을 금방 이해할 수 있었다.

나는 아무 말도 하지 않았다. 그에게 할 말이 무엇이겠는가? 그는 나를 전혀 이해하지 못했다. 그런 그에게 할 말이 있을 턱이 없는 것이다. 또 내가 어떤 대접을 받아야 한다는 것도 그는 모르고 있었다.

나는 불만스런 생각보다는 아무도 나를 정확하게 이해해 주지 않는 것에 심한 당혹이 왔다.
 "너는 거기 가서…… 지혜스럽게 대답해야 해. 그렇지 않고는 그들에게 오해를 받을 가능성이 있어. 네가 오해를 받게 되면 나로서는 직무를 다한 것이 되지만 너에게는 손해란 말이야. 내가 불려가서 칭찬받는 것은 상관이 없으니 너는 절대로 정신을 차려야 해. 여기처럼은 안해도 되니까."
 나는 그의 말을 어느 정도 알 것 같기도 하고, 모를 것 같기도 했다. 다만 그가 그런 말을 해준다는 것은 어느 정도 나를 이해하고 있다는 증거가 돼서, 약간 흐뭇한 생각이 들었다.
 "……나는 너에게 할 말은 이것 뿐이다."
 그렇게 말하고는 그는 라지에타에 기대어진 자기의 몸을 일으켰다. 나도 그를 따라서 다시 나의 방으로 왔다.
 나는 가만히 기다리고 있었다. 문을 지키고 있던 아이들이 와서 내게 알쏭달쏭한 위로의 말을 했다. 나는 전연 이해할 수 없는 말이었다. 그러나 나는 캐묻지는 않았다. 물어봐야 신통한 답을 얻을 수도 없을 것이고, 나의 약점만 드러내 보이는 것 같았기 때문이다.
 "김봉주 나와."
 별로 보지 못하던 얼굴이 와서 나를 불러 내었다.
 "소지품 있나?"
 내가 그런 것이 어디 있담. 그도 건성으로 물었고, 나도 건성으로 대꾸했다.
 미로와 같은 꼬불꼬불한 복도를 지나서 좁은 시멘트 바닥으로 된 마당으로 나갔다. 거기에는 여러 사람들이 현관에 도열해서 있고, 검은 짚차가 한 대 서 있었다.
 날보고 안으로 타라고 했다. 안으로 들어가니, 왼쪽에는 이미 다른 사람이 자리를 차지해 앉아 있었다. 그러나 그는 나를 감시할 사람이지, 나와 같은 처지에 있는 사람은 아니었다. 내가 자리에 앉자, 내 오른쪽에 또 한 사람이 앉았다. 그리고 빈 앞자리가 채워지고 차는 움직이기 시작했다. 아무래도 나를 집으로까지 호송해 줄 행차는 물론 아닌 것 같았다.

도로에 있던 사람들이 짚차를 보고 절을 하자 짚차는 움직이기 시작했다.

주택가의 좁은 골목을 빠져 나와, 큰 길로 나갔다. 그리고 보니 낯익은 거리 풍경이 보였다.

그러나 그것은 마치 남의 나라 풍경처럼 내게는 아무 관계도 없는 거리 같았다.

자동차는 한참 동안 큰 길을 달리다가는 왼쪽으로 급커브를 틀었다. 눈 앞에, 중세시대의 성같은 높은 벽이 보였다. 나는 예상했던 일이기는 하지만 가슴이 조그맣게 오그라드는 것 같았다.

대문 앞에서 차가 멎었다. 나는 차에서 내렸다. 같이 왔던 사람이 내게 악수를 청했다. 나는 힘없이 악수에 응했다. 나는 그의 의도를 알 수 없었다. 나는 바보같은 얼굴을 보이지 않으며 얼굴 근육에 힘을 넣었다.

"그동안 수고가 많았소. 이런 게 다 운명이 아니겠소? 참고 견디면 좋을 날이 올거요. 사람이 성장하려면 이런 일도 있는 거요. 몇 개월만 고생을 하시오. 밥을 꼭꼭 씹어서 잘 먹고, 요가도 열심히 해서 체력을 유지하도록 하시오. 일이 끝나고 나면 모든 것이 원상복귀가 될 게요."

그렇게 말하는 그들에게는 아무 적의도 없다는 것을 나는 잘 알고 있었다. 도대체 내가 누구의 적의를 불러일으키기 위해서 살아간단 말인가. 나는 아무에게나 그런 행동을 하고 싶지 않았다. 그리고 환상이라는 것은 어쩌면 지극히 개인적인 것이지 남에게는 아무 관련도 없는 일이다. 내 천국을 불러온다고 하지만, 그건 역시 환상으로 끝날 일이지 그 외의 것은 아무 것도 아니다.

내가 잘못했기 때문에 문제가 있는 것이 아니고, 그래서 내게 어떤 제재가 가해지고 있는 것도 아니다. 물리적인 힘은 다만 입장이 다르기 때문에 주어지기도 하고, 주기도 하는 것이다. 절대로 감정적으로 해석할 문제는 아니다. 나는 몽환가다. 희랍적이고, 기독교적인 몽환에 빠져 있을 뿐이다. 그런 것이 남에게 좋은 영향이든 나쁜 영향이든 미치기에는 너무나 허약하다.

나는 그와 맥빠지고 뜻없는 악수를 나누고 안으로 들어서자 진짜로 중세 구라파의 성안처럼 그 안이 엄청나게 넓다는 데 놀랐다. 평소에 이런 곳이 있었다는 것은 전연 생각하지 않았던 것이 어쩐지 부끄럽다는 생각이 들었다.

나를 데리고 갔던 사람들은 그곳에 있는 사람들에게 나를 인계했다. 그리고 나니 금방 밤이 되어버린 것 같았다. 그들은 나를 힐끗 쳐다보기는 했으나, 조금도 신경을 쓰는 것 같지 않았다.

"자, 그럼 수고하시오."

나를 인계해 준 사람은 끄떡 의미없는 소리를 하더니 문밖으로 사라져 갔다. 높은 벽쪽에 설치된 텔레비전이 열심히 드라마를 하고 있었고, 방 안에 약간 남아 있는 직원들이 그걸 가끔 쳐다보곤 했다.

그들은 모두 깜정색 제복을 입고 있었기 때문에 몹시 바쁘고 단정해 보였다.

"이리 따라 와."

한 사람이 와서 나를 데리고 다시 다른 방으로 갔다. 아까의 방과는 별로 다르지 않았다. 벽에는 흰 색인지 검정색인지를 분간이 가지 않을 정도의 칠판이 걸려 있고, 의자나 책상 같은 집기는 매우 낡아 있었다.

나는 의자에 앉았다. 바로 곁에 바래진 회색 옷의 소년이 큼직한 양재기에 연탄 만한 크기의 콩밥덩이를 커피색 짠지를 반찬으로 하여 맛있게 먹고 있었다. 이게 바로 콩밥이라는 거로구나. 그런데 이 소년은 조금도 싫은 빛이 없이 맛있게 먹고 있는 걸 보니 역시 수양이 잘된 아이인 모양이다.

연탄 난로가 무지하게 달아서 뜨거운 열을 발하고 있었다. 내 몸도 나도 모르게 자꾸만 그쪽으로 갔다. 작업복을 입은 청년이 팔에다 줄이 쳐진 완장을 단정하게 두르고 작업모를 쓰고 왔다 갔다 하고 있었는데, 내가 보기에 아주 높은 사람으로 보였다. 얼굴로서는 그의 지성미나 캐리어를 얼른 알아 볼 수가 없었다.

방 안에는 모두 전등이 켜져있고, 분주하게 사람들이 왔다갔다 했다. 나는 평생 보지 못하던 광경들을 한꺼번에 보고 있기 때문에 모든 것이 눈알을 잡아 끌듯이 야릇하게 보였다.

나는 한동안 그렇게 앉아 있었다. 몹시 피곤하다는 생각이 들었다.

"김봉주!"

귓청을 찢듯이 커다랗게 들려왔다. 나는 깜짝 놀라 눈을 떴다. 그렇지, 내가 김봉주지. 나는 그제사 이런 곳에서 불리는 김봉주가 있다는 것을 깨달았다.

검은 옷을 입은 사람이 내게 노란 프라스틱 밥그릇 하나와 번호가 적힌 것 같은 손가락 두개 넓이의 나무쪼각을 하나 주었다. 맨 꼭대기에 구멍이 나 있는 걸 보니 못에다 그 토막을 꽂아 놓게 되어 있는 모양이다.

나는 그걸 가지고 그를 따라 밖으로 나갔다. 쇠창살이 공작의 둥근 날개처럼 펼쳐져 있는 복도를 몇 번 돌아서 걸어 갔다. 그러는 사이에 나는 이곳이 지상에 있는 것이 아니고 지하에 만들어진 것이라는 인상을 받았다. 아마 개미 집을 확대해 놓으면 이런 재미있는 모양이 될 것이다.

나는 다시 공작 날개처럼 벌려진 쇠창살 앞에 이르렀다. 거기에는 방금 모여온 것 같은 많은 사람들이 일반복을 입고 시멘트 바닥에 쭈구리고 앉아 있었다. 안쪽에는 회색 옷을 입은 사람들이 몇 사람 있어서, 여기에 모인 사람에게 사무 처리를 하고 있는 것 같았다. 드럼통을 잘라서 구멍을 뚫어 만든 화로에는 벌겋게 무연탄이 타고 있었으나, 사무실 같지 않아서 곁에 있는 사람이 아니고서는 도저히 불기를 느낄 수가 없었다.

전등이 깡그리 옷을 벗기운 나체 모양으로 쇠창살에 걸려 있었다. 방은 좀 어두운 편이었다.

나는 맨 끝에 앉았다. 사람들이 앞으로 가면서 자기가 입고 온 옷을 벗어던지고, 거기서 주는 회색옷으로 바꾸어 입고 있었다. 그러나 아직 옷을 받지 못한 사람은 알몸으로 그대로 떨고 있었다. 회색 옷은 그냥 벗어놓은 채로 산더미처럼 쌓여 있었다.

내 앞에 사람들이 옷을 벗는데 보니, 팬티도 입지 않고 그냥 바지를 입고 있었고, 윗도리도 내의나 런닝도 없이 그냥 잠바차림이었다. 그리고도 밖에서 추위를 견딜 수 있었다는 건강미에 나는 아연해졌다. 그러나 그런 청년이 한 두 사람이 아니고, 거의 대부분이 그런 옷차림이었다.

밖에서는 의젓하게 보이지만, 그런 옷차림으로 도시를 활보하고 다녔다고 생각하니 아찔해질 수 밖에 없었다. 우리가 사람들을 얼마나 심한 겉모습만 보고 평가했었던가.

내 차례가 왔다. 나는 그가 하라는 대로 옷을 벗었다. 팬티만 남게 벗는 것이 아니라, 우선은 완전히 알몸이 되게 벗으라는 것이었다. 나는 그렇게 했다.

"입 벌려봐."

그렇게 했다.

"돌아서서 똥구멍을 까봐."

또 그렇게 했다.

그러나 나는 왜 그렇게 하는지 이유를 알 수가 없었다. 나중에는 물론 알게 됐지만.

"옷 입어. 내의까지만 입어. 그리고 이걸 입어."

그는 무표정한 얼굴로 내게 회색 옷을 한 벌 던져 주었다. 나는 몸이 떨려서 얼른 줏어 입었다. 솜이 누벼진 옷이었지만, 바지쪽은 비교적 새것이고, 저고리는 엉망으로 낡은 것이어서, 입으니까 덩그렇게 들리는 것이 옷을 입은 것 같지 않았다.

"저고리 하나 바꿔줘요."

나는 다급하게 말했다. 그러니 그쪽에서 저고리 하나가 날라왔다. 얼른 나는 갈아 입었다. 그러나 그게 그거였다. 다시 달라는 말이 나오지 않아서 하는 수 없이 그대로 입기로 했다.

거기서 일을 마치고 나니 이쪽으로 오라고 손짓하는 사람이 있었다. 나는 그 앞으로 갔다. 책상에 서류를 잔뜩 쌓아놓고 있었다. 얼른 들여다 보니, 맨 위에 내게 관한 서류가 얹혀져 있었다. 나는 슬쩍 몇 장을 넘겨 보았다. 뜻밖에도 박우병씨의 이름이 나왔다. 얼른 주소를 보니 틀림 없는 내가 아는 박우병씨였다.

그도 역시 나와 같은 몽환가로서, 그런 이유 때문에 나보다 약간 앞서서 이 쪽으로 온 모양이다.
 나는 그것을 보는 순간, 이상한 안도감을 느꼈다. 나와 같은 처지의 인간이, 그것도 내가 잘 아는 인간이 있다는 사실이 이렇게 나를 위로할 수 있었다는 것을 나는 미처 깨닫지 못했다.
 그러나 따지고 보면 이건 기뻐할 일이 아니고, 오히려 슬퍼할 그런 일이다. 아무리 문둥이가 친구를 부른다고 하지만, 한 사람의 성한 사람이 문둥이가 되는 것은 비극이 아닐 수 없다. 그래도 나는 친구 문둥이가 생겼다는 그런 천한 기분때문에 지금 위안을 받고 있는 것이다.
 "주머니에서 가진 것을 털어 놓아."
 나는 내가 벗어 놓은 옷에서 소지품을 털어 놓았다. 몇 푼의 돈과 신분증과 필기도구 같은 간단한 것이 들어 있었다. 직원은 그걸 일일이 확인해 보고는 서류에다 기입을 했다.
 "저쪽으로."
 나는 일을 마치고 구석의 콘크리트 바닥에 앉았다. 살을 깎아 내는 것 같은 찬 기운이 궁뎅이에 왔다.
 사람들이 자꾸 꾸역꾸역 모여 들었다. 그 중에는 아주 의젓하게 생긴 귀족으로 보이는 사람도 끼어 있었고, 상당히 돈을 많이 벌고 쓰고 하던 것으로 보이는 사람들도, 팬티도 입고 있지 않은 사람들 틈에 끼어 있었다.
 어째서 사람들은 이런 곳에 와야 선인과 악인이 구별되는 것일까. 도시에서 뒤섞여 살 때부터 구별이 돼 있으면 훨씬 비극을 사전에 막을 수 있는 것이 아닐까? 그리고 저 사람들이 악인이라고 하면 도시의 생활이라는 것은 항상 곁에다가 폭탄을 지니고 다니는 것이나 뭐가 다를 것인가. 그러면서도 자기가 악인이 아니라는 이유 때문에 혼자서만 잘 살 권리가 있다거나, 악인이 자기의 방조로 인해서 생길지도 모른다는 사실을 그들은 조금이라도 인식하고 있는 것일까?

세상에는 악인도 없고, 선인도 없다. 다만 인간이 있을 뿐이다. 그저 가능성만 가지고 있는 상태의 인간만. 그런 사람들이 경우에 따라서는 악인도 되고 선인도 된다. 그들을 악인으로 만든 것은 그들 자신이 아니라, 그들을 성장시킨 복합적인 여건 때문이다. 그러므로 그들은 항상 선인일 수가 있는 것이다.

어떤 법률에 있어서, 그들을 선인으로 만들기 위한 노력대신에 쉽게 악인 취급을 해버리면 그야말로 그들은 선인이 될 기회를 놓치게 되고, 그로 인해서 그들 자신은 물론, 그들 주변에 있는 사람들이 손해를 보게 된다.

법률은 무책임한 자기 기만이다. 법률이 씌우는 고통이 무서워서 죄를 짓지 않는 사람이 없는 것은 아니나, 법률이 있어서 죄를 소멸시킬 수는 없는 것이다. 과거에 그런 예가 없었으니까.

우리는 해마다 법령이 바뀌고, 또 무더기로 쏟아져 나오는 법령을 익혀야 하고, 법령집으로 먹고 사는 출판업자는, 해마다 달라지고 많아지는 법령때문에 골탕을 먹는 것을 알고 있다. 그러나 사회는 그것으로 위법자가 적어졌다는 사실을 잘 인정할 수가 없다. 법이 만들어지는 근본 목적은 그것이 실용성이 없어지기 위해서이지만, 실제로는 그렇게 되는 경우는 법령보다도 사회와 도덕의 발전으로 인한 무관심 때문인 것이지, 법령이 가지고 있는 강제성을 인정해서는 아니다.

마치 지옥에서 금방 산보를 나온 것 같은 사람들 속에서도 나는 조금도 무서움을 느낄 수가 없었다. 그렇다고 그들에게서 애정을 느꼈다는 것은 아니다. 다만 내가 한눈을 팔고 있는 사이에 이런 사람들도 우리 주변에 있었다는 사실을 잊고 있었다는 사실을 확인했을 뿐이다.
　그들도 나와 비슷하게 노란 프라스틱 밥사발 하나와 나무 문패를 하나씩 무릎 위에 올려 놓고 있었다. 나는 추위가 썰물처럼 밀려와서 손바닥으로 앞가슴을 여미었다. 얇은 천 두 장만 있는 부분이 있는가 하면 똘똘 뭉친 솜 부분만 있는 곳이 있어서, 저고리는 입으나마나한 것 같았다. 그런데다 나의 내복은 몹시 얇은 것이어서 이런 곳의 추위는 도저히 견디기가 어려울 것 같았다.
　나는 다시 직원의 안내를 받고 거기를 떠났다. 컴컴한 미로를 돌아서, 다른 공작날개 쇠창살이 있는 방을 지나, 길다란 복도가 있는 곳으로 갔다. 반들반들하게 물기가 있게 닦인 콘크리트 복도를 한참 걸어갔다. 복도 양쪽에 바둑판 무늬의 쇠창살이 즐비해 있었으나, 이미 이곳은 밤중이 돼서 아무도 보이지 않았고, 타브로이드판 정도의 흰색과 검은색이 섞여 있는 철판 밑에, 낮은 책상 하나를 놓고 앉아 있는 직원이 있었다. 그도 역시 까만 복장을 하고 있었고, 둥그렇고 납작한 제모를 쓰고 있었다. 그가 앉아 있는 곁에는 역시 드럼통을 잘라서 만든 화로가 하나 있었으며, 그 안에는 연탄이 벌겋게 타오르고 있었다.
　그는 내가 오는 것을 보더니 일어나서 아무 말없이 안내인에게 나를 인계받아서는 번호를 찾아 빈 방을 지적했다. 나는 그 앞에 섰다. 노란 프라스틱 밥그릇을 들고서.
　직원이, 서울 시장이 외국 귀빈에게 주는 황금의 열쇠처럼 생긴, 그러나 그것보다는 훨씬 더 큰 열쇠를 가지고 문짝을 열었다. 나는 여기서 주는 깜정색 고무신을 신은 채 안으로 들어갔다.
　밖에서 문이 둔탁하게 소리를 내며 잠겼다. 나는 천정을 쳐다

보았다. 이상하게도 다다미 두 장 정도 밖에 안되는 방인데도 천정이 엄청나게 높았는데 그게 서양의 관뚜껑처럼 둥글었다. 꼭 무스림들의 무덤 속 같은 느낌이 들었다. 한 발이나 되는 길다란 거미줄이 주렁주렁 내려와 있어서 마치 석굴 같은 인상이었다. 벽의 끝에는 손바닥 두 개만한 구멍이 나 있고, 14촉쯤 되는 밝기의 전등 하나가 두 개의 방을 비춰 주고 있었다.

방 구석에는 내가 입은 것 같은 이불이 두장 있었는데, 만져보니 내 저고리 보다도 더 크고 험악하게 솜이 뭉쳐져 있었다. 마치 심한 곱추를 만져보는 것 같은 느낌이다. 그리고 한쪽 구석에는 둘레가 1미터쯤 되는 비닐통이 하나 놓여 있었다. 다가 가서 뚜껑을 열어보니 검은 액체같은 것이 들어 있었다. 그렇게 심한 악취가 나지는 않았으나, 그게 변기라는 것은 금방 알 수가 있었다.

그리고는 아무 것도 없었다. 종이 부스러기 하나 보이지 않았다. 벽에는 흠으로 판 낙서들이 있는 것 같았으나 어두워서 아무 것도 보이지 않았다.

"지옥이 따로 없구나."

나는 헛웃음을 웃으며 가만히 서 있었다. 지옥이 아니라 어머니의 자궁일지도 모르지. 아마 자궁은 이것 보다도 더 좁고 더 더러울지도 모르지. 그런 속에서 인간은 누구나 할 것 없이 열달이나 숨가쁘게 견디는 것이 아닌가.

자궁으로 다시 들어오기를 열망하는 종교인들이 얼마나 많은가. 성경에는 그런 작업을 하지 않으면 절대로 거듭나지 못한다고 했다. 아뭏든 나는 자궁으로 다시 들어왔다.

그러나 이렇게 졸지에 다시 들어왔으니, 나는 여기서 무엇을 어떻게 해야 하는 것일까. 나는 그걸 몰라서 가만히 서 있기만 했다.
 벽이 툭툭 울리는 소리가 났다. 분명히 전등을 같이 쓰는 방쪽의 벽에서 울리는 소리였다. 나는 가만히 귀를 기울이고 있었다.
 "지금 들어 왔소?"
 땅 속에서처럼 소리가 울려 왔다. 모두가 밤중처럼 자고 있는 걸로 알았지만, 아직 그렇지는 않는 모양인가. 그러나 복도 안은 밤중처럼 여전히 조용했다.
 "지금 들어 왔소?"
 "예, 그렇습니다."
 "저녁은 먹었소?"
 또 낮으막하게 울려 왔다. 내가 저녁을 먹었나……. 아닌게 아니라 나는 저녁을 깜박 잊고 있었다. 밖에서 들어올 땐 아직 저녁이 되지 않았고, 이곳에 와서는 밤중이 되어 있었으니 저녁은 어디로 날아가 버린 것이다. 그러나 어쨌건 내가 사먹는 밥이 아닌 밥은 맛이 없으니까 별로 아까운 생각은 나지 않았다.
 "이거라도 요기를 하고 주무시오. 춥고 피곤할게요."
 그 소리와 함께 전등 구멍에서 빵 두봉지가 만나처럼 날아왔다. 집어보니 시중에서 팔리고 있는 카스테라였다.
 나는 감격했다. 이상한 사회도 다 있구나. 얼굴도 모르는 사람인데도 저녁을 걱정해 주고, 빵을 주고, 위로의 말까지 양념으로 전달해 준다. 이런 정다운 세계가 다 있다니. 한국 사람들은 원래가 이렇게 선량한 사람들인가.
 나는 빵을 집어서 먹었다. 맛이 있는 걸 보니 배가 좀 고팠던 모양이다.
 "무슨 죄로 왔소?"

다시 낮으막한 소리가 들려 왔다.
　나는 얼른 대답할 말이 없었다. 내가 사실은 무슨 죄로 왔는지를 잘 모르고 있었기 때문이다.
　"죄요? 나는 그런 걸 가지고 있지 않아요. 꿈을 꾼 잘못밖에는 ……."
　"그래요? 우리는 모두 꿈을 꾸지요."
　"댁은 무슨 죄요?"
　나는 전기 구멍을 향해서 낮으막하나 힘찬 어조로 말했다.
　"나는 사기죄요."
　사기죄라…… 그런 사람이 어떻게 내게 대해서, 그것도 얼굴을 한 번도 보지 않고 이렇게 친절할 수가 있을까. 그는 결코 사기꾼이 아니다. 아마 잘못된 여건 때문이겠지. 아니면 속단이거나, 오해거나…….
　"아뭏든 잘 자야 해요. 추우니까."
　나는 그 말에는 대꾸하지 않았다. 아닌게 아니라 추위와 함께 심한 피곤이 겹쳐오는 것을 무겁게 느낄 수 있었다.
　나는 곱추 이불을 깔고 또 한 장의 곱추 이불을 덮었다. 통 덮혀지지를 않았다. 그런데다 불이 있는 곳에서 자보지 않았기 때문에 머리에 이불을 뒤집어 쓰지 않으면 도저히 잠을 잘 수가 없었다. 머리로 이불을 뒤집어 쓰면 발목 위로 이불이 뒹굴어 왔다. 돌아누워서 새우잠을 자려고 했더니, 아래층의 곱추때문에 배겨서 도저히 편히 누울 수가 없었다. 피곤하고 잠은 자야겠지만, 도저히 잠을 잘 수가 없었다.
　나는 이불을 뒤집어 썼다가, 모로 누웠다가 다시 돌아누웠다가를 연방 계속하고 있었다.
　"어이, 어이."

나는 잠결에 나를 깨우는 소리를 들었다. 눈을 떠보니, 문짝에 나 있는 조그만한 쇠창살 문을 통해 직원이 나를 부르고 있었다.
"예!"
"얼굴을 내밀고 자란 말이야."
"춥고, 불이 있어서 잠을 잘 수가 있어야죠."
"얼굴을 내밀고 자란 말이야."
그는 그것만이 중요한 듯이 내 말을 들으려고 하지 않았다. 나는 하는 수 없었다. 목을 내밀고 자는 시늉이라도 했다. 벼개라도 있으면 이 처량한 대가리가 다소 위신을 찾을 것 같았지만, 그런 것이 있을 턱이 없었다.

4

　나는 아침에 눈을 뜨고서야 밤새 추위와 싸우느라고 내 본직인 꿈꾸는 일을 하지 않았다는 것을 깨달았다. 그건 몹시 서운한 일이었다. 이렇게 큰 생활 환경의 변화를 맛보면서도 꿈을 꾸지 못했다는 사실은 얼마나 실망스런 일인가.
　더구나 나는 지금 몸의 자유가 없어진 상태에 있으니 자유롭게 날아다닐 수 있는 환상은 더욱 활발해 질 수밖에 없었고, 그것이 유일한 내 활동이고, 생존의 뜻이기도 했다.
　어디선지, 부서진 패잔병의 나팔소리가 들려 왔다. 영화에서 몬티가 불던 그런 정서적이고 감격적인 것이 아니라, 억지 춘향을 하는 것 같은, 약간 치기가 있는 나팔소리였다. 그러니까 이건 나팔소리를 듣고 기분좋게 깨라는 것이 아니라, 시끄러우니까 잠을 깨라는 것 같은 것이다.
　갑자기 주위가 소란해졌다. 사방에서 짐을 꾸리는 것 같은 요란한 소리가 들려 왔다. 그러나 나는 밖에서 어떤 일이 일어나고 있는지, 내가 어떤 일을 해야 하는지 알 수가 없었다.
　복도로 사람들이 부지런히 지나가고 있었다. 그러나 나는 복도 쪽을 감히 내다 볼 엄두를 내지 못했다. 너무 지나치게 변해 있을 그런 바깥 풍경을 감히 내다 볼 용기를 내지 못한 것이다.
　"점검, 점검……."

이렇게 말하고 가는 사람이 있었다. 나는 역시 그 말이 무슨 뜻을 지니고 있는지 알 수가 없었다.
　조금 있으니 복도 끝에서 "차려" 하는 소리가 들렸다. "차려" 라…… 군대 갔을 적에 많이 하던 동작이지만 이런 경우에는 어떻게 할 수가 없었다. 가만히 있으면서 하나하나 천자문을 외우듯이 해 나갈 수 밖에 없었다.
　사람이란 환경에 적응하는 힘을 가지고 있음으로써 위대하다면, 나도 분명 그렇게 위대한 속성을 타고났을 것이다.
　모자에 노란 테를 한 사람이, 몇 사람의 조금 노란 테를 한 사람들을 데리고 바쁘게 지나가면서 방안을 슬쩍 들여다 보았다. 그리고는 바쁘게 나를 헤이면서 "하나"하고 지나갔다. 아마 이 방안에는 나 혼자 들어 있다는 것인 모양이다. 아, 숫자 점검이구나. 이런 곳에는 무엇보다도 숫자가 제일 중요하겠지. 하나가 더 있어도 문제고 하나가 덜 있어도 문제다. 결국 사람은 타락하거나 출세를 하거나 하면 하나의 숫자 개념 속에 ·포함되어 버리고 만다. 그것은 완전한 민주주의고, 개인 숭배 사상이다.
　"쉬엇"
　아니, 그 앞에 무슨 말이 있었다. 중대 쉬엇, 이런 말이 아니고 뭐라고 하는지 모르지만, 뭔가가 형용사나 관사 같은 것이 붙어 있었는데, 나는 그것을 들을 수가 없었다. 그러나 대단한 게 아니다. 조금만 지나면 알 게 될테니.
　복도 안에 긴장이 풀리는 소리가 조용하게 들렸다. 나는 문쪽에서 상당히 떨어진 곳에서 복도쪽을 조심스럽게 내다보았다. 역시 건너편에도 문짝 위에 타브로이드판 크기의 문짝이 있는 방이 있고, 그 안에는 신문지면에서나 보는 한복 입은 죄수들이 웅성거리고 있었다. 좁은 방에 도저히 있을 수 없을 것인데도 불구하고 오륙명 내지 칠팔명씩 있는 것처럼 보였다. 그런데도 두툼하고 깨끗한 한복을 입고, 비교적 좋은 혈색을 하고 있는 것이, 이 세계가 결코 일반 생활이나 일반적인 인간과는 그리 먼 거리에 있는 세계가 아니라는 생각을 들게 했다.

그러나 어떤 방은 창문이 없는 곳이 있었고, 간신히 눈 두 알만 보이는 구멍이 양철 같은 것으로 덮여 있는데, 그건 안에서가 아니라 밖에서만 열어서 볼 수 있도록 돼있었다. 방 위치의 각도 때문에 건너편 복도에 있는 방은 전면에 있는 것과 양쪽에 하나씩, 도합 세개의 문짝을 볼 수 있었고, 억지로 하면 다음 두 방의 한쪽 모서리만 간신히 볼 수 있었다. 사람들 중에는 나처럼 바래진 회색옷을 초라하게 입고서 걱정투성이의 얼굴을 하고 있는 사람도 있었다.

건너방에 있는 친구들은 내 얼굴을 보자 몇 마디씩 걸어볼려고 했으나, 내게는 무슨 말인지 전연 들리지 않았다. 남의 눈을 피해서 간단히 한 마디씩 낮으막하게 살짝 하는 소리라 알아들을 수가 없는 것이다.

나무 문짝 손잡이에는 큼직하고 길다란 쇠뭉치가 쪼끼의 회중시계줄처럼 매달려 있었다. 그게 자물쇠인 모양인데, 역시 그것도 밖에서 콘트롤 할 수 있는 것이지, 안에서는 아무 소용도 없는 무쇠조각에 지나지 않았다.

내 문짝의 아랫구멍에 사람의 손이 마치 귀신의 손처럼 급히 들어 왔다 가더니 달걀 두개가 놓여졌다. 누가 넣었는지 물론 알 수가 없다. 또 넣어 준 사람도 이름을 밝히기 위해서 넣어준 것은 아닌 것 같았다.

야, 이곳은 사람 살만한 곳이구나. 나는 계란을 깨어서 단숨에 마셔 버렸다.

한참 있으니까 그 귀신의 손이 다시 날쌔게 들어 왔다가 나가더니 이번에는 치약과 치솔 그리고 수건이 얼른 들어왔다. 이것 봐라? 나는 어리둥절할 수 밖에 없다.
"물 받아요."
어디선지 모르게 이런 소리가 울려 왔다. 나는 어떻게 행동해야 할지 알 수가 없었다. 나는 가만히 있었다. 그러니 아까 손이 잠시 들어왔다가 나간 됫박 크기만한 조그만한 구멍으로 사람의 얼굴 반쪽이 들여다 보였다. 물론 그는 나를 쳐다보고 말하는 것이었다.
"물을요? 헌데 어디다가?"
나는 사방을 휘둘러 보았으나, 변소로 쓰이는 큰 프라스틱통 외에는 물을 담을 만한 그런 통이라고는 없었다. 그리고 조그만한 밥그릇과. 나는 밥그릇을 그에게 내밀었다.
"주전자 없어요? 바께쓰나?"
"없는데요."
"그럼 하나 갖다 드리지."
그렇게 말하고 그는 한 말 들이나 되는 노란색 양은 주전자를 하나 가지고 왔다. 번호를 적어 놓았지만, 일부가 마멸돼 없어져서 확실히 보이지 않았고, 근사하게 쭈그러져서 술집의 주전자 같았다.
나는 물을 받아서 우선 한모금 마셔 보았다. 끓인 물을 식힌 것 같았지만 이상한 냄새가 좀 나서 많이 마시고 싶은 생각이 나지 않았다.
양철을 콘크리트 바닥에다 끄는 요란한 소리가 들렸다. 그리고 밥냄새가 물씬하게 방안으로 풍겨 왔다. 가만히 다시 건너다 보니 폭이 70센티 가량, 길이가 1미터 가량 되어보이는 네모난

두꺼운 알미늄통에다가 연탄처럼 찍은 콩밥을 잔뜩 담아가지고 와서, 그 문짝의 조그만한 구멍으로 넣어주고 있었다. 나는 얼른 눈치를 채고, 밥그릇을 준비해 있다가 그들이 가까이 왔을 적에 얼른 내밀었다. 묵직한 무게가 금방 손목에 왔다. 콩으로 다져진 밥으로 타원형으로 되어 있었는데 콩밥으로는 잘 굳어지지 않으니까 연탄찍을 때 진흙을 섞듯이 보리를 섞은 것으로 보였다.
"짠지통 내와요."
역시 나는 그런 것을 가지고 있지 못했다. 밥그릇을 다시 내미니, 알미늄 바께쓰에서 짠지 한 주먹을 밥 위에다 놓아주었다. 단무지 같은 건데, 초코렛색으로 물이 잘 들어 있었다.
다시 국물이 배달될 차례지만, 나는 이제는 어디다 더 받을 수가 없어서 그것을 받는 것은 사양할 수 밖에 없었다.
나는 마루 바닥에 쭈그리고 앉아서 손가락으로 콩알을 두어개 뽑아 내어 씹어 보았다.
"콩밥이지만, 꼭 씹고 요가를 하면서 건강에 주의하시오."
라는 말이 뇌리에 오락가락했다. 나는 그렇게 했다. 잘근 잘근 씹어 보았으나 별로 맛이 있는 것은 아니었다. 그러나 소가 반추를 하듯이 아작아작 씹어나갔다. 더 이상 못먹겠다 싶어서 보니, 밥덩이는 아직도 삼분의 이나 남아 있었다. 이걸 어떻게 하나. 버릴 데도 없는데……
나는 한참 밥그릇을 들고 다니다가 그냥 마루에다 놓아 버리고 말았다. 좀 더 경험이 쌓이면 어떻게 하는 방법이 나겠지……. 맛이 있어서 몽땅 먹게 된다든가…….
식사가 끝나고 나니, 좀 무료한 생각이 들었다. 온 몸이 떨려서 몹시 고통스러웠다. 내복이라도 두툼한 것을 한벌 주기만 한다면 로마제국을 하나 주는 것보다 더 고맙겠다……. 그런대로 바지는 푸른 색이 남아 있는 새옷이어서 나았지만, 저고리는 회색으로 완전히 탈색되어 추워서 견딜 수가 없었다. 체중이 불과 육십키로 밖에 안되니 추위를 견디기가 어려울 수 밖에.

나는 우리 안에 든 호랑이처럼 아무 할일 없이 방 안을 한 바퀴 돌았다. 내가 인도에 갔을 적에 보았던 무스림의 무덤같은 천정에는 아무 낙서도 쓰여 있지 않았다.

낙서 대신에 가래침이라도 뱉아 붙이고 싶었지만 나는 거기까지 가래침을 뱉을 수 있을 것 같지 않았다.

나는 중국놈처럼 천정에다가 가래침을 힘껏 뱉았다. 역시 반도 도달되지 않았다. 이번에는 발을 바닥에서 떼면서 힘차게 뱉았다. 역시 천정에 닿지 않고 바닥에 떨어졌다.

뒷벽에는 키 높이보다 약간 높은 곳에 조그만한 창이 나 있었고, 손가락 굵기만한 쇠창살이 수직으로 나란히 꽂혀 있었다.

나는 장난삼아 쇠막대기를 흔들어 보았다. 잔뜩 녹이 쓸어있기는 하지만, 그게 흔들릴려면 아직도 오십년이나 더 기다려야 할 것 같았다. 이 형무소가 일천구백십년에 만들어졌다든가 하니까 오십년이 지나면 그 나이는 얼만가. 그래도 형무소는 없어지지 않고 증설에 증설을 거듭하지 않으면 안될 것이다. 절대적인 호경기가 있다면 바로 이것뿐인가. 어느 지방, 어느 나라에도 이런 것이 없는 곳이 없으니.

탈옥을 한다는 것이 실제로는 얼마나 힘들다는 사실은 이런 곳을 직접 보지 않고는 어려운 문제다. 가끔 가다가 모른척 하고는 탈옥하도록 내버려 두는 것도 낭만적이기는 한데……

쇠창살이 비록 없다고 하더라도, 마당 저쪽에 있는, 높은 절벽을 날으는 것은 인간의 알몸으로는 도저히 불가능하다.

창문의 쇠창살을 두 손으로 거머쥐고 간신히 몸을 일으켜 저쪽을 보니, 안보이는 이쪽 건물이 환히 보이는 것 같았다. 빨간 벽돌 건물이 마당을 사이에 끼고 방사선처럼 뻗어 있었다. 역시 몹시 낡아 보였으나, 튼튼한 맛은 조금도 손상되지 않은 것 같았다.

역시 그 건물의 방들에 있는 사람들도 무료했던지 이쪽을 향해서 대답 없는 말을 지껄이고 있었다. 더러는 야만적인 잡소리를 하는 놈이 있는가 하면, 숨가쁘게 용건을 말하고 가는 놈도 있었다. 그런가 하면 사색과 우울증에 빠져 있는 내성적인 젊은 사람들도 보였다.

방 안에 둘러 서서 담배를 피우고, 한 놈은 옷을 벗어서 나오는 담배 연기를 열심히 창밖으로 불어 내고 있었다. 꼭 피우고 싶어서 그런 어려운 장난을 하고 있다기보다도, 그런 것마저 하지 않으면 무료해서 견딜 수 없기 때문에 하는 것 같았다.

나는 박우병씨 생각을 했다. 여기에 왔다는 것을 어느 정도 확인하기는 했지만, 어디 어느 방에 들어 있는지는 알 수가 없었다.

복도에서 소리가 났다. 나는 그 쪽으로 가 보았다. 꼬마가 뭐라고 외치고 지나가고 있었으나 무슨 말인지 알아 들을 수 없었다. 깜정 잠바를 입은 직원의 예의 큰 행운의 열쇠를 가지고 다니면서 문짝에 붙은 쇠뭉치를 척 처지게 했다. 그러면 문이 열리고, 안에서는 검은 신발을 줏어들고 밖으로 나왔다. 아마 어디로 가는 모양이다. 재판을 받으러 가는 것인가, 아니면 고해성사를 하러 가는 것인가.

"김선생이죠? 소식을 들었습니다."

대학생처럼 젊은 청년이 비교적 깨끗하고 단정한 제복을 입고, 내 창문이 있는 앞을 지나가면서 슬쩍 한 마디 하고 지나갔다.
 "필요한게 있으면 소지 아이를 통해서 말씀하십시요. 도와 드리도록 하겠습니다."
 나는 얼떨떨해서 뭐라고 얼른 대꾸할 말을 찾지 못했다.
 내가 아무 것도 아닌 소시민이고, 하잘 것 없는 망상가에 지나지 않는데, 그들이 나를 알고 있고, 또 내가 이리로 왔다는 사실조차 알고 있다니…… 바깥 소식이 아주 정확하게 전달된다더니 그게 정말이군. 나는 이상하고 야릇한 기분이 들었다. 나는 여태 혼자서 살아가고 있었다는 생각이 들었고, 또 내 할일을 보람이 있든 없든 혼자서 하고 있었고, 아무도 그걸 모르고 있는 줄 알았는데 그걸 아는 사람이 있다는 사실은 멋적고 부끄러운 일이었다.
 이곳은 사회의 축소고, 사회의 거울이구나. 착한 사람도 있고, 악인도 있고, 정치범도 있고, 종교인도 있구나. 그건 사회의 다른 한면이니까.
 그 속에서 나는 무엇일까. 오히려 아무 것도 아닌 존재가 아닐까. 아무 존재가 아니면서 이런 대접을 받는다는 것은 송구스런 일이 아닌가.
 그러나 이게 사회의 거울이라면 나 같은 사람도 있는 것이 당연한 일이지.
 발이 꽁꽁 얼어와서 견딜 수가 없었다. 이불이라고 하는 곱추를 끌어내어 발 밑에다 깔았다. 그리고 땅을 굳히려는 듯이 자꾸만 밟았다.
 "어이, 무슨 죄로 왔소?"
 건너방에서 제법 대담하게 나를 보고 소리를 질렀다. 조그만하고 얌전하게 생긴 사람이다. 배추색 한복을 입고 있었다.

"말만 하면 내가 재판을 해 주지."
 그럴 것이다. 나는 왜 여기까지 왔는지를 설명해 주었다. 지극히 단편적인 이야기로. 깜정 제복을 입은 사람이 한가하게 왔다 갔다 하고 있었다. 그럴 때마다 우리의 원시적인 대화는 중단되었다. 사람이 많은 말을 하고, 말에다 수사를 붙인다는 것이 얼마나 사치스런 일인가. 우리는 이렇게 원시적인 대화만으로도, 많은 수식어가 붙은 말보다도 더 잘 알 수가 있었다.
 "……너무 걱정하지 마시오. 2심에는 나갈 수 있을 거요. 잘하면 1심으로 나갈 수 있을 것이고."
 "그게 얼마나 되는데?"
 나도 소리를 죽여서 말했다.
 "1심은 6개월이 만기요. 2심은 4개월. 결국 3심까지는 1년이 걸린다는 얘기지."
 그래서 2심까지라면 10개월이라…… 10개월이라…… 하루가 여삼추 같은데 10개월이라…… 그 동안에 세상은 어떻게 변할지도 모르는데…… 나는 기가 막혔다.
 그러나 그것도 잘 되면 그런 거지만, 만일 엉뚱하게 된다면…
 "당신은 얼마 받았소?"
 "나는 십오년이오. 3심을 하고 있는데 별로 희망이 없소."
 십오년이라…… 십오년을 이런 생활을 한다…… 그렇게 인간이 생존할 수 있을까. 그러면서도 마치 남의 이야기를 하듯이 태연했다. 십오년이라…… 끔찍한 일이다. 그가 정말 그럴 만한 일을 했다면 그건 구체적으로 어떤 일일까. 살인 강도처럼 보이지는 않는데……
 죄라…… 죄라…… 도대체 죄라는 것과 아니라는 것과는 어떤 한계가 있는 것일까. 가령 아버지가 병신 자식을 낳았다는 것을 확인했다. 아이를 뒤집어서 숨지게 하고 말았다. 그랬을 적에는 사람을 죽였으니까 영아살인죄다. 물론 재판관에게 관대한 처분을 받을 수 있겠지만, 살인은 살인이기 때문에 죄로 인정을 받게 될 것이다.

그러나 그가 만일 아이를 죽이지 않고 살게 내버려 두었다면…… 본인이 괴로운 것, 부모가 괴로운 것, 사회가 괴로운 것은 어떻게 처리한단 말이냐.

이건 극단적인 예인가. 그러나 인생에는 극단적인 것이 보편적인 것이고, 보편적인 것이 극단적인 것이다.

잉카문명을 일으킨 사람들이 태양신 앞에다가 해마다 산 사람을 제물로 바친다. 그건 살인이다. 그래도 살인이 되지 않는다. 그러나 문명화 되었다는 지금은 그게 살인이라고 규정을 한다.

그러면 문명에는 살인이 없는가? 문명은 살인을 고차원화 내지는 대량화 해 가고 있지 않은가. 훔치는 것은 죄이다. 그러나 훔치는 것은 아직도 공공연히 행해지고 있다. 나라와 나라 사이에서, 사회와 사회 사이에서, 개인과 개인 사이에서……. 이것 역시 차원이 높아지고 있을 뿐이다.

차원이 높아진 범죄는 범죄가 아닌 것인가?

일본의 기독교적인 성자라고 하는 우찌무라저도 신에게 일본 제국주의를 보호해 달라고 그의 글에서 쓰고 있다. 개인적으로 죄를 짓는 것은 죄이지만, 제국주의가 짓는 죄는 죄라고 인정하지 않았던 것일까. 국가가 저지르는 범죄는 범죄가 아닌가. 국가의 존립은 그런 부도덕이 아니면 존속이 불가능하단 말인가.

역사적으로 모든 국가는, 특히 서구 제국은, 중국은, 일본은 효과적인 전쟁 수행이라는 이름으로 엄청난 죄악을 저질러 왔다. 약소 민족을, 미개한 민족을 짐승처럼 학살하여 그들의 지배

욕을 만족시켜 왔다. 그러면서도 그들은 여전히 휴매니즘을 외치고 있다. 나치스의 독일이 지금은 반전의 주모자격이 되어 있다. 아세아를 살육과 전쟁의 도가니에 몰아넣은 일본의 자유를 부르짖는 선봉에 서 있다. 언젠가 그들의 필요에 의해서 그걸 무참하게 짓밟을지 모르면서도.

그런데 왜 개인의 자유, 지극히 약한 개인의 자유는 범죄라는 이유로 방해를 받아야 하는 것일까.

신은 왜 그 거대한 역사적인 심판을 무기연기하고 있는 것일까. 신은 존재하지 않기 때문인가, 아니면 아직도 기회가 주어져 있는 것일까. 추수 때까지 밀과 가라지를 가리지 않는 것인가.

십오년이라…… 물론 무기도 있지, 아니 사형도 있지만…… 십오년이라는 것은 내게는 정말 실감이 나지 않았다. 물론 그에게도 실감이 나지 않는 것이겠지. 그러니까 그는 남의 이야기를 하듯이 자기 이야기를 하고 있는 것이겠지…… 그런 그에게도 처자식은 있을지 모르고…… 다정한 부모와 친구들이 있을지도 모르는데……

그도 역시 환상에 살고 있는 사람일까? 그 환상은 현세 사람을 그렇게나 흥분하게 하는 것일까. 소크라테스가 희랍 사람들을 흥분시킨 것처럼. 갈릴레오가 중세 사람을 흥분시킨 것처럼. 환상이란 남에게 아무 약효도, 아무 피해도 주지 않는 건데……

직원이 나와서 방의 문들을 열심히 열어 주고 있었다. 입구쪽이 아니라, 이번에는 꼬리쪽의 문이 열렸다. 큼직한 탱크를 설치한 트럭이 꼬리 부분을 건물 입구 쪽에다 갖다 대었다. 그와 함께 고향에서나 맡아 볼 수 있는 향긋한 냄새가 온 복도 안에 진동을 했다.

나는 아직 한번도 뒤를 본 일이 없지만, 깨끗하지 않은 것 같은 느낌이 들어서 똥통을 들고 복도로 나갔다.
 똥통을 들고 나가면서, 활짝 공개된 각 방의 속을 얼른 한바탕 훔쳐 볼 수 있었다. 내 방하고 전등을 같이 쓰는 방에는 사람들이 오륙명 입추의 여지도 없이 서 있었다. 서 있어도 가득차 있는데 앉거나 누울 때는 어떻게 하는 것일까. 그들 중에는 제법 양반으로 보이는 사람도 있었고, 똘만이로 보이는 사람도, 학자와 같이 심각한 얼굴을 하고 있는 사람도 있었으며, 회색 제복을 입은 사람, 점잖게 한복을 입은 사람도 끼어 있었다.
 나는 그들 중의 한 사람과 눈이 마주치자 조용하게 목례를 했다. 간밤의 음식을 고맙다고 인사를 하는 것은 당연한 일이지만, 내가 어떤 사람이라는 것을 그들에게 일단 보여 줄 의무도 있는 것 같았다. 그들이 환상을 보고 있거나 눈먼 봉사와 같은 행동을 했거나 간에 모두가 선량한 사람들임에는 틀림이 없는 일이다.
 똥통은 모두 자기 것을 자기가 버리는 자주정신을 발휘하고 있었지만, 트럭을 따라 온 일꾼들이 방안으로 들어와서 들어내어 주는 사람도 있었고, 그들에게 방의 주인들이 얼른 빵을 한 두봉지씩 건네주기도 했다.
 그들은 이 복도에 있는 사람들 보다도 초라해 보였으며, 골격이 많이 건장해진 것 같기도 했다. 그러나 한복이나 다른 작업복을 입고 있는 것은 아니고, 모두 회색의 제복을 입고 있었고, 머리는 빡빡 깎은 채였다.
 "용기를 내요. 김선생."
 똥통을 들고 오는데, 어떤 사람이 귓전에다가 살짝 이런 말을 속삭였다. 용기를 내라…… 우리는 죄인이 아니잖냐. 용기를 내라. 부끄러운 짓을 한 것도 아니다.……

나는 똥통을 가만히 구석에다 가져다 놓고 궁둥이를 까가지고 간신히 항문만 안으로 들어가게 걸터 앉았다. 아주 불안한 자세였다. 아무래도 똥을 좀 누어두는 게 좋겠다고 생각했다.

그러나 자세 때문인지, 아직 시기가 안됐는지, 몸속에서 만들어 낸 사식의 덩어리는 좀처럼 나올려고 하지 않았다.

나는 뚜껑을 닫고 마루 바닥에 앉았다.

마루 바닥에 축소된 장기판이 하나 그려져 있었다. 콩알을 쪼개서 말을 만들었다. 장군은 쪼개지 않은 큰 것으로 했다. 반쪽짜리는 상으로 하고, 그 반은 말로 했다.

그러고 나니 나머지 말이 모자랐다. 보리밥알로 졸을 만들었다. 보리밥알을 땅바닥에다 가만히 굴리니 먼지투성이가 되어 검정색이 나타났다. 이걸로는 포를 하자. 그러면 차가 아직 없다.

나는 옷깃에서 파란 솜을 좀 뜯어 내어 밥알을 뭉쳤다. 이것은 차다……

나는 큰 발견이나 한 것처럼 신나게 장기를 두었다.

그러나 이상하게도 아무리 두어도 판이 되질 않았다. 왜 그럴까.

한참 후에야 나는 상대가 없는 장기를 혼자서 두고 있다는 것을 깨달았다. 맥빠졌다. 발바닥으로 장기판을 싹 쓸어 버렸다.

작은 방 속의 하루는 역시 작으만하다. 아무 것도 하는 것도 없는데 아침을 먹고 난 직후에 다시 점심이 오고, 그러고 나면 금방 저녁을 주었고, 취침 나팔이 울렸다. 밤을 길게 해주기 위해서 일부러 이런 일정을 만든 건가, 아니면 다행스럽게도 이렇게 시간이 초음속으로 흘러가고 있는 것일까.

복도가 다시 어두워지고, 심한 추위가 전신을 휘감아 돌았다. 온 몸이 얼어 붙는 것 같았다. 이런 추위에는 사색도, 공상도, 꿈도 꾸기가 힘들 것 같았다.

5

 아버지는 청진에서 무엇을 했는지 어린 우리들에게는 자세하게 알 수는 없다. 그러나 일단 사업에 손을 댔기 때문에 그걸 지혜스럽게 했고, 상당히 성공해서 같은 고향사람들에게는 널리 알려진 모양이다.
 우리는 일본에서 청진으로 건너올 때, 우선 배가 나진에 도착했는데, 그때의 무서운 추위는 평생을 통해 잊어버릴 수가 없었다.
 나진 역에서 기차로 나남으로 향했다. 밤이었다. 나진이나 청진 부근의 사람들은 전부 이불을 뒤집어 쓰고 다녔다.
 마치 갑자기 아프리카의 토인들이 사는 마을로 간 것 같은 느낌이 들었다. 왜 이런 곳으로 아버지는 가족을 이끌고 온 것일가. 사업이라면 일본에서도 얼마든지 할 수 있었을텐데……. 우리가 알 수 없는 어떤 사정이 있었는지도 모른다. 개인적인 이유나, 경제적인 사유를 떠나서 정치적으로 어떤 문제가 있었는지도 모를 일이다. 물론 그렇게 말하는 사람도 없는 것이 아니었다.
 아버지가 일본에서 접촉하던 인사들, 그리고 문학을 했던 사실, 이런 것들이 개인적인 차원을 이미 초월해 있었다고들 했다. 그런 사람이 아무리 문학을 집어치우기로 했다고 하더라도 일본에서 눌러 살기는 힘들었을 것이다.

나남에는 아버지의 누이동생 가족이 먼저 와 살고 있었다. 그 고모부(내게 있어서는)는 한의사였고, 나남에 와서도 한의원을 개설해 놓고 있었다.

우리는 밤중에 그 쪽으로 갔는데 누님과 숙부는 아직도 일본서 재학 중이었으므로, 나는 형과 누이동생과 함께 부모를 따라 나남으로 왔던 것이다.

나남 역시 일본서 보던 풍경에 비하면 엄청난 시골이고 초라한 곳이었다. 군사 도시여서, 일본 군대들이 요란하게 군화의 징소리를 내며 걸어가고 있었다.

거기서 며칠을 묵다가 우리는 송평이라는 곳으로 왔다. 추운 겨울이기는 하지만, 송평이라는 곳은 아무 것도 없는 허허벌판이었다. 그 허허벌판이 눈으로 싸여서 마치 넓은 사막처럼 살벌하고 황량해 보였다.

우리는 그 눈사막 속에 파묻혀 있는 초라한 집을 한칸 얻어서 이사를 했고, 눈이 녹기가 급하게 집을 짓기 시작했는데, 그게 한 두채가 아니고, 여러 수십채가 되었다. 시골에서 전답을 엄청나게 팔아다가 지었다는 말도 있고, 일본서 벌어 온 돈으로 지었다는 말도 있었다.

우리 집은 커다란 이층집이었다. 그리고 나머지 집들은 팔기도 하고 세를 놓기도 했다.

우리가 그렇게 하고 나니까 금방 그곳에 도시가 들어섰다. 일철이라는 제철 공장이 들어서고 군수공장이 들어서는 야단법석이 났는데다가, 남쪽 지방에서 징용으로 온 사람, 자의로 돈벌이를 하러 온 사람들이 벌떼처럼 모여들어 도시는 금방 번화하게 되었다.

우리 집은 우리 시골의 합숙소처럼 되었다. 돈벌이 하러오는 사람들은 무조건 우리 집에 와서 살기도 하고, 잠시 있다가 집을 구해 나가기도 했다. 그래서 식구들의 수는 우리 식구들 수 보다도 항상 많았으나, 어린 나이에도 아버지는 그들을 귀찮게 생각하는 기색이 보이지 않고 오히려 그들을 자청해서 불러들이고 있는 것 같은 느낌이 들었다.

나중에 나는 시골로 되돌아 와서 낯익은 사람들을 많이 만났는데 그들은 모조리 이때 우리 집에 와 있었기 때문이었다. 물론 대부분이 약간씩 인척이 되는 사람들이기는 했지만, 그러나 우리 시골은 조그마한 섬이기 때문에 모든 사람들이 이중 삼중으로 모두 친척관계가 있어서 마치 근친상간의 덩어리 같은 느낌을 주었다.

아버지는 무지하게 돈을 벌었다. 그래서 시골서 팔아왔던 전답을 금방 다시 사고도 엄청난 돈을 벌었다.

집에서는 밤마다 파티가 벌어졌다. 일부러 하는 파티가 아니고, 자연스럽게 먹는 저녁이기는 하지만, 술판이라고 해야 옳은 그런 것들이었다. 물론 아이들이 끼일 자리는 아니었다.

아버지는 주로 시골서 올라온 친척들과 술을 마셨지만, 주로 고모부와 숙부를 자주 자리에 끼어 두었다. 그리고, 시골에 있는 숙부들, 그리고 고모부들도 자주 올라왔고, 할아버지는 여름 한철은 해마다 이곳에 와서 지내다가 가을바람이 불기 시작하면 시골로 내려가곤 했다.

우리는 송평국민학교와 어항국민학교를 지나서 있는 수남학교에 다니고 있었다. 왜 두 학교를 내버려 두고 하필이면 먼데 있는 사립학교에다가 보냈는지를 알 수가 없었다.

학교 교사는 목조 건물이었다. 상당히 낡아 보였다. 배추색으로 칠해 놓았지만 그게 퇴색하여 거의 흰색이 되어 있었다.

일제 말엽이기 때문에 우리들로서는 이해할 수 없는 여러가지 사건들이 학교와 사회에 있은 것 같았다. 학교 선생들이 징용에 끌려가기도 하고 경찰에 잡혀가기도 했다. 말을 타고 긴 칼을 찬 헌병이 가끔 학교에 나타나곤 했다. 그러나 학생들 앞에서 쇼킹한 어떤 일을 하는 것 같지는 않았다.

나의 누님이 일본에서 고등학교를 마치고 이곳에 와서 교편을 잡고 있었다. 나는 그게 반가운 게 아니라 어떻게나 부끄러운지 견딜 수가 없었다. 아이들이나 선생들이 모조리 색안경을 쓰고 보는 것 같았고, 한마디씩 하는 것이 얼굴을 뜨겁게 했다.

학교는 가끔 기차로 통학을 하지만 여름에는 걸어가는 것이 보통이었다. 지금 거리로는 굉장히 먼 거리 같지는 않겠지만, 어릴 때는 다리가 짧기 때문에 얼마 안되는 거리도 엄청나게 멀어 보이는 법이다.

나는 누님과 함께 가지를 못하고 따로 떨어져서 나의 형과 함께 학교를 다녔다. 청진은 신흥 공업도시이기 때문에 거리는 온통 공장으로 가고 오는 직공들 투성이었다. 그러는 그들은 누님을 '히야까시' 하는 것을 하나의 낙으로 알고 있었다. 별아별 뚱딴지 같은 말로 놀려대곤 했으나, 누님은 한마디 말대꾸도 하지 않고, 시종 고개를 숙인 채 학교를 출퇴근했다.

나는 왜 누님이 그 학교에서 교편을 잡았는지 알 수가 없었다. 아버지는 누님을 의사로 만들겠다고 의학공부를 하기 위해서 동경이나 서울에서 대학을 다니도록 종용하고 있었지만, 누님은 그걸 듣지 않았다.

숙부는 명치대학을 나오자마자 시골에 가서 결혼을 하고 아직 여학생같은 단발머리를 한 색시를 데리고 우리 집으로 왔다. 상업은행 청진지점에 취직이 되어서 왔다는 것이었다.

그러나 나는 어려서 그런지 숙부와 그 여자가 어떤 관곈가 하는 것을 실감나게, 명료하게 알지 못했고, 별로 관심도 없었다.

그 여자는 우리를 붙어잡고 이야기를 자주 해 주었다. 아담과 이브의 이야기에서부터 시작하여 이솝 이야기까지 열심히 해 주었다.

나는 어머니를 따라 교회에 나가고 있었다. 어머니는 너무 체중이 무거워서 혼자서는 거의 걸을 수가 없을 정도였다. 마치 무지무지한 크기의 절구통이나, 드럼통이 천천히 움직여 가는 딱한 모습 같았다.

아버지는 교회에 나가는 것을 별로 탐탁하게 생각하지 않은 모양이었지만, 어머니가 종교에 의지해서 병이라도 낫게 하고 싶어 하니까 아마 묵인하도록 한 모양이다.

어머니는 어떤 병을 앓고 있었는지 알 수가 없었다. 항상 자리에 드러누워 있었고, 가사는 할머니와 식모들에게 전적으로 맡겨 놓고 있었다. 늘 누워 있느라고 어머니는 자녀들을 사랑할 그런 시간도 없었다. 그래서 우리는 어머니에게서 구체적으로 사랑을 받아보았다는 그런 기억이 별로 없었다. 항상 찌프린 얼굴, 징징 우는 소리, 그리고 병치레…… 그저 누웠다, 앉았다 하는 것이 고작이었고, 간신히 달팽이처럼 걸어서 예배당에 나가는 것이 생활의 전부였다.

밥은 아버지가 퍼주었다. 둥근 상에 쭉 둘러 앉아서, 어머니는 그런 기력마저도 없었기 때문이다.

아버지는 말을 잘 안들었거나, 못된 짓을 했거나 하면 '칼밥'이라고 하여, 날카롭게 깎아서 밥을 퍼주었기 때문에 양에 차지 않았다. 그래서 그게 굉장히 겁나는 형벌처럼 느껴지곤 했다.

어머니는 몸이 편치 않으니까 밥상머리에 앉아서도 중얼중얼 짜증스런 소리를 하곤 했다. 아버지는 그게 몹시 못마땅한 모양이었다. 밥을 푸다 말고 주걱으로 어머니의 따귀를 철썩 갈겼다. 어머니는 얼굴에 붙은 밥풀을 손가락으로 뜯어서 먹으면서도 여전히 잔소리는 계속하고 있었다.
아버지는 어머니가 저 모양인데다가, 전통적인 바람끼가 있어서, 열심히 외도를 하고 다니는 것 같았다. 그건 우리도 알 수 있을 정도였다.
왜냐면 어머니는 아버지가 여자를 하나 눈독을 들여서, 그 여자에 빠지면 그 이야기를 우리에게 다 해주었다. 그러나 어머니에 대한 써비스나 간호나 보살핌은 극진했다. 너무 그렇게 보살펴 주니까 생긴 병이 아니었을까. 어머니 병은.
아버지는 그렇게 바람을 피우면서도 첩을 공공연히 얻는 일은 하지 않았다. 그건 자기 어머니, 즉 할머니가 그런 할아버지의 처사때문에 정신적인 고통을 받은 것을 알고 있기 때문이었다.
아버지는 어떤 식으로 오입을 했는지 알 수가 없다. 지금과 같은 그런 형태하고는 좀 다르고, 김동인 소설에서나 나오는 그런 유의 오입을 했을 것이다.
그러면서도 이따금씩 살아있는 사슴을 한 마리씩 잡아가지고 와서는 몽땅 가마에다 넣어서 고았다. 녹용까지 넣어서. 그래서는 어머니에게 약으로 주기도 했다. 그 뿐만이 아니다. 가끔 일본이나 서울에 가서 좋은 옷감이나 화장품 같은 것도 열심히 사다 주었다.
아버지는 혈액형이 O형이었고, 와일드하면서도 굉장히 자상한 면이 있었다. 시를 쓸 수 있었던 사람이니까.
그러나 우리 남자 형제에게는 아버지가 항상 무서운 사람이었다. 다정하게 한마디도 이야기를 해 본 적이 없고, 아버지와는 야단을 맞거나 매를 맞는 일, 그리고 학교에 돈을 가져가기 위한 일이 아니고서는 별로 만나는 일이 없었다. 그러므로 아버지는 아들들이 장차 어떻게 되기를 바랐는지, 자기가 가지고 있던 여러가지 사상이나, 지식이나, 취미가 어떤 것인지를 전연 알려 주질 않았다. 우리는 아버지를 전연 이해하지 못했다.

다만 아버지가 성질이 너무 급하다는 것, 한번 화가 나면 어떤 일이라도 저질러 버린다는 것 등의 무서운 점을 가지고 있었고, 그런 것 때문에 출세에도 많은 지장이 있었으며, 오래 견디며 살아가지도 못했다는 것을 알고 있을 뿐이다.

해방이 되던 그 해의 팔월 초하루에 아버지는 세상을 떴다.

교회에서 사람들이 나와서 찬송가를 부르고, 염을 해서는 관에다 넣어서 화장터로 싣고 갔다.

나는 아직 나이 때문이었는지는 몰라도 그렇게 슬픈 줄은 몰랐다. 그러나 화장터에는 따라 가고 싶지 않았다. 집에서 혼자 우두허니 앉아 있으니, 조그만한 나무 궤짝에 검은 줄을 양쪽 모서리에 걸친 것을 가지고 돌아왔다. 그것을 선반에다 얹어 놓았다. 사진과 함께.

사진은 아버지가 돌아갈 때의 모습과는 전연 판이했다. 함흥에서 풀려날 때의 앙상한 모습하고는 전혀 다른 얼굴이었다.

아버지는 키가 크고 피부색이 허옇는데다가 날카로운 부분까지 지니고 있어서, 남에게는 비상하게 눈에 잘 뜨이는 모습을 하고 있었다. 큰 지주의 집안에서 태어났는데다가 일본에 가서 대학까지 마쳤고, 안되는 일이 없고, 모르는 것이 없다는 자만에 빠져 있는 데다가, 화가 한번 나면 물불을 안가리는 성질을 가지고 있었기 때문에 특히 남들에게 주목을 끌었던 것으로 보인다.

시골에 있을 적에 누님이 소를 몰고 산으로 갔다가, 이웃집 소와 싸움이 났다. 누님은 놀란 나머지 소를 그냥 팽개쳐 두고 울며 집으로 달려 왔다. 소도 소거니와 소 먹이는 남자 아이들이 놀리기까지 했으니, 그런 경험이 없는 어린 누님으로서는 몹시 놀랐던 모양이다.

아버지가 그 사실을 알았다. 댓바람에 나가더니 도끼를 들고 뒷산으로 올라가서는 상대방 소를 찍었다. 소는 병신이 되고 말았다. 목동은 놀란 나머지 집으로 달아나버리고 아버지는 그 소를 끌고 와서 잡아서는 동네 사람들이 포식을 하게 했다. 나중에 할아버지가 소값을 지불했지만…….

아버지가 그보다도 어릴 때는 장난이 하도 심해서 불장난을 하다가 초가집을 한채 몽땅 태운 일도 있었다. 물론 남의 집이다. 집주인이 아우성을 치면서 뛰어오면, 할아버지가 그 사람을 가로채고는 새집 한 채 지어주기를 약속하곤 했다고 한다.

우리 시골에는 들판에 황금빛이 드는 가을이 되면, 참게를 낚는 재미있는 계절이 온다. 아버지는 숙부로 하여금 바구니를 들게 해서는 게를 낚으러 들판을 잘 내려갔다. 게란 놈은 바위 밑에서 때때로 사람을 약을 올리게 했다.

그럴 때는 참을성이 있어야 한다. 들어갔다 나왔다 하는 놈을 꾸준히 접촉하여 끝내는 올가미에 걸리게 해야 하고, 게를 낚는 전통적인 법도 바로 그랬다.

그러나 아버지는 그 과정을 못견디는 것이다. 쉽게 자살하겠다고 나서는 놈이면 몰라도 그렇지 않은 놈은 무지무지하게 신중하다. 미끼로 쓰이는 미꾸라지를 한 점 먹기는 해야겠는데, 그 하얀 올가미가 무서워서 선뜻 달려들지 못하는 것이다.

그러면 아버지는 참지를 못한다. 낚싯대를 숙부에게 주고는 밑에서부터 언덕을 헐기 시작하는 것이다. 그래서는 기어코 잡아내는 것까지는 좋지만 언덕은 무너지기 마련. 논이나 밭이 엉망이 되어 버린다.

그는 짧은 생애지만 별로 안해본 것이 없을 정도로 자유분망한 생활을 했다. 국민학교를 만들기도 하고, 선생노릇, 그런가 하면 어업조합을 만들어서, 개량된 김양식법을 새로 도입하여 온 동네가 그걸로 돈을 벌게 하기도 했고, 한 때는 치과의사가 되어 개업을 하기도 했다.

여기에다 취미를 붙였다 싶으면 벌써 그것에는 싫증을 느끼고 다른 일에 몰두해 있기가 보통이었다. 아주 통달도 잘하지만, 싫증도 잘 내는 그런 성질이었다. 머리가 워낙 뛰어나 있었기 때문에 남들이 하는 일은 모조리 바보스럽고 어리석어 보이는 것이 아버지의 성격이었다. 아닌게 아니라 무슨 일이든 하기만 하면 금방 그 진수를 파악해 버리고 곧 손을 떼곤 했다. 그래서 하나도 모르는 것이 없었지만, 반면에 하나도 이루어 놓은 것이 없다고 해야 옳을 것이다.

아버지가 형무소로 잡혀들어간 이유는 잘 모른다. 어른들이 그런 창피한 이야기는 해주지 않으니까. 그러나 분위기로써 안 것은 장물을 취득했다는 것이었다. 좀 애매한 일이었다.

당시는 그야말로 일제가 마지막으로 발악할 때여서 정치에 관여를 하건 안하건 간에 지식인에 대한 감시가 심할 때였다. 그래서 어지간한 사람들은 한 번씩 불러다간 혼을 내곤 했다.

그와 관련됐던 것이 아닐까. 또 우리는 모르고 있었지만, 아버지의 내면적인 생각으로서는 일제에 대해서 지나치리만큼의 증오를 가지고 있은 게 아닌가. 아버지가 동경에서 문학활동을 하다가 집어치운 것과 그의 체포와는 어떤 관련이 있었던 것이 아닐까?
 아뭏든 확실하진 않다. 그것에 대한 해석은 집안에서도 구구했다.
 아버지는 함흥형무소에 가 있었고, 거기서 심한 병에 걸렸다. 그 팔팔한 성질에 그런 생활을 참고 견딜 수 없음은 당연한 일이다. 몹시 심한 병에 걸렸다. 전염병이었다고 하기도 하고, 특별한 이름이 있는 병은 아니었다는 말도 있었다.
 그런데 거기에는 재미있는 에피소드가 하나 있었다.
 우리 이웃에 일본 순사가 한 사람 있었는데, 이놈이 우리 집을 자주 들락거렸다. 물론 직무상 들락거리기는 했지만, 누님을 보고 그만 반해버렸다. 열심히 프로포즈를 했지만, 누님은 일본 사람이라는 것을 내세워 끝내 얼굴을 돌리지 않았다.
 이 순사가 공교롭게도 함흥형무소로 전근이 되었다. 그는 거기서도 잊지 않고 누님에게 연애편지를 써 보내곤 했었다. 누님은 그의 이름이 적힌 편지는 아예 뜯어보지도 않고 쓰레기통에다 집어던졌다. 껄렁한 소릴 잔뜩 해놓았을 테니까.
 그러나 사실은 그게 아니었다. 물론 처음에는 연애편지였지만, 그는 그곳에서 아버지를 만났고, 아버지가 중태에 빠졌다는 것을 알게 됐다. 그래서 그는 누님에게 연애편지 대신에 빨리 아버지를 병보석시키도록 권유했던 것이다.
 그러나 누님은 그걸 알지 못했다. 오는 쪽쪽 편지를 찢어서 쓰레기통에다 던졌다. 그때 우리 집에 와 있던 총각이 하나 있었다. 시골 우리 머슴의 아들이었다. 자꾸 누님이 편지를 보지도 않고, 집어던지는 게 이상해서 버린 편지를 가만히 주어서 뜯어 보았다. 아, 그랬더니 아버지에 대한 엄청난 사실이 쓰여 있는 것이 아닌가. 온 집안이 발칵 뒤집혔다.

시골에서 숙부들, 고모부들이 올라와서는, 함흥으로 달려갔다. 그래서 아버지를 업어내어 왔지만, 이미 너무 늦어 있었던 것이다.

운명이 운명으로서 따로 있는 것이 아니라, 자기를 다스리는 성격으로써 운명을 만드는 법이다. 아버지의 운명은 그 성질이 그런 정도로 지탱하도록 만든 것이 틀림없다.

아버지가 돌아간 뒤에 우리 집안은 말할 것도 없고, 조금씩 인척이 되는 사람들은 모두가 기가 죽었다. 큰 빽이요, 희망이던 사람이 졸지에 죽어버리니까 모두가 움추려 든 것이었다.

그들은, 혹은 아버지의 친구들은 우리를 만나면 아버지의 환상에 취해 있는 얼굴들을 하고 있기가 보통이었다.

"……너의 아버지는…… 참 인물이었는데…… 안죽고 해방을 맞았더면 장관 한 자리는 할 사람이었는데…… 그 머리, 그 언변하며, 참 아까운 사람이 죽었어. 너무 허무한 인생이야. 인생이야 그런거지만."

그들은 살아 갈 의욕마저 잃어버린 것 같았다.

"너의 아버지가 죽는데 뭐 우리야 살아있으나 마나지 뭐……."

"……그러나 헐 수 없는 일이다. 너희들은 절대로 아버님의 그 참을성 없는 성격은 닮지 않아야 한다. 참을 줄 알아야 해."

나는 그들에게서 그런 말을 듣고 명심했다. 불같이 화가 났을 적에 불같이 행동하는 것은 절대로 있어서는 안되겠다…….

지금은 이미 시대가 그런 때 하고는 다르다. 그리고 우리는 아버지처럼 부자도 아니다. 땡전 한푼 없는 가난뱅이가 되어 버리지 않았는가. 그런 가난뱅이가 자기 성질을 이기지 못한다면 이 세상에서는 살아남을 수가 없는 일이다.

우리는 아버지를 잃고 완전히 고아가 된 기분이었다. 어머니는 항상 앓고 있었고, 누님은 그때 마침 장질부사에 걸려서 머리가 몽땅 빠져 있고, 나나 형이나 누이동생은 너무 어려서 아버지가 없는 집안을 꾸려가는데 아무 것도 도울 힘이 없었다.
　전쟁이 점점 심해지자, 우리는 강덕이라는 시골로 피난을 갔다. 일본 군인들이 산모퉁이에다가 호를 파고 결전을 준비하고 있었으나, 결전 한 번 없이 어디로 사라져 가고 있었고, 해방이 되었다기에 우리는 다시 집으로 돌아왔다.
　집은 진게장이 되어 있었다. 온전한 물건 하나가 남아 있지 않았다. 모조리 뒤져서 쓸만한 무엇 하나 남기지 않고 가져가 버리고 없었다. 심지어는 아버지 해골을 담아 놓은 궤짝에도 무언가 있는 줄 알고 뚜껑을 뜯어보고는 방바닥에다 꺼꾸로 엎어 놓았다.
　집안을 소제하고는 살아갈 방도를 강구할 수 밖에 없었다. 우선 쌀을 사야 했다. 마우자가 들어와서 사방으로 돌아다니면서 시계를 구하고 있었다. 시계를 하나 주면 쌀을 한 가마니씩 주었다.
　우리는 가지고 있는 시계를 주어서 시커멓게 썩은 쌀을 한 가마니씩 바꾸어다 연명을 했다.
　그들은 나무토막 같은 커다랗고 딱딱한 빵을 가지고 있었고, 해바라기씨를 까먹으면서 다녔는데, 아무리 보아도 미개인의 탈을 아직 못벗고 있는 것 같았다.
　그들은 여자를 좋아해서 아무 집으로나 뛰어들어와서 여자를 납치해다가는 곤욕을 치르게 했다. 거리에는 여자라는 것은 할머니와 아이들 외에는 구경을 할 수가 없었다.
　누님은 죽을 지경이었다. 밤낮없이 지하실에 숨어 있어야 했다.
 우리는 학교에 나가기는 했지만, 공부는 하나도 하지 않고 매일 행진을 계속했다. 교회에는 아직 뚜렷한 박해가 오는 것은 아니었지만, 남쪽으로 내려가 버리는 사람들의 수가 자꾸만 늘어 갔다.
 교회 뿐만이 아니었다. 만주쪽에서 내려 오는 사람들이 연일 만원이었다. 기차가 모자라서 기차의 지붕 위에까지 비켜설 틈이 없이 올라앉아서 귀향하고 있었고, 이웃 집들이 날마다 하나씩 비어 갔다. 우리도 떠날 때가 된 것이다.
 그러나 어머니는 집을 그냥 버리고 떠나지는 않았다. 바로 이웃에 있는 중국집에다가 받을 돈을 톡톡하게 받아가지고 떠났다. 온 도시가 텅텅 비어 가고 있었지만……
 우리는 그 다음해 봄에 그곳을 떠나서 고향으로 되돌아 왔다. 나이 많은 할머니와, 병자인 어머니와, 아직도 연약한 여자인 누님과 형과 나와 누이동생과…… 초라하고 완전히 절망에 빠진 가련한 가족이었다.
 그러나 우리는 조선은행권만을 골라서 옷 속에다 누벼서 가지고 왔다. 오다가 들키면 마우자에게 다 빼앗긴다는 것이었다.
 우리는 큰 환란을 당하지 않고 무사하게 한탄강을 건널 수 있었다.
 우리가 떠나자 나남에 있던 고모네 식구들도 미련 없이 그곳을 떴다. 피차가 상처투성이었다…… .

6

 "좋아졌네, 좋아졌어. 몰라보게 좋아졌어……"
 깨어진 스피커에서 목쉰 소리가 꾸역구역 쏟아지고 있었다. 약간 귀를 기울이고 듣지 않으면 무슨 소린지 그 가사를 파악할 수가 없다.
 나는 귀를 기울여서 열심히 들었다. 무엇이 어떻게 좋아졌다고 하는지를 알아낼려고 열심히 귀를 기울였으나, 잘 들리지 않았다. 나중에는 '홧홧하' 하는 웃음소리까지 가사에 나오고 있었지만, 역시 무엇때문에 웃는지를 알 수가 없었다.
 노래는 상당히 즐겁게 부르려고 하고 있는 것 같은데, 들리는 음성이 그리 즐거운 것 같지 않고, 억지로 즐거워 하고 있는 것 같은 인상을 풍기려고 했다. 그러나 오히려 엄숙하게 들렸다.
 그런데다 '좋아졌네, 좋아졌어' 하는 톤이 아주 천한 감정을 불러일으키고 있어서 얼굴이 찌푸려졌다.
 "괴로운 음악도 듣게 하는 것이 교육인 모양이다. 듣기 좋은 음악만 듣는 것은 퇴폐적인 일이니까."
 나는 울분을 먹으면서 잘 들리지도 않는 음악을 듣고 있었다. 듣기 싫다고 하여 듣지 않을 수 있는 것은 아니니까 끝나도록 듣지 않으면 안되었다.
 '좋아졌네'가 끝나니 이번에는 '새벽종이 울렸네'가 시작되었다. 새벽종이라……

그게 끝나고 나니까 이번에는 '북에는 백두산, 남에는 한라산 ……'이 나왔다. 어디서 들어 본 것 같은 목소리였으나, 그게 누가 부르는 곡인지는 알 수가 없었다. 아마 내가 음악을 별로 좋아하지 않기 때문에, 국민적으로 알려진 음악조차도 잘 모르고 있는 것 같다. 그러나 그것 역시 그리 신통하게 들리는 것은 아니었다. 가사도 시원치 않았고, 노래도 금방 싫증이 나는 그런 곡이고, 목소리 역시 마찬가지였다.

이런 노래가 오늘 하루만 써비스해 주는 것도 아니고 앞으로도 매일같이 나타난다면 정말 괴로울 것 같았다. 그러나 괴롭다는 것이 얼마나 어리석고, 개인적인 사고 방식이냐. 이곳에서 이런 음악을 해주는 것은 그들이 심사숙고한, 가장 좋은 영향을 미치리라고 보고 채택한 것이 아닌가. 그렇다면 그것을 이해하지 못하는 내게 문제가 있는 것이다. 내 귀는 썩었거나, 가슴이 굳었거나 어느 한 가지 고장이 있는 것이다.

나는 한참동안 그 노래 소리를 들으며, 그걸 싫어하지 않게 자신을 개조하기 위해서 필사의 노력을 하고 있었다. 그러는 사이에 노래가 끝났다. 다른 듣기 거북하고, 혹은 무거운 연설 같은 것은 뒤따르지 않아서 다행이었다. 뉴스 방송 같은 것이 조금 뒤따르는 것 같았지만 도저히 무슨 말인지 알아 들을 수가 없었다. 그저 시끄럽기만 했다. 누가 돈 많은 사람이 있어서 여기에다 엠프시설이나 일습(一襲)을 기증해 주고, 이것은 누가 기증한 것이다 하고, CM을 한다면 그건 참으로 큰 효과가 있을 것 같았다.

음악이 끝나자 나는 좀 유쾌해진 기분이 되었다. 다시 마루에서 일어나 걸어보기 시작했다. 건너편 방에 써붙인 1.37이란 뜻이 무엇인가 하고 가만히 궁리해 보았다. 그게 아마 방안의 평수인 모양이다. 즉 한평 3홉 7작이란 뜻인 것 같다. 한편 3홉이라면 결국은 한 평 남짓하다는 것인데 왜 그런 크기의 방을 만든 것일까.

나는 그게 얼른 납득이 가지 않았다. 왜놈들이 한일합방 이후에 만들었다면, 그 놈들은 모든 크기를 다다미로 따지니까 다다미 두장을 넣고, 앞에다 신발 벗어 놓을 데를 3홉쯤 남기느라고 한 것이 아닐까. 바닥이 두터운 마루바닥이라는 것 자체가 그런 뜻을 가지고 있는 것 같았다. 한국 사람이라면 흙이나 콘크리트로 온돌을 놓았을 테니까.

아마 그렇게 됐더라면 이렇게 춥지는 않았을 것이다. 불만 때 주기만 한다면. 이런 판자방이라면 난방은 하는 수 없이 현대적으로 라지에타를 넣어야 하는데, 그렇게 한다는 것은 어려운 일일 것 같다. 낡은 옷에다가 새 천을 대는 것 같이…….

아뭏든 살인적인 추위는 좀 견디게 해 주어야 한다. 방이 어떤 방향으로 앉았는지, 아침이 되면 다이아몬드형의 약한 햇살이 조심스럽고도 자신 없는 모습으로 북쪽 아랫방 벽에 붙었다가는 차츰 지나서 윗쪽으로 올라가서, 점심을 먹고 나면 그만 사라져 버렸다. 그래도 이 방에는 그런 거라도 있었고, 그걸 부러워 하는 사람들도 적지 않다는 것을 알았다. 그래서 나는 그 햇빛이라도 감사히 애용하려고 했다. 벽에 햇빛이 붙으면 나는 그쪽 벽으로 가서 얼굴만이라도 간신히 광선을 뒤집어 쓸 수 있게 했다. 그리고는 햇빛의 이동과 함께 얼굴도 이동시켰다. 콧구멍을 벌려서 햇빛이 들어가게 했고, 입을 벌려서 입 안에는 햇빛이 들어가게 했다.

그런 가련한 행동으로 추위가 가시는 것은 아니지만, 위로가 되는지 알 수 없었다.

가끔 뒷창문 쪽으로 가서 목을 뽑아 저쪽 사방을 건너다 보아도 박우병씨의 모습은 보이지 않았다.

비둘기가 날아와서 마당에 깔려 있었다. 더러운 회색 비둘기도 있는가 하면 하얗게 생긴 예쁜 놈도 있었다. 눈알의 주변에는 빨간 가는 털이 나서 동그랗게 둘러싸고 있었다. 언뜻 보니 술이 취해서 벌게 가지고 있는 것 같았다. 술주정뱅이거나 바람둥이 같은 모습이다.

더구나 숫놈으로 보이는 놈은 좀 짖궂은 데가 있었다. 할 일 없이 암놈을 집적거리고 있다. 아마 암놈도 그게 좋기는 한 모양이었지만, 하도 집적거리니까 달아나 버리곤 했다. 그러면 집요한 놈은 따라가 하늘로 올라가지만, 그렇지 않은 놈은 모이를 주워 먹다가 다른 암놈에게 또 달려 들었다. 일부일처를 한다더니 그렇지 않은 것 같다. 설령 밖에서는 그렇게 하고 있어도, 여기서는 그렇지 않은 모양인가!

나는 먹다 남은 콩밥을 한줌 집어서 던져주었다. 부지런히 와서 집어먹고 배탈이 나지 않는 게 이상했다. 똥을 어지간히 싸는 모양이다.

강아지만한 쥐란 놈이 저쪽 건물에서 이쪽으로 건너오기를 결심했다. 아마 태평양을 건느기만 할텐데 그런 위험을 무릅쓴 것은 무슨 이유 때문일까. 그놈에게도 그런 절실한 필요가 있는 모양이다. 마당이 넓기도 하지만, 사람들이 가끔 지나가고 있으니 아무 탈 없이 건너갈려면 상당히 어렵다. 그래도 쥐란 놈은 별로 뛰는 것 같은 걸음도 아닌 느릿느릿한 걸음으로 이쪽으로 건너오고 있다.

마당 뿐만이 아니고, 내 방에도 쥐가 가끔 나타났다. 무섭고 더러운 느낌이 들기는 했지만, 죽일 수 있는 그런 왕성한 생명력이 내게는 없었다. 그러나 저 털로 된 피부하고, 내 얇은 피부하고 맞대고 싶은 생각은 나지 않았다.

나는 창에서 내려와서 복도 쪽으로 갔다. 교도관이 행운의 열쇠를 들고 뒷짐을 진 채 무료하게 왔다갔다 하고 있었다. 조그마한 키지만, 혈색이 좋아 보였고, 맘씨도 부드러워 보였다. 모자를 뒤로 제껴 쓰고 있는 모습이 사무적이 아니라는 뜻을 지니고 있어서 더욱 좋아보였다.

그의 눈이 내게로 와서 멎었다.

"영감, 어떻게 왔어?"

나보고 느닷없이 영감이라고 하는데 좀 아연해졌다. 내가 벌써 영감으로 보이는가. 나는 수염 때문일 거라고 생각되어 손바닥으로 수염을 쓰다듬었다.

"추워서 견딜 수가 없으니, 옷을 새 것으로 한 벌 주실 수 없을까요?"

나는 물론 건성으로 말했다.

"참고 견뎌요, 그러면 좋을 날이 올거요."

나는 무슨 말인지 알 수가 없었다. 이 사람에게 말해서는 안될 모양이다. 좀더 높은 사람에게나 이야기를 해야지. 나는 높은 사람이 시찰이나 점호를 하러 찾아오면 끈질기게 부탁을 해 보리라고 맘먹었다. 추워서 견딜 수가 없으니까.

교도관은 하루에 두어번 정도가 바뀌는 모양이다. 밤샘을 하는 사람이 있고, 아침이 되면 그와 교대를 하는 것 같았다. 지루하기는 하지만 독서하기에 안성마춤인 직업 같았다. 그러나 독서를 하고 있는 사람은 별로 볼 수가 없었다. 그런 것이 그들에게는 별로 필요가 없는 모양이고, 취미도 붙이고 있지 못한 것 같았다.

나는 누가 책이라도 한 권 넣어주기를 간절히 바라고 있었지만, 여간해서 그런 것을 구해 볼 수가 없었다.

학생들이 이따금씩 지나가다가 인사를 했다. 무슨 사건으로 들어 왔다고 하지만, 나로서는 그게 잘 납득이 가지 않았다. 그런 사건이 있었고, 그런 사건들로 인해서 학생들이 들어와 있었구나 하는 것을 간신히 느낄 수 있을 정도였다. 세상에는 아무리 가치 있는 일이라도, 많은 사람들이 아무 것도 모르고 지나가는 일이 얼마나 많은가.

실제로 표면에 나타난 것은 사이비다. 표면에 나타난 사람 역시 마찬가지다. 독립운동을 하던 사람은 하면서 다 죽었고, 하지도 않은 사이비, 아니 그것 보다도 독립 운동자를 밀고 하고, 그를 잡으러 다니던 사람들이 거꾸로 독립유공자 행세를 하고 있는 사람들이 얼마나 많은가. 실제로 독립운동을 한 사람들은 설령 죽지 않았다고 하더라도 당연한 일을 했을 뿐이지 표면에 나타나지 않는다.

다른 일도 마찬가지다. 실제로 역사에 필요한 일을 한 사람은 이름도 없이 나타났다가 이름도 없이 사려져 가는 것이 보통이다. 전쟁 때도 이름있는 장수들 보다도 이름도 없이 용감하게 적탄 앞에서 사라져 간 용사들이 얼마나 많은가. 실제로 싸움을 한 사람들은 그 사람들이고, 그들에게는 유족이라고 할만한 사람도 없거니와, 설령 있다고 해도 송구스러워서 나타나지 않는다.

학문이나 예술이나, 정치나, 기업이나가 다 마찬가지다. 누구에게 보이기 위해서나, 행세하기 위해서 한다면 그건 사이비다. 자유 역시 마찬가지다.

우리는 이런 곳에서 진짜 악인을 구경할 수 있을지 모르지만, 그 악인들마저도 진실로 악인이 아니라 어떤 위선자보다도 더 맘 속에서 선함을 간직하고 있는 경우를 볼 수가 있다. 또 악인이 아닌 경우에는 말할 것도 없는 것이다.

　유명해지기 위해서, 정치적인 케리어를 만들기 위해서 형무소로 들락거리는 쇼맨도 없는 것은 아니지만, 아무런 바람이나, 영웅주의자나, 쇼맨십을 발휘하기 위해서가 아니라, 순수한 자기 양심과 의식으로 의무감을 가지고 이런 곳을 결과적으로 찾아들게 된 훌륭한 무명인사들도 의외로 많이 있으며, 이들의 힘에 의해서 사회의 모럴과 지성이 유지되어 가는 경우도 있는 법이다.

　그들은 못난 내가 그들과 함께 있다는 것이 다소나마 위안이 되고 힘이 된다는 사실을 알고 있었다. 그러기 때문에 하늘에 한점 부끄러움이 없는 자세로서 살아가지 않으면 안된다……. 물론 범부에 지나지 않는 나에게는 그것이 쉬운 일은 아니지만, 그러나 나는 진실을 창조할 수 있는 힘은 없어도, 자기가 가지고 있는 진실을 그대로 간직할 수 있는 힘은 있는 것이다. 물론 그것마저도 지극히 어려운 일이지만……. 좋은 여건에서 신사도를 지키고, 양보하면서, 거짓말 하지 않고 살아간다는 것은 그리 어려운 일이 아니다. 만일 이스라엘이 식민지가 되지 않고 잘 살아 갈 수 있는 입장에 있었다면 예수가 나타나지 않아도 되었을 것이다.

　그러나 어려운 경우를 당해서 신사적이고, 정직하고, 또 양보해 가면서 살아간다는 것은 여간 힘드는 일이 아니다.

　만일 공개재판이 아니고, 비밀재판을 한다고 하면, 그나마도 자기 자신을 지키기가 어려울 것이 아닌가. 공개재판은 약한 자신을 지키게 해주는 아주 좋은 방법이다. 나도 그 재판에서 남에게 보여준 그대로의 나를 절대로 잃지 말아야 한다. 그런 바램은 나보다도 그들이 더 강렬하게 암시적으로 강요하고 있는 것 같았다.
"검사가 결정되었어요?"
"아직 몰라."
검사가 결정되면 당사자에게 알려주는 것인가, 아니면 그저 알게 되는 것인가. 문초를 받게 될테니까, 그때 알게 되는 것인가.
"정신을 바짝 차려야 합니다."
지극히 순간적으로 지나치면서 서로 주고받는 한마디 한마디기 때문에 긴 설명을 주고받을 수가 없는 것이다. 그러나 나는 그런 짧은 대화 속에서 길고 긴 인간미를 느낄 수가 있었다.
"뭐 필요한 게 없습니까?"
다른 사람이 이렇게 물어오기도 했다.
"심심해 죽을 지경이니 활자로 된 것이 좀 있으면……"
"구해 보죠."
아무 기약도 없는 말이었다. 그는 부자유한 몸이고, 나도 부자유한 몸이니……. 그러나 나의 의견은 그의 행동에 제약을 가했다. 얼마 안 있어서 밥통으로 책 한권이 굴러 들어왔다. 소지 아이를 시켜서 그들 중의 누군가가 내게로 보내준 것이다. 한근찬이란 사람이 쓴 〈석가모니전〉이었다. 낡기는 했지만, 읽는 데는 아무 지장이 없는 글이었다.
나는 허겁지겁 책을 읽기 시작했다. 나는 속독을 하는 편이라 무지하게 책을 빨리 읽는다. 한나절 읽고 나니 책이 거의 다 없어져 갔다. 어찌나 아까운지 속도를 줄일 수 밖에 없었다 독서를 하는 즐거움이란 바로 이런 데에 있는 것이 아닐까.
그걸 다 읽고 나니 이상하게도 또 불교책이 한권 들어왔다.

이원섭이 번역한 〈불교학개론〉이다.
 이건 왜놈이 쓴 건데 아주 좋은 책이었다.
 나는 신학을 한 사람이고, 따라서 기독교라면 봉사 코끼리 만지듯이 조금은 알지만 불교에 대해서는 개념조차도 모르고 있었기 때문에 그들 책이 내게 주는 감명은 특별한 맛이 있었다.
 그러나 그 책들은 내게 불교를 알려주기 보다도 불교의 개념을 더욱 아리송하게 만드는 역할만 해준 것 같았다. 내가 책을 읽기 전의 불교에 대한 개념은 그런대로 아리송하고 소박했지만, 그들 책을 읽고 나니 불교란 어떤 것인지를 더 모르게 되어 버렸다.
 나는 신학을 전공했기 때문에, 힌두의 신화에 대해서는 조금 알고 있었다. 불교는 그 바탕에서 나왔고, 그걸 거부했으며, 그걸 초월하고, 또 그걸 완성했다고 할 수 있는 것이 아닐까. 적어도 신약과 구약의 관계라면 그렇게 말할 수 있다.
 그러나 불교에서는 그게 명확하지 않았다. 거부하고 있는 것 같기도 하고, 그걸 어느 정도 인정하지만 단순화 했다고 주장하고 있는 것 같기도 했다.
 예수는 3년 밖에 포교를 하지 않았으니까 그가 한 말은 얼마 되지 않는다. 그러나 석가모니는 오래도록 살았다. 그래서 그가 한 설교도 엄청난 양에 달한다. 그러니 그걸 모두 가지고 체계적으로 말한다는 것은 여간 어려운 일이 아닐 것이다. 상호 모순된 말을 어떻게 소화할 것이냐 하는 것은 커다란 문제거리가 될 것 같았다.
 그것 보다도 가장 내게 심각하게 오는 것은 불교는 내세를 믿느냐, 안믿느냐, 신의 존재를 믿느냐, 안믿느냐는 것이다. 우리 나라의 절에 가보면 모두가 내세를 믿고 있으며, 죽으면 영계로 간다고 한다.
 그러나 불교의 원 바탕은 그런 것을 전연 고려하고 있는 것 같지 않았다. 그저 인간의 생이 존재의 모든 것이다. 그 한정된 존재 속에서 구원을 찾기 위해서 해탈을 하는 것이다. 그 어려운 방법을 석가모니는 말하고 있는 것 같았다. 내세를 믿는다든가, 기적을 믿는다든가, 환생을 믿는다든가 하는 것은 전적으로 힌두교적인 사고방식이다. 그건 다른 종교와 다를 바가 없고 별로 가치 있는 일도 아니다.
 그러나 불교는 그런 것을 믿지 않는다. 열반에 든다는 것은 영계나 극락에 간다는 뜻이 아니고, 물리적이고 과학적인 죽음을 맞는다는 뜻이다. 그러면서도 집요하게 도를 구하는 그 자세가 불교의 어려움이고 고귀함이 아닐까. 그렇다면 내게 있어서 불교는 아주 위대한 발견이다.
 나는 천당을 이 지상에 이루어지게 할 수 있는 것이라고 믿었으며, 성경에도 그렇게 쓰여져 있고, 본회퍼처럼 하느님이 우주를 만들고 인간을 만든 이유도 바로 거기에 있는 것이다. 그래서 나는 환상가가 되어 있는 것이다. 내가 살아있는 가장 고귀한 일의 하나는――그게 비록 모래알 하나처럼 미미한 것일지라도――이 지상에 천국을 끌어내리는 일이다. 훔쳐 오는 일이다. 나는 그런 망상에 빠져 있었고, 그게 현실적으로 일부의 사람들에게 악감정을 가지게 한 것이 아닌가. 그게 죄라는 것이다.
 그런데 불교에는 그런 망상이 없다. 자기를 구하기 위해서 망상을 하는 것이 아니라, 미망에 빠질 수 있는 요소에서 자신을 해방시킬려고 노력하는 행동이다. 연기설에 입각해서 악의 연기를 만들어내지 않는다는 것이다.
 나는 지금의 내가 괴롭다. 이런 괴롬을 만들지 않았더라면 괴롬도 당하지 않았을 것이고, 그게 불가능한 것도 아니었으리라.

하지만 지식이란 혼자서 간직할 수 없는 속성을 가지고 있다. 남에게 아르켜 주기를 싫어하는 청기와 장수의 기술은 기술이었지, 지식이 아니다. 지식의 속성은 자기가 배운만큼 또 자기가 깨달은 만큼 남에게 전파하고 전달해 주는 불가피한 속성을 지니고 있다.

그러므로 지식은 반드시 남을 가르친다. 어떤 방법으로든, 어떤 형태로든지.

그건 환상으로써 이루어진다. 상상력으로써 이루어진다. 물 위를 걷고자 하는 환상은 배를 만들어 내고, 전염병을 없애고자 하는 환상은 백신을 만들어 낸다. 굶주림이 무서우면 그걸 극복하는 일을 고안해 내고, 자유가 없으면 구속이 나쁘다는 환상을 가지게 된다.

더구나 나는 영계를 무상으로 출입하고 있는 자이다. 영계에는 없는 것이 없다. 먼저 간 사람들이 그곳에 모여서 지혜를 다하여 인간에 필요한 일을 연구하고 찾아내어 인간에게 영감으로써 전달해 준다. 에디슨도 그렇게 해서 배웠고, 시세로도 그렇게 해서 받았으며, 칸트도, 밀턴도, 헤겔도, 링컨도, 싸르트르도 그렇게 해서 받았다.

그것은 지상에 천국을 건설하기 위해서 필요한 일이기 때문이다.

그런데 불교에는 그런 고민과 희생이 필요하지 않다. 혼자서 신도 없는 세계에서 살면서, 지극히 불완전한 인간의 힘으로 자신을 편안하게 죽도록 수양하려고 한다. 얼마나 어렵고도 현명한 일인가.

환상가는 생태적으로 불행한 존재들이다.

지상에 낙원은 오지 않는다. 특히 아세아를 비롯한 비백색 인종은 그런 기회를 이미 놓치고만 것이다.

그런 절망적인 분위기에서 환상을 가지고 산다는 것은 악일 수 밖에 없다. 본회퍼의 희생을 강요하는 것에 지나지 않는다. 그것은 죄악이다. 나는 그런 죄악을 저지르고 있다. 천국은 눈으로 볼 수 있는 가시적인 것이 아니고, 보이지 않는 불가시적인 것으로, 자기 몸 안에 조용히 오는 것이 아닌가. 완숙한 불교도에서 오는 것처럼, 그러므로 그들은 나보다도 현명하고 평온하다.

나는 내가 가진 망상에서 헤어나야 한다. 그러나 그건 불가능하다. 나라는 인간은 이미 그렇게 되어 먹었다. 밑둥이 뒤틀려서 도저히 교정이 불가능한 나무처럼……

나는 그 다음에 들어온 불교경전을 읽고 불교란 것이 그렇게 단순한 것은 아니구나, 하고 생각했다. 불교 역시 이 세상만으로 끝내려고 하니 지나친 모순과 내세에 대한 미련이 있어서 도저히 그렇게 할 수 없었다는 것을 엿볼 수가 있다.

그렇다면 그것도 다른 종교가 가지고 있는 속성을 그대로 다 지니고 있는 셈이다. 불교가 우리나라에 들어오면서 잘못 들어왔던지 아니면 힌두교의 영향때문에 석가모니가 생각했던 것과는 다르게 전달되었는지는 몰라도…….

그렇다면 그들이 갖는 영계에 대한 꿈과 매력은 지식인의 그것과 조금도 다름이 없는데, 불교인들은 그런 꿈을 꾸지 않는 것은 어떤 이유 때문인가? 너무 현명해서 아예 지상에는 그런 꿈은 이루어지지 않는다고 지레짐작을 해버리기 때문일까? 그래서 불교를 돈독히 믿고 있는 동남아 국가들이 아직도 원시 상태에서 벗어나지 못하고 있는 것이 아닐까?

영계가 현세의 교사라면, 우리는 이 지상을 발전시키기 위하여 영계의 꿈을 꾸지 않으면 안된다. 유토피안들의 진화된 사회는 바로 그들이 그리고 있는 영계를 지상으로 끌어들일려고 부단히 노력한 증거가 아닌가.
　그러므로 오늘날 그걸 꿈꾸는 것은 하나의 상식이고, 지식의 원천이며, 지식의 의무이기도 하다. 그런데 그게 죄악시 되고 있다는 것은 그건 현실주의자들의 소행인가 아니면 환상가들의 소행인가? 나는 그걸 알 수가 없었다.
　미국에서의 상식이 라틴 아메리카에서는 죄악일 수가 있고, 더구나 중공이나 베트남에서는 도저히 있을 수 없는 일로 되는 경우는 얼마든지 있다. 그러나 그렇다고 해서 그게 부인되어야 할 그런 일은 아니다.
　인간이 꿈을 버리지 않고 살아간다면 언젠가는 그렇게 되는 것이며, 그렇게 되기를 바라는 뜻에서 지겨운 인생을 자기 뿐만이 아니고, 자기 자손에까지 물려 주는 것이다. 다만 시간의 차이가 있을 뿐이다.
　이 시간의 차이를 이해와 애정으로써 받아들인다면 아무 문제가 없었다. 그러나 대화가 단절되어 있으면 이런 이해와 애정이 있을 수가 없다. 문제는 바로 여기에 있는 것이 아닐까.
　나는 내가 죄가 아니라기 보다도 그들의 이런 환상에 대한 이해와 그럴 권리를 인정해 주지 않으려는 고집, 그리고 대화를 단절해 버리는 그런 속단과 독단이 문제가 있다고 생각했다.
　아무도 죄를 지으며 살아가는 것은 아니다. 죄는 불가피하게 오는 것이고, 또 순간적인 감정이 그렇게 만드는 것이다. 그러므로 그런 것을 미연에 방지할 수 있는 풍토가 마련되어 있으면 범죄는 엄청나게 줄어들 뿐만 아니라, 종국에는 범죄란 있을 수 없게 된다.
 우리 사회가 범죄의 사건 예방을 진심으로 얼마나 하고 있는 것일까? 그리고 미연에 방지하고자 하는 예산이, 그리고 노력이 나중에 처벌하는 노력이나 예산, 그리고 그 범인이 입힌 피해와 어떤 것이 싸게 먹힐까.
 우리는 범죄를 결과로써 따질 것이 아니라, 원인으로써 따지지 않으면 안된다.
 간수가 두어번 바뀌더니, 다른 사람이 와서 내게로 일부러 다가왔다. 손바닥에는 신문 조각을 가지고 있으면서 나하고 신문에 난 사진하고를 열심히 대조해 보았다. 물론 내게는 보여 주지 않고.
 "당신이 김봉주요?"
 "그렇습니다."
 "큰일났구만."
 오히려 나보다도 그가 더 새파랗게 질려 있는 판국이었다.
 "왜요? 신문에 뭐라고 났기에? 신문이란 일방적으로 기사를 쓸 수도 있는 거니까."
 "그런 소리 마시오. 적어도 당신은 십오년이오. 십오년 이상 썩지 않으면 세상구경을 할 수가 없을 거요."
 농담으로 들어도 엄청난 사실이다.
 나는 고개를 갸웃거렸다. 내가 지은 죄가 십오년은 징역살이를 해야 할 거라고?
 도저히 믿어지지가 않았다. 아무 것도 한 게 없는데…… 역적 모의질을 한 일도 없는 것이고, 강간 살인을 한 일도 없는 것이고, 강도 절도를 한 것도 아닌데…… 그리고 세계 공산주의의 죄악을 너무나 잘 알고 있는 사람으로서, 그들의 덜 된 사상에 혹시라도 귀를 기울였을 턱도 없는데…….
 그런데도 십오년으로 환산한다는 것은 도대체 어디다 근거를 두고 하는 말일까. 더구나 그는 이런 문제에 문외한인 사람도 아닌데……. 그러나 나는 그의 말을 조금도 신용하려 하지 않았다. 아무 것도 그런 분야에 어떤 상식을 가지고 있지는 않았지만, 내 가슴에서 울려나오는 심증이 그것을 도저히 받아들일 수가 없었다.
 순간적인 오해란 항상 있는 법이다. 우리는 대화가 부족한 상태에 있는 것이니까. 오해가 있는 것이겠지. 오해가 있는 것이겠지. 오해가 있는 것이겠지…….
 물론 감옥에서 그렇게 있는 사람이 전연 없는 것은 아니리라. 그리고 사형을 당하는 사람도 있으리라.
 허지만 그건 아무나 당하는 것이 아니다. 더구나 나같은 서생이고, 환상가에 지나지 않는 사람에게도 그런 것이 도시 어울리지 않는 법이다. 안그런가. 도대체 악하지 않는 사람이다. 악할 수가 없는 것이다. 악한 행동을 못하는 것은 고사하고 악한 생각마저도 가질 수 없는 사람으로 공인되어 있는데 어떻게 그런 것이 감히 어울릴 수 있단 말인가.
 물론 이런 착상은 지극히 비과학적이고 주관적인 것이다. 허지만 나는 그런 것을 믿고 있다. 그래서 조금도 흔들림이 없었다.
 교도관이 겁을 내면서 내게서 물러갔지만, 내 기분은 조금도 그 영향을 받지 않았다. 재판의 과정에서 그런 오해는 충분히 풀릴 것이라고 나는 강력하게 믿었다. 조금도 마음의 동요가 없다. 내가 유달리 대범해서가 아니다. 대범이 아니라 나는 사실 그 정반대의 사람이다. 마음이 약하고, 신체도 보잘 것 없는 갈비씨다. 조금만 신경을 써도 금방 설사를 해 버리고 마는 성격이다.
 나는 멍청히 다시 무스림의 무덤 같은 천정을 쳐다보며, 한참 동안을 우리 안에 든 곰처럼 방안을 왔다갔다 했다.
 "차리어."
 복도 끝에서 우렁찬 호령소리가 들린다. 점호가 시작되는 모양이다. 하루에도 몇 번씩 점호를 계속한다. 그럴 때는 모두 자리에 앉는다. 나는 일어선대로 가만히 있었다. 교도관들이 방을 확인하고 인원수를 점검하면서 이쪽으로 다가오고 있었다. 나는 여전히 서 있었다. 모자에 노란 테가 있는 사람의 얼굴이 보였다. 나는 그리로 다가갔다. 창문 쪽으로.
 "드릴 말씀이 있는데요?"
 역시 높은 사람이라 내 말을 건성으로 듣는 것 같지는 않았다. 나는 용기를 냈다.
 "추워서 죽을 지경이니 새 옷을 한 벌 주십시요. 이 옷은 너무 헐었습니다."
 높은 사람은 대꾸는 하지 않고 고개만 끄덕였다. 나는 어떤 반응이 올까 하고 궁금하게 생각했다. 담당 교도관이 나중에 와서 꾸중을 할지도 모르지만, 나는 내가 요구할 수 있는 당연한 요구를 했다고 느꼈기 때문에 조금도 맘에 걸리지는 않았다. 그러나 담당 교도관도 맘씨는 조금도 나빠 보이거나 남을 괴롭히려 하거나 하는 그런 사람 같지는 않았다.
 아닌게 아니라, 나는 조금 후에 한 번도 입어보지 않은 새옷을 한벌 얻어 입었다. 훈훈하고 깨끗한 맛이 기가 막혔다.

7

 아무 하는 일도 없이, 아무 것도 읽을 것도 없이, 혼자서 하루 해를 보내는 것이 얼마나 지겹고 견디기 힘들다는 것은 오히려 당해 본 사람 보다도 당하지 않고서 상상만 하는 사람에게 더 실감이 날지 모르지만, 그것은 아무래도 구체적인 것이 못된다.
 낙서란 무료해서 생기는 것이지만, 낙서라도 많이 있다면 이럴 때는 얼마나 좋을까. 마치 그거야 말로 상상 못지 않은 영향력을 발할 것이다.
 그러나 그런 낙서는 그리 많지 않다. 연필이나 볼펜을 갖는 것 자체가 금지되어 있으니 낙서를 무얼로 할 수 있단 말인가.
 어떤 친구가 요긴하게 쓸 거라고 해서 새끼 손가락의 손톱 크기만한 거울을 하나 방 안으로 던져 주었다. 그러나 그게 요긴 하게 쓸 일이 어떤 것인가를 나는 알지 못했다.
 다만 요긴한 물건이라고 주는 것이니 그냥 버릴 수가 없어서, 벽종이가 찢어진 부분에다 넣어 두었다. 그래서는 아주 심심해서 발광이 날 적에는 그 놈을 꺼내 가지고 내 얼굴을 비춰 보았다. 원체 크기가 새끼 손톱만 하니까 손바닥만한 얼굴이기는 하지만, 그걸 다 비춰 볼려면 한참이 걸렸다.
 "그렇구나! 참 요긴하다더니 시간 보내기는 안성마춤이구나."
 나는 얼굴 부분 뿐만 아니라, 그 거울로 얼굴에 난 수염을 세어 보았다. 깎을 수가 없어서 그냥 길러놓았으니, 세는 것이 그리

힘드는 일은 아니었다.
 나는 하나씩 세어 나가다가, 흰 수염이 적잖이 났다는 사실을 알아내고, 좀 아연해졌다.
 집에서 매일 아침 수염을 깎을 적에는 비록 흰 수염이 있어도 그게 흰 건지 무언지를 얼른 알 길이 없었다. 그러나 길러 보니까 완연히 구별이 났다. 교도관이 "영감"하는 말도 일리가 있구나. 물론 그들은 나이보다도 나를 대접해서 하는 말이기는 하겠지만 …….
 나는 입을 하마처럼 쩍 벌리고는 한 부분 비춰 들여다 보았다. 잘 보이지 않았다. 그러니 그걸 보기 위해서 열심히 시간을 잡아 먹었다.
 그러나 나중에 알고보니 반드시 그 거울은 그런 것만을 위해서 존재하는 것이 아니고, 그것 보다도 요긴하게 쓰이는 일이 한 두가지가 아니었다. 우선 담배를 숨어서 피우는 데는 그게 부싯돌 역할을 했다. 그게 아니고서는 라이타 돌에서 불을 얻는 방법이 없었다. 옷에 들어 있는 솜을 좀 뜯어서 그 끝에다 침을 뱉아가지고 벽에도 붙여 놓는다. 그래서는 거울유리로 라이타 돌에서 불빛을 받아가지고서는 그 솜 끝에다 불을 당긴다. 그러면 사람들이 몰려들어서 담배를 피웠다. 거울은 그것만이 아니고, 젓가락 끝에다가 달아서 잠만경 식으로 복도에 있는 교도관의 동태를 살피는데 절대적인 역할을 할 수가 있었다.
 거울이 그 외에도 어떤 요긴한 작업을 할 수 있는지 알 수가 없었다. 아마 더 좋은 기능을 가지고 있었을 것이다.
 나는 모든 세상이 다 잊어버린 것처럼 여러날 동안을 계속 방치되어 있었다. 나라는 존재를 기억하고 있지도 않거니와 기억할 필요도 전연 없는 것 같았다. 그래서 특별히 아무도 나를 찾아

주는 사람이 없었다.
 교도관이나 이웃 방에 있는 사람들이 이따금씩 말을 걸어 오거나 눈인사를 해주지 않는 것은 아니지만, 그것으로 내가 망각의 세계 밖에 있다고 생각할 수는 없었다. 피차 망각의 세계 안에 있는 것은 그들이나 나나 별로 차이가 없는 일이었다.
 나는 세상이 나를 이렇게 조속하게, 그리고 철저하게 잊어주는 데 대해 심한 공포증을 느꼈다. 친구들과 가족들마저도 이렇게 나를 잊어준다면 나는 어떻게 살아간단 말인가. 나라는 인간은 그들에게 아주 쓸모 없고, 또 귀찮기도 했던 존재란 말인가? 그래서 눈앞에서 사라지니까 얼른 잊기 위해서 좋은 기회를 받았다고 생각하고 있는 것일까?
 밖에서 나를 기억하고 있을만한 조그만한 사건도 이곳에서는 이루어지지 않았다. 어쩌면 이렇게 아내마저도 꼼짝을 않는 것일까.
 나는 여태까지의 생활이 정말 허망한 생활이었을 것이라는 확신을 더욱 굳히게 되었다.
 그러니까 한 인간의 소멸이 이렇게 아무 반응도 일으키지 않은 것이 아닌가. 무서운 일이다. 인간이 인간들에게 잊어버려지다니. 그것도 순간적으로.
 나는 잊어지지 않는 인간 소멸을 몇 가지 가지고 있다. 할머니와 아버지, 그리고 누님의 소멸이다. 물론 지나치게 사적인 사건에 연연해 있다.
 그러나 그들에게 대한 나의 기억은 너무도 생생하다.
 할머니는 하도 첩을 많이 얻는 할아버지가 싫어서, 아들을 따라 일본으로, 청진으로 갔다가 아들을 잃고 말았다. 그 실망이 어떠했을까.

그래도 할머니는 우리들에게 눈물 한방울 보이지 않고, 우리를 사람답게 키우느라고 무진 애를 썼다. 시골에 돌아갔을 적에는 아들의 빽도 없어진 상태라서 더욱 견디기 어려웠지만, 그래도 꼼짝하지 않고 자기의 자세를 유지해 가면서, 그러면서도 낙관적인 생활 태도를 버리지 않았다.

할머니는 초저녁 잠이 많았다. 저녁 식사가 끝나기가 무섭게 잠에 빠졌다가는 열두시가 채 되기 전에 깨어나서는 밤새 눈을 뜨고 있었다. 물론 많은 시간을 길삼으로 보냈지만, 어두운 등잔불에다가 돋보기를 끼고서는 밤새 내 옷에서 이를 잡아 주곤 했다. 그 개운하고 간지럽고 부드러운 맛이란 이루 헤아릴 수 없을 정도였다.

어머니는 항상 병상에 있었으므로, 우리를 사랑해줄 겨를이나 돌봐줄 이유가 조금도 없었다. 그리고 할머니에게 며느리 노릇을 할 힘마저도 없었다. 그걸 할머니가 다 해 주었다. 우리들에게는 어머니 노릇을, 며느리에게는 오히려 며느리 노릇을 해 주었다.

시골에서 농사를 짓고 있을 적에도 백발의 할머니가 머슴들보다도 먼저 일터로 나가곤 했다. 할아버지가 첩들과 함께 온갖 고초를 다 주어도 끄떡도 하지 않고 조용히 받아들였다. 우리들에게 슬픈 얼굴이나 화난 얼굴 한 번 보이질 않았다.

내가 대학 일학년 때 할머니는 숙부네 집에 있다가 돌아가셨다. 나는 물론 임종을 보지 못했다. 그런 자상한 할머니가 죽었다는 것에 조금도 실감이 나지 않았고, 또 그런 사실을 내 눈으로 인정하고 싶지도 않았다.

나는 몇 년 동안 할머니가 이 세상에서 없어졌다는 사실을 받아들일 수가 없었다. 그렇게 곱고 좋은 할머니가 어떻게 죽어서 없어질 수 있단 말인가. 아직도 할머니에 대한 기억은 생생하게 살아남아 있다.
 아버지가 죽었다는 사실이 불행한 일이라는 것은 해가 거듭하면 할수록 더 심각해졌다.
 물론 나는 아버지에 대한 애정을 별로 느끼고 있지 않다. 겁나기만 하던 아버지였으니까. 그러나 아버지가 없으므로써 생겨지는 여러 가지 어려움은 날이 갈수록 심각해져 갔으니까, 그 죽음은 해마다 새로워졌다고 할 수 있다.
 가끔 가다가 나는 아버지가 살아서 돌아오는 꿈을 꾸었다. 이번에 살아온 것은 틀림없는 사실이라는 것이다. 그러나 깨어보면 환상이었다. 또 꿈을 꾸어도 그런 꿈만 자꾸 꾸어질 뿐만 아니라, 그 꿈은 아버지가 죽지 않고 살아 있다가 다시 되돌아 왔다는 사실이 절대로 거짓이 아니라는 것을 내게 설득시키기 위해서 갖은 애를 쓰고 있었다. 별아별 뚱딴지 같은 것으로 설명을 하려 들었다.
 아버지는 꿈에서 번번히 살아서 왔다. 이런 꿈은 적어도 아버지가 돌아가고 난 이십년 가량 계속되었다. 결국 아버지의 사망으로 나는 이십년 이상 고생을 했다는 말이 된다.
 나는 화장해서 가루만 있는 아버지의 해골을 륙삭에 매고 월남을 했다. 어렸으니까 내게는 그런 정도의 짐 밖에 지우지 않았던 것이다.
 우리는 한탄강을 건너서 월남했다. 물이 깊어서 목에까지 왔다. 마우자 놈들이 저쪽에서 총질을 요란하게 하고 있었다. 우리는 야음을 타서 급하게 강을 건넜다. 그때 해골 박스에 물이 들었던 모양이다.
 시골에 와서 장사를 지내기 위해서 뚜껑을 열어보니, 가루라고는 한 점도 없고, 토끼의 복숭아뼈 만한 삭은 뼈 한 덩이만 남아 있었다. 이걸 땅에다 묻고 분봉을 만들었다.
　산소는 바로 우리 집 뒤의 산이었다. 걸어서 천천히 올라간대도 오분 정도면 갈 수 있는 그런 곳이었다.
　그러나 나는 잘 가지 않았다. 추석 때가 되면 할머니가 벌초를 하라고 해서 나는 떨리는 기분으로 낫을 가지고 가서 벌초를 했다. 어쩐지 겁이 났다. 토끼의 복숭아뼈 만한 뼈밖에 없는 아버지지만, 무서웠다.
　무덤가에는 목백일홍이 심어져 있었다. 남쪽의 무덤에는서 흔히 볼 수 있는 나무다. 그 나무의 타는 듯한 꽃색깔도 겁이 났고, 무서웠으며, 기분이 좋지 않았다. 그것은 지금도 마찬가지다.
　나는 예수를 믿었기 때문에 벌초를 하는 경우에도 묘에다 절을 하는 일은 하지 않았다. 그게 교리에 어긋나는 일인지 어떤지는 지금까지 잘 모르고 있다. 그러나 지금은 성묘를 하게 되면 절도 하고, 제사를 지내게 되어도 절을 한다. 기독교가 말하는 우상이라는 개념하고는 다소 차이가 있는 것이라고 확신하게 되었기 때문이다.
　시골에서 아버지의 일주기가 됐을 때 나는 슬피 울었다. 아버지가 없는 지난 일년이 내게는 몹시 쓰라렸기 때문이다.
　경제적인 고통도 고통이지만, 뼈이 없어졌다는 정신적인 고통이 보통이 아니었다. 나 혼자 그렇게 느끼는 것이 아니라, 장난을 좋아하는 아이들이 나를 그렇게 못살게 굴었던 것이다.
　국민학교는 우리 마을에서 약 십리쯤 떨어진 곳에 있었다. 조그만하지만, 산림이 울창한 산을 하나 넘어가지 않으면 안되었다. 그래서 동네아이들이 학교에 갈 적에는 동구 밖에서 모여서 함께 가는 것이 보통이었다.

그 아이들 사이에는 할아버지의 첩들에게서 난 아이들도 끼어 있었다. 이놈들이 고개를 올라가서 숲속에 들어가면 나를 때리기 시작했다. 먼저 그들이 때리고 나면 나하고는 아무 원한도 감정도 없는 다른 아이들까지 합세하여 한 바탕씩 주먹뜸질을 했다. 나는 실컷 맞았고, 이런 일은 아침 조회처럼 당연하게 매일 계속되었다. 나는 울며 학교를 다녔다. 누구 하나 내 편을 들어주는 사람이 없었다.

학교에 가서도 이런 분위기는 별로 달라지는 게 없었다. 나의 사촌과 동네아이들이 앞장을 서서 나를 바보로 만드는 일을 줄기차게 해댔다.

나는 한 번도 기를 펴보지 못했다. 국민학교 2학년 동안을.

나는 짚신을 삼을 줄 몰랐다. 왜따까리라는 것을 아이들이 신고 다녔는데, 나는 시골에서 자라지 않았기 때문에 그걸 삼을 줄 몰랐던 것이다. 지게를 지니 지게가 좌우로 흔들려서 잘 질 수가 없었다. 그리고 다리가 떨려서 제대로 걸을 수도 없었다.

그런데다가 내게 준 지게라는 것이 지게가지가 나란하지 못하고 한 가지가 높이 구부러져 있어서, 아무리 나무를 잘 쌓는다고 해도 지게는 항상 삐딱했다. 그러니 더욱 걸음이 어려웠고 위험했다.

그들은 산에 올라가서 내게 용두질을 치게 했고, 담배를 피우게 했다. 동네 머슴들까지 합세하여 하는 장난이기 때문에 나는 벗어날 수가 없었다.

이 두가지 악습이 오랫동안 나를 괴롭힌 것도 그 때문이었다. 아직도 담배는 피우고 있지만. 아이들이 그렇더라도 어른들은 좀 동정적인 말 한마디나, 위로의 말 한마디쯤은 던져줄 수 있었을 텐데, 나에게 그런 한마디를 선물해 주는 사람이 도통 없었다. 모두가 비리비리한 똥강아지 취급을 했다.

　나는 똥강아지였다. 아무도 나의 인격을 인간의 선까지 끌어올려 주지 않으니 나는 똥강아지일 수 밖에 없었다. 내 자신의 힘으로는 어쩔 수 없는 일이다.

　나는 노동일도 잘 할 수 없을 뿐만 아니라, 시골에서 하는 생활에도 얼른 숙달이 되지 않았다. 가령 뒤를 닦는 일도 제대로 되지 않는 것이다. 시골 사람들은 지푸라기를 집어서 똥구멍을 닦지만 나는 아무리 해도 그게 되지 않았다. 불결한 것 같은 생각에다가, 항문에 오는 자극이 나를 섬짓하게 만들었다. 조그만한 돌을 주어서 하거나, 아니면 넓적한 나무 잎을 따서 사용하기도 했지만, 나는 그럴 때마다 번번히 실수를 해서, 도저히 숙달이 되지 않았다.

　풀을 베는 일이나, 나무를 하는 일도 마찬가지였다. 그것은 그 나름대로 기술이 있고, 또 예술적인 면이 있었지만, 나는 도저히 그렇게 되지 않았다. 건뜻하면 손가락을 잘리기가 십상이고 아무리 곱게 짐을 만들려고 해도 엉성한 까치집처럼 되어 예술적으로 보이지 않았다. 그러니 진짜 일꾼들이나 초동들이 볼 때에 일하는 모습이나 짐을 지고 가는 모습은 하나의 웃음거리 밖에 되지 않았다.

　"병신같은 놈……"

　그러잖아도 병신인데 병신이라고 욕해 봤댔자 아무 소용이 없는 일이었다.

　그러나 나는 그들을 따라다니며 학교를 다녔고, 산에 나무하러, 풀을 베러 다녔다. 삼베잠뱅이 한 장을 걸치고…….

　국민학교를 졸업하게 되자, 나와 같은 반이었던 사촌은 할아버지의 후원아래 중학 입시를 치르기 위해서, 우리 마을에서 사십리 가량 떨어진 곳으로 시험을 치러 갔다. 그러나 나는 그런 엄두를 내지 못했다. 할아버지가 우리로 하여금 그런 호사스런 행동을 가만히 두지 않았기 때문이다.

할아버지는 아버지가 죽고 난 다음에 우리에게 당연히 상속해 줘야 할 전답을 전연 주지 않았다.

그 이유는 할아버지 첩들의 압력 때문이기는 하지만, 어머니가 예수를 믿기 때문에 종가의 할 일을 못한다는 것이다. 선조들에 대한 제사를 맡아서 하는 경우가 아니고서는 재산의 상속 같은 것은 있을 수 없다는 것이다. 물론 어머니는 예수를 버리지 않았다. 설령 버렸다 하더라도 그들이 어머니에게 재산을 분배해 줄 리가 없는 사람이었지만.

그래서 어머니는 하는 수 없이 옛날의 소작인들을 찾아 다니면서, 우리에게서 가져간 전답의 일부를 구걸해서 다시 물려 받았다. 그때는 내가 가끔 따라간 경험이 있다. 가령 우리 땅을 열마지기 붙이고 있다가 농지개혁으로 몽땅 그 사람의 재산이 되었지만, 그 중에서 한 마지기쯤 할애해 달라는 것이었다.

궁한 부탁이었다. 그러면 일소에 붙여버리는 경우가 있는가 하면, 아버지를 봐서나, 현재의 우리가 딱해서 한 두마지기씩 물려주는 사람들도 있었다. 그래서 우리는 약간의 전답을 모을 수가 있었다.

나의 형은 이미 해방되기 전에 중학생이었기 때문에 이곳에 와서도 하는 수 없이 입학하여 3학년에 재학하고 있었다.

누님은 우리 증조부가 살았던 집터로 만든 국민학교의 교사노릇을 하고 있었고, 누이 동생은 그 학교에 최고 학년인 4학년으로 다니고 있었다. 우선 당장은 내 문제가 빨리 해결해야 할 일이었다. 중학교를 보내느냐 안보내느냐······.

할아버지는 이런 눈치를 알아차리고 이따금씩 우리집으로 와서 공갈을 치곤 했다. 머슴으로 만들지 않고 공부하러 보냈다가는 가만 두지 않겠다고.

할아버지는 무자비한 인간처럼 보였다. 피도 눈물도 없는 악마처럼 보였다. 가끔 내려와서는 담뱃대로 할머니와 어머니를 두들겨 패곤 했고, 어른으로서는 감히 할 수 없는 욕지거리를 사정없이 뱉곤 했다. 아버지를 좋아하고 아버지를 대하던 할아버지하고는 하늘과 땅 차이였다. 그렇게나 사랑하던 아들이 죽고나자, 그 가족에 대한 애정이 이렇게 정반대로 달라진다는 것은 과히 신비한 일이라 하지 않을 수가 없었다.

할아버지가 한바탕씩 고함을 지르고 나면, 사촌들이 뛰어들어와서 한 마당씩 작살을 내기도 했다. 도끼를 들고 와서 기둥뿌리를 부셔놓는가 하면 할머니나 형에게까지 휘둘러서 상처를 내놓기도 했다. 형은 아직도 그 때의 흉터를 가지고 있다. 얼굴에……. 온 집안이 피바다가 된 적도 있고, 그런 일은 심심풀이로 일어나곤 했다. 그러나 아무도 생명을 빼앗지는 못했다. 그저 몽둥이로, 도끼로 때리고 찍기는 했지만…….

그 덕에 사람들 뿐만 아니라 우리 집까지가 기우뚱 했다. 넘어지다가 만 것이다.

이럴 때 나는 아버지의 혼을 생각했다. 만일 혼이 존재한다면, 자기가 남겨 놓은 가족에게 이런 부당한 학대가 주어지고 있는데 어찌 가만히 있을 수 있을 것인가.

아버지의 혼은 말이 없었고, 하느님 역시 아무 말이 없었다.

새벽 단잠을 자고 있는데 어머니가 나를 깨웠다.

"지금 떠나야 한다. 지금 떠나지 않으면 너는 중학교 입학시험을 치를 수가 없다. 빨리 먹고 날이 새기 전에 떠나라. 할아버지가 알면 우리가 맞아죽을 각오를 하겠지만, 너는 학교에 가 있을게 아니냐. 빨리 먹고 떠나거라."
　나는 완전히 잠을 깨고 있지 않았지만, 듣기에 매우 심각하고, 사태 진전이 나도 모르는 사이에 많이 가 있었다는 것을 깨달았다.
　나는 일어나서 지금 막 해놓은 밥을 몇 술 떴다. 그래서는 어머니가 조그만한 자루에 준비해 놓은 것을 어깨에 매었다. 학교에 가서 먹을 음식과 옷가지와 필기도구 같은 것이었다.
　나는 얼른 집을 떠났다. 새다리같은 다리로 뛰어가자면 사십리라면 엄청난 거리다. 아직 날이 샐 시각은 아니었다. 하늘에는 무섭도록 별들이 빛나고 있었다.
　나는 무서운 줄도 모르고 마을을 떠났다. 한참 뛰어 가다가 뒤를 돌아보니, 산마을 밑에 조그마한 마을이 어둠 속에 가려진 채, 한 두개의 불빛으로 그 존재를 알려 주고 있었다. 그때부터 나는 무섭고, 슬픈 맘이 울컥 치밀어 올라서 견딜 수가 없었다.
　나는 엉엉 울며 뛰어갔다. 금방 호랑이라도 나올 것 같은 울창한 산길을 달려서 수산학교가 있는 곳으로 갔다.
　수산학교라는 것은 말이 중학교지, 왜놈들이 쓰던 고기 창고였다. 거기에다가 다 부서진 책상 몇 개를 놓고, 학생들이 앉아서 공부랍시고 하고 있었다. 잔뜩 나이 든 학생들이……。
　그러나 나는 후련한 느낌이 들었다. 할아버지와 그 가족들의 얼굴을 보지 않을 수 있다는 사실이 나를 흐뭇하게 해 주었다. 그러나 나의 진학 때문에 정신적으로, 육체적으로 그리고 경제적으로까지 가시관을 써야 하는 할머니와 어머니가 불쌍해서 견딜 수가 없었다. 할아버지에게 그 사이 얼마나 많이 맞았는지도 모를 일이었다.

나는 입학이 되고나자 매일 사십리길을 통학하지 않으면 안 되었다. 왕복 팔십리였다. 이렇게 긴 통학을 하는 사람은 전교생 중에서 나 혼자 뿐이었다.
그러다가 지치게 되면 한 두주씩 하숙을 하거나, 학교 기숙사에 들어가거나 했다.
나의 이 중학교 3년 동안은――내게는 아주 인상적인 시절이었다. 지극히 불행하고, 가난하고 우울하고, 욕구불만에 차 있던 시절이었으며, 터무니 없는 공상에 빠져 있던 시기이기도 했다.
학교에서 돌아오면 나는 직통으로 논밭으로 나가서 일을 했다. 거기에는 백발을 한 할머니와 어머니가 쭈구리고 앉아서 일을 하고 있었다. 나는 그들과 함께 어울려서 일을 했다.
시간이 다 되어 나는 학교로 되돌아 가야 할 때가 되어도 그들이 웅크리고 앉아서 일하고 있는 모습을 보면, 가슴이 아파서 학교를 갈 수가 없었다. 가다가 되돌아 와서는 그들과 함께 일을 하곤 했다.
누님은 교사 노릇을 집어 치우고, 서울로 가서 대학에 들어가 버렸고, 형은 숙부를 따라 통영으로 진학해 갔다.
누이동생은 여자 중학교가 있는 읍내로 통학을 하고 있었다. 삼십리길이었다. 왕복 육십리를 걸어야 했기 때문에 나보다도 집안 일을 도울 수가 없었다.
그러니 결국은 할머니와 어머니, 그리고 나만이 집안에 남은 셈이지만, 나도 크게 집안 일을 도울 수가 없었다.
그때 두 여인의 생활이라는 것은 말이 아니었다. 할머니는 천부적인 덕과 낙천적인 성격으로, 어머니는 종교의 힘으로, 그 고통을 참고 견디어 나갔다.
나는 학교에서의 학과는 우수한 편에 들었지만, 그 외의 것은 엉망이었다. 운동이라든가, 다른 어떤 것은 내가 워낙 내성적이고, 몸이 왜소해서 끼어들 수가 없었다.
 다만 공부를 좀 하니까 간신히 무시당하지 않는 정도로 살아가고 있을 뿐이었다.
 나는 항상 외톨이가 되어 방인근의 소설이나 읽으며, 용두질을 하며 한가한 시간을 보내곤 했다. 그렇다고 엉뚱하게도 작가가 되겠다는 생각을 한 것은 아니었다.
 아내에게서 뜻밖에도 영어 성경이 들어오고, 솜을 잔뜩 넣은 한복과 내의가 두벌이나 왔다.
 나는 쾌재를 불렀다.
 "아직도 잊어버리지 않고 있는 사람이 있구나!"
 나는 갑자기 명예스런 일이라도 한 것 같이 가슴이 흐뭇했다. 지극히 얼마 안되는 돈이지만, 돈까지 영치금으로 들어왔으니 다소 도움이 될 것이다.

8

　며칠이 지나고나도 내게는 아무런 변화가 오지 않았다.
　그러나 나는 견딜만 했다. 우선 그렇게나 춥던 몸이 솜옷으로 단단히 무장이 되었는 데다가, 이불도 집에서 들어왔으니 나는 아주 따뜻하게 살 수가 있었다.
　나는 내의를 석장을 포개서 곰처럼 입었고, 미제 침낭을 석장의 담요로 싸서 덮었다. 그런 정도면 아무리 널방이라도 한기를 느낄 정도는 아니었다.
　며칠 있으니 아내는 또 밍크담요를 차입해 주었다. 털이 일센티 반이나 되는 길다란 것으로, 호랭이 껍데기처럼 따뜻한 것이었다.
　낮에는 그 놈을 깔고 앉아서 글을 읽으면 아주 그만이었다. 궁뎅이도 딱딱하지 않을 뿐만 아니라, 뜨뜻하게 체온이 담겨져 있어서 아주 극상이었다. 이런 곳에서 이런 좋은 조건으로 산다는 것은 여간 행복한 일이 아니었다.
　밤에 고통스런 것이 두 가지 있었다. 하나는 천정벽에 켜놓은 전등이었다. 밤이면 이놈을 좀 꺼주면 좋은데, 아마 방 안의 동태를 살피기 위해서 그렇게 하지 않는 모양이다. 불을 끄고 자던 버릇을 가지고 있는 사람들에게는 아주 고통스러웠다.
　그런 밝기의 전등으로는 독서도 잘 되지 않았다. 전등 때문에 깊은 잠을 잘 수가 없었다. 얼굴까지 뒤집어 쓰고 자면 교도관이 와서 얼굴을 내놓고 자라고 한 마디씩 하기 때문에 번번히 이불을 뒤집어 쓰고 잘 수는 없는 일이다. 그러니 자다 말다 한다. 잠을 자야 하는 야간 시간이 열두시간 가량이나 되니까, 아무리 잠을 잘 자는 나라고 해도 깊은 잠을 잘 수는 없었다.

다른 또 하나의 괴로움은 빈대라는 친구다. 잠을 자려고 머리를 베게 위에 올려 놓기만 하면 목에 달라붙어 온다. 처음엔 그게 빈대라는 것을 알지 못했다. 자꾸 가렵기에 일어나서 살펴보니, 중학교 때나 구경하던 옛날의 빈대라는 친구가 와 있는 것이다. 한편으로는 반갑기도 했지만, 모질게 물어 뜯는 데는 우정만을 가지고 대할 수는 없는 일이었다. 심심하기도 한 판이니까 일어나서 한바탕씩 시살을 했다.

굵은 놈이야 잘 보이니 잡을 수가 있었지만, 잘 보이지 않는 작은 놈은 잡을 수가 없다. 천상 내 피를 빨아먹고 더 굵어지기를 기다릴 수 밖에 없었다. 대한민국의 빈대가 연탄 때문에 다 없어졌다던데, 과연 여기는 연탄을 때지 않으니 없어질 수가 있어야지.

나는 낮에 잘 보일 때에 구멍 구멍을 찾아 다니면서 빈대를 잡았다. 그러나 그건 별로 효과가 없는 것 같았다. 밤이 되면 어김없이 찾아오니까.

나는 며칠 지나서, 교도관에게 하소연을 했더니, 스프레이 기계를 가지고 와서 약을 뿌려 주었다. 그러나 별로 효과가 없었는지, 밤이 되면 반갑잖은 친구는 여전히 찾아왔다. 나는 포기해 버리고 말았다. 빈대도 먹고 살아야 하니까. 빈대를 미워만 하지 말고 적당하게 물려주기로 맘 먹었다. 그 외에는 다른 어떤 좋은 방법도 없었지만.

나는 비교적 콩밥을 좋아하는 편이지만, 이곳의 콩밥은 그리 좋지 않았다. 아무리 씹어볼려고 해도, 그게 잘 소화가 되지 않았다. 나는 위장이 아주 좋지 않은 편이다. 그래서 이빨로 콩죽이 되도록 씹어 보지만, 설사를 면할 수가 없었다.

　나는 양을 좀 줄여보기로 했다. 그래도 설사는 여전히 계속했다. 콩밥 대신에, 콩밥을 뭉치기 위해서 사용하는 몇알 되지 않는 보리만을 골라서 먹어 보았다. 그래도 설사는 끊이지 않았다. 그러고 보면 나의 설사는 콩이나 보리 때문에만 생기는 것이 아니고, 정신적인 부담때문에 생기는 것이다.

　나는 몹시 기분이 나쁘거나, 겁이 나거나, 불안하기라도 하면 설사를 하는 버릇을 가지고 있다.

　내가 태평스런 태도를 지닐려고 해도 이곳의 생활은 근본적으로 내게는 불안한 모양이다. 그래서 설사는 끊이지를 않았다.

　내 변기는 똥이라고는 한 점도 없다. 설사니까 물에 섞여서 완전히 풀어져 있었다. 똥통을 들고 밖으로 나갈 때 다른 사람들의 변기를 보면 팔뚝같은 똥이 마치 연못의 잉어처럼 건강하게 똥통에서 꿈틀거리고 있었다. 보기만 해도 건강하고 당당했다. 나는 그게 몹시 부러웠다. 남자라면 적어도 저런 정도의 강심장의 건강은 가지고 있어야 한다고 생각했다. 그래야 독립운동이라도 한 번 할 수 있는 것이고, 정치범이 되어도 당당한 정치범이 될 것이다. 비록 파렴치죄를 범한다고 해도 말이다.

　건강하지 않은 사람에게 이루어지는 것이 무엇일까? 간신히 나약한, 그러면서도 별로 환영을 받지 못하는 샐러리맨 이상의 것은 절대로 불가능한 것이다.

　비록 사랑이나, 영원이나, 종교나, 예술같은 지극히 여성적인 것을 위해서 살다가 죽은 사람들이라도, 큰 업적을 남긴 사람들은 모두 건강했다. 샐러리맨도 직위가 제대로 올라가는 샐러리맨

이 되려면 역시 건강해야 한다.
 그런데 나는 그런 기본적인 요건을 가지고 있지 못했다. 나는 설사를 계속했다.
 나는 우유를 사서 먹기도 했고, 빵도 사서 먹었다. 콩밥보다는 그런 것을 먹는 것이 위장에 좋을 것 같았기 때문에 아주 귀찮은 일이지만, 그렇게 했다. 그러나 별로 효과가 없었다. 약도 사서 복용을 했지만, 그때 뿐이었다. 역시 나는 내 자신도 모르게 불안에 떨고 있는 것이다.
 나는 나의 불안을 잊어버리기 위해서 독서에 열중했다. 또 열중하지 않을 어떤 다른 일도 없었다. 독서를 하고 있는 동안은 아무 것도 생각하지 않아도 되었다. 독서의 즐거움에 빠져서 자신이 지금 어디에 와서 무엇을 하고 있는지도 알 수가 없을 때가 가끔 있었다.
 그럴 때면 나는 깜짝깜짝 놀라며, 이래서 되는 것일가 하고 걱정을 하였다. 그러나 내게 주어진 사건은 내가 걱정을 한다고 해서 어떻게 되는 것은 아니었다. 나는 드넓고 넓은 세상이 있는 데도 이 한 평짜리 방에서 밖에는 자유를 얻을 수 없는, 그런 허약한 사람이 되어 있었다. 그러니 내게 감히 무엇이 가능할 것인가.
 나는 다시 아무 걱정도 하지 말고 독서나 하자고 자신에게 다짐을 했다. 세월은 흐르는 것이고, 시작이 있으면 끝이 있는 것이다. 언젠가는 이런 생활도 끝날 때가 있을 것이니, 그동안 하지 못했던 독서나 해 두면 자신을 성장시키는 방법으로 좋은 기회가 될 것이다.
 나는 대개 이틀이나 삼일쯤이면 책 한권 정도를 읽어 내었다. 그리 빨리 하는 것은 아니지만, 전연 다른 일은 할 게 없으니 그렇게 독파력을 발휘할 수 있게 된 것이다.
 만일 내게 연필과 종이가 좀 주어진다면……
 나는 멋진 글을 쓸 수 있을 것 같았다. 그리고 맘에 우러나는 생각을 적어 둘 수가 있었지만, 그런 것은 어쩐 일인지 용납되지 않았다. 그냥 책이 들어오는 대로 읽어나갈 수 밖에 없었다. 책이 늦게 들어오면 읽은 책을 다시 읽고 또 읽었다.
 책을 읽다가 심심하면 일어나서 우리 안을 한바퀴 돌아보고는 복도 밖을 내다 보기도 하고, 비둘기가 많이 놀고 있는 뒷마당을 넘겨다 보기도 했다.
 오른쪽 복도 끝으로 한 청년이 독방에 있었는데, 그는 나처럼 심심해서 자꾸 나와 대화를 나누려고 했다. 그러나 그렇게 거리가 떨어져서는 도저히 말 소리가 들리지 않았고, 설령 들리게 된대도 교도관이 매번 묵인하고 있을 턱도 없었다.
 그래서 그는 내게 수화(手話)를 가르쳐 주었다. 손가락으로 한글이 생긴 모습대로 글자를 만들어 내는 것인데, 자음과 모음을 근사하게 할 수 있고, 또 알아보기도 비교적 쉬운 것이었다. 처음에는 귀찮은 생각이 들기는 했지만, 원체 간단해서 배우기가 아주 쉬웠다.
 그리고 우리 뿐만이 아니라, 다른 사람들도 대부분 이것으로 대화를 하고 있었다. 사방이 마당을 하나 사이에 두고 떨어져 있는 경우에라도, 이것으로 능히 말을 주고 받을 수가 있었다.
 그런가 하면, 어떤 성급한 친구는 듣기에도 가슴이 섬찟한 큰 소리로 상대에게 말을 얼른 건네 버리는 경우도 있는 것이라고 해도 다른 사람들은 알아듣기가 힘들고, 특히 교도관은 더욱 알아들을 수가 없는 것이다.
 그리고 벽을 옆에서 툭툭 치며, 말을 걸어오기도 했다. 바깥 세상이 돌아가는 이야기 하며, 누가 새로 들어왔다는 이야기, 내게 대한 안부같은 것을 그런 식으로 물어 왔다.
 사람은 짐승과 달라서 한시도 말을 하지 않으면 못견디는 동물이다.
 그러나 나는 할 말도 없고, 들을 말도 없었다. 그런 것을 듣고 말한다고 해서 내 생활이 당장 달라질 것도 아니다. 나는 책 속에 파묻혀서 환상의 세계에 가 있으면 되었고, 그게 가장 편안하기도 했다. 현실의 아픔을 잊는 방법으로도 그게 가장 좋았다.
 이런 식으로 십 여일 동안 내 던져진 상태로 시간이 흘러갔다. 나는 초조했다. 바깥 세상은 어떻게 변해가는 지가 궁금했고, 나만 남겨 놓고 멀리 가 버린 것이 아닐까 하고 생각하니 금방 불안해졌다. 그러나 아무리 발버둥 쳐 본대도 무슨 소용이 있는 일인가. 가만히 주어질 운명을 기다리고 있을 수 밖에.
 "오십이번 검취."
 복도를 소지 아이가 중얼거리고 지나갔다. 나는 가만히 되뇌어 보았다. 오십이번……, 아 오십이번이라면 바로 나 자신이 아닌가.
 나는 가슴에 달려 있는 수인번호를 들여다 보았다. 분명히 그렇게 아라비아 숫자로 적혀 있었다. 그렇다면 나는 오늘이야 말로 세상 구경을 할 수 있는 날이다. 그것도 물론 손바닥만한 쪼그만 세상이기는 하지만.
 나는 실수를 하지 않으려고 연방 밖을 내다보며 눈치를 살피고 있었다. 그러나 아직은 모두 조용했다. 상당히 시간이 흘러도 문을 따주러 오는 사람은 없었다.
 나는 앉았다 섰다를 연방 하면서 일변 책을 보다가, 일변 복도 쪽으로 귀를 귀울이고 있었다.

한참만에야 교도관이 사방으로 다니면서 방문을 따주는 소리가 들렸다. 둔탁한 쇳소리와 나무 문짝이 밖으로 물러앉는 소리가 들렸다.

"오늘 영감 검취요?"

사람이 좋아 보이는 교도관이 와서 문을 따주면서 내게 말을 걸었다. 밖에 나가서 어떤 일이 있을지는 몰라도 우선 팔다리라도 옮길 수 있다는 것이 얼마나 좋은가 말이다.

나는 방 안에 있는 검정색 고무신을 신고 밖으로 나갔다. 금방 자유를 얻는 것 같은 상쾌함이 전신을 술기운처럼 감돌아 갔다.

내가 밖으로 나가자, 감방에 들어 있는 사람들이 길다랗게 목을 빼고 내게 인사를 걸어왔다. 물론 모두가 이곳에서 약간씩 알게 된 사람들이었다. 더러는 합방을 해 있는 사람도 있었고, 더러는 혼자 춥고 외롭게 독방을 하고 있는 사람도 있었다. 키가 커다랗고 수염이 잔뜩 자란 사람이 안경을 쓰고 몹시 추운 모습으로 발을 동동 구르며 내게 인사를 했다. 밖에 후견인이 없는지, 다 낡은 수의를 그냥 입고 있는 게 정말 추워 보였다.

"정신 바짝 차려야 됩니다."

어떤 사람이 말하는 건지 알 수 없으나 내게 분명히 이렇게 말해 왔다. 나도 그렇게 해야 된다고 생각했다. 저쪽에 있을 적에는 졸지에 당한 일이라, 나 자신도 뭔가 뭔지 몰랐다. 그러나 이제는 정식 재판에 회부되기 때문에, 정식으로 내가 할 수 있는 말을 해야 하고, 법의 범위 안에서 보호를 받도록 해야 하며, 가능한 한 죄가 없다는 것을 충분히 설명할 수 있어야 한다. 또 그럴 기회도 잘 포착하기만 하면 충분히 있을 것이다.

복도로 나오니, 제법 많은 동행인들이 한복을 두툼하게 입고 있는 사람도 있었고, 후줄그레한 수의를 그냥 입고 있는 사람들도 있었다.
　그런데도 이상한 것은 그들이 어떤 범죄를 저지르고 왔는지는 몰라도, 사람들이 그리 흉악하게 보이지 않고, 오히려 선량하고 양순하게 보였다. 정말 죄가 나쁘지 사람이 나쁜 것이 아니라는 것이 이런 것을 말하는 것일까.
　나는 그들과 함께 콘크리트 바닥에 쭈그리고 앉았다. 나는 하나씩 시선이 마주치는 대로 간단히 눈인사를 했다. 그들 중에는 소문을 들어 나를 아는 사람도 있었고, 전연 모르는 사람도 있었다. 그러나 그건 아무 상관도 없는 일이다. 나는 그들과 조금도 다름이 없는 인간이고, 그러기 때문에 그들과 함께 있는 것이다. 그러면서 그들과 좀 다르다는 생각이 있다면 그건 자만이고, 비현실적인 일이다.
　그들은 추운 병아리들처럼 쭈구리고 앉아서, 옆에 사람과 걱정스런 대화를 주고 받는 사람이 있는가 하면, 태평스런 얼굴로 아무 걱정도 하지 않고, 걸직한 농담만 주고 받고 있는 사람도 있었다.
　조금 있으니 낯이 선 직원 하나가 수갑을 굴비두룸처럼 잔뜩 엮어 가지고 들어 왔다. 그래서는 하나씩 배급해 주었다. 내게도 왔다. 나는 섬짓한 기분이 들면서 내 손으로 내 손목에다 하나씩 걸었다. 손목에 맞도록 줄여가니 따르르 소리가 나면서 차갑게 손목을 조여 갔다. 다시 늘어나지 않는다. 좀 불편했다. 그리고 어딘지 모르게 숨가쁜 느낌이 들었다.
　"너무 조여졌어요?"
　옆에 같이 앉은 친구가 말했다.
　"그런 것 같애요."
　"잠깐만."

그러더니 그는 재빠르게 주머니에서 굽어진 못을 하나 뽑아내 가지고는 얼른 내 수갑을 끌러 주었다. 그 민첩하고 날렵한 손 동작은 매우 스마트하다는 생각이 들었다. 저런 손으로 은행의 금고라도 여는 것인가.

나는 수갑을 느슨하게 다시 묶었다.

직원이 굴비두름들을 한참 동안 열심히 세더니 밖으로 나갔다. 굵은 철창으로 된 벽 하나를 지나고 나니, 그곳은 사방으로 방사선처럼 통해 있는 사방(舍房)에서 나온 사람들하고 합류하는 곳이었다. 검취하러 가는 사람들이 잔뜩 모여 있었다.

교도관들이 바쁘게 사람들의 수를 헤아리고 있었다. 헤어 보고는 또 헤어 보고, 그러고는 또 헤어 보았다. 그러다가 숫자에 이상이 없는 것이 판명이 되었는지 그제사 사람들을 끌고 밖으로 나갔다. 반달 모양으로 된 조그만한 문을 고개를 숙이고 나가니 마당이 있고, 하늘이 조그마하게 보였다.

아, 이런 하늘이라도 어디냐 말이다.

나는 사방을 휘둘러 보았다. 이 세상에서 멀리 떨어져 나와 있는 것 같았는데, 그게 아닌게 약간 실망스러웠다. 맨날 보던 산과 마을과 건축물이 그대로 눈에 들어왔다. 이렇게 내가 살던 곳에서 가까이 있었는데도 내게 전연 자유가 주어지지 않고 있었다는 사실이 좀 우습다는 생각이 들었다.

스레트 지붕을 한 길다란 막사가 바로 앞에 넓다랗게 자리를 차지 하고 있었는데, 아마 그건 취사장인 것 같았다. 벌써 아침이 끝났는데도 밥을 하는 수증기가 지붕 아래로 가득 차 있었고, 검어서 얼른 알아 볼 수 없는 사람의 그림자들이 수증기 속에서 아물아물 움직이고 있었다.

취사장 바로 옆에는 힌두교 사람들의 공동 목욕탕같이 만들어진 콘크리트 시설물이 있었지만, 물은 한 방울도 담겨 있지 않았다. 목욕탕으로 쓰지 않은 지가 상당히 오래 된 것 같았다.

 우리들의 굴비두름 행렬은 뒷마당을 돌아서 동쪽으로 천천히 걸어 갔다. 워낙 걸음걸이를 잊어버린 지가 오래라, 걷는 것이 몹시 생경했고, 제대로 잘 걸어지지 않았다.

 마당은 제법 넓었지만, 정원으로서 손질은 전연 되어 있지 않았다. 군데군데에 역시 아무 것도 손질되지 아니한 미류나무와 왜향나무가 한 그루씩 서 있었고, 최근에 마지 못해서 심은 무궁화 몇 그루가 영양 실조가 된 채 삐죽 서 있었다.

 눈이 잔뜩 와 있었지만, 넓은 마당은 이미 깨끗이 쓸어져 있었고, 눈은 변두리의 잔디가 마른 부분에만 소복히 쌓여 있었다.

 마당의 남쪽을 향해서 빨간 벽돌 건물은 톱날모양 방사선으로 쭉쭉 뻗어 있었는데, 모두가 이층집이었다. 그래서 좀 못생기고 낡아보이기는 했지만, 언뜻 보면 낡은 아파트촌 같은 느낌을 주었다.

 마당의 맨 남쪽에는 또 하나의 조그만한 벽돌집이 있었는데, 그 안에는 사람이 사는 것 같지 않았으며, 북쪽에는 아취형의 출입문이 하나 있었으나, 나무로 만들어진 문은 굳게 잠겨져 있었다.

 붉은 벽돌의 아파트촌을 지나고 나면, 이제는 학교건물처럼 보이는 하얀 건물들이 복잡하게 들어 서 있는 곳으로 가게 되어 있었다. 역시 높은 벽에 아취형의 조그만한 문을 고개를 숙이고 지나가면 그 쪽으로 갈 수 있었다.

 아닌게 아니라 그 쪽 건물은 학교처럼 생겨서, 넓은 계단도 있고, 넓은 복도도 있고, 사무실 같은 것도 있었다. 엄청나게 넓은 운동장 같은 감방도 있는가 하면, 역시 붉은 벽돌쪽처럼 아주 작은 방도 있었는데, 그 뒷모퉁이에는 변소처럼 보이는 것이 있어서, 자세히 보니 정말 사람이 쓰는 변소였다. 죄수들이 변소에 가서도 뒤를 다 보고서 막연히 서서 멍청히 밖을 내다 보고 있었다. 배설을 하러 온 것이 아니라, 그런 자세로 사색을 하러 온 것이 분명했다. 넓은 복도에는 이제 비킬 틈이 없도록 많은 수인들이 몰려와 있었다. 교도관이 나와서 그들을 어떤 형태로 구분하고 있었으나, 나는 뭐가 뭔지 몰라서 그들이 하라는 대로 했다. 그 많은 사람들 속에서도 알만한 얼굴을 한 사람들이 가끔 슬쩍 지나쳐 가곤 했다.

직원들은 나와서 따로따로 되어 있던 사람들을 길다란 노끈으로 한 줄을 묶어서 무리를 만들었다. 그러고 나니 정말 굴비두릅처럼 보였다.

나는 아직 아무에게도 묶여지지 않았다.

나는 번잡한 곳에서 사방을 두리번거리고, 오는 사람 가는 사람들의 바쁘고 초췌한 모습을 보고 있었다.

"오십이번, 오십이번, 이리 와."

한 직원이 사람들을 향해 소리 쳐 불렀다. 한참만에 나를 부르는 것을 알았다.

"여기 있습니다!"

나는 국민학생처럼 손을 번쩍 들어 그를 편리하게 해 주었다. 그는 나를 데리고 사무실 같은 넓은 방으로 들어 갔다. 그랬더니, 그곳에 박우병씨가 와 있었다. 그는 여전히 뚱뚱한 몸을 하고 있었으나, 흰 수염이 두드러지게 난 얼굴에, 걱정과 괴롬이 잔뜩 서려 있는 표정을 하고 있었다.

"어, 김형!"

나는 몹시 반가웠다. 당연히 만나지리라고 생각했지만, 이렇게 만나니 동병상린의 기분에 휩싸이면서 강열한 우정을 느꼈다.
 "고생이 얼마나 많았소?"
 나는 그의 손을 잡았다. 그의 손은 이미 자유를 잃고 있었다. 내 손과 마찬가지로. 그러나 나보다도 더 부자유스럽게 느껴진 것은, 그의 온몸이 노끈으로 잔뜩 묶여져 있었기 때문이다. 마치 이조시대의 중죄인 같은 꼴을 하고 있었다.
 "오십이번 이리 오시오."
 한 직원이 노끈 뭉치를 가지고 오더니 나를 그와 비슷하게 잔뜩 얽어 놓았다. 그들의 허락이 아니면 한 발짝도 더 걸어갈 수가 없게 됐는데, 이렇게까지 더 묶어야 한다는 것은 좀 지나친 것 같았다.
 다른 죄수들도 묶기는 하지만, 그건 손목만 묶어서 굴비처럼 엮었지, 이렇게 단독으로 찬찬히 묶지는 않았다.
 나는 박우병의 눈에서 눈물이 글썽해 있는 것을 알 수가 있었다. 나는 별로 말을 걸지 않았다. 뭐라고 말을 하기에는 말이 너무 적었고, 많은 말을 하기에는 너무도 분위기가 맘에 들지 않았다.
 "우리는 어떻게 되는 거냐? 아주 죽겠다."
 그는 내 귀에다 대고 얼른 속삭이듯이 말했다.
 "나도 모르지. 어떻게 되지 않겠어?"
 "신문에 굉장히 난 모양이더라. 봤니?"
 "아니."
 나는 직원이 신문 쪽지를 가지고 와서 자기만 보고 있는 것을 기억해 냈다.
 "굉장했던 모양이야. 나는 내가 그런 굉장한 짓을 했다고는 전연 느낄 수가 없어."

"나도 그래. 아마 오해가 있는 게지."
"얼마나 살 것 같애?"
"고작해야 1심이 아니면 2심이겠지."
"뭐라고? 그게 무슨 소리야? 십오년은 받아야 한다던데?"
"너는 신문대로 믿구 있는 모양이구나? 신문이란 일방적인 발표만으로 기사를 쓰는 거니까 사실과는 많이 다를 수도 있는 것이 아니겠어?"
"글쎄, 그게 무슨 근거가 있는 이야기냐?"
"아무 것도. 하지만, 너나 나나, 서로가 본인 자신은 사실을 너무나 잘 알고 있는 게 아니겠어? 그렇다면 어떻게 될 것이라는 것도 알 수 있는 거지."
"그건 우리 생각이지."
"우리 생각이기는 하지만, 그걸 상대에게도 납득시켜야지."
"어려운 일이야."
그는 절망적으로 얼굴을 찌푸리며 말했다.
"이리 나와. 말은 하지 말고."
직원은 우리들이 붙어 서서 이야기를 주고 받는 것을 보았다.
 우리는 입을 다물고 그를 따라 다시 복도로 나갔다. 복도에 줄을 서 있던 사람들이 우리가 나오자 일부러 신경을 우리에게로 집중하는 것 같았다. 너무 많이 밧줄이 감겨져 있으니까.
 우리는 그들 곁에 가서 잠시 기다리고 있었다.
 앞에서 줄에 묶여진 사람들이 천천히 마당으로 빠져 내려가고 있었다.
"형씨는 무슨 죄로?"
내게 한 놈이 은근히 물어 왔다.
"간통죄요."

내가 대꾸했다.
"허허, 재미 보셨구만."
그의 입언저리가 금방 일그러졌다. 경멸과 호기심이 가득 찬 눈으로 말했다.
"상대는 누구요?"
"그야 여자지."
나는 좀 지루하다고 생각했다. 마당 밖에서는 뻐스가 오기를 기다리고 있었고, 그 뻐스에 사람들이 실려서 나가고 있었는데, 다음 차례가 되는 것을 나머지 사람들이 기다리고 있었다.
"상대방 여자도 같이 왔어요?"
"물론이지. 그 여자의 본남편이 고소를 했으니까."
"뭣하는 남잔데? 제 마누라 단속도 잘못해 가지고, 마누라 도둑 맞은 놈이 무슨 낯짝으로 고소를 했단 말이오? 뭘 하는 개뼉다기 같은 놈인데? 자기 얼굴에 침뱉는 줄 모르고."
"배 타는 선장이오."
"그러니까 그렇지. 제놈은 외국으로 돌아다니면서 별아별 잡질을 다 하면서 제 마누라는 내까려 놓고 있으니 여자가 바람을 피우지 않겠소? 공자 마누라도 그럴건데 뱃놈의 마누라라면 능히 그럴꺼야. 그건 여자 잘못이 아니구 남자 자신의 잘못이란 말이오. 더구나 그런 불쌍한 여자를 상대해 준 형씨라면 오히려 형씨에게 감사해 줘야 할거란 말이야. 그런데 창피하게 고소를 하다니…… 병신같은 놈……."
그는 큼직한 키에 짙은 눈썹을 하고 있었고, 볼때기는 살이 쭉 빠져 있었다.
우리는 발을 동동 구르며 발이 차가워 오는 것을 견디고 있었지만, 뻐스는 얼른 오지 않았다.

"여자는 미인이오?"
"그런 셈이지."
"그러니까 형씨도 반했겠지만? 색도 잘 씁디까?"
"물론이지."
"허허. 그럼 형씨는 그 여자하고 다시 결혼할 거요?"
"그 여자의 남편은 그 여자를 버리기 위해서 고소를 한 것일테니까."
"그럼 형씨 부인은? 아무리 남편이 바람을 피웠다고 하더라도 이혼하지 않겠다고 하면? 그건 곤란한 일이 아니오?"
"아내가 이혼하지 않아도 된다고 하더라도 남자의 체면이 있는 거니까?……"
"그렇지. 체면이 있구 말구. 남의 여자를 훔쳐 가지고, 그런 다음에 아내를 본다는 것은 낯 뜨거운 일이지. 그러니까 아내하고는 꼭 이혼할 생각이오?"
"아직 사실은 그런 깊은 문제까지는 생각해 보지 않았어요. 우선 재판이나 받아 보고 난 다음에……"
"그렇지. 아직 시간은 얼마든지 있으니. 허지만 같이 온 여자쪽에서 자꾸 결혼하자고 하면…… 그건 고려할 여지가 있는게 아닙니까?"
그는 심심해서라기보다도 아주 진지하게 내 편을 들어 주었다.
"글쎄요."
"어쨌든 그 여자는 형씨 때문에 남편에게서 이혼당하는 게 아닙니까? 그럼 그 여자에 대한 체면도 세워줘야 하지 않을까요?"
"그래요. 그래서 아주 자연스럽게 한다면…… 나는 이 여자하고 다시 결혼하고 싶은 심정입니다."
 "그건 그럴 거요. 그게 자연스런 거지. 사랑하면 같이 살아야 하는 거니까."
 그렇게 말하고는 그는 발을 동동 굴렀다. 코끝이 새빨갛게 익어 있었다.
 마당 끝으로 뻐스가 들어 왔다. 앞에 늘어서 있던 줄이 뻐스 안으로 빨려 들어갔다.
 나와 박우병도 뻐스 안으로 들어갔다. 그러나 시내 뻐스의 만원과는 또 다른 만원이 그 안에 있었다. 사람이라기 보다도 짐짝처럼 포개어서 사람이 마구 실려 있는 것 같았다. 나는 사람들의 등에 엎히다시피 하며 간신히 몸을 지탱하고 있었다.
 뻐스는 느릿느릿하게 움직이기 시작했다.

9

 6·25가 터졌을 적에 나의 누님은 서울에서 대학에 다니고 있었고, 형은 대구에서 고등학교를 다니고 있었다. 깊은 시골이라 신문같은 것은 없었지만, 서울에 가있는 학생들이 많았기 때문에 그 소식은 금방 들려 왔다. 특히 교회쪽으로 빨리 들려 왔다.
 내 국민학교 동창생은 서울에서 중학교를 다니고 있었는데, 전쟁이 일어나자 무려 이십일간이나 걸어서 시골로 와서 교회에 참석했다. 그러나 우리 누님은 오지 않았다.
 우리 집안의 걱정은 태산 같았다. 결혼도 하지 않은 여자가 서울에서 혼자서 산다는 것도 어려운 일인 데다가, 전쟁이 일어나도 집으로 돌아오지 않으니 얼마나 걱정스러우냐 말이다. 누님은 대학에서 신학공부를 하고 있었다.
 한참 더울 때라, 넓은 들판은 탐스럽게 자란 벼로 시퍼래 있었다. 방학은 아직 멀었지만 학교는 모두 문을 닫고 있었다. 그러나 집에서 별로 할 일도 없었다. 아직 농번기가 되기에는 이른 계절이었다. 가끔 논 바닥에 들어가서 김이나 맬 정도의 일이 있을 뿐이고, 그것마저 할 일이 없으면 그늘나무 밑에서 낮잠을 자도 아무도 말하지 않을 그런 한가한 때였다.
 나는 나이가 어려서 그런지 누님이 돌아오지 않는 것이 그렇게 걱정이 되는 것은 아니었다. 허지만 어머니나 할머니에게는 식음을 전패할 정도로 걱정스런 일임에 틀림없었다. 예배당에 가서 밤새 기도를 하면서, 딸을 집으로 돌려 보내주기를 기도했다. 그러나 하나님은 그 기도를 얼른 들어주지 않았다.

며칠 지나고 나니 서울 지방에서 피난해 내려온 사람들이 우리 시골에까지 나타나기 시작했다. 나는 그들에게서 깊은 인상을 받았다. 늙은 사람들은 별로 많지 않았고, 주로 젊은 부부가 많았다. 도회지 사람으로서의 전형적인 모습을 하고 있었다. 그동안 피난길에서 고생을 하기는 했지만, 여전히 서울 사람의 얄팍하고 아름다운 모습이 그대로 몸에 묻어 있었다. 계절이 한참 더울 때라, 여자들의 얇은 의복은 몹시 아름다워 보였다.

그들은 우리 집에 와서 오래도록 머물러 있었다. 어머니가 딸 생각을 해서 그들이 원하는 대로 머물 수 있게 해 주었다. 나는 그들과 친구가 되었다. 같이 산으로 가기도 했지만, 그들은 내게 서울말을 알으켜 주기도 했지만, 그들은 몸이 물러서 내가 할 수 있는 일을 하지 못했다. 나는 그들의 말이 잘 이해가 되지 않았다. 왜 그런 말을 써야 하는지를 알 수가 없었다. 우리는 송진을 따서 껌을 만들어 씹었다. 무지하게 쓴 거지만, 잘 참으며 씹었다. 그러나 서울 사람들은 그걸 전연 씹을 수가 없었다. 왜 씹지 못하는 것일까. 그런데가, 그걸 우리는 '끈'이라고 했지만 서울 사람들은 '껌'이라고 했다. 나는 그들에게 그건 '껌'이 아니라 '끈'이라고 열심히 설득했으나, 그들은 그걸 이해하지 못했다.

그들은 어머니가 만든 교회에 열심히 나왔다. 벌써 전부터 교인이었던 모양이었다. 어머니는 논을 팔아서 예배당을 하나 지어서 자기가 직접 운영을 하고 있었는데, 서울 피난민들이 들이닥침으로써 그 보잘 것 없는 시골 교회는 한결 화사해졌다.

그러나 그들은 오래 머물지 않았다. 아무래도 이곳도 불안하니 부산쪽으로 철수해 가겠다는 것이다. 어머니는 물론 막으려고 하지 않았다. 그들은 서둘러서 하나씩 떠나갔다. 아마 세상이 더욱 나빠지고 있었던 모양이다. 그때 어머니는 이미 모든 것을 단념한 것으로 보였다. 우리는 불안했지만, 사실을 잘 모르고 있는 아이들이기 때문에 그리 심각한 것은 아니었다.

팔월 초이고, 음력으로는 칠석 무렵으로 기억된다. 이 밤 안으로 인민군이 우리가 사는 섬으로 건너 올 것이라고 했다. 우리는 대창같은 것을 깎아 들고 해변가의 약식 참호속에서 적을 기다리고 있었다. 바닷가는 조용했다. 저 건너편쪽에서 전쟁을 한참 하고 있을 것이지만, 요란한 포성이나 화염같은 것은 보이지 않았다. 당장 그들이 건너 올 가능성도 별로 보이지 않는 것 같았다.

참호 속 뿐만 아니라 주변은 몹시도 조용했다. 그저 요란하게 들리는 벌레소리와 개구리 우는 소리 뿐이었다. 이상하게 칠석날인데도 하늘에는 구름 한점 보이지 않았다. 견우와 직녀가 만날 때는 항상 구름이 가려져서 만나는 것이 보이지 않는 게 보통이었는데도 이날은 유별나게 하늘에 구름 한점 없었다. 나는 흙바닥에 앉아 있으면서 오늘 밤에는 반드시 견우와 직녀가 만나는 것을 보리라고 맘먹었다. 나는 아무 생각도 않고 밤하늘만 올려다 보면서 은하수를 지켜 보았다. 그러나 하늘에서는 아무 변화도 일어나지 않았다. 새벽이 되어 밤하늘에 회색의 빛이 끼이기 시작했을 때까지 보았지만 역시 마찬가지였다. 그렇다면 칠석이 지나서 머리가 까지는 까마귀는 도대체 어떻게 설명할 수 있을 것인가. 나는 내일부터 까마귀의 머리를 유심히 쳐다보리라고 맘 먹었다.

아침이 되기 조금 전에 우리는 집으로 되돌아 왔다. 나는 모자라는 잠을 자기 위해서 방으로 들어 갔다. 잠을 자다가 주위의 떠드는 소리에 놀라서 마당으로 뛰어 나갔을 적에는 이미 인민군들의 행렬이 들판을 가로 질러 남쪽으로 내려가는 것이 보였다. 멀리 떨어져 있었기 때문에 개개인의 모습은 잘 보이지 않았지만, 그들은 몹시 후줄그레하고 키가 작았으며, 반대로 그들의 총은 몹시 길어 보인다는 느낌을 얻었다. 그들은 아마 우리가 해변에서 떠난 직후에 이쪽으로 건너 온 모양이다. 온 몸이 으시시하게 떨려 왔다. 앞으로 세상이 크게 변하리라는 것을 어린 우리도 이해할 수가 있었다.

우리는 지주의 자손이고, 지금도 머슴을 둘이나 데리고 있었으며, 거기에다가 독실한 기독교의 가정이고, 딸은 신학공부를 하고 있는 집이었다. 이것이 적에게 표적의 대상이 될 것이라고 나는 생각했다.

인민군들이 직접 마을로 들어오는 것은 볼 수 없었지만, 그들이 들판을 가로 질러 지나가자 세상은 급속하게 달라졌다. 마을에 인민위원회가 조직되었는데, 그 위원장에 우리 머슴이 앉았다. 그는 아마 사십대나 오십대쯤 되었을 늙수그레한 사람이었는데, 좀 능글맞고, 간사한 사람이었다.

그는 위원장이 되자 우선 우리를 사랑채로 내어쫓고, 동네 일을 한답시고 집안 일을 하려 들지 않았다. 물론 우리가 가진 재산을 모조리 몰수한다고 선언하는 것도 잊지 않았다. 나의 형은 나 보다도 혈기가 있는 편이어서, 그에게 달려 들어 그의 부당성을 지적하기도 했으나, 그는 눈하나 깜짝하지도 않았다. 만일 그가 조금만 사려가 있는 사람이었더라면 우리의 재산을 가로채도 그렇게 노골적으로 급하게 하지는 않았을 것이다. 어머니와 할머니는 아무 저항도 하지 않고 그가 하라는 대로 했다. 그는 막걸리를 열심히 마시러 다니면서도 어깨와 목청에다 힘을 주고 큰 소리를 했다. 기독교인과 지주는 모조리 총살될 것이라고 위협을 했다. 그 뿐만이 아니고, 동네의 건달 청년들이 그에게 합세하여 심한 행세를 했다. 어디에서 명령을 받아서 하는지, 아니면 자기네 스스로가 그렇게 하고 있는지를 알 수가 없었다.

며칠 지나니 열심히 공출 명령이 내렸다. 곡식 뿐만 아니라 바늘, 실, 양말, 헝겊, 옷가지 따위까지 내놓으라고 했다. 그리고 모든 수확물 중에서 십분의 일은 현물로 내어야 한다고 했다.

어른들이 매일 밤 공회당으로 불려 내려 갔고, 올 때는 무엇을 언제까지 내어야 한다는 명령을 받아가지고 오기 시작했다. 동네 사람들의 얼굴이 굳어졌다. 성질이 급한 사람들은 벌써 욕지거리와 불평을 시작했다. 농사꾼에게 있어서는 있는 곡식을 달라는 것이 없는 돈을 달라는 거 보다 더 싫은 것이다. 전체적인 것을 곡식 한 가지로 바치게 하거나 돈으로 바치게 하면 좋은데, 그게 아니고, 고구마, 조, 찹쌀, 콩, 배추 등으로 내놓으라고 하니, 울화가 치밀지 않을 수가 없었다. 거기에다가 또 솜을 내라, 고추장을 내라, 김치를 내라…… 하는 판이었다.

어머니는 그들이 달라는 대로 주었다. 이미 재산은 자기 것이 아니고 머슴 것이기 때문에 알아서 하는 대로 내버려 두었던 것이다. 어머니의 태도는 의연했다. 우리에게 상세한 어떤 설명이나 주의를 하는 것도 아니었지만, 어머니는 의연한 태도로 겨드랑이에 여전히 성경과 찬송을 끼고 심방을 열심히 돌아다녔다. 자기가 만든 교회, 자기가 권유한 교인들 집을 열심히 돌아다니면서, 불안한 그들을 위로하고 권면하도록 했다. 그러나 날이 갈수록 그렇게 할 수 있는 사람들의 수가 줄어 갔다. 어머니가 나타나 주지 않았으면 하는 사람들이 많아졌다.
　마침내 어머니는 자기 혼자만이 되었다. 어머니는 갈 데도 올 데도 없어서, 예배당에 나가서 혼자서 기도를 했다. 어떤 무서운 일이 일어나도 이겨 나갈 수 있는 준비가 다 되어 있는 것 같았다. 나는 이런 어머니의 태도를 잊어버릴 수가 없었다. 어머니는 내게 결코 아무말도 하지 않았다. 그러나 나는 어머니가 무엇을 생각하고 있고, 무엇을 결의하고 있는지를 훤히 할 수 있었다.
　인민군 노래가 한참 유행하기 시작할 무렵에 어머니는 어떤 사람들의 힘에 의해서 읍내로 불려 갔다. 누가 데리고 갔는지, 아니면 체포해 갔는지, 그 확실한 것은 우리가 알 수 없었다. 다만 전군의 예수쟁이들을 모조리 잡아갔다는 말만 확실하게 들었다. 물론 독실하거나 상당히 주변에 알려져 있는 사람들을 주로 잡아 갔을 것이다.
　우리는 걱정과 절망 속에서 며칠을 보냈다. 그래서는 이렇게 막연하게 앉아 있을 것이 아니라 읍으로 가서 소식을 알아 볼 필요가 있다는 데 의견을 모았다. 그 임무를 내가 맡기로 했다.
　읍내까지는 약 삼십리 길이 되었다. 뻐스가 옛날에는 있었지만, 그들이 오고 난 다음에는 그런 것이 완전히 두절되어 있어서, 걸어가지 않으면 안되었다. 나는 읍내로 들어가서는, 교회의 장로님댁으로 갔다. 전에 가끔 들린 일이 있어서 식구들과 안면이 있었다. 그러나 그 집도 초상집 같았다. 장로님이 잡혀 가고 없었다.
　나는 그 집 아이들과 함께 교인들이 잡혀 있다는 국민학교로 가 보았다. 인민군이 있는 것이 아니라, 그들의 앞잡이가 된 사람들이 살벌한 모습을 하고서 교문에 서 있어서 가까이 접근을 할 수가 없었다. 나는 멀찌감치 서서 구경을 하고 있다가 그만 돌아오고 말았다. 몹시 을씨년스런 기분이었다. 남의 집에 와 있는 것도 어설픈데다가, 이런 일로 인해서 서로가 우울했기 때문에 나는 처신을 어떻게 해야 할지 알 수가 없었다.

나는 장로님 집에서 점심을 얻어 먹고 거리로 나갔다. 그저 집안에 있기가 답답하고 조심스러워서 잠시라도 그들이 보이지 않는 곳에 있고 싶었다.

거리에 나가니, 이상하게도 거리가 분주하고 수선스러웠다. 인민…… 어쩌구 하는 간판들을 열심히 떼어내고 있었다. 그리고는 사람들이 바삐 집안으로 들어가기도 하고, 요란하게 아이들을 불러들이기도 했다. 그런가 하면 오히려 밖으로 나와서 고함을 지르고 있는 사람들도 있었고, 엉뚱하게도 태극기를 내다 다는 사람들도 있었다. 나는 퍼뜩 정신이 났다. 바다쪽에서 읍내로 들어오는 큰 길쪽으로 달려가 보았다. 아닌게 아니라 군인들이 태극기를 어깨에 달고 힘차게 걸어 오고 있었다.

"아!"

나는 어떤 변화가 일어났는가를 금방 알 수 있었다. 눈시울이 뜨거워졌다. 달려가서 그들을 껴안아 주고 싶은 충동을 느꼈으나 꼼짝 않고 그들이 힘차게 걸어 들어오고 있는 모습을 구경하고 있었다.

나는 한참 후에야 이런 사실을 장로님 가족에게도 알려 주어야 겠다고 집으로 달려 갔다. 그랬더니 이미 그 곳에는 장로님과 어머니가 만면에 웃음을 띠우고 나를 기다리고 있었다.

인민군은 우리 시골에 약 20일 가량 있은 걸로 보이지만, 실제로 인민군의 모습을 본 것은 겨우 두 세번에 지나지 않았다. 우리는 워낙 시골에 살고 있었기 때문이다.

9·28 수복이 되자 서울에서 누님이 되돌아 왔다. 이로써 우리는 이 어려운 시기에 아무런 희생도 없이 악몽을 헤쳐나올 수가 있었다. 누님은 피난을 가지 못해서 삼각산에 가서 신학교의 친구들과 숨이 지나다가, 9·28 수복이 되어서야 얼른 집으로 되돌아 왔던 것이다.

그런 일이 있은 직후에 누님은 신학교에 있는 목사와 곧 결혼을 했다. 어머니가 세운 시골 우리 교회에서 식을 올렸다.

국군이 들어오자, 우리집 머슴은 어디론지 사라져 버리고는 다신 모습을 보이지 않았다.

우리는 곧 시골에서 읍내로 이사를 갔다. 할아버지에게, 그리고 머슴과 동네 사람들에게 혼이 난 우리는 시골에 더 머물러 있고 싶은 생각이 나지 않아서, 토지를 간단히 정리해 가지고 읍내로 들어 왔고, 나는 그 곳의 농업고등학교에, 나의 누님은 결혼해서 다시 서울로 올라갔고, 형은 서울 상대에, 누이 동생은 서울의대 간호학과에 각각 들어갔다.

그 뒤로 나는 여간해서는 시골을 찾는 일을 하지 않았다. 즐거웠던 일보다는 쓰리고, 무서웠고, 슬프고, 외로웠던 일들이 너무나 많았던 시골이 지겹고 염증이 났다. 누구 한 사람에게도 따뜻한 대접을 받은 기억이 없고, 정말 가슴이 통하는 친구 하나 가져 보지 못한 시골이 원수처럼 느껴졌다. 낭만적인 소년시절을 얼룩지게 한 곳이다. 생각만 해도 소름이 끼칠 것만 같았다.

그래서 나는 할머니가 돌아가셔서 이곳 장지에 묻힐 때에도, 할아버지가 묻힐 때에도 결코 이곳으로는 다시 오지 않았다.

뻐스가 만원이 되도록까지는 한참 기다려야 했다. 짐짝같이 죄수들을 실어서는, 맨 안쪽 구석에 교도관이 두 사람 자리에 앉고, 나머지 사람들이 앉기도 하고 서기도 했는데, 중간에 내리고 타곤 하는 사람들이 없기 때문에 그렇게 답답한 것은 아니었다. 그래도 고개를 비틀면 지나가는 사람들이나 주위의 풍경, 그리고 자동차, 거리 모습을 볼 수 있어서 여간 반가운 것이 아니었다. 나는 사방을 열심히 휘둘러 보았다. 얼마 전만 해도 매일같이 자동차를 타고 지나다니던 길이었다. 그런데 지금은 자유를 완전히 잃고 남의 신세를 지고 있는 것이다. 자유가 있는 사람들하고는 지척의 거리에 있었지만, 그들에게는 자유가 주어지고 내게는 없는 것이 도저히 알 수 없는 수수께끼처럼 느껴졌다. 사람의 능력은 무한한 것이라고 하지만, 묶여진 단순한 쇠사슬을 하나 풀지 못하고, 또 이 뻐스 안에서 맘대로 벗어나지 못하고 있으니 그 능력이라는 것이 과연 어떤 것일가.

　박우병이가 내게로 고개를 비틀어 돌리고는 뭐라고 열심히 지껄이고 있었으나, 내게는 한 마디도 귀에 들어오지 않았다. 나는 바깥의 풍경을 보느라 정신이 하나도 없었다. 거리를 맘대로 걸어본다는 것, 평범한, 아주 평범한 생활을 해보고, 그것으로 만족하게 생각한다는 것을 나는 왜 대견한 것이라고 생각하지 못했을가. 나는 자유의 몸이 된다면 어떤 일이 있어도 자유를 구속받는 그런 생활은 다시 않도록 애를 써야지. 사람이 아무리 고상한 이유를 가지고 있다고 하더라도 자유가 규제된다는 것은 참을 수 없는 일이다.

　나는 자동차 안에서, 혹시 길에 있는 사람중에서 아는 사람이 있기를 열심히 바라고 있었으나, 그런 사람을 발견할 수는 없었다. 더러 길가는 사람이나, 자동차를 타고 가는 사람들이 우리 뻐스를 무관심하게 들여다 보고 있었다. 아마 나쁜 짓을 해서 잡혀 가고 있는 사람들이라고 그들은 알겠지. 물론 그것도 사실이겠지만…… 그러나 반드시 그렇게 단순하게만 생각할 수 없는 범죄도 있다는 것을 그들은 얼마나 이해할 수 있을까.
 뻐스에 탄 사람들은 밖에 있는 사람들이 유심히, 혹은 가련한 시선으로 또는 저주하는 듯한 시선으로 건너다 보고 있으니까 들리지 않는 동작으로 그들에게 욕설을 퍼붓기도 했다. 특히 그들에게는 더 자극적으로 보였을 것이다.
 자동차가 비좁은 거리를 빠져나가, 조그마한 마당에 들어섰다. 차가 멎고 사람들을 풀어내렸다. 밖에서는 직원들이 서서 내리는 사람들의 수를 열심히 헤아리고 있었다. 그들은 기회만 있으면 열심히 수를 헤아렸으며, 그들에게 있어서는 그것 이상 더 중요한 일은 없는 것처럼 보였다.
 나는 엮어진 채 마당에 내려, 아직 한 번도 가보지 않은 몹시 낡은 벽돌집 안으로 들어갔다. 겉으로 보기에도 상당히 낡아 있었지만, 건물 안으로 들어가니, 정말 낡아서 무엇 하나가 새롭게 보이는 것이라고는 없었다. 나무로 된 바닥과 벽도 오랜 사람들의 발자취와 손때로 곱게 닳아 있었다.
 나는 이층으로 올라갔다. 복도에서 기다리고 있으니 직원이 와서 나를 불러갔다. 그가 문을 따 주는 방으로 들어가니 그야말로 숨이 막히게 적은 방이었다. 방의 길이는 여섯자 가량 되었으나, 넓이는 채 한 자도 못되는 것 같았다. 맞은편 벽에 조그마한 나무 의자가 벽에 붙어 있었고, 거기에 걸터 앉으니 문짝이 바로 무릎에 와 닿는 것 같았고, 코도 문짝에 닿는 것 같았다. 금방 숨이 막혔다. 나는 편안하게 허리를 굽혀서 앉을 수도 없어서, 허리에 힘을 넣고 똑바로 앉았다.
 좁은 사방 벽이기는 했지만, 낙서는 요란하게 되어 있었다. 도저히 지울 수 없게 날카로운 못으로 그려 놓은 것도 있었지만, 어떤 것은 연필이나 백묵으로 쓴 것도 있어서, 지울려고 하면 금방 지울 수도 있는 것인데도 지우지 않고 있는 것이 좀 우습다는 생각이 들었다. 나는 낙서를 한바퀴 휘둘러 보았으나 신통한 것은 없었다. 그저 막연하게 남을 욕설하거나, 동료들을 원망하는 내용이었다.

나는 그제사 박우병이나, 아니면 다른 사람하고라도 같이 있었으면 이렇게 답답하지 않을 것이라는 생각에 미쳤으나, 역시 자유를 잃은 자에게는 그런 선택도 맘대로 되는 것이 아니었다. 나는 불안하고, 답답하고, 지겨운 생각을 하면서, 얼른 누가 밖으로 불러내 주기를 기다리고 있었다. 그러나 만사가 그렇게 생각대로 되어 주지 않았다.

나는 기다리고 있었다. 그러면서, 이곳을 얼마 만큼이나 많은 사람들이 거쳐서 갔을까 하고 궁리해 보았다. 이 감옥이 생긴지도 70년이나 된다. 그러니 벼라별 뚱딴지 같은 사람들이 다 거쳐서 지나갔을 것이다. 그야말로 공동생활을 위협하는 사람들도 끼어 있었을 것이고, 그 반대되는 사람들도 끼어 있었을 것이다. 그런 사람들은 모조리 들추어 내어서, 과연 이런 것이 인간에게 필요한 것인지, 그 반대였는지를 한번 냉철하게 따져 볼 필요가 있지 않을까.

사람은 벌이나 형무소가 있기 때문에 범죄를 짓지 않을 수도 있고, 오히려 그런 것이 있기 때문에 죄인이 되어, 죄를 짓는 것을 특허처럼 생각하면서 죄를 짓는 사람도 있을 것이다.

그러나 죄를 짓기만 하면 감옥에다 집어 넣어서 고생을 시키고 참회를 하게 한다――라는 사고 방식이 과연 건전하고 책임 있는 사고방식일까? 그 이전에 죄를 지을 수 있는 여건을 없애고, 다 없애지는 못한다 하더라도 없앨려고 노력하고, 또 없앨 수 없으면, 사람들에게 이해를 구하여 죄를 사전에 짓지 못하게 할 수는 없을까? 그렇게 해도 죄를 짓는 무작한 놈들이 있는 것은 사실이지만, 우리 사회는 거의 그런 노력은 하지 않고 있는 실정이 아닐까? 그래가지고서야 어떻게 죄를 짓는 사람들의 수를 줄일 수 있을까. 죄가 많아지니 법은 따라서 많아지고, 그러다 보면 죄인은 무더기로 늘어가기만 할 것이고――그렇게 되면 고층 빌딩을 짓듯이 자꾸 감옥을 지어야 하니, 좁은 국토에 어디를 가도 감옥 투성이가 될 것이 아닌가? 시민의 눈에 금방 들어오게 될 것이고…… 미국처럼 엉망으로 넓은 땅이라면 아무리 감옥을 지어도 감옥이 어디에 처박혔는지 알 도리가 없지만 손바닥만한 나라에…….

그러므로 할 수만 있으면 보기 흉한 감옥을 많이 지을 것이 아니라, 죄인이 되지 않게 사전 예방을 하는 건물을 많이 지으면 보기도 흉하게 되지 않을 뿐만 아니라, 실제로 죄인의 수도 어느 정도 통제할 수가 있을 것이 아닌가.

실제로 감옥 안에서 사람이 회개한다는 것은 여간 어려운 일이 아니다. 자기 스스로는 회개한다고 하더라도 이곳의 분위기가 반드시 회개하도록 만은 되어 있는 곳은 아니다. 운동장에 가면 공 잘 차는 사람이 큰소리 치는 것과 마찬가지로, 여기는 회개 잘하는 사람 보다도 죄를 더 많이 짓고, 더 흉악하게 된 사람들이 큰 소리를 치는 곳이며, 그들이 분위기를 좌우하게 된다. 그러기 때문에 어지간한 죄를 지어도, 금방 양심의 가책보다는 그 이전에 안심이 되고 아무렇지도 않다는 안도의 느낌을 갖는다. 세상에는 자기보다도 죄를 많이 지은 사람들이 얼마든지 있지만 자기는 다만 운이 나빠서 잡혀왔을 뿐이라는…… 아주 위험한 생각을 하게 된다. 그러니 진심으로 회개하고자 하는 사람도 여간

의지가 강하지 않고는 스스로 그런 분위기를 만들기가 어려운 일이다.
 물론 교도관들이 들어서 그들을 교도하려고 애를 쓰고 있지 않는 것은 아니지만, 역시 그 힘만으로는 어렵다. 목사 혼자만으로 세상의 죄를, 의사 혼자만으로 세상의 병을 다 고칠 수 없듯이.
 당장 위험한 사람들을 보통 사람들에게서 당분간 격리시켜 놓을 그런 필요는 있을 것이다. 그러나 그들을 만들어 낸 소지가 사회 자체라고 본다면 격리가 별로 뜻있는 일도 아닌 것이다. 그러므로 문제는 사회를 시급히 도덕화 하지 않으면 안되는데, 그러기 위해서 인간이 할 수 있는 불합리한 것은 적극적으로 고쳐 나가지 않으면 안된다. 꼭대기에서 아래까지…… 집단적인 불만의 소지나, 부자유는 어떤 그럴 듯한 거짓말로도 결코 존속시켜서는 안된다. 그런 것을 존속시킴으로써 죄인 아닌 죄인을 자꾸만 만들어 내게 된다.
 자유는 인간이 갖는 최대의, 그리고 최후의 재산이다. 이것을 위해서 인간은 존재하고, 투쟁한다. 그러면서는 궁극적으로는 자기 자신에게서까지 자유를 누리기 위해서 자기를 희생시킨다. 어느 시대, 어느 곳에서도 이 진리는 마찬가지다. 자유는 신장되어서 이익이 있는 것이지, 축소되어서 이익이 있는 것은 아니다. 그러나 많은 사람들이 자신의 방종 때문에 자유가 제한되어야 한다고 주장하고, 제한되어 있는 처량한 자신을 보고 자학적인 쾌감마저 얻으려고 하고 있다.
 남에게는 자유의 구속이 있어야 하는 것이 아니라, 오직 이해와 설득이 있을 뿐이다. 이해와 설득은 시간과 인내가 필요하지만, 자유의 구속은 그런 사치스런 것이 필요하지 않다. 그래서 많은 성급한 사람들이 자유를 제한하는 쪽으로 기울어들지만, 결과적으로 볼 적에는 역시 이해와 설득쪽을 택하는 것이 시간적으로 이득이었다는 것을 깨닫게 된다. 시간 뿐만이 아니다.
 어리석은 사람들이 세상에 너무 많다는 것은 항상 문제가 된다. 더구나 강하면서도 어리석은 사람들이……
 "오십이번——"
 복도에서 우렁차게 부르는 소리가 났다. 나는 국민학생처럼 소리를 내어 대답했다. 그렇지 않고는 이 창고같은 방에 있는 사람을 몰라 볼 것이기 때문이다.
 내 목소리를 듣고 밖에서 문을 따 주었다. 밝은 햇살이 복도에 잘 내리고 있었다. 복도에는 박우병이가 고개를 약간 떨어뜨리고, 그러면서도 두 눈을 위로 치뜬 모습으로 내가 나오기를 기다리고 있었다. 직원은 우리를 한 줄로 묶었다.
 "따라 와."
 우리는 헐떡이는 검은 고무신을 신고 천천히 걸어갔다.

10

 검사는 키가 조그만한 사람이었다. 가무잡잡한 얼굴에 도수가 높은 안경을 쓰고 있는 것이, 엘리트라는 의식보다는 시골의 국민학교 선생과 같은 소박한 모습을 하고 있었다. 나와 박우병이가 그의 방으로 들어가자 그는 서민적인 웃음을 잠시 띠어 보이며 우리를 건너다 보았다.
 "잠시 저쪽에서…… 앉아 기다리십시요."
 교도관은 우리를 묶은 채 입구쪽에 있는 벤치에 데리고 가서 앉았다.
 검사는 우리 이전에 다른 죄인을 신문(訊問)하고 있었다. 키가 크고 길다란 사무관이 검사 앞에 앉아서 검사가 묻는 말과 죄인이 대답하는 말을 타이프라이터로 받아 찍고 있었다. 죄수는 다 바래진 수인복에다가 하얀 노끈으로 수갑 위에다 또 손목을 묶어 놓고 있었다. 그는 몹시 초초하고 괴로운 얼굴을 하고 있었다. 몹시 추운 계절이었지만, 내의도 입지 않은 채이고, 까만 고무신에 담겨있는 발은 겨울 무우처럼 꽁꽁 얼어 붙어 있었다. 수염도 제멋대로 자라 있었고, 머리털도 위로 꺾어져서 볼쌍사납게 생겨 있었지만, 가만히 얼굴을 뜯어 보면 그의 얼굴에 악한 흔적이나 얄미운 데라고는 하나도 없었다. 저런 사람이 어떻게 범죄를 할 수 있을까. 무슨 짓을 했는지는 모르지만 저런 사람이 칼을 들고 남을 죽이거나, 도둑질을 하거나, 사기를 치거나……

그런 것을 할 수 있을까. 사람이란 본질이 나쁜 것이 아니고, 주어진 여건이 나쁜 것이다. 아니면 순간적인 감정을 주체할 수 없을 적에 생기는 것이 범죄다. 특히 한국인의 범죄란 그렇다. 한국인은 이성이나 의리같은 것은 별로 가지고 있지 못하지만, 인정이 많은 민족이다. 아는 사람에게나, 모르는 사람에게나, 혹은 원수나, 비록 외국인이라고 할지라도 인정을 거역할 수 없는 다감한 민족이다. 그러므로 근본적으로 우리나라 사람에게는 미국인에게서 볼 수 있는, 그런 근본적으로 악하다거나, 왜놈들에게 볼 수 있는 잔인성같은 것은 도저히 찾아 볼 수가 없다.

범죄도 마찬가지다. 한국 사람들이 범죄하는 동기를 보면 지극히 순간적이거나, 나쁜 여건 때문에 있는 것이지, 맘이 나빠서 일어나는 범죄는 별로 없다. 그러니 저 사람도…… 만일 좋은 환경 속에서 자랐더라면 결코 죄인이 되지 않았을 것이다. 물론 도저히 상상할 수 없는 죄를 지었는지도 모르기는 하지만……

나는 그들이 주고 받는 소리를 귀담아 들어볼려고 했지만, 워낙 거리가 있으니 무슨 말을 하고 있는지 확실하지 않았다. 죄수는 기가 죽어서 꺼져 가는 소리를 하고 있었고, 검사 역시도 그렇게 고함을 지르는 타입은 아니어서, 도시 그들의 말을 알아 들을 수가 없었다.

"……당신이 경찰에서 그렇게 말했잖아? 그러면서 아니라고 그러면 어떡해?"

조그만한 몸집의 검사는 신경질을 부리듯이 연필로 책상을 치며 말했다.

"그건 그 사람들이……"

"강제 자백을 했단 말이지? 아무리 강제 자백을 했다손 치더라

도, 이렇게 명백한 사실을 가지고서는 엉뚱한 부인이란 상식
밖이란 말이야. 이치에 닿지 않는 소리야. 그가 당신을 데리고
간 것은…… 당신의 묵인을 받고 한 짓이란 말이야. 안 그래?"
"아닙니다, 검사님. 아니라니까요. 어떻게 사람의 맘을 그렇게
몰라 주십니까?"
죄수가 몸을 비틀며 답답한 감정을 조여내듯이 말했다.
"그렇다면 뭐란 말이오? 당신은 시종 전연 모르고 있었단 말이
오? 당신이 돌아왔을 때는 이미 사건이 다 끝나 있었어."
검사는 역정이 난 것처럼 소리를 높이고 있었다. 얼굴이 거무
스레했기 때문에 당장 얼굴이 상기됐다고는 말할 수 없었다.
나는 똑바로 보이는 검사의 얼굴을 유심히 관찰하고 있었다.
유리창에서 쏟아져 들어오는 햇살때문에 그의 표정을 읽는다는
것은 쉬운 일이 아니었다. 벽쪽에 붙어 있는 라지에타에서 뜨거
운 김이 뭉게뭉게 피어오르고 있었다. 온기라고는 하나도 없는
감방하고는 좋은 대조가 되었다.
나는 그가 사건을 어떻게 다루는가 해서, 그들의 신문과 답변
을 유심히 듣고 있었으나, 어떤 사건인지 종잡기가 여간 힘들지
않았다.
"안 되겠소. 그럼 다시 가서 생각해 보시오. 당신이 경찰수사에
서 하던 소리와 너무 다르게 하면 어떡한단 말이오? 조용히
생각해 봐요. 교도관, 이 사람 데리고 나가요."
검사가 그렇게 말하니까 저쪽 벤치에 앉아 있던 사람이 그에게
로 다가가서 피의자에게 수갑을 채우고 밖으로 데리고 나갔다.
나는 그의 얼굴을 한번 더 들여다 보고 싶었으나, 그는 우리들에
게는 전연 신경을 쓰지 않았다. 그래서 나는 그와 시선을 마주치
고 싶은 일을 할 수가 없었다.

그를 내보내고 나자, 검사는 창가로 가서 보온병 뚜껑을 열어 차를 따라 한 잔 마시고는 자리에 앉았다. 나는 그가 우리에게 어떤 태도로 대할까 하는 것이 궁금했다.

보통 잡범처럼 취급할 것인가, 아니면 정치범처럼 취급할 것인가. 그러나 어쨌든 상관이 없는 일이다. 지식의 차이라든가, 죄질의 차이로써 인간이 차별 대우를 받는다면 그것도 평등 원칙에 맞지 않는 일이다.

"이쪽으로 오시오."

검사는 이쪽을 똑바로 보지도 않고 말했다. 그 말을 듣고 우리를 따라 왔던 두 사람의 직원은 우리를 데리고 검사 앞으로 갔다. 그는 무표정하게 우리를 찬찬히 올려다 보았다. 무엇보다도 칭칭으로 묶여져 있는 우리 몸꼴이 가엾게 보였는지도 모를 일이다. 아니면 아무런 감동도 없이 그냥 사무적으로 보았을지도 모른다.

"당신네들은…… 아직 사건기록을 읽지는 않았지만…… 지식인들 아니오? 그러면서도 왜 법이 있다는 것을 모르나?"

그는 우리 두 사람을 번갈아 보고 있었다. 그러니 딱이 누구에게 하고 있는 말인지는 구분이 가지 않았다.

"교도관, 수갑 풀어 주시오."

두 교도관이 우리에게 와서 수갑을 풀어 주었다. 하지만 아직도 포승이 묶여 있어서 부자유스럽기는 마찬가지였다.

"검사님, 가능하시면 이 묶은 것도 풀어 주십시오. 죄인을 이렇게 묶는 것은 이조시대에나 하던 악습입니다. 우리가 도망을 갈 것도 아닌 것이고…… 또 감방에다 넣어 두실 필요도 없는 일이 아닙니까? 집에서 다니면서도 얼마든지 수사에 응할 것인데…… 검사님, 이거…… 너무 하십니다."

박우병이가 하소연 비슷하게 불평을 늘어 놓았다. 검사는 아직도 나이가 어린 삼십대의 사람이고, 박우병은 대학에서 아이들을 가르치고 있었으니, 검사가 제자들로 보였을 수도 있는 일이다.

검사는 가만히 있었다. 이런 불평은 처음 들어본다는 식의 표정 같았다.

"그건 도망가지 말라고 하는 것이라기보다도…… 피의자임을 인식하도록 하는 것이겠지요. 교도관들이 알아서 하는 일이니까. 우선 좀 풀어 드리도록 하시오."

우리는 좀 자유스러워진 몸으로 의자에 앉았다.

"담배 피우고 싶소?"

그는 우리에게 담배를 내밀었다. 박우병은 담배를 받았으나, 나는 받지 않았다.

"김봉주씨는 담배를 피우지 않소?"

"예."

나는 아무 할 말도 없었다. 검사하고 사적인 이야기를 한다고 해서, 검사가 사사로운 감정으로 봐 줄 턱이 없을 것이다.

"검사님, 아주 죽을 지경입니다. 얼른 우리를 내보내 주십시오. 우리가 어디 죄지을 사람들입니까? 감방 안이 얼마나 추운지 알 수가 없습니다. 검사님, 가끔 교도소에 나와 보십니까?"

박우병은 다시 죽는 시늉을 하면서 말했다. 박이나 나는 이게 죄가 아니라는 것을 알고 있었지만, 검사들이 생각할 때는 반드시 그런 것이 아니라는 것을 우리는 깨닫지 않으면 안되었다. 만일 그들이 우리가 죄가 있다고 인정하지 않더라면 이렇게 여러 날을 잡아두지는 않았을 것이다. 그 많은 법률 속에서 어떤 조항을 끄집어 내어 우리를 정죄할 것인가는 실로 궁금한 일이다.

"당신네들은 지식인이기 때문에, 꼭 같은 죄를 지어도 무섭게 다루어야 해요. 그 영향력이 보통이 아니란 말이오. 당신네들은 무책임하게 한 마디 내뱉지만 그것이 땅에 떨어져서는 악의 씨를 낳게 된다는 사실을 의식해야 합니다. 그리고 말과 같이 행동도 중요한 영향을 미칩니다. 그러니 지식인의 죄가 문제가 됐을 적에는 항상 중벌입니다."
검사는 박우병에게 공갈을 하고 있는 것 같았다. 일부러 겁을 주려고.
"우리는 아무 죄도 없어요. 우리를 죄인이라고 하는 것은 범법자가 보았을 적에 국한됩니다. 미친 사람에게는 안 미친 사람이 오히려 미친 사람으로 보이고, 미쳤다고 지적하는 사람은 몹시 위험하게 보이는 법입니다. 우리는 죄가 없지만, 우리를 죄가 있다고 단죄함으로써 자기네들의 죄가 없어질 그런 집단이 있다는 것을 우리는 알고 있습니다."
박우병은 좀 심하게 말했다. 아마 그는 검사의 신문이 아직 시작되지 않았고, 또 어떤 기록도 이루어지지 않기 때문이라고 생각했다.
"근거가 있기 때문입니다."
"근거 말입니까? 그건 조작입니다. 우리를 근거로 하여 잡아 넣으려면 수백명, 수천명 잡아 넣어야 합니다. 일벌 백계라도 그 선택에는 타당성이 또한 있어야 할겝니다. 우리는 아무리 생각해 봐도 근거가 맞아지지 않아요. 이걸로 따지면 저게 부족하고, 저걸로 따지면 이게 부족한 실정입니다. 그러므로 검사님이 기소를 하시면 공소유지에 상당한 무리가 있을 겁니다. 공소는 비상식적인 법조항보다는 일반 상식이 더 중요한 역할을 하니까요. 이런 사건도 공소유지가 될까요?"
박우병은 좀 울분이 있는 어조로 말했다. 나는 하고 싶은 말이 많았고, 오히려 그 보다도 더 울분을 토로해 낼 수 있을 것 같았으나, 그래봤자 별로 이득이 될 것 같지 않아 가만히 있었다.
"허허……"
검사는 겸연쩍은 표정을 하고 있었다. 좀 어이가 없는 모양이다. 적반하장이라더니……
"우리가 왜 잡혀 왔는지 세상이 다 아는 일 아닙니까? 하나도 근거가 없는 일을 가지고 엄청난 죄명을 씌워서…… 아마 역사에 길이 남을 겁니다."
"어떻게 그렇게 말할 수 있어요?"
검사는 화가 난 얼굴이었다.
"어떤 이유로 기소를 하든지, 어떤 유죄 판결을 받을지 알 수가 없지만…… 또 몇 십년 징역살이를 할는지 모르지만, 나는 이런 재판은 절대로 잘 되었다고는 보지 않습니다. 세상의 모든 사람들이 다 옳다고 하더라도 우리는 그게 옳다는데 승복하지 않을 겁니다. 누구보다도 그 죄상은 우리 당사자 자신이 가장 정확하게 잘 아니까요. 붕어가 물을 마시듯이, 사람이 신선한 공기를 원하듯이 신선한 공기를 마시려고 했을 뿐입니다. 그게 죄가 된다면 우리는 죽어 있어야 합니다. 그렇다면 어떻게 생활하는 것이 옳은 겁니까, 죽어 있어 주는 쪽이 옳습니까? 새 공기도 요구하지 않고? 적어도 나는 학교에서 아이들에게 그렇게 가르치지는 않았고, 검사님도 대학에서 그렇게 배우시지는 않았을 겁니다."
"우리가 처해 있는 인간은 원칙대로는 해 나기가 어렵다는 것을 너무 도외시했기 때문입니다."
"우리보다도 더 심각한 이스라엘도 잘 살아가고 있습니다. 그들은 새 공기를 마시려는 욕구를 당연한 것으로 보고 있어요. 누구나가 다 그렇기 때문에, 검사님께서나 흔히 유식한 사람들이 말하는 그런 전제 조건은 어떤 특정인을 자칭하고 있는 겁니다. 그 전제 때문에 이론과 철학과, 원칙과, 상식에 무리가 가고 있는 겁니다. 우리가 잡혀 온 것도 그런 무리 때문이 아닙니까?"
"그건 당신 생각이오. 이 문제는 그런 것과는 관계가 없어요."
"물론 겉으로는 그렇게 말하겠지요. 그러나 그 동기나 목적이 바로 거기에 있다는 것을 삼척동자라도 다 알고 있습니다. 날이 가면 갈수록 그건 명백해집니다. 신문에 거짓말을 쓰게 하면 할수록, 그것이 거짓말이라는 사실은 신문보다도 더 빨리 세상에 알려집니다. 슬픈 일이죠. 정치가 더티하는 것을 상식적으로 받아들이고, 그걸 상식적으로 실천하려고 해서는 이미 시대에 뒤떨어지는 것이 아닙니까? 이제는 부도덕한 게 아니라, 부도덕하지 않으려고 하는 것이 바로 정치이어야 할 것입니다. 적어도 국민이 정치의 주인이고, 주권자라는 관념이 조금만이라도 남아 있다면 말입니다. 검사님도 아마 이미 주권이 국민에게 있다는 따위의 잠꼬대는 깨끗이 잊어버리고 있겠지요? 그런 것은 서구식이니까 우리나라엔 맞지 않는다고 아무렇게나 열심히 주장하는 말을 전적으로 동의하고 있겠지요? 과연 그럴까요? 나는 정치라는 것을 전연 모르고, 단 한 시간도 강의를 들어본 일이 없어요. 전공도 아닐 뿐만 아니라 관심도 없는 일이기 때문에 그러나 어깨너머로 얻어들은 풍월로도 그런 것이 중요하다는 것을 알게 된 것을 보면 아마 그건 절대로 틀린 말은 아닌 모양이에요. 어떤 사람들처럼 저의가 있는 사람들을 제외하고는."
박우병은 누가 검사인지를 분간이 가지 않게 다변으로 늘어

놓았다.
"당신네들은 마약 밀수입자들이오."
"허, 역시 그렇군요."
박우병은 정색을 하려는 검사를 향해 헛웃음을 웃었다. 그러나 검사는 그에게 조금만치의 여유도 주지 않았다.
"당신네들이 밀수한 마약은 다른 어떤 마약보다도 더 나쁜 영향을 미쳤오. 아무리 좋은 약이라도 그걸 받아들일 수 없는 체질에게는 마약이나 조금도 다름이 없어요."
"저는 우리나라 사람들을 일부러 그렇게 과소평가하는 것을 좋은 일이라고 생각하지 않습니다."
박우병이가 다시 대들었다.
"사실이 그런거요. 독재는 독재자가 강요해서 되는 것이 아니라, 민중이 그렇게 만들고 요구하고 있기 때문이오. 당신네들 몇 사람을 가지고 민중의 전부라고는 볼 수 없지 않소?"
"민중의 약점을 나쁘게 이용할 것이 아니라, 그 약점을 보완하고, 빨리 성숙하도록 하는 것이 더 바람직한 일이 아닙니까? 어느 나라에서나 독재를 필요로 하는 요구를 가지고 있는 집단이나 민중은 있는 법입니다. 그러나 그런 사람을 택할 것이냐, 좀 더 이성적인 집단쪽을 택할 것이냐 하는 것은 정치를 하는 사람들의 양식 문제라고 생각해요."
"그건 양식이 아니라 필요성이오. 현실은 양식보다도 필요성이 항상 우선해요."
"검사님은 아주 비민주적인 사고 방식을 가지고 계십니다. 어떻게 민주주의적인 이념을 가지고 있는 분이 그렇게 말씀하실 수가 있습니까? 아세아적인 후진국의 관리들이 가지고 있는 보편적인 사고방식인데, 이런 사고 방식은 병을 치료하기

보다는 병을 더 심화시키고 있습니다. 어떤 권력자가 직권을 이용해서 엄청난 재산을 가지게 됐고, 국내외에다가 엄청난 부동산을 가지고 있다는 사실은, 그들에게는 필요성에 의한 것이었는지 모르지만, 양식으로서는 도저히 받아들일 수가 없는 일입니다. 그 필요성이라는 것은 어디까지나 이기적인 것이고, 비민주적인 것입니다."
박우병은 감정이 심히 뭉쳐진 목소리로 열을 올리며 말했다.
"그건 근거 없는 소리요."
"허허. 검사님, 너무 현실을 선별적으로 보려고 하시면 안됩니다. 일반 상식의 테두리 안에서 보셔야죠. 전에 공직을 가지고 있던 사람, 현재도 공직을 가지고 있는 사람들 중에서…… 재벌이 되어 있는 사람들이 얼마든지 있는데, 그게 이미 민중의 상식으로 돼 있는데, 어째서 그런 쪽에는 눈을 돌리지 못하고, 지극히 깡마른 서생들의 힘없는 목소리에는 그렇게나 신경질적인 반응을 보입니까? 그들의 아픈 상처를 건드리니까 그게 듣기 싫은 겁니까? 우리를 보고 마약밀수단이라고요? 진짜의 마약밀수단은 바로 그들입니다. 어째서 권력의 자리에 앉아 있었다고 해서 부자가 됩니까? 검사님도 이미 부자가 돼 있습니까? 이게 아세아적인 후진성에 있는 일이 아닙니까?"
나는 박우병의 과격한 말을 들으면서 소름이 끼치고 있었다. 이렇게 심하게 말했다가 그야말로 영원히 감방신세를 면치 못하게 될지도 모르지 않을까 하는 공포마저 엄습하는 것이었다.
그러나 검사는 얼굴만 붉히고 있을 뿐, 화를 내거나 신경질을 부리지는 않았다. 매우 자제력이 강한 사람으로 보였다. 그는 우리에 대해서는 생사여탈권을 가지고 있는 사람이 아닌가.

"우리는 검사님의 양식을 믿습니다."
박우병은 다소 말소리를 누그러뜨리고 있었다.
"……나는 법대로 할 뿐이오."
검사는 의자에 도사리고 앉아서 자기의 영역을 이 이상은 양보할 수 없다는 듯이 공격적인 자세를 취하고 있었다.
"아무도 죄를 짓지 않고 사는 사람은 없으니까…… 결국 선별해서 단죄하는 거지만, 우리를 단죄하는 것은…… 제가 확신을 걸고 말하지만…… 절대로 잘된 결정은 아니라는 것을 말해 둡니다. 얼마 가지 않아서…… 검사님도 이런 사건을 취급하게 된 것을 후회하게 될 겁니다. 설령 검사님께서 이 사건을 취급하게 됨으로써 한 두해는 잘 했다고 생각될지 모르지만, 그게 얼마 가지 않는다는 사실을 알아야 합니다."
박우병은 평소의 온화한 타입과는 달리 과격한 말을 하고 있었다. 또 신문 전에 이렇게 우리와 검사가 후리토킹을 할 수 있다는 것도 따지고 보면 좋은 일이었다. 적어도 검사와 피의자에게는 언론의 자유가 있으니까. 서로 다른 각도이기는 하지만, 검사는 특권 의식으로써 자유롭게 말할 수 있는 것이고, 우리는 이제 마지막 골목에 와 있기 때문에, 더 나빠질 아무 것도, 더 겁내야 할 아무 것도 없기 때문에 맘대로 말할 수가 있었다.
"나는 국민이 위험스럽게 생각되는 대상을 제거해 주어, 사회 공안을 유지해야 합니다."
그는 점잖게 말했다.
"물론이지요. 거기에는 아무런 이의도 없습니다. 다만 언론을 통해서 우리를 사회공안을 위태롭게 하는 존재다 라고 인식시키려는 의도가 불순하고 정직하지 못하다는 겁니다. 적어도 언론은 스스로의 판단에 의해서 진실을 보도하도록 해야 합니다. 일방적인 발표문 외에는 아무런 반대되는 논평도 가할 수 없게 한다는 것도 문제가 있거니와, 신문이 하라는 대로 그대로 발표해서, 마치 이 뼈만 남은 나약하기 이루 말할 수 없는 존재를 희랍의 신화에 나오는 티탄이나 하데스왕처럼 보이게 한다는 것은 참 우스운 일입니다. 그 웃음을 우리 두 사람이서 웃고 있는 겁니다마는, 아마 이대로 아무 말도 못하고 죽는다면 죽을 때, 숨이 꼴깍 넘어갈 때도 웃지 않을 수 없을 겁니다. 너무 웃기는 일을 꾸미지 마십시오. 이건 국민을 위해서가 아니라 지극히 얼마 안되는 높은 사람들을 위해서 만들어진 연극입니다. 그래도 양식 있는 사람이 있어서, 그들에게 우리의 사건을 항의라도 하면 그들은 정색을 하고서는, 그렇지 않아, 다 증거물이 있어, 그들은 공안에 위험한 짓을 했어, 라고 대답하겠지요? 핫핫하. 정말 우스워서 죽겠네. 핫핫하. 세상에 이런 바보 같은 일이 어디 있단 말인가? 핫핫하."
 박우병은 죄수의 신분에 어울리지 않는 화려한 웃음을 맘껏 웃어제끼고 있었다. 나는 우습다기 보다도 그의 지나친 행동에 무서움을 금할 수가 없었다. 나는 열심히 지검사와 박우병의 표정을 번갈아 보았으나, 지검사의 약이 오른 표정에 비해, 박우병의 태도는 너무나 자유분망한 모습이었다.
 "아마 앞으로도 우리와 같이 혼자만이 웃음을 금할 수 없게 되는 사람들이, 수십명, 혹은 수백명, 아니 수천명에 이르게 될지도 모르죠. 우리가 그 시발이란 말입니다. 안그래요? 검사님? 그러나 저는 누구에게도 사감은 없습니다. 검사님은 공직에 계시는 분이고, 사심을 가지고 우리를 대하고 있다고 보지는 않습니다. 제가 이렇게 검사님에게 허튼 소리를 할 수 있게 해 주신 것을 고맙게 생각합니다. 한달 동안이나 혼자서 말한 마디 해보지 못해서, 턱뼈가 오그라 붙어 버린 것 같아서 턱뼈 운동을 좀 해봤습니다. 허허."

박우병은 잘 지껄이고 있었다. 나는 여전히 아무 말도 하지 않았다. 할 말이 없어서가 아니라, 이런 데서 아무리 늘어놓아 봤댔자 가만히 몇 마디를 요약해서 할 수도 있으나, 그런 말은 박우병이가 한 말에 대체적으로 포함되어 있었다.

"김봉주씨는 할 말이 없어요?"

검사는 빙그레 웃었다.

"없는 것은 아니지만…… 사양하겠습니다. 다 아실테니까요."

나는 겸연쩍은 얼굴을 하면서 대꾸했다.

"그럼 일을 시작해 봅시다. 윤계장……."

윤계장은 한 마디의 대꾸도 없이 우리들이 말하는 것을 듣고 있기만 했습니다. 그는 서류뭉치를 검사에게 건네주고, 자기는 새로운 종이를 타자기에 끼어 넣었다.

"교도관, 박우병씨를 먼저 할테니까 김봉주씨는 저쪽 빈방으로 데리고 가서 잠시 기다리도록 하시오."

나는 교도관을 따라 밖으로 나갔다가 다른 검사실로 갔는데, 그 검사실은 텅 비어 있었다.

11

　나의 농업고등학교 시절은 파괴적인 기간이었다.
　나는 수산학교에서는 상당한 애착을 가지고, 장차 그 방면으로 나가서 출세해 보고자 하는 마음이 많았지만, 농업학교에 와서는 농업쪽으로 나가야겠다는 생각을 전연 갖지 못했다.
　역사적으로 보나, 세력으로 보나, 혹은 지역으로 보나, 농업학교는 수산학교보다도 나은 위치에 있었지만, 학교에 가 보고는 나는 이 학교에 전연 정이 들지 않았다는 것을 알 수가 있었다.
　학생들은 에고이스트들이고, 쩨쩨해서 여간 친해지기가 곤란했고, 선생들은 크게 위엄을 부리고 있어서 접근하기가 매우 힘들었다. 적어도 수산학교에서는 아이들이 와일드하기는 하지만, 자유분망한 스타일이어서, 공부보다는 함께 어울려 다니면서 노는 것을 좋아했고, 그 틈에는 선생들이 마치 아이들과 같은 자세로 끼어 있기가 보통이었다. 선생들은 학교에서는 아이들을 가르치는 일을 했지만, 학교가 끝나면 학생들과 어울려 다니면서 맨날 술을 마시거나 배를 타고 놀러 가거나 낚시질, 그물질을 하러 다니곤 해서 서로 친구나 다름이 없었다.
　그러나 이곳의 선생들과 학생들은 높은 벽이 있어서 그런 무작위한 교통은 전연 있을 수가 없었다.
　나는 2학년으로 편입을 했는데, 학교에 가는 첫날 나는 한복을 입고 학교로 나갔다. 물론 도저히 용납이 되지 않았지만 학생복을 입고 다닌다는 것 자체에 대단한 저항심을 가지고 있었고, 또 쩨쩨하게 보이는 그들을 놀려 줄 셈도 있고 해서 한복에다가 책 몇 권을 손에 말아쥐고 학교로 나가서 공부를 했다.

학생들이나 선생이 나의 그런 태도를 보고 기가 막히는 모양이었다. 그러나 첫시간은 아무 일도 없이 넘어갔다. 공부를 하면서 뒤를 돌아보니, 뒤에 있는 덩치 큰 놈들이 열심히 수근거리고 있었다. 무슨 일을 꾸미고 있는 것이 분명했다.

다시 한 시간이 끝나고 나니, 아니나 다를까 뒤에 앉았던 놈들이 나를 불러 세웠다.

"형씨, 잠깐 봅시다."

한 놈이 눈을 부라리고 나를 쳐다보았다. 키는 조그만했지만, 어깨가 잔뜩 벌어진 놈이었다. 우리 집하고 조금 떨어진 데에 사는 놈인데 한 두번 봐서 얼굴은 기억이 났다.

나는 그들에게로 갔다.

"형씨, 어디서 왔소? 이걸 입고 학교에 나오다니 그게 말이 돼요?"

다른 한 놈이 내 한복을 손톱끝으로 뜯으며 말했다.

"이건 우리 학교를 무시하는 태도가 아니오?"

그러자 그만 거기서 싸움이 붙었다. 나는 천성이 맘이 약해서 남을 주먹으로 때리거나 하는 데는 여간 서투르지 않다. 하지만, 그들을 집어던져서 혼을 내는 그런 법은 가끔 쓸 수가 있었다. 나는 그들이 와락 몰려 오면서 나를 두들겨 패길래, 그들 한 놈의 허리띠와 목을 틀어잡고 창밖으로 집어던졌다. 그러자 다른 놈들이 또 와락 몰려와서 와서 나는 상당히 얻어 맞았으나, 좌충우돌로 그들을 밀치고 집어던지는 바람에 별로 그들에게 맞는 것 같지는 않았다. 그들 중에서 나를 가장 많이 때린 사람은 역시 황문수라는 키가 조그만한 친구였다.
 한참 교실 안에서 톡닥거리고 있는 사이에 다시 수업 시간이 돼서 싸움은 끝나고 말았다.
 나는 아무 일도 없었다는 듯이 한 시간 수업을 마치고 부리나케 집으로 뺑소니 쳐 버렸다.
 저녁 때가 됐을 때 나는 황이라는 친구가 살고 있는 집으로 갔다. 논 바닥에다 집을 지은 곳이었기 때문에 축대를 쌓아서, 그의 집은 좀 높은 자리에 있었지만, 대문 밖은 바로 논바닥이었다. 좁은 오솔길을 빼고 나면.
 나는 대문 앞에 숨어서 그를 불러냈다. 그는 누가 부르는지도 모르고 대문으로 나오자 나는 그의 겨드랑이를 끼고 논바닥으로 떨어져 내렸다. 우리는 논 바닥에서 엉망이 되도록 싸웠다. 비록 그의 집 앞이었지만 날은 이미 어두웠고, 또 벼가 있는 논바닥이어서, 고함을 지르지 않는 한 다른 사람들에게 우리가 무엇을 하고 있는지 발견되기에는 어려운 일이었다. 나는 한 대도 그를 치지는 않았지만, 그를 녹초가 되게 해 주었다. 물론 나도 흙탕으로 엉망이 되었다. 나는 그놈을 깔고 앉아서 얼굴을 흙탕물 속에다가 집어 넣었다.
 "살려줘! 살려줘!"
 "내가 누군줄 알지? 네놈이 나를 오늘 팼다는 것도 알지? 너 여기서 죽을래, 아니면 잘못했다고 하겠어?"
 "잘못했어. 잘못했어."
 그는 다급하게 말했다.
 "한 번만 그따위 짓을 하면 가만 두지 않을테다. 알겠지?"
 "잘못했어. 잘못했어."
 나는 그를 풀어 주었다. 그래서 그는 다시 덤벼들려고는 하지 않고, 얼른 집 안으로 달아나 버렸다. 나도 천천히 집으로 왔다.
 다음날 나는 다시 한복을 입고 학교로 갔다. 우리집 마루에서 학교쪽을 내다 보고 있다가 조회가 파해서 교실로 학생들이 들어가고 있는 것을 보고 집을 나섰다. 역시 맨 앞줄에 앉아서 공부를 했다. 그러면서 귀를 기울여서 뒷쪽의 동정을 살펴 보았으나, 아무 소식이 없었다. 아이들이 완전히 굴복한 것이었다. 보스가 엉망이 되고 말았으니.
 그 뒤에도 나는 가끔 싸움을 했다. 그러나 나는 역시 주먹질을 하지 못했다. 주먹질을 한다는 것은 아무래도 직업적인 깡패나 할 일이지, 학생의 신분으로는 그렇게 되지 않았다. 학교 안에는 깡패비슷하게 노는 아이들이 없는 것은 아니었다. 출생이 백정놈의 아들이거나 장돌뱅이 아들놈들은 힘자랑을 하기 위해서 주먹을 휘두르는 버릇을 가지고 있었지만, 나는 그렇게는 하지 않았다. 싸움을 하게 되면 나는 역시 잡아서 집어 던지거나 벽이나 책상에다 머리를 찧어버리거나 했다. 그래서 그들은 내가 가까이 가면 슬슬 피했다.
 나는 학교에서는 실과공부는 전연 하지 않았다. 중간에 편입을 해 놓으니 실과가 어떻게 돌아가는지 알 수도 없었고, 또 흥미나 필요성도 없었다. 나는 대학에 진학을 해야 하는데 필요한 과목만 학교에서 조금씩 하고는 그런 것이 없는 시간에는 뺑소니를 쳐서 집으로 돌아오고 말았다.
 그런 관계로 실업과목의 선생들은 나를 몹시 싫어했다. 수업시간에도 다른 책을 내어 놓고 공부를 하고 있는가 하면, 실습시간에는 단 한 시간도 끼이는 일이 없었기 때문에 나를 아주 좋지 않게 생각했다. 그러나 나는 그들이 하자는 대로 할 수가 없었다. 나는 공과대학이나, 문리과대학의 수학과를 가려고 맘 먹고 있었기 때문에 그들이 하자는 대로 했다가는 제대로 원서 한 번 내보지 못할 형편이 될 것 같았다. 나는 혼자서 실과시간에 대학입학준비를 했고, 집에 돌아오면 농사일을 하지 않으면 안되었다. 다른 학생들과는 좀 형편이 달랐다. 그들은 대학엘 진학도 하지 않을 것이고, 집에 가도 나처럼 농사일을 해야 할 그런 입장에 있는 사람들이 아니었다. 그랬다면 아예 고등학교 진학조차도 하지 않았을 것이다.

대학 진학에 필요한 과목은 영어, 수학, 국어 등이었는데, 시골에서 이런 선생을 구한다는 것은 여간 불편한 일이 아니었다. 그래서 중요한 과목의 선생은 항상 결원이 되어 있었다. 그러니 모조리 독학을 할 수 밖에 없었다.

학교에서는 아이들의 대학 진학 같은 것에는 전연 신경을 쓰지 않았다. 주로 실과 선생들로 학교를 운영하고 있었기 때문에 그런 문제는 관심이 없는 것 같았고, 설령 있었다고 하더라도 어떻게 할 도리도 없었다.

나는 우리 반에서 수학을 제일 잘 했다. 이 반 뿐이 아니라, 나는 국민학교 때부터 산수나 수학은 항상 으뜸이었다. 그것과 국어에는 아마 다른 아이들보다 약간 소질을 가지고 있었는지도 모른다. 그래서 나는 그 두 과목때문에 선생들에게서 때때로 천재라거니 수재라거니 하는 소리를 들었다.

그러나 나는 작가가 되거나, 문학자가 된다는 생각은 꿈에도 가지고 있질 못했다. 단 이공학을 하거나 수학을 전공할 생각이었다.

수학선생이 오지 않아서 몇 개월씩 비게 되니까 아이들 교과서 진도가 엉망이 되었다. 그래서 하는 수 없어서, 학교에서는 날더러 수학을 대신 가르치게 했다. 물론 그 교수법은 엉망이었지만, 문제를 하나씩 풀어가는 것은 가능한 일이었다. 아이들이 내 수학 실력을 알아주고 있었으니까 특별히 어떤 저항을 받지는 않았다.

고등학교는 각각 두반씩으로 나누어져 있었지만, 친불친에는 별로 상관이 없었다. 다만 장돌뱅이 집 아이들을 위시로 한 읍내 출신 아이들과, 지방에서 농사를 짓고 있는 집 아이들이 나누어져 있어서, 심심찮게 싸움을 했다. 나는 농사꾼들 쪽에 끼어 있었다. 비록 읍내에 살고 있기는 하지만, 우리 집은 대대로 농사를 지어오던 집안이라 장사꾼 아이들 하고는 어울릴 수가 없었다.

장돌뱅이 아이들은 학교의 학도호국단이나, 다른 간부직을 모조리 독점하고 있었고, 농사짓는 아이들은 그런 것을 하나도 가지고 있질 못했다. 그래서 농사꾼집 아이들은 그들에게 항상 당하는 쪽이었다. 아이들의 울분이 대단했다. 소위 이들을 자유파라 하여 간부파와 한 번씩 충돌을 하게 되면 무섭게 싸웠다. 학교가 파한 후에는 밤을 이용하여 시내의 뒷골목에서 패싸움이 벌어지곤 했다. 그러면 온 동네가 와글와글 했다.

뒷날 학교에 가면 얼굴이 부어터진 놈들이 잔뜩 있었다. 그래도 싸움은 끝나지 않았다. 낮에는 조용히 지내다가 밤이 되기만 하면 어느 뒷골목에서 싸움이 벌어지곤 했다. 일종의 축구시합을 하는 것 같은 가벼운 기분으로 그렇게 매일같이 패싸움에 몰려 다녔다.

그곳에는 정기적인 운동 경기 같은 것도 없었다. 어쩌다가 이웃 고등학교와 축구시합 같은 것을 가졌지만, 끝나기도 전에 패싸움이 벌어지곤 해서 도저히 정기적으로 그런 것마저 열 수도 없었다. 나는 응원 단장을 하면서 패싸움의 선봉에 섰다. 시합보다도 온 시가지를 누비고 다니면서 다른 학교 학생들과 패싸움을 하는 것이 시시한 축구경기하는 것보다도 더 재미가 있었다. 다른 학교 학생들이 이쪽으로 오면 세 부족으로 좀 맞는 편이었지만, 우리가 그들이 사는 쪽으로 가면 역시 실컷 두들겨 맞고 왔다.

그 당시는 극장도 다방도 술집도 없었다. 물론 라디오나 텔레비전도 있을 턱이 없었다. 학생 뿐만 아니라 온 시민이 레크리에이션이라는 것이 전연 없었고, 그런 것에 대한 필요성도 별로 느끼지 못하고 살았다.

어쩌다가 '낙랑' 악극단이 와서 노천에다 천막을 쳐놓고 '선화공주'나, '왕자호동과 낙랑공주' 따위를 했다. 그러면 천막극장 안은 인산인해가 되었다.

나는 그 연극을 보면서 얼마나 심취되었는지 모른다. 여주인공의 아름다움과 그 노래소리, 그리고 그 동작에 넋을 잃고 반해버렸다. 나는 공부고 뭐고 다 집어 치우고 그들을 따라 나서고 싶었다. 그것 보다도 먼저 여주인공을 한번 만나보고 싶어서 견딜 수가 없었다.

나는 매일 밤 극장에 갔다. 그들의 레파토리는 두 가지 뿐이었다. 한 가지를 이삼일씩 했다. 결국 매일 간댔자, 같은 것을 또 보게 되는 것이고, 이야기도 단순했지만, 여주인공의 모습을 보는 것만 해도 황홀할 지경이었다.

나는 혼자서 끙끙 앓고 있다가, 기어코 그들에게 따라 나설 생각으로 그들이 묵고 있는 여관으로 갔다. 넓은 마루에서 그들은 모여 앉아 아침을 먹고 있었다. 나는 그들 사이에서 그 아름다운 여주인공을 찾아내려고 애를 썼으나, 영 그가 발견되지 않았다.

한참 두리번거리며 있으니, 귀신같이 생긴 여자가 그들 틈에 끼어 밥을 먹고 있는 것을 발견했다. 가만히 보니 그 여주인공이었다. 그니는 무대에 있을 때와는 완연히 딴판이었다. 그니는 아름답게 보이는 화장을 깨끗이 지워버리고, 본래의 모습을 하고 있었는데, 그 얼굴은 아무리 보아도 정나미가 떨어지는 귀신딴지 같았다.

"저럴 수가!"

나는 크게 실망했다. 아무리 화장이라고 하지만 그렇게 본 얼굴과 다를 수 있을까.

나는 그들을 따라갈 생각이나, 그니를 못견디게 연모하던 생각을 깨끗이 씻어버리고 집으로 되돌아 오고 말았다.

나는 한참 동안 방안에서 혼자서 허전한 기분으로 앉아 있었다. 그러면서 나는 그들이 상연한 그런 멋진 연극 각본을 하나 쓰리라고 맘 먹었다. 그래서는 곧장 작업을 시작했다.

임진난 때의 이야기가 실려 있는 〈임진록〉과 〈흑룡록〉이라는 두 권의 책을 가지고 그 내용에서 한 줄거리를 뽑아내어 이야기를 꾸며나갔다. 어떤 상연 목적이 있어서가 아니라, 그저 낙랑극단에서 얻은 충격에서 시작한 것이었다.

물론 이 작품은 내가 처음이고, 마지막으로 쓴 희곡이지만, 햇빛을 보지 못하고 휴지가 돼버렸다. 나를 좋아하는 몇몇 친구들과 국어 선생이 읽어 보고 재미 있어 했지만, 아무 쓸모 없는 것이 되고 말았다.

그 외에 나는 시를 쓰거나, 소설을 쓸 생각을 가지고 있은 것은 아니었다. 이따금씩 작문이라는 것을 했지만, 별로 소질을 발견할 수가 없었다.

나는 매일 수학이나 물리학 책에 빠져 있었고, 소설 따위를 읽을 수 있는 그런 시간적인 여유를 가지지 못했고, 시골이라

책을 구해 볼 수 조차도 없었다. 이따금씩 〈수호지〉나, 〈삼국지〉, 〈임꺽정〉, 〈유충렬전〉 같은 것이 굴러다녔기 때문에 손에 들어오는 대로 조금씩 읽었다. 김래성의 〈청춘극장〉을 읽은 것도 그 무렵이었다. 전연 문학적인 분위기에는 들어가지 못했다고 해야 할 것이다.

대학을 선택해야 할 무렵에 와서는 고민이 많았다. 어떤 대학을 쳐야 할 것인가? 그 동안은 별로 의심의 여지 없이 이공학과나 수학과를 치려고 했지만, 막상 닥치고 보니 과연 어떤 곳을 치는 것이 좋을지 알 수가 없었다. 시골의 진학 공부라는 것이 아무리 잘 한다고 해도 말이 아니었으나, 나는 거의 독학을 하다시피 해서 어느 정도 자신을 가지고 있었기 때문에 그런 것은 별로 신경을 쓰지 않았다. 객관성이 없는 평가였지만.

공과대학을 가고 싶기도 했고, 어머니의 권유대로 의과대학에 가고 싶기도 했지만, 나는 엉뚱하게도 신학교나, 아니면 미술대학, 또 그것도 아니라면 철학과에나 가보려는 마음도 있었으며, 심지어는 해군사관학교나 가볼까 하는 마음도 있었다. 그러나 상대에 다니고 있는 형의 강력한 권유로 나는 공과대학 섬유공학과에 시험을 쳐보기로 했다.

그렇게 맘을 정하고 나니까 이미 공대에 들어간 것 같은 생각이 들었다. 나는 형님의 대학모를 빌려쓰고는 학교 뿐만 아니라 시내를 쏘다니며 폼을 잡았다. 나는 학교 공부는 엉망이었으나, 우리 학교에서는 가장 실력있는 학생으로서 자타가 공인하고 있었으니 아무도 빈정거리거나 잔소리를 하는 사람도 없었다.

우리 반에는 서울로 대학 진학을 하러 가는 사람들이 이십여 명 됐으나, 별로 가능성이 있는 사람들이 보이지 않았다. 나를 제외하고 말이다. 그러나 이런 자만이 엉터리 없는 것이었다는 것을 나는 나중에야 통감했다.
 어쨌든 나는 수학과 영어와 국어는 수위를 차지하고 있었다. 그러나 농과와 실습, 훈련 따위의 과목 때문에 석차는 항상 삼십 등 이하였다. 물론 통신표를 한번도 내 손으로 받아서 집으로 가져 간 일도 없었고, 반대로 학교에다가 월사금같은 돈을 지불해 본 일도 없었다. 집에서는 형제들이 모두 집을 떠나 공부하러 가 버렸기 때문에 공부한다면 신물을 내던 참이었다. 나마저 공부하러 가면 농사짓는 일을 완전히 폐지하지 않으면 안된다. 할머니와 어머니가 남아서 머슴들하고 농사를 짓는다는 것은 벌써 그 당시만 해도 불가능한 일이었다.
 그래서 할머니와 어머니는 내가 맘을 잡고 학교도 가지 않고 농사나 지어 주면서, 시골 색시나 하나 얻어서 집에 있어 주기를 간절히 바라고 있었다. 그러니 학교에다 내는 월사금 따위를 챙겨 줄려고 하지 않았다. 나도 학교에 돈을 가져다 주는 그런 일은 하지 않았다. 어째서 학교에서 쫓아내거나, 제적을 하지 않고 공부를 하게 해주었는지 그 비밀은 나도 잘 모르는 일이었다.
 나는 학교로 봐서는 지독한 문제아였지만, 별다른 지장을 받지 않고 공부를 계속할 수가 있었다.
 내가 삼학년 때는 연합고사라는 것이 있어서 우리는 진주에 가서 시험을 치뤄야 했었다. 아마 그게 대학 입학 자격을 얻는 시험같은 것이 아니었나 생각되었다.
 나는 나의 단짝 두 사람과 진주로 시험을 치러 갔다. 그런데 담임선생님이 납부금을 내지 않았다는 이유로 내게 수험표를 주지 않았다. 기가 찰 일이었다. 다른 친구들은 모조리 시험을 치러 들어가는데 나는 들어 갈 수가 없어서 학교의 정원을 빌빌

산책을 하고 있었다.
 몇 시간을 못들어 갔는지는 확실한 기억이 없다. 아마 하루쯤은 빼먹은 것 같다. 다음날은 서울에서 형이 방학이 되어 내려오다가 내가 거기에 있다는 말을 듣고 수험장까지 왔다. 내가 시험 치러 들어가지 못하고 있는 것을 보고는 선생에게 가서 항의를 했다. 그제야 수험표가 왔다. 나는 간신히 시험을 쳤다. 나중에 합격되기는 했지만 아슬아슬한 일이었다.
 나는 원체가 학교나 선생들에게 매력이 없던 참이어서, 누님이 매부의 방학 때문에 내려왔다가 상경하는 것을 따라서 그만 상경해 버리고 말았다. 아마 1월 하순쯤 됐을 것이다. 졸업식 같은 것은 해서 뭘 하겠느냐는 태도였다. 일찌감치 서울 가서 공부나 하자는 심산으로 그렇게 했던 것이다.

12

 박우병의 신문은 오래 걸렸다. 하루 이틀에 끝날 그런 것이 아닌 모양이다.
 나는 혼자서 교도관과 함께 가만히 대기실에 앉아 있었다. 아무 말도 못하고, 또 할 말도 없었지만, 그래도 방안이 따뜻하고 조용해서 내게는 마치 천국처럼 고맙게 느껴졌다.
 교도관이 신문이라도 보게 해 주면 좋으련만 그런 것은 절대로 가까이 하게 하지 않았다. 교도관은 지루해서 죽는 시늉을 했다. 나는 이곳이 이처럼 좋은데, 그에게는 아주 지루한 장소였다. 나는 차라리 감방으로 돌아가지 않고 여기서 며칠이라도 살게 해 준다면 그런 고마운 일이 없을 것 같았다.
 점심 때가 되니까 지검사가 설렁탕 두 그릇을 보냈다. 그와 나에게 보낸 것이다. 나는 맛있게 먹었다. 따뜻한 데다가, 부드러운 국물이 눈물이 나올 정도로 맛이 있었다. 그리고 그 깨끗하고 감칠 맛의 김치란 정말 하늘에서 떨어진 만나(manna)와 같은 맛이었다.
 점심을 먹고 나니 솔솔 기분좋게 졸음이 왔다. 책상에다 팔을 기대고 한잠 푹 잤으면 싶은 충동이 일어났지만, 교도관은 그렇게 하지 않았다. 아마 그런 것도 규칙인 모양이다. 나는 **빳빳**하게 앉은 자세로 잠깐씩 졸았다.
 시간은 몹시 가지 않았다. 직원에게 시각을 물어 보았으나 시간은 여전히 정지된 것처럼 꼼짝을 하지 않았다. 무엇을 묻고 있길래 이렇게 길게 하고 있는 것일까. 나는 좀 답답한 맘이 들었으나 누구에게도 물어 볼 수가 없었다.
 교도관은 열살도 아래나 되어 보이는 사람이었다. 공무원의 계급을 따지면 얼마나 되는 것일까. 그가 말이라도 씁쓸하지 않게 걸어온다면 참으로 좋으련만. 그는 시종 입을 굳게 다물고 있었다. 그는 아직도 야들야들한 얼굴을 하고 있었고, 뒤통수가 현대적으로 툭 튀어 나와 있었다. 미국놈들처럼 모자를 앞으로 당겨서 쓰고 있었기 때문에 흡사 의장병같은 느낌이 들었다. 나쁘지 않은 인상이었다. 나는 또 그에게 말을 걸고 싶은 맘을 느꼈지만, 그럴 때마다 그는 내 시선을 피해 버렸다.
 나는 하는 수 없이 혼자서 존재하는 법으로 되돌아 가지 않으면 안되었다. 그동안 어느 정도 나는 혼자 있는 법을 체득하기는 했지만, 그건 정말 어려운 일이었다. 감방으로 되돌아 가면 환경은 나빠도 대화를 나눌 수 있는 책이 기다리고 있었다. 나는 한 권을 가지고 두번 세번 혹은 열번씩도 읽을 수 있고, 그렇게 한들 책이 화를 내는 그런 일은 없었다.
 나는 뻣뻣하게 앉아서 손가락으로 책상 위에다 글을 쓰기 시작했다. 나는 직업이 글을 쓰는 것이기 때문에 글을 쓴다는 것은 항상 즐거웠다. 다만 손가락으로 쓰는 것이어서 조금만 지나면 나는 무엇을 썼는지를 하나도 기억할 수가 없었다.
 왜 감방에서는 연필을 주지 않는 것일까. 그리고 글을 쓸 수 있는 종이라도 좀 준다면 나는 정말 좋은 글을 쓸 수 있을 것 같았다. 나는 항상 머리에서 생각해 낸 것을 그대로 외우려고 애를 써 보지만 그건 여간 힘드는 일이 아니었다. 잘 외어지지 않았다. 나는 또 내가 생각해 낸 것을 잃지 않으려고 입 속에서 반복해 보지만, 다른 생각이 떠오르면 앞의 것은 그대로 잊혀져 버렸다. 옛날 석가모니의 제자들은 기억력을 더듬어서 불경을 만들었다고 하던데…… 만일 나같은 놈들만 있었다면, 그 엄청난 불경은 단 한권도 되지 않았을 것이다.

나는 가장 많이 생각해 보는 것이 자유의 부도덕성에 대한 것이었다. 자유이고 싶다는 것이 도덕적인 것이냐, 아니면 부도덕적인 것이냐…… 어제도 생각했고, 그저께도 생각했던 문제였다. 자유이고 싶다는 마음은 항상 현실에 도전한다. 그러므로 저항을 받는다. 부도덕하기 때문이다. 그러나 인간의 마음은 자유를 절대로 버릴 수가 없다. 인간의 근본적인 존재 이유는 획득하는 데 있다. 집단에서의 자유, 소유에서의 자유, 마지막으로는 자기에게서의 자유를 시도한다. 그러나 이건 부도덕하다.

존재는 항상 자유와 맞부딪친다. 인간의 상상력이 현실성을 초월해 있는 한, 자유의 개념은 언제나 비현실적이다. 그리고 절대적인 순수성을 내포하고 있다. 영원토록 그 개념이 고정화하지 않는다. 그러므로 자유는 항상 발전하고 항상 살아 움직인다. 우리가 그것을 획득했다고 느껴지면 이미 우리는 또 다른 부자유 속에 빠져 있다는 것을 발견하게 된다. 그래서 자유는 역시 부도덕하다.

나는 지금 내게 있어서 가장 절실한 자유가 무엇인가를 생각해 본다. 나는 말을 할 수 없다. 읽을걸 읽지도 못한다. 나는 지금 묶여져 있다. 풀 수도 없다. 풀려고 하면 저항을 받는다. 분명히 명령을 하는 자는 나보다도 강한 존재다. 도망을 가려고 하면 교도관은 나를 잡을 것이며, 더 심하게 하면 더 큰 힘이 나를 얽어 맬 것이다.

나는 지금 공기를 마실 자유와 생각할 자유 밖에 없다. 이것은 인간에게 있어서 가장 큰 자유이며, 가장 작은 자유이기도 하다. 아무리 자유를 많이 누리고 있는 사람이라고 하더라도 사람이 궁극적으로 맘껏 누릴 수 있는 자유는 상상의 자유밖에 없다.

 글을 쓴다는 것은 지극히 제한된 자유의 일부에 지나지 않는다. 만일 모든 사람들이 상상할 수 있는 대로 글을 쓸 수 있다면 아마 인류는 엄청나게 발전해 있었을 것이다. 바보같은 소설을 쓰지 않았을 것이고, 우리가 가지고 있는 바보같은 사상 서적을 가지고 있지 않았을 것이다. 더 솔직하고 능률적인 지식과 사상을 가지고 있었을 것이 틀림없다.

 과거의 모든 정치 세력은 인간을 더디게 발전시키기 위해서 자유에 제한을 가해 왔다. 자유가 더 빨리 왔더라면 불란서 혁명이 더 빨리 이루어졌을 것이고, 자유가 더빨리 왔더라면 우리에게는 구한말의 비극같은 것도 겪지 않을 수 있었을 것이다. 자유는 부도덕한 것이기 때문에 아무리 허용해도 그 끝이 없다. 그래서 자유는 역사와 투쟁의 대상으로서 존재한다. 그러나 항상 역사는 자유에 지고 있고, 그것은 영원히 그럴 것이 분명하다.

 그래도 사람들은 자유를 죄악시, 부도덕시 하는 긴 버릇을 가지고 있기 때문에 그런 안일에서 자기를 해방시키려고 하지 않는다. 강한 사람이라면 강할수록 그런 그릇된 관념에 깊이 빠져 있다.

 나는 팔목을 수갑에서 빼낼 수 있는 자유마저도 가지고 있지 못하다. 그러나 이건 제재도 아니고 아무 것도 아니다. 인간이 진심으로 향유할 수 있는 자유는 정신의 자유다. 그것만이 모든 가시적인 자유를 창조해 내는 모체이다. 나는 비록 조그만한 부자유한 몸을 가지고 있지만, 그럴수록 먼 자유를 누리고 있다. 그러나 그건 절대로 헛된 자유가 아니다. 언젠가는 눈에 보이는 자유로 나타날 원초적인 자유인 것이다.

나는 인간이 궁극적으로 남을 괴롭히지도 않고 괴롬을 당하지 않는 자유를 생각한다. 그리고 그걸 지향해서 십년, 이십년, 아니 백년, 이백년을 기다린다. 소돔의 소금기둥처럼 나는 기다린다. 조그마한 내 우주 속에서……

상당히 늦어서야 박우형의 신문이 끝났다. 그와 같이 있던 교도관은, 그를 데리고 내가 기다리고 있던 곳으로 왔다.
"아주 혼이 났다."
그는 심한 운동이나 노동을 하고 온 사람처럼 부풀어 있었다. 자기를 정죄하려는 사람 앞에서 정죄당하지 않으려는 노동이 얼마나 심한 노동이냐 말이다.
"뭘 그렇게 오래 해?"
"복잡하더군. 아직도 며칠은 이런 식으로 더 해야 하는 모양이야. 이십일이 기간이라고 하니까 검사가 이십일 동안은 우리를 맘대로 주무를 수 있다는군."
"그럼 임의 동행에서 십일, 검사 취조가 이십일, 무려 한달을 맘대로 인신을 구속할 수 있다는 이야기지? 야, 이건 원칙치고도 너무 지나친 원칙이구만. 일본에서는 영장 없는 구속은 단 하루도 안된다는데."
"기소나 재판도 없이 몇 달씩 구속해 놓고 있는 예도 얼마든지 있는데 뭘. 법이 어디 있으며, 인권이 어디 있어? 동남 아세아의 후진국과 이런 면에서는 조금도 다름이 없어. 왜 선진국이 되겠다고 애를 쓰면서, 법을 개선하려는 노력이나, 있는 법마저도 잘 지키려는 노력, 그리고 인권 문제에서 선진국을 따라

가려고 하지 않을까? 스스로 후퇴하려고 하고 있으니……"
 "권력을 가진 사람들의 욕심 때문이야. 나라보다도 권력을 더 사랑하기 때문이지. 그들은 권력을 유지하기 위해서 감언이설을 만들어 내지. 필리핀의 마르코스가 중공이 쳐들온다는 이유를 내세워 권력을 잡고 있고, 아라비아는 권력을 위해서 종교를 내세우고 있어. 언뜻 보면 사람들은 그런 안개 작전 때문에 권력보다도 나라를 사랑하고 있는 것 같은 착각이 들지만, 실제로는 권력에 충성을 강요하고 있는 거야. 그런 욕심 앞에는 인권이나 법정신 따위는 아무 것도 아니지. 진정한 애국 없는 아라비아의 권력욕은 마침내는 종교 때문에 망하게 되지. 부도덕한 권력이기 때문이야. 아무리 권력은 부도덕한 것이다, 라고 하지만 그건 한계가 있는 거야."
 나는 쓸 데 없는 소리를 주섬주섬 늘어놓았다. 처음에 교도관들은 내가 무슨 말을 하고 있는지를 얼른 눈치채지 못하다가, 그것이 우리와 약간의 간접적인 관계가 있는 것 같은 인상을 받았는지 말을 더 하지 못하도록 제지했다.
 "뻐스가 다 들어갔을 건데……"
 나를 데리고 있던 교도관이 말했다. 검취를 나왔다가 들어가는 뻐스는 이미 떠났을 것이다. 감방 안의 저녁은 훨씬 일찍이 오니까.
 "검사님이 택시비를 주시더군. 택시를 타고 들어 갈 수 밖에."
 박우병과 같이 있던 직원이 말했다.
 우리는 느릿느릿한 걸음으로 복도를 나갔다.
 "변소 좀……"
 나는 별로 오줌이 마렵지는 않았으나 그렇게 말했다. 교도관은 약간 짜증스런 태도로 나를 데리고 변소로 갔다. 내가 오줌을 얼마나 누는지까지는 그가 알 수가 없는 일이었다. 나는 오줌을 누고나서 커다란 거울에 가서 몸꼴을 비춰 보았다. 참 엉망인 모습을 하고 있었다. 이런 모습을 친구들이나 아이들, 그리고 아내가 본다면 어떤 기분이 될까. 아마 눈물을 머금지 않고 볼 수는 없을 것이다. 왜 사람이 이런 대접을 받아야 하고, 이렇게 대접해야 하는 것일까? 그 궁극적인 목적은 어디에 있으며, 누구를 위해서 팔이 노끈으로 칭칭 묶여 있고, 얼굴에는 수염이 2센치 가량이나 길어 있었다. 더구나 놀란 것은 하얀 수염이 검은 수염 사이에 잔뜩 끼어 있었다.
"야, 죽을 꼴이 됐구나."
혼자서 중얼거렸다.
"들여다 보고 있으면 뭘해? 빨리 가자구."
직원이 말했다. 나는 그를 따라 되도록이면 천천히 복도로 나왔다. 박우병도 나를 기다리고 있었지만, 나와 마찬가지로 조금도 초조한 기색이 없었다.
우리는 직원들이 서둘렀지만 역시 천천히 걸어서 계단을 내려왔다. 아닌게 아니라 우리도 모르는 사이에 우리의 다리는 엄살을 부려서 비실비실하고, 머리를 제대로 가누지 못하고 있었다.
"야, 감방 안으로 들어가기 싫구나. 이대로 집으로 가게 됐으면 ……."
박우병이가 얼굴을 잔뜩 찌푸리고 속삭이듯이 내게 말했다. 아닌게 아니라 이대로 집으로 가서 따뜻한 목욕이나 한 번 하고 가족들과 단란한 저녁이라도 들 수 있으면, 정말 황제가 부럽지 않을텐데……
"나도 그래…… 지긋지긋 하거든. 혼자 갇혀 있다는 것은 죽을 지경이야. 그래도 오늘은 화려한 나들이를 한 셈이야. 재키의

티파니 나들이 만큼이나……"
 교도관이 다시 우리의 말하는 것을 눈치채고 우리를 갈라 놓으려고 했다. 우리는 입을 닫고 시치미를 뗐다.
 "세상이 시끄러운 모양이더라."
 "나도 들었어."
 우리는 건물 밖으로 나갔다. 택시를 잡았다. 앞 자리에 교도관 한 사람이 앉고 뒤에 나머지 세 사람이 앉았다. 운전수는 우리를 보고 엄청난 중죄인을 만난 것처럼 겁을 잔뜩 집어 먹은 얼굴을 해 보았다.
 운전수는 별로 태워보지 않은 사람들을 싣고 굴러가기 시작했다.
 "…… 널방에 어깨를 기대고 잘 것을 생각하니 기가 막히는구나."
 "너는 그래도 뚱뚱하니까 좀 괜찮은 편이 아닌가? 나는 콩밥이 소화가 안되서 죽을 지경이야. 맨날 설사거든. 너는 괜찮으냐?"
 "그건 괜찮어. 밥의 양을 줄여보지 그래?"
 "삼분의 일도 안먹는 걸. 그런데다 심리적인 불안이 덮치고 있으니 설사가 나지 않을 수 없지."
 "야, 이거 정말 견딜 수 없는데? 검사가 우릴 불기소처분이라도 내지 않을까? 담당님, 그럴 것 같지 않아요?"
 "어려울 거요."
 "그럼 얼마나 살까요?"
 "십오년쯤은. 통상 관례에 의하면……"
 "야, 죽었구나. 우리가 무슨 죄가 있다고. 허긴 국사범이라고 한다면…… 옛날 같으면 삼족을 멸하는 판이지. 우린 뭐야?

도대체?"
"검사가 뭐라고 그래?"
"글쎄……"
"내가 볼 적에는 길어야 1심이다. 아니면 2심이구. 육개월 내지 십개월이다."
내가 그렇게 말했다. 그 말에 교도관들이 어림도 없는 소리라는 듯이 얼굴을 내게로 향했다.
"당신네들도 재판 과정을 보게 되면 알테지만…… 이건 아무 것도 아니오. 약간의 감정적인 것과 임시적인 것이 있을 뿐이오."
내가 다시 어떤 확신을 가지고 말했다.
"무기징역, 사형이 마구 쏟아지는 판인데?"
"그것도 결과는 그렇게 되지 않겠지. 악의가 있는 것은 아니니까."
"쓸데 없는 소리 말아요."
다시 교도관이 끼어 들었다.
자동차는 하얀 벽돌담 앞에까지 왔다. 우리는 차에서 내려 담 안으로 들어갔다. 대문으로가 아니라 수위실을 통해서 안마당으로 들어 갔다. 철문 앞에서 우리는 몸에 감긴 포승을 풀었다. 그리고 헤어져야 했다.
"몸 조심해."
우리는 고개만 끄덕이고는 금방 헤어졌다. 나는 철창이 공작날개처럼 펼쳐져 있는 곳을 지나, 감방의 중앙으로 들어 갔다. 거기서 다시 수갑까지 벗겨 주었다. 나를 데리고 왔던 교도관은 철창문 하나를 열고 사방 담당 교도관에게 나를 넘겨 주었다.
사방 안은 조용했다. 아직 이른 초저녁인데도 이미 모두 잠들어 있었다. 혹 아직 안자고 있는 사람들도 있어서 내가 지나가니 손가락을 들어 인사를 보내기도 했다.

　사방 담당관은 반쪼가리 드럼통에다가 벌겋게 불을 피워가지고 그 앞에 쭈그리고 앉아 있었다. 어디서 방금 목욕을 하고 온 것 같이 머리가 풀어져 있었고, 얼굴이 아주 건강하게 홍조를 띠고 있었다. 워커의 구두끈도 아직 제대로 묶지 않은 상태에 있었다. 그는 교도관 생활에 익숙해져서, 그걸 아주 즐기고 있는 것 같은 인상을 하고 있었다.

　그는 커다란 행운의 열쇠를 가지고 와서 내 방의 문을 열어주었다. 나는 검은 고무신을 들고 안으로 들어갔다. 침침하고 좁고 추운 방이었다.

　발치에는 타다 남은 연탄재 같은 콩밥 한 덩이와, 그 옆모서리에 커피색 짠지 몇 점과, 소금으로 끓인 시래기 국그릇이 놓여 있었다. 도저히 을씨년스러워서 먹을 수가 없었다. 나는 한참 물끄러미 내려다 보고 있다가 자리에 앉았다.

　"밥이 차워졌지? 그러나 조금 먹도록 해. 참고 견뎌야 하는 거요."

　시찰구로 안을 들여다 보며 교도관이 말했다. 말이 고마웠다. 나는 젓가락을 들고 콩알을 하나 찍어서 입으로 가져 갔다. 도저히 씹을 수가 없는 기분이었다. 나는 다시 젓가락을 놓았다.

　밥그릇을 들어다가 변기에다 던져 넣었다. 아무리 먹기가 힘드는 밥이라도 먹지 않고 변기에 넣어 버린다는 것은 맘에 좀 걸리기는 했지만, 이걸 어떻게 처리할 수가 없었다. 국그릇도 함께 변기에다 부셨다.

　그리고는 자리를 깔았다. 아내가 두꺼운 담요를 여러 장 넣어 주었기 때문에 이불 속으로만 들어가면 추운 줄을 모르고 잘 수가 있었다. 옷은 한복을 입은 그대로 누웠다. 천정에 켜진 불이 눈에 좀 거슬렸다. 그러나 그걸로 잠을 못자서도 안되었다.

그래도 자리에 드러 누우니 편안한 것 같았다. 이 더러운 자리도 명색이 제집이라고 맘과 몸이 편안해지는 것은 인간의 슬픈 습관 때문이다.

"자자. 꿈나라로 가자. 꿈에게는 감옥도, 부자유도 없다. 적어도 자는 시간만은 아무도 나를 구속할 수가 없다."

나는 빨리 잠에 빠져 들었다. 지극히 간단한 나들이기는 했지만, 몸이 상당히 쇠약해 있었던 모양으로, 그만한 나들이라도 내게는 힘겨웠던 모양이다.

다음날도 우리는 검취를 하러 갔다. 다른 사람들은 검취를 아주 괴로운 것으로 생각하고 있는 모양이지만, 우리에게는 오히려 그게 편했다. 검취를 나가면 여러 사람들을 만나게 되고, 이야기를 나눌 수도 있으며, 세상 뉴스도 들을 수 있을 뿐만 아니라 무엇보다도 박우병씨를 만날 수 있어서 서로가 위로가 되고, 의지가 되었다. 그런데다 검사는 비록 우리를 취조하는 입장에 있었지만, 우리를 각별히 친절하게 대해줬다.

검사는 내게 신문을 할 적에는 박우병씨를 저쪽 방 대기실에다가 따로 있게 하고 절대로 만나게 해주지 않았다. 그러나 사실 따지고 보면 우리가 만나서 수사에 지장이 있거나, 증거를 없애거나, 입을 모아야 하는 일이란 전연 없었다. 검사는 인정신문을 마치고 본격적인 신문으로 들어갔다.

"……피의자는 여러 차례 해외여행을 한 것으로 아는데……"

검사가 이렇게 말하면 윤계장이라는 사람은 그걸 경어로 질문을 만들어 타자기로 찍고 있었다.

"십여차례 했습니다."

"어떤 목적으로?"
"직장의 일 때문이었습니다."
"어떤 곳을 여행했어요?"
"아프리카와 남미를 제외한 곳이었어요."
"공산국가들도 여행을 했단 말입니까?"
"아, 아닙니다."
 검사도 그런 문제에 가서는 심각하게 물은 것은 아니었고, 나도 또한 건성으로 대답할 수 밖에 없었다.
"그럼 피의자의 여행 목적은……"
"이곳 저곳에서, 필요한 원료를 구하는 일이었습니다."
"그 회사는 무얼 하는 회산데요?"
"식품, 의약품 등을 만들어 내는 회삽니다."
"아니, 피의자는 글을 쓰는 사람인 걸로 알고 있었는데."
"글만 가지고서는 먹고 살 수가 없었기 때문에 직장 근무를 하고 있었습니다."
"그 회사에 근무한 지는?"
"십년이 조금 넘었습니다."
"직위는?"
"부장이었습니다."
 지극히 형식적이고 기계적인 신문이 한동안 지루하게 계속되었다. 아마 요식행위로서 그런 것이 필요한 모양이다.
"그렇게 약품 원료를 구입하면서 마약을 수입했단 말이오?"
"마약을 수입한 일은 없습니다."
 나는 강경하게 말했다.
"물론이지. 그건 피의자가 알고서 한 일은 아니니까. 다만 피의자가 수입한 원료가 결과적으로 그렇게 쓰였다는 거요."

"저는 어떤 원료가 어떻게 쓰인다는 것을 잘 모릅니다. 그게 전공이 아니니까요. 다만 학술부에서 이러 이러한 원료를 얼마큼 수입해 다오, 하면 그렇게 움직였을 뿐입니다. 한 푼이라도 싸게 구입하는 것이 제 임무였습니다. 그러나 어떤 약품 중에는 다소 마약성분이 공식적으로 들어가 있습니다. 한외마약이라는 것이 바로 그런게 아닙니까?"
나는 몸에서 식은 땀이 흐르는 것을 느낄 수가 있었다.
"그러면 일반적인 개념으로 물어 봅시다. A라는 원료와 B라는 원료가 있다고 합시다. 이 두 원료는 각각 별개의 것이오. 또 A나 B는 전연 마약 성분이 없는 것이기 때문에 합법적으로 수입이 가능해요. 허지만 이 각각을 공장에서 합성시켜 놓았을 적에는 하나의 합성마약이 된단 말입니다. 그럴 수도 의약적으로 가능하지요?"
"저는 잘은 모릅니다마는……"
"일반적으로 생각할 때 말이오."
검사의 추궁은 날카로왔다.
"그럴 수 있겠습니다."
"있겠습니다가 아니고, 있지요. 그렇죠."
"저는 의약 전공이 아니기 때문에 뭐라고 말할 수 없습니다."
"아까 당신은 그 회사에 십여년 근무했다고 했습니다. 그렇다면…… 아무리 전공이 아니라고 하더라도…… 알만한 것은 알고 있는 것이 아닙니까? 가령 아스피린이 무엇으로 만들어지고, 어떤 병에 특효하다는 것쯤은 자연히 알게 되지요."
"아스피린이 진통제다, 하는 것은 상식적으로 알게 됩니다마는, 그 주성분이 무엇이며, 그 작용이 어떤 것이다 하고 전문적인 분야에 들어가면 저는 하나도 알 수가 없습니다."

"아무리 그렇다고 하더라도 당신이 십여년을 근무했고, 주로 외국에서 원료를 구입하는 중요한 일을 맡아가지고 있었다면 …… 그만한 상식을 모르고서는 아마 일을 맡기지도 않았을 것이오. 그렇게는 생각하지 않습니까?"
"글쎄, 그게 그렇지 않단 말입니다."
"그러면 피의자의 회사에서 새로운 약품을 하나 만들어 낼 때 어떤 과정을 거쳐서 만들어냅니까? 자세히 설명해 주세요."
나는 그 말을 듣고 좀 딱했다. 사실 나는 그 과정을 자세하게 눈여겨 보지 않았기 때문에 잘 알 수가 없었다.
"글쎄요, 자세히는 모릅니다마는…… 처음에 영업부쪽에서 이러 이러한 약을 만들어 달라, 그런 약이 잘 팔릴 것 같다, 이렇게 하면 이것이 중역회의로 올라가서 결정이 되겠지요. 그러면 학술부로 넘어가서, 이런 약을 만드는 데 어떤 방법과 어떤 원료가 든다는 것을 연구 분석하게 됩니다. 그래서 다시 중역회의에 붙여져서 그 타당성 여부를 결정합니다. 그러고 나면 저에게 이런 이런 원료를 얼마만큼 구입하라, 하고 명령이 내립니다. 그 중에서 국내에서 구할 것은 국내에서 구하고, 나머지는 외국에서 수입을 하게 되는데, 까다로운 것은 제가 직접 나가서 수입해 옵니다. 물론 합법적인 절차를 다 받아서요."
"당신은 회사의 부장이라고 했습니다. 그렇다면…… 분명히 그 논의의 과정 중에서는 어떤 약이 만들어지고 어떤 원료가 필요하다는 것을 잘 알게 되는 것이 아니오?"
"아까도 말씀 드린 바와 같이 역시 그건 제 소관 사항이 아니니까요. 저는 잘 모릅니다. 또 알려고도 할 필요가 없습니다."

"용도도 모르는 원료 구입을 하러 다닌다니, 그게 상식에 맞는 일입니까? 그런 중요한 일을 사장이 당신에게 맡겼다면 그것의 중요성을 당신에게 사전에 충분히 납득시켰을 것입니다. 물론 자세한 것은 사장을 불러다가 물어보면 알테지만, 무조건 부인한다고 되는 일이 아닙니다. 우리는 충분히 근거를 가지고 있으니까."

그는 약간 위엄을 부리며 말했다. 나는 딱했다. 어떻게 말하면 진실을 받아줄지 알 수가 없었다.

"만일 사장이 고의적으로 그런 약을 만들려고 했다면, 더구나 사장은 보안조치 때문에 그런 작업을 반드시 혼자서 비밀이 새지 않게 했을 것이고, 내용을 아는 사람이 있다고 하더라도 그 수는 최소한도로 줄였을 것이 아닙니까? 그런 최소한도의 사람들 중에는 제가 끼이지 않습니다."

"나는 꼭 끼인다고 보는데. 그렇잖으면 원료 구입에 차질이 오니까. 만일 엉뚱한 약품을 구입하거나 그와 유사한 것을 구입한다면 큰일이지. 또 모르고 하는 것보다는 알고 하는 것이 훨씬 조심성이 있을테고. 안그래요? 그러니 어떻게 당신이 몰랐다고 할 수 있소?"

"저는 사실이지 몰랐습니다."

"좋아요. 사전에 몰랐다고 해서 죄가 성립이 되지 않는 것은 아니니까. 마약을 밀수했다는 사실 하나만을 가지고서도 얼마든지 공소유지는 됩니다. 그러나 나는 그런 단순한 문제만을 가지고 생각하고 싶지 않아요. 피의자는 비단 약품 원료다, 했지만 그것보다도 더 중요한 원료를 수입하고 있었어요."

"그것은 무슨 말씀이신지요?"

나는 의아했다. 여기서 또 어떤 식의 비약이 가능할 것인가…

"약이나 식품은 생리적인 성장과 건강을 유지하기 위해서 필요 불가결한 물질이지만, 인간의 정신과 영적인 욕구에 필요한 보이지 않는 식품이나 약품이 있다는 사실을 부인할 수는 없어요. 그렇지요?"

나는 검사의 말이 무엇을 뜻하는지, 알듯 싶기도 하고 모를 것 같기도 했다.

"그렇습니다."

"그렇다면 그게 어떤 겁니까?"

"글쎄요. 무슨 말씀이신지……"

"학문이나 지식이나, 종교 같은 것이 그런 거라고 말할 수 없어요?"

"그렇습니다."

"그러면 부분적으로 수입된 학식이 국내에서 조립되어, 원형을 이탈한 나쁜 이론이 형성된다고 할 수 없어요?"

이 말을 듣고 나는 어떻게 대꾸해야 좋을지 몰랐다.

"그렇습니다. 하나의 이론이 형성되려면 많은 학식과 지식과 그런 근거가 필요할 것 같습니다."

"그렇다면 비록 목적의식은 달랐다고 하더라도, 이 나라에서는 용납이 되지 않는 지식이나 이론이 형성될 수도 있다는 말이 성립이 됩니까?"

"물론 그럴 겁니다마는, 그것도 선택적으로 하게 될게 아닙니까? 가령 제가 기독교 신자라고 한다면, 그런 것에 바탕을 둔 지식과 이론이 성립될 수 있는 것이지, 국법이 막고 있는 것을 구태어 하려고 하지는 않을 것입니다."

"글쎄, 그게 문제가 있는 거지. 마약이 불법화 되어 있으니까 그걸 밖에서 가져다가, 국내에서 만들어 내는 것과 같단 말이오."
"그럴 필요가 없는 겁니다."
"그럼 당신은 외국에서 지식을 하나도 입수하지 않았다는 말이오?"
"그런 것은 아닙니다. 아시다시피 지금은 정보의 시댑니다. 온 세계의 좋고 나쁜 모든 정보가 굉장히 빨리 들어오고 있습니다. 그 속에는 악한 것도, 선한 것도, 혹은 우리나라에 맞지 않는 것도 있습니다. 선택할 뿐입니다."
"무엇을 선택한단 말이오?"
"가령, 캄보디아가 공산화하여, 인도지나 말입니다…… 그 비극적인 참상이 온 세계에 계속 보도했습니다. 그런 비극은 우리도 미연에 방지해야 한다는…… 그런 것은 우리의 상식입니다."
"그건 좋소. 그러나 가령 같은 선(善)이라고 하더라도…… 그게 서구적인 상황에서는 선으로 통하지만, 우리들에게는 맞지 않는다, 그래도 그걸 선으로 받아들일 것이냐, 하는 문제는 어떻게 처리할 것인가, 하는데?"
나는 이제 거의 문제의 핵심에 와 있다는 것을 느꼈다. 가슴이 슬금슬금 요동을 하는 것 같았다.
"아까 당신은 기독교인이다, 라고 말했는데…… 내가 알기로는 우리나라의 기독교와 서구 사람들의 기독교가 차이가 있다는 사실을 인정합니까?"
"한국에서 뿐만이 아니고…… 아프리카에 들어간 기독교 혹은 동남아에 들어간 기독교가 서구의 기독교 하고는 다소의 차이가 없는 것은 아니겠죠. 하나님, 해도 우리가 생각하는 이메지와 불란서 사람, 그리고 아프리카 사람들하고는 다소 개념적으로 차이가 있을 지도 모릅니다마는…… 그러나 성경이나 그 원칙은 하나도 변경이 없습니다."
"그건 잘 이해가 안 가는데. 서구 사람들의 생활 습관과 문화적인 배경, 사고 방식이 다른데 그게 반드시 같이 인식될까요? 우리 나라에서는 용이라고 하면 아주 신선한 동물로 인정되지만, 서구에서는 반대로 마귀, 사탄 정도로 나쁘게 보고 있지 않아요? 그리고 크리스마스 카드에는 한국의 갓을 쓴 예수가 나타나고 있는데, 그게 바로 진짜 예수하고 꼭 같다고 할 수 있어요?"
"그러나 성경에는 세계 어디에서나 한 단어도 다르지 않습니다. 아무리 민족이 다르고, 지역이 달라도 한 가지로 있는 성경에서 기독교를 이해하고, 신앙을 가지려고 합니다. 절대로 교리가 달라지는 것이 아닙니다."
"참 답답도 하시구만. 세계에 기독교가 몇 종파가 되는지 아시오?"
"글쎄요."
"미국만 해도 삼백여 종파가 있소. 그만큼 받아들이는 쪽에서 달리 해석하기 때문이 아니오? 같은 성경에서라도, 우리는 이 부분을 좋아한다, 나는 이 부분을 중요시 한다, 그래서 종파가 생기는 겁니다. 안 달라졌다고 할 수가 없죠."
"그러나 그들은 하나님을 인정하고, 예수가 하나님의 아들이라는 것, 그리고 그는 죽었다가 사흘만에 다시 살아 났다는 것을 모두가 인정하고 있습니다. 거기에는 추후의 변동도 없어요."
나는 좀 구석에 몰려 들어 가고 있다고 생각을 하면서 강경하게 말했다.
"그건…… 현실을 모르고 하는 고집이오. 그럼 한 가지 더

물어보겠습니다. 우리가 흔히 아는 민주주의가…… 완벽한 선이라고 생각합니까?"
"완벽하다고는 보지 않습니다마는…… 현재까지 발견된 것으로는 그게 좋은 것이라는 데는 아무도 부인을 하지 않을 겁니다."
"그것도 기독교의 경우와 같단 말이오. 민주주의가 여러 나라에서 각각 다른 형태로 변형되고 있어요. 인도네시아에서의 것은……"
"교도적 민주주의라는 것 말입니까?"
"반드시 그런 것이 아니라고 하더라도 그 변형된 모습을 볼 수 있고, 또 그게 별로 나쁘지 않게 각각 잘 적용되어 가고 있어요. 꼭 서구적인 방법으로 하지 않으면 안된다, 하는 것은 …… 사려있는 일이 아니지 않을까?"
"글쎄요. 어떤 것이 어떻게 맞는 것을 가장 정확하게 맞는다는 것인지 저는 잘 모릅니다. 다만 여태까지 제가 받은 교육과 얻어진 정보에 의하면 서구적인 것이 좋고, 많은 사람들이 심지어는 아무 교육도 받지 못한 사람들일지라도 그게 좋다고 생각하고 있습니다. 그러니까 그게 절대로 좋지 않다고 말하는 사람, 여러가지 여건이 다르니까 어떻다고 하는 주장은 다른 저의가 있기 때문이라고 생각합니다. 이것은 마약 밀수하고는 아무 상관도 없는 옆길입니다마는……"
나는 가급적이면 이런 골치아픈 문제에서 도망치고 싶었다.
"지식은 새 지식을 받아들이는 일도 하고 있지만, 현실적인 차이가 있다는 것도 인정해요. 지식은 맹목이 아니기 때문에. 아무리 기독교라고 하더라도, 불교국가에서 포교에 성공하려면 불교적인 기독교를 해야 한단 말이오. 그렇게 생각하지 않소?"
"그건 기독교가 아닙니다. 기독교는 우리나라에 들어오면서부터 지금까지 아무런 원칙적인 변화를 가져 오지 않았어요. 그래도 잘 발전되어 가고 있습니다. 아마 유교국가다, 불교국가다 하여 그와 비슷하게 모습을 바꾸었다면 기독교는 그들과 함께 몰락했을 겁니다. 민주주의를 꽃피우기 위해서는 민주주의의 본질을 지니고 있어야지, 그걸 변형시키면 안된다고 생각합니다. 변형시켜야 할 타당한 이유를 합리적으로 만들어 내는 의도 자체가 민주주의를 하지 않겠다는 것이 아니겠어요? 저는 현실보다도 원칙을 존중하고, 그 원칙을 효과적으로 현실화 하는데 무엇보다도 노력해야 한다고 생각합니다. 다른 어떤 이론도 그것은 감언이설이고, 궤변입니다. 이스라엘을 보시면 잘 아시지 않습니까? 그런 심각한 위치에 처해 있어도 지켜야 할 원칙을 그대로 지키고 있습니다. 저는 정치에 대해서는 전연 무뢰한입니다마는."
나는 제법 반항하듯이 말했다.
"그럼, 다시 원점으로 돌아가서…… 당신의 마약밀수 사건인데… 그것과 사상의 밀수에는 유사성이 많을 것 같은데……."
검사는 여유 있게 뒤로 약간 물러 앉았다. 그러나 집요하게 다시 시작하려는 태도지, 자기의 생각을 조금도 양보하려는 것은 아니었다.
"우리가 볼 때는 약품으로서의 마약은 필요한 경우도 있고, 또 쓰는 사람의 수도 많지 않기 때문에 크게 우려가 될 일은 아니지만…… 지식적인 마약은…… 그게 흔히 옳은 것으로 오해되는 잘못을 지니고 있기 때문에…… 더 나쁘고 더 위험하다는 것을 잘 알고 있어요. 그래서 그 죄질도 따라서 나쁘다, 하는 것을 알아야 합니다. 바로 피의자가 그런 종류의 사람들이란 말이오……."

 검사는 위엄을 부리며 날카로운 시선으로 나를 쏘아 보았다. 나는 그의 시선이 나의 가슴을 깊이 찌르고 있다는 것을 알았다.

13

 나의 대학 입학시험은 보기 좋게 실패하고 말았다. 공과대학 섬유공과학을 쳤는데, 어쩐 일인지 꼭 붙으리라고 예상했던 것이, 발표날에 가보니 내 이름은 아무리 뒤져보아도 나타나지 않았다. 나는 크게 실망했다. 나 뿐만 아니라 형도 실망했고, 누님도, 매부도 실망했고, 누이동생이나 어머니까지 크게 실망했다. 그들이나 나나 너무나 꼭 붙으리라는 생각을 확고히 가지고 있었기 때문에 실망이 더 컸던 것이다.
 나는 정말 죽고 싶었다. 더 이상 살아야 할 아무 이유나 그런 자존심도 남아있지 않았다. 나는 사형선고라도 받은 사람처럼 죽은 꼴이 되어 있었다. 그래서는 형을 피해서 어디론지 사라져 버리고 말았다. 형도 죽을상을 하고 있는 동생 곁에 있고 싶지가 않았고, 자기 친구들에게도 체면이 서지 않아서 또 어디론지 사라져 버렸다.
 나는 그 길로 혼자서 방향도 없이 터벅터벅 걷기만 했다. 행인도, 자동차도 아무 것도 신경이 쓰이지 않았다. 차에 받혀서 죽자! 물에 빠져 죽자! 수면제라도 먹고 죽자! 아니면 어디서라도 뛰어내려 죽어 버리자! 나는 줄곧 이런 생각만 하고 있었다. 일보만 후퇴해서 생각해 보면 아무것도 아닌 일이지만, 난 조금도 그러질 못했다. 나는 그동안 나의 천재성에 미쳐 있었고, 자기의 실력을 털끝만큼도 의심하지 않고 있었다. 얼마나 가엾고 불쌍한 아집이냐 말이다.
 나는 터벅터벅 걸어서 간다는 것이 어느덧 한강변까지 가고 말았다. 상당한 거리였고, 추운 겨울이지만, 그런 것은 조금도 신경이 쓰이지 않았다. 나는 한강변의 모래밭에 앉아서 생각하고, 또 생각했다. 나는 얼른 내 자신을 깨달아야 했지만 그러질 못했다. 분에 넘치는 환상을 가지고 있었고, 그 환상을 얼른 지워 버릴 수가 없었다. 나는 앞으로 일어 날 문제에 대해서는 조금도 생각하려 하지 않고, 계속해서 실패함으로써 얻어지는 실망을 어떻게 극복하느냐 하는 생각에만 골똘해 있었다.
 그러나 나는 밤새 시베리아 같은 한강의 모래밭에 쭈구리고 앉아 있으면서 한 가지 결론을 간신히 낼 수가 있었다. 그것은 지극히 비현실적인 생각이었다. 나는 운명론에 빠졌고, 그것이 얼마나 내게 있어서는 값싼 도피책인가 하는 것도 깨닫지 못했다.
 "현실에서 도피하자. 현실적인 것을 모조리 벗어 팽개치고 엘리아와 같이 되자. 아니면 세례 요한과 같이 되자."
 나는 뒷날 아침 추하고 가련한 몰골을 하고서 이런 말을 중얼거리고 있었다. 내가 공과대학을 나와봤댔자, 더럽고 절망하기 쉬운 현실에 몸담고 있기는 마찬가지가 아닌가. 그런 범인으로 사는 것보다는 완전히 탈속을 해서 선지자와 같은 인간으로 일평생을 보내기로 하자. 결혼이니, 가족을 가지는 따위의 일은 조금도 생각하지 않고 혼자서 고고한 경지에서 살아가기로 하자. 이 세상에서 인간이 누릴 수 있는 것이 도대체 무엇이냐. 자기 몸 하나를 자유스럽게 하지 못하지 않느냐. 나는 이런 인간적인 부자유에서 완전히 도피하여 영혼이 자유를 느낄 수 있는 그런 세계로 들어가자. 그게 나를 구하고, 사회를 구하는 길이다……

나는 이렇게 주장했다.
 나는 곧 얼어 붙어서 허물어져 버릴 것 같은 몸을 이끌고 누님 집으로 갔다. 나는 거기서 기거를 하고 있었다. 몇 사람의 친구들이 모두 거기에 와서 같이 살면서 대학 입학 시험을 치르고 있었다. 내가 돌아갔을 때 그들은 환호성을 질렀다. 아닌게 아니라, 자살이라도 한 것이 아닐까 하고 걱정을 하고 있다가 내가 찾아 돌아오니 반가웠던 것이다. 불행하게도 나의 친구들도 모조리 낙방을 하고 말았다. 그러나 그들의 얼굴에서는 조금도 실망의 눈치가 보이지 않았다. 이상한 일이었다. 그들은 이미 떨어질 줄 알고 있는 사람들 같았고, 그저 경험삼아 한 번 치뤄본 일 같았다. 그래서 모두 당연하다는 얼굴을 하고 있었다.
 그들은 열심히 2차시험을 검토하고 있었다.
 "봉주, 너는 어디로 갈거냐?"
 그들은 내게 물었다.
 "나는 안친다."
 나는 무뚝뚝하게 말했다.
 "안친다니? 대학엘 안가겠다는 이야기냐?"
 "나는 안해."
 "그럼 어떡허려구?"
 나는 더 이상 대꾸하지는 않았다.
 "그럼 학관에 나가서 재수를 한 번 해보지 그래?"
 누님의 말이었다. 나는 그것도 내키지 않았다. 나는 고개를 흔들었다. 그들은 내 눈치를 열심히 살피고 있었다. 나는 무언가 그들을 안심시키지 않으면 안되겠다는 생각이 들었다.
 "나는 신학교로 가겠어."
 "뭐라구?"

모두들 다 놀랬고 누님은 아주 슬픈 얼굴을 하면서 저쪽으로 가버렸다.
"신학교에 가서 목사가 되겠다는 생각이야?"
"목사가 아니라, 선지자가 되겠어."
"미쳤구나. 저놈은 미쳤어. 간밤에 어디 가서 완전히 미쳐가지고 왔어. 세상에 공과대학이 하나 뿐이야?"
그러나 나의 마음은 움직이지 않았다. 거룩한 성인이 되어 보는 것도 절대로 나쁘지 않을 것이라는 확고한 고집이 이미 내맘 속에 깊이 도사리고 있었다. 고약한 뱀처럼, 친구들은 그 고집스런 뱀을 달콤한 말로 풀어내 보려고 했지만, 아무 소용이 없었다.
"성직자가 되는 일이 얼마나 어려운 일인 줄 모르고…… 아무나 할 수 있는 걸로 아는 모양이구만."
누님은 나를 똑바로 보지 않고 저 뒷쪽에서 그렇게 말했다. 누님도 신학교를 나왔고, 매부도 신학교를 나와 목사가 되었지만, 그게 쉬운 일이 아니라는 것을 실감나게 주장하고 있었다.
그러나 나는 막무가내고 신학교로 들어갔다.
신학교는 누님집에서 오분만 걸어내려 가면 되는 그런 거리에 있었다. 창고처럼 생긴 조그만한 이층 벽돌건물이었다. 6·25 전쟁 때 폭탄 파편을 맞아 벽은 군데군데 구멍이 나 있었고, 실내는 낡은 나무판자로 마루와 벽이 되어 있었다. 이 건물의 위쪽에는 나무에다 겉으로 시멘트를 바른 왜식건물 비슷한 집이 한 채 있었는데, 이것은 신학생들의 기숙사로 쓰고 있었다.
학생들은 각 학년에 오십명 정도였고, 그 본과 외에 이십명 내지 삼십명 가량 되는 선과 학생이 있었고, 몇 사람 안되는 대학원생들도 있었다.

학교 건물 안에는 강의실이라고 할만한 그런 것도 없었다. 그저 부서지다만 방에 길다란 벤치가 예배당처럼 있었는데, 거기서 학생들은 강의를 받고 있었다. 비록 서울에 올라오기는 했지만, 피난민 학교를 하고 있는 것 같았다.

학생들은 얼마 되지도 않았지만, 거의 대부분이 미국에서 보내 준 구제품 양복을 어울리지 않게 입고 있었다. 그래서 한 벌을 같은 것으로 입고 있는 사람들은 거의 없었다. 아래로 길다랗게 선이 그어져 있는 그런 미국 사람들이 좋아하는 복지로 만든 따불 저고리들이었다.

옷 뿐만이 아니었다. 대부분의 학생들이 모두 찢어지게 가난한 사람들로 보였다. 하나도 다른 대학생들처럼 산뜻하게 뽑아 입고 다니는 학생들은 찾아볼 수 없음은 물론이고, 생긴 것마저도 구질구질하게 보였다. 모두가 젊은 사람들이지만, 조금도 그 태도나 말씨가 젊은 사람들 같지 않았다. 패기같은 것이나 활발성같은 것은 조금도 찾아볼 수가 없고, 교회에서나 흔히 볼 수 있는 집사님, 장로님같은 사람들이었다. 그리고 공부를 잘 하거나 똑똑해 보이는 그런 학생들도 보이지 않았다.

학생들 뿐만이 아니고, 겉으로 보기에는 교수들마저도 그런 것 같았다. 대부분의 교수들이 학생들처럼 미국 구호물자로 몸을 감싸고 있었고, 가난한 시골 교회의 목사같은 모습들을 하고 있었다.

나는 기가 막혔다. 그리고 실망했다. 내가 밖에서 생각했던, 그리고 기대했던 그런 신학교하고는 전연 다른 신학교였다. 학교에 나가지 않을 수가 없어서 가기는 했지만, 한 과목도 재미가 있거나 자신이 있는 것이 없었다. 나는 이공과 지망생이었고, 그쪽으로 머리가 발달해 있고, 또 취미도 있었기 때문에 성경이라든가 외국어라든가에는 전연 취미를 붙일 수가 없었다. 외국어도 영어는 좀 했지만, 독일어나, 희랍어, 라틴어, 히브리어 등에는 전연 취미를 붙일 수가 없었다.

　나는 매일 교실의 맨 뒷자리에 앉아 있었다. 교과서도 필기도구도 하나도 없이 그냥 앉아 있었다. 교수가 강의할 때 머리에 들어오는 것이 있으면 기억하는 것이고, 기억이 되지 않으면 구태어 기억하려고 하지 않았다. 어차피 교과서가 있거나, 노트에 필기를 한대도 집에 가서 읽어보지 않을 바에야 그렇게 할 필요가 없었다. 차라리 강의 시간 중에나 똑똑히 들어두는 편이 낫다고 생각했다.

　나의 이런 수업 방법은 교수들에게 비상한 관심을 불러일으켰다. 나쁜 의미로서의 비상한 관심이었다. 교수들은 내 매부때문에 직접적으로 말을 하지는 않았지만, 아주 좋지 않은 인상을 가지고 있었다.

　시험 때가 돼도 나는 공부하는 그런 일은 하지 않았다. 기억에 남아 있는 것이 있으면 답안지에다가 써 넣었고, 그런 관심도 없었다. 한 분도 교수로서 친근미가 가고 멋지다 하는 그런 분이 없었다.

　친구들도 마찬가지였다. 모두가 계집애들처럼 쩨쩨해서 상대해서 이야기하고 싶지도 않았고, 그들이 과거에 자란 환경이 나하고는 너무나 차이가 있어서 도저히 융합이 되지 않았다.

　나는 학교에 가기 싫었다. 그러나 노골적으로 그렇게 할 수가 없어서, 건성으로 조금씩 다니고 있었다. 아무래도 이 학교가 내 생리에 안맞는다는 것을 알았다. 그러나 당장은 어떻게 할 도리가 없었다. 멋진 성직자가 되고 싶은 생각은 여전히 가지고 있었다. 신학교의 답답하고 따분한 분위기가 그런 것 하고는 너무나 거리가 있는 것 같았다.
 나는 고민에 빠졌다. 이제와서 어떻게 했으면 좋을지 알 수가 없었다.
 우리 집으로 들어가는 골목에는 왜식으로 된 길다란 주택이 하나 있었다. 신학교의 학장 사택이었다. 학장은 6.25 때 납북을 당하고, 그 나머지 가족들이 대학생 하숙을 치면서 간신히 생활해 가고 있는 집이었다. 길쪽으로 유리창이 나 있었고, 여름에는 항상 문을 커다랗게 열어 놓고 있었기 때문에 방안이 훤히 들여다 보였다. 내가 지나다가 보면 한 두사람의 학생들이 책상에서 공부를 하고 있었다. 다른 학생들은 내게 별로 강한 인상을 주지 못했으나, 깡마르고 키가 크며, 안경을 쓴 친구가 하나 있었는데, 그는 내게 좋은 분위기를 주었다. 그러나 나는 그가 무엇을 공부하는 학생인지를 전연 몰랐다. 내가 들고 나고 할 때 슬쩍 곁눈질 해 보면 그는 항상 비스듬히 책상에 기대어 앉아서 한가한 기분으로 책을 읽고 있었다. 딱히 공부를 하고 있다는 인상보다도 그저 할 일이 없고, 또 재미있기도 하니까 슬슬 부담없이 독서를 하고 있는 것 같은 그런 모습이었다. 저렇게 쉽게 할 수 있는 공부란 어떤 것일까. 나는 바보스럽게도 그런 편한 공부를 해보고 싶었다.
 나는 그 집 앞을 매일 몇 번씩 들락거리면서, 그 사람과 인사를 나눌려고 애를 썼다. 그러나 그는 그럴 때마다 내 시선을 애써서 피하려고 하는 것 같았다. 나는 하는 수 없어서 누님을 통해서 그 집 주인과 말을 통하게 했는데, 내용인즉 그 학생이 전공으로 하고 있는 과목이 무엇이냐는 것이었다. 그랬더니, 그는 시 공부를 하고 있다고 했다. 시라…… 시라는 것은 글을 짤막짤막하게 쓰는 게 아닌가. 그렇다면, 나라고 못할 것도 없지. 나는 그렇게 생각했다.

그래서 나는 하룻밤에 시를 열편 이상이나 써 가지고 그에게로 갔다. 내가 인사를 걸러 왔다고 했더니, 그는 보기 보다는 훨씬 겸손한 자세로 나를 맞아 주었다. 우리는 서로 인사를 나누지 않았을 뿐이지 내가 신학교에 다니고 있다는 것도 잘 알고 있었다.

"신학공부가 하기 싫어서 말이요……"

"문학공부라는 것은 공부랄 것이 됩니까. 그저 글이나 읽고 열심히 습작을 하는 거지요."

"그렇게만 하면 됩니까? 독서를 열심히 하는 것이 바로 문학공부군요?"

"그렇습니다. 남의 글을 열심히 읽지 않고는……"

역시 그렇구나. 그렇다면 얼마나 쉽고 편안한 공부냐 말이다. 나는 그에게 노트에다 쓴 십여편의 시를 보여 주었다. 그는 호기심이 있는 것 같이 안경을 손가락 끝으로 밀어 올리면서 눈의 초점을 맞추었다. 손가락이나, 발가락에는 살이라고는 한 점도 없고, 순전히 뼈와 가죽 뿐이었다. 젊은 사람으로서는 너무나 메마른 것 같았다.

그는 찬찬히 내 시를 뜯어보았다. 그리고는 얼굴을 찌푸렸다. 하나도 제대로 됐다고 할 수 없는 글이라는 것을 그도 짐작하고 있는 것이 분명했다. 그러나 박절하게 나쁘게 평을 할 수가 없어서 걱정을 하고 있는 것 같았다. 나는 그의 속을 훤히 알아차릴 수가 있었다.

"간밤에 갑자기 보여 드릴려고 쓴 것이 돼서요. 엉망입니다. 여태 시라는 것은 한 편도 써본 일이 없고, 교과서에 난 것 외에는 읽어 본 일조차도 없습니다."

"글쎄요…… 이것으로서는…… 시를 쓸 수 있는 소질이 있다고 볼 수는 없겠는데요. 실례입니다마는……"
 그는 딱한 표정을 하고 있었다. 난처한 모양이다.
 "그럴 거예요. 그러나 앞으로 열심히 한다면…… 열심히 한다는 것은 책을 읽는 거니까, 그런 일은 나라도 할 수 있을 것 같아서……"
 "글쎄요……"
 그는 시종 조심스런 태도를 하고 있었다.
 "차라리 소설을 써 보시는 것이 어떨까요?"
 소설이라면 그건 이야기가 아닌가? 가만 있자…… 그것 역시 나는 교과서에 난 것 외에는 별로 읽어 본 일이 없고 또〈청춘극장〉을 3부 밖에 읽지 않았는데…… 과연 소설을 쓸 수 있을까.
 아뭏든 나는 그에게서 물러나와 그때부터 밤을 새워 소설 한편을 썼다. 물론 짧막한 단편소설이지만.
 나는 아침에 다시 그걸 들고 그 학생에게로 갔다. 학생은 별로 귀찮아 하는 눈치도 보이지 않으면서 내 노트를 찬찬히 읽고 있었다.
 "아닌게 아니라 김형은…… 시를 쓰는 것보다는 소설을 쓰는 것이 훨씬 낫겠습니다."
 그의 표정은 어제보다는 좀 가벼워진 것 같았다.
 "이런 정도의 소설을 가지고 소설이랄 수야 없지만, 소질은 좀 있어 보입니까?"
 나는 약간 흥분한 어조로 말했다.
 "물론 노력이지요. 산문이란 노력으로 하는 것이지 소질로 하는 것은 아니니까. 그렇다고 소질이 없다는 이야기는 아닙니다마는……. 말하자면 그렇다는 이야깁니다. 소질이 없어가지고서야 이만큼이라도 이야기를 끌고 간다는 것은 어려운 일이지요."
그는 확실히 별로 신통하게 생각하는 것 같지 않았다.
나는 다소 망설이지 않을 수 없었다. 신학공부를 집어치우고 소설가가 되느냐, 아니냐.
나는 내 자신이 생각할 때에도 소설같은 것을 쓸 수 있는 소질이 있을 것 같지 않았다. 중학교나 고등학교를 다닐 때는 작문을 잘해서 국어선생에게서는 천재란 말을 자주 들었지만, 그걸로 과연 소설을 쓸 수 있을까.
어쨌든 나는 신학은 하기 싫었다. 미국이나 가서 이상적인 분위기에서 한다면 몰라도, 한국에서처럼 구호물자나 가지고 생활하는 그런 신학교 분위기에서는 도저히 견딜 수가 없었다.
나는 다음날부터 학교에는 가지 않고 중앙도서관으로 갔다. 그래서는 이백 내지 삼백 페이지가 되는 소설을 하나 골라서 한 권 읽어치우는 그런 방법을 택했다. 나는 문학에 대해서는 워낙 소양이 없었기 때문에 무엇을 골라서 읽어야 할지를 전연 모르고 있었다. 그런 격식이 문학공부를 하는데 필요한 것도 아니기는 하지만, 무조건 좋은 작품을 골라서 읽다가 보면 어떤 길이 나설 것이라는 막연한 생각이 들었다.
나는 열심히 독서를 했다. 아마 내가 읽은 가장 많은 양의 책을 여기서 이 기간에 소화시켰음은 물론이다. 아침에 누님에게 도시락을 싸달래 가지고 가서는 하루종일 독서를 했고, 도시락을 까먹고는 저녁 퇴근시간까지 앉아서 글을 읽었다.
나는 이런 생활을 꼬박 2년쯤 계속했다. 학교 성적은 엉망이 되었고, 누님을 비롯한 형제들의 비난도 점점 더해졌다. 어울리지도 않는 일을 한다는 것이다. 나는 그들을 이해했다. 그럴 수 밖에 없는 일이었다. 내 자신이 내 소질을 알 수가 없는데, 어찌 그들이 내 소질을 인정하고 내가 하고 있는 바보 같은 짓을 용서할 수 있을 것인가.

나는 드디어 형제들의 반대에 부딪쳐 그만 집을 뛰쳐나오고 말았다. 소위 문학적인 방랑을 시작한 셈이었다.

집을 떠났다고는 하지만, 내가 달리 갈 곳이 있는 것은 아니었다. 그저 친구네들 하숙집을 유리방랑하면서 동가식서가숙하는 형편이었다.

누구나 알 수 있듯이 그때는 6·25 전쟁이 아직도 끝나지 않았고, 가끔 휴전반대 데모가 벌어지고 있을 때였다. 그러니 서울바닥에 직장이 흔한 때도 아니었고, 경제가 발달해 있는 것도 아니었다. 그래서 시골서 올라온 가난한 학생은 등록금들을 내지 못해서 쩔쩔매고 있었고, 취직같은 것은 꿈에도 생각할 겨를이 없을 때였다. 거리는 전쟁으로 허물어진 그대로고, 서울역과 남대문 근방은 창녀들이 우글거리고 있었으니, 나의 유리걸식은 절대로 낭만적인 그런 것은 아니었다. 적어도 나는 집으로 돌아가면 밥먹는 것과 학교에 계속 다니는 것은 보장이 되었지만, 그렇게 하지 않았다.

나는 하는 수 없어서, 군대나 먼저 마치고 올까 해서 친구들과 의논했더니 마침 조그만한 주간신문에 자리가 하나 있다고 하기에 그리고 갔다. 월급은 많지 않았지만, 간신히 하숙비하고 용돈은 될 정도여서 당분간 그것으로 견디어 보기로 했다.

나는 친구를 따라 그리로 갔다. 종로 1가의 한 길가에 자리잡은 큼직한 건물의 아랫층에 들어 있었고, 2층은 양식집이 들어 있었다.

나를 맞아준 사람은 대머리가 상당히 벗겨져 올라간 젊은 사람이었는데, 이 사람하고 내 친구하고가 같은 대학에 다니는 학생이었다. 그는 깔끔하고 야무진 얼굴을 하고 있었다.

그는 곧 나를 안으로 데리고 들어가더니 또 인사를 시켜 주었다. 얼굴이 아이들처럼 곱상하게 생긴 멋쟁이었는데, 강목사님, 어쩌구 하는 걸 보니 그는 아마 목사였던 모양이다. 그는 내가 신학교를 다니고 있었고, 또 문학공부도 하고 있다고 하니까 저으기 안심이 된 모양이었다. 그러나 믿을 수가 없었던지, '현대 기독교의 과제'라는 제목을 주면서 글을 한 편 써보라는 것이었다. 나는 하는 수 없어서 그 자리에서 원고지에다가 열장 가까이 글을 썼다. 얼마 전 같아서도 이런 일은 엄두에도 내지 못할테지만 그래도 그동안 글을 좀 읽었고, 습작을 했기 때문에 그렇게 힘드는 일은 아니었다. 물론 그 이론에는 생경함이 많이 담겨 있었겠지만.

나는 다행히 강목사의 마음에 들었다. 알고 보니 그것은 어떤 종파의 기독교 신문이었다. 강목사는 내 글을 한참동안 유심히 읽고 있었다.

"이만하면 되겠어. 그럼 내일부터 나오도록 하시오."

나는 의외로 취직이라는 것이 빠르고 쉽게 되어 어쩐지 실감이 나지 않았다.

나는 다음날부터 회사로 나갔다. 그런데 이상한 일은 어디선지 모르지만 가끔가다가 임꺽정이처럼 대국 푸대에 금반지, 목걸이, 비녀, 시계, 귀걸이 등을 잔뜩 넣어 가지고 오는 것이었다. 마치 아라비안나이트에 나오는 도적떼 같기도 했고, 보물을 싣고 다니는 해적들의 수확물 계산 같기도 해서 이상한 느낌이 들었다. 그러나 그런 것은 아니었다. 기독교 단체에서 그럴 리가 있을 턱이 없었다. 나중에 알고 보니 그것은 이 단체의 대표인 K라는 장로의 부흥에서 나오는 현물 헌금이었다. 나는 놀라지 않을 수가 없었다. 세상에 이럴 수가……. 현물이 그렇게 나오니 현금은 얼마나 나왔을까. 한번 부흥회를 하면 2만에서 5만명까지 모인다고 하니 그럴만 하기도 했지만…….

　나는 그 뒤로 강목사의 명령 때문에 하는 수 없이 장로가 인도하는 집회에 몇 번 참석해 보았다. 나로서는 도저히 견딜 수 없는 집회였다. 우선 설교라는 것이 엉망이었다. 하나도 이론적으로 맞지도 않는 무식한 것을 고함과 제스추어로 마치 광대처럼 하고 있었다. 그런데도 신도들은 아우성과 통곡과 손뼉, 그리고 환호성으로 화답을 하고 있었는데, 나는 그 분위기에 그만 질식할 것 같았다. 이런 설교가 어떻게 사람들을 그렇게 매료시킬 수 있을까 하고 나는 의아해 했다. 아직도 우리나라의 민도가 이런 무당적인 수준밖에 오지 않았다고 생각하니 한심하기 짝이 없었다. K장로는 설교가 장기는 아니라고 했다. 병을 고치고, 향내가 내리게 하고 불빛을 보게 하고, 이슬을 내리게 하고, 사람을 벼락을 맞은 것처럼 흥분하게 하는 재주를 가지고 있다는 것이었다. 내가 보고 있는 앞에서도 많은 앉은뱅이가 일어서게 됐다고 주장하는 사람도 있었고, 암이 나았다는 사람, 봉사가 눈을 뜨게 됐다는 사람도 있었다. 실제로 그들이 그런 병에 걸려 있었는지, 어떤지는 나로서는 알 길이 없었지만, 그들은 열심히 그렇게 주장하고 있었다. 그것도 결코 무식한 사람들 뿐만 아니라, 대학의 총장이나, 국회의원 하는 사람들까지 미친 사람들처럼 일어나서 그렇게 간증을 했다. 그러나 내게는 그런 분위기가 전연 매력이 없었다. 하나도 참말같이 들리지 않았다. 자꾸만 속으로, 이건 사기다, 사기다, 하는 말만 연발되어 나올 뿐이었다. 그런데도 그 수많은 사람들이 미친 듯이 그에게 휩쓸리는 것은 어인 일일까.

나는 K장로의 주머니에서 나오는 돈으로——엄밀히 말하면 그를 추종하는 교인들이 낸 돈인데——월급을 타고 있었지만, 그를 신용할 수는 없었다. 이건 일종의 사기다, 사기다.
　나는 당장 이 직장에서 나와야 한다고 생각했지만, 그것을 결행하지는 못했다. 당장 나가면 또 유리걸식을 해야 하는데, 그것보다도 급한 것은 다른 직장을 하나 다시 얻는 길이었다. 다른 직장만 얻어지면 금방 자리를 옮길 셈이었다.

14

 내가 결행을 하지 못하고 있는 사이에 시골에 있던 어머니가 서울로 올라왔다. 그것도 거저 올라온 것이 아니라, K장로의 집회에 참석했다가 그만 거기에 심취해 버려서, 지방에 있는 살림을 얼렁뚱땅 얼른 처리해 가지고 서울로 그를 따라 올라와 버린 것이다. 딱한 일이었다. 그러면서도 어머니는 내가 K장로의 사무실에서 일을 하고 있는 것을 보고 아주 기뻐했다. 그러나 나는 이미 그에게서 떠날 준비를 하고 있었다. 어머니는 정반대였다. 나는 강목사의 강요에 못이겨 K장로에게로 가서 그가 하는 설교를 필기해다가 신문에 정리해서 싣기도 하고, 그걸 가지고 단행본을 내기도 했다. 그의 설교는 별로 성경에 근거를 가지고 있지도 못했다. 대개의 신흥종교가 그렇듯이 그도 신약에서보다도 구약에서 자기의 이론적인 근거를 찾아내고 있었지만, 그건 매우 허망하고 허약한 것이었다. 그러나 적어도 처음에는 자기가 예수와 같이 특별한 인간이라는 소리는 하지 않았다.
 그러나 그의 교회는 전국에서 우후죽순이 나듯이 사방에서 일어났다. 그래서 K장로는 매주 그런 지교회를 찾아다니며 설교를 하기 위해서 외제 차를 한대 구입하더니, 나중에는 그것도 부족해서 특별비행기까지 동원했다.
 그는 건장한 사나이였고, 또한 미남이었다. 그의 설교 내용보다도 그의 다이나믹한 몸짓과 안수와 안찰한다는 강력한 손짓이 허망한 여자들을 아낌없이 감동되게 하였다. 그의 집회는 전국 방방곡곡에서 열렸고, 그럴 때마다 사람들은 인산인해를 이루고 있었다.

이렇게 그의 세력이 강해지자, 여태까지 그에게 협조적이었고, 그의 집회에도 자주 나오던 기성 교회의 사람들이 반기를 들기 시작했다. 그러나 K장로는 반대로 기성교회에다 엉뚱한 반기를 들었다. 자기가 예수의 동생이라거니, 감람 나무라거니, 제2의 구세주라거니 하는. 아마 엄밀하게 따지고 보면 장로의 이런 말이 앞이었는지도 모른다. 기성 교회의 비판이 강렬해지자 그는 더욱 허망한 소리를 많이 하게 되었고, 자기를 따르는 자는 죽지도 않거니와 3차대전이 일어나도 절대로 안전하다는 소리를 늘어놓기 시작했다. 그는 생수라고 하여 냉수에다가 손을 담궈 안수한 물을 전교인이 마시게 하였고, 병이 나면 약으로 쓰게도 했다. 그리고 죄를 지으면 그것을 마시면 죄가 사한다고 했고, 상처가 나도 그걸 바르면 순식간에 낫게 된다고 공언했다.

얼마 안있더니 그는 카라멜을 만들어 내기 시작했다. 이건 생수를 가지고 만든 것이기 때문에 생수와 그 효능이 마찬가지라고 했다. 전국의 교인들이 카라멜을 먹기 시작했다. 조금 있으니 역시 생수를 가지고 만든 카스테라를 내어 놓았다. 그것도 우리 나라 어느 상품보다도 많이 팔렸다. 수십만이나 되는 교도들이 일심으로 그것만 사먹었으니까 K장로는 그런 과자류 뿐만 아니라 간장도 만들어 내고, 된장, 고추장도 만들어냈다. 그리고는 다시 메리야쓰, 이불, 옷가지 등도 생산해 내고, 이걸 사용하면 역시 죄를 사해 주고, 은혜를 받는다고 했다.

K장로의 종교 집단은 이상한 상태로 변질해 갔다. 종교와 경제

적인 목적을 합치시킨 이상한 집단으로.

 그런가 하면 그는 경기도 소사에다 엄청난 땅을 사들여서 거기다가 천년성을 만들었다. 이 성은 3차대전이 일어나도 총알 하나 들어오지 못할 그런 곳이라는 것이다. 온세계가 다 땅 속으로 허물어져도 이곳만은 안전하다고 선전을 했다.

 신도들이 와르르 그 쪽으로 몰려들었다. 남편이 반대하면 남편을 버리고, 아들이 반대하면 아들을 버리고, 주로 여자들이 이곳에 모여들었다. 그래서 전국에서 이곳 때문에 가정이 깨어지는 소리가 요란하게 났다.

 그런 광적인 사람들 사이에 나의 어머니도 끼어 있었다. 어머니는 시골에서 얼렁뚱땅 K장로를 따라 서울로 왔다가, 천년성이 생긴다는 바람에 그만 그리로 들어가 버리고 말았다. 두 따님을 데리고, 그때 누님은 남편이 미국으로 유학을 떠나고 없었으며, 누이동생은 대학병원에서 근무를 하고 있었다. 그들을 데리고 어머니는 마치 도둑질이라도 하듯이 살짝, 그리고 급히 그리로 가버렸다. 나는 오랫만에 집에 들렀다가, 집이 팔렸다는 것을 알았다.

 "어디로 이사간답디까?"
 "천년성으로 간다던데요?"
 나는 기가 막혔다. 어머니의 신앙이라면 이런 일을 하고도 남음이 있을 것이라고 생각했다. 그러나 나는 뒤쫓지는 않았다. 내가 간다고 해서 그들이 되돌아 나오지 않을 것이다. 나는 하는 수 없이 뒤로 돌아서고 말았다. 아마 그 당시 이렇게 된 사람들은 부지기수였을 것이다.

 이러는 사이에 아주 이상한 일이 일어났다. 세계일보라는 데서 난데 없이 K장로의 기사가 어마어마하게 터져나왔다. 온 신문이

1면에서 4면까지가 거의 K장로의 이야기로 가득차 있었다. K라는 사람이 구세주가 아니라, 자기 장모와 형수들을 비롯해서 수많은 여자 신도들과 혼음한 인간이라는 것이다. 청천벽력 같은 일이었다. 나는 그 집단에서 나오려고 맘먹고 있는 중이었지만, 이런 기사를 보니 의분이 일어나지 않을 수 없었다. 성자로 인정을 받고 있는 사람이 형수와 장모 등과 혼음했다니……. 신문사와 K장로의 본부가 이 기사로 말미암아 큰 지진을 만난 것 같았다. 한 마디로 K장로는 모략중상이라고 했다. 예수를 죄인이라고 못박아 죽이는 것과 같은 모략중상이라는 것이었다. 도대체 있을 법하기나 한 이야기냐 말이다.

교인들은 이 해괴한 기사로 분열되기보다는 오히려 구심력을 갖고 더 단결된 것 같았다. 그들은 세상에다 내보대던 귀와 눈을 완전히 단절시키고 오로지 K장로와 그 교회 안의 일에만 열중하게 되었다. 그리고 그런 엄청난 박해를 받기 시작하는 K장로를 더 흠모하고 더 사랑하기 시작했다.

"……마귀의 글을 읽지 않도록 하시오. 세상의 신문잡지란 모조리 장난이오. 그런 것을 읽어서는 절대로 구원을 받을 수 없을 것이오!"

K장로의 외침이었다. 아닌게 아니라 교인들은 한 사람도 그런 것을 믿으려 하지 않았다. 그렇게나 거룩한 사람이 혼음 따위를 할 리가 없는 일이었다.

그러나 내게는 심한 혼란이 왔다. 신문이란 아무 근거 없이 글을 쓸 수 있도록 돼 있지 않다. 세상에 공개되는 그런 일을 근거 없이 어떻게 발표할 수 있으며, 그런 식으로 사람을 때려잡는다는 것도 있을 수 없는 일이었다. 또 사실이 아니라면 아무리 힘이 없는 사람이라고 하더라도 얼마든지 반대하고 비판할 수도 있는 일이다. 그러나——K장로가 설마 그런 험악한 과거를 가지고 있다고는 할 수가 없었다. 아무리 회개했다고 하더라도 자기의 입으로 공개하지 않는 이상, 그런 과거를 회개했다고 볼 수는 없는 일이다. 그렇다면 그런 과거를 숨긴 것이 틀림 없으며, 숨겼다면 자기가 말하는 성자는 아니다. 또 그런 사실을 자기가 종교적인 확신을 가지고 했다면 세상이 아무리 비난한다고 해도 어쩔 수 없는 일이다.

그러나 K씨는 회개도 시인도 합리화도 하지 않았다. 무조건 부인을 했으며, 그런 사실을 단순한 모략중상이라고만 했다.

나는 K장로를 사랑하는 것은 아니지만, 같은 조직체에 있는 사람으로서 심한 의분을 느끼기는 했지만, 터무니 없이 부인만 하고 있다는 것은 온당한 태도가 아니라고 생각했다. 사실을 알아볼 필요가 있다고 마음먹었다.

나는 신문사로 찾아갔다. 그래서는 그 기사를 쓴 사람을 찾았다. 그랬더니 K장로를 따라 다니고 있는 정계 거물인 문모씨라는 사람이 신문사에다 압력을 넣어서 그 장본인은 이미 목이 날라갔다는 것이었다. 그러나 나는 그를 계속 찾았다. 그래서는 종로 2가에 있는 시온이라는 다방에서 그를 만났다. 그는 박이라는 기잔데, 거무티티한 얼굴을 하고 있는 몹시 다변적인 사람이었다. 그는 나를 오후 내내 설득시키려고 하다가 결국 시간이 모자라니 자기 집에까지 데리고 가서 사실 이야기를 늘어 놓았다. 그리고 그 다음날까지 계속했다. 그의 이야기를 다 듣고 있으니까, 우리나라 기독교에서 신흥종교가 분파되어 나오는 과정을 훤히 알 수가 있었다.

종교란 흔히 너무 성급하게 신비스러운 쪽으로 흘러 들어가게 되면 이상하게 돌아버리는 경우가 있다. 기적도 행하고 싶고,

하늘의 계시라는 것도 받고 싶다. 그럴려면 교회보다는 깊은 산쪽을, 기도나 수련의 장소로 택하게 되기가 쉽고, 남녀가 한 동굴 속에서 차별 없이 쉽게 되는데, 그러다 보면 엉뚱한 환상 속으로 빠져 들어가며, 자신이 마치 어떤 계시라도 받은 것 같은 착각에 빠지는 경우도 있게 된다. 그렇게 되면 비록 성행위를 하더라도 조금도 속되거나 죄의식이 생기지 않고, 성스런 종교의식이 되어 버리는 경우도 흔하게 있게 되는 것이다. K장로의 경우도 이런 것이 아닐까.

박기자는 그런 K장로의 경우에다가 종교적인 이론까지를 곁들였다. 그들이 합리화 하려고 노력했던 터무니 없는 이론을 설명했다. 그러나 아무리 근사한 이론을 창안해 냈다고 해도 장모와 형수까지 성행위를 해야 하는 타당한 이론은 이 세상의 어떤 종교에서도 찾아볼 수가 없는 일이다.

"……K장로가 이렇게 대성할 수 있는 몇 가지 이유가 있어요. 하나는 우리 국민이 혹독한 전쟁을 치뤄 모두 정신적으로 피로해 있고, 절망 상태에 빠져 있는 거요. 이럴 때는 정상적인 방법이나 정당한 말로써는 자극이 되지 않아요. 뭔가 이상하고 열기가 있는 그런 일이라야 귀를 기울이게 된단 말이오. K장로가 휩쓸 수 있었던 것은 이론이 좋아서도, 기도를 잘해서도 아니고, 병을 잘 고쳐서도 아니오. 다만 절망에 빠져 들어가고 있는 국민들에게 광적인 방법으로 흥분케 했고, 또 거짓말이기는 하지만, 그들에게 구원의 길을 막연하게가 아니라 구체적으로 보여 줬단 말이오. 천년성같은 엉터리 없는 것으로 말이오. 거기에다가 그는 장사를 잘 할 줄을 알고 있었고, 또 물건을 생산해 내는 데 인건비 한 푼도 없이, 수많은 교인들의 신앙심으로 봉사를 받아 낼 수 있었다는 점이오. 오히려 헌금까지

해가면서, 공짜로 노동력을 제공해 가면서까지 그가 부흥할 수 있게 도왔으니, 어떻게 흥하지 않을 수 있겠소?"

박기자는 억세게도 정력이 좋은 인물이었다. 며칠을 계속해서 그는 내게 K장로의 실상을 소개하려고 애를 썼지만, 조금도 피곤해지는 기색을 발견할 수가 없었다. 그러면서도 내가 얼른 납득하지 않는 눈치가 보이면 여러 가지 해박한 지식을 동원해서 끝까지 나를 인식시키려고 했다.

나는 그와 일주일 가량을 같이 생활했는데, 그러는 사이에 나는 그가 주장하는 말이 옳다는 것을 점점 느끼게 됐다. 물론 전부 그의 말에 의해서 된 것은 아니지만, 내가 의심스럽게 생각하고 있던 것은 그의 주장으로써 더욱 명백해지는 것 같았다.

나는 회사에다 사표를 내고는 하숙집에 틀어박히고 말았다. 그 당시 나의 하숙집은 원효로 끄트머리의 도화동 하꼬방집이었다. 조그만한 방이 하나 있었고, 그 위로 캄캄한 다락이 하나 딸려 있어서, 나는 군용 침대를 그 위에다 올려 놓고, 주로 잠을 잘 때는 그 다락방으로 올라가서 자곤 했다. 동네가 좀 시끄러운데다가 바로 곁에 K장로의 예배당이 있어서, 밤낮으로 매일같이 집회가 계속되고 있었기 때문에 한시도 조용한 때가 없었다.

나는 끼니 때마다 잠깐씩 내려와서는 형편 없는 밥을 몇 술 뜨고는 바로 다락방으로 올라갔다. 잠이 오면 몇 시간씩 잠을 잤고, 눈이 뜨이면 사색을 했다. 그러다가 그것도 싫증이 나면 촛불을 켜놓고 독서를 했다. 그러나 나는 그 세 가지 중에서 가장 많이, 그리고 열심히 한 것은 사색이었다. 주로 K장로에 대한 것이었고, 다음은 종교라는 것이었다. 과연 신이라는 것이 존재하는가. 종교라는 것이 인간 생활에 어떤 뜻을 가지고 있는가. 인간이 죽으면 어떻게 되는 것일까.

나는 이런 거창하고 근본적인 문제를 밤낮 없이 생각하고 있었다. 꼼짝도 하지 않고. 그리고 어떤 책이나 남의 조언을 받지 않고 나는 그 캄캄한 다락방에서 육개월간이나 그렇게 드러누워 있었다. 석가모니가 한 고행도, 그런 거창한 깨달음도 없었지만, 나는 육개월이 지난 다음에는 뚜렷한 하나의 결론을 가지고 다락방에서 내려 왔다.

"신이란 존재하지 않는 것이다. 신은 객관적으로 존재하는 것이 아니라, 인간의 상상력에 의한 창작물이다. 그러므로 종교란 인간에게 필요할는지는 몰라도 그게 진리는 아니다. 인간은 생물적으로 살아있는 것이 존재의 전부이다……."

이런 이론적인 바탕이 되는 근거를 나는 충분히 가지고 있었다. 책을 한 권 쓸 수도 있는 방대한 것이었다.

나는 아주 홀가분한 기분이 되었다. 무겁고 구차한 짐을 완전히 벗어버린 것 같았다. 어줍잖은 유신론의 무거운 환상에서 깨끗이 풀려난 것 같았다. 마치 무신론에서 유신론으로 돌아선 사람이 얻는 홀가분함과 같이.

나는 짜라투스트라가 산에서 내려가듯이 무신론자가 되어 도화동에서 번화한 시가지로 내려 갔다. 그래서는 새로운 생활을 시작했다.

나는 우선 종교라는 미명으로 남을 착취하고, 가정을 파괴시키고, 인간에게 고통을 주는 그런 조직을 저주했다. 그것이 바로 현세적인 죄악이라고 규정했다. 신이 이 우주를 만들었다면, 비록 신의 손으로가 아니라 인간의 손으로라도 아름답게 가꾸어 가지 않으면 안된다. 그러기 위해서는 그와 반대되는 요인을 제거해 나가야 한다. 그게 사람이 이 지상을 살아가고 또 그게 물려주는 불가피한 임무인 것이다. 세상살이가 힘들다고 하여 종교에 빠져 내세나 그리고 있다는 것은 너무나 비인간적인 일이다. 그렇게 해서는 이 지상의 일은 조금도 향상되지 아니한다. 이런 점에 있어서 본회퍼의 이론은 아주 정당하다······. 그는 무신론자로서 가장 올바른 사람이다······. 만일 모든 사람들이 이렇게 생각한다면 자기의 인생, 자기의 여건을 사랑하고 선용했을 것이 틀림이 없다. 그래서 이 지구는 좀더 나아졌을 것이다. 그러나 많은 사람들이 관념론에 빠져서, 현세보다도 내세를 내세우는 비적극성 때문에, 지구는 병들고 거짓이 횡행하게 된 것이 아닌가······. 세상의 일을 종교적인 관점에서 해석한다는 것은 일종의 도피 행위다······.

나는 우선 K장로가 하고 있는 사기행각에 대해서, 내가 그곳에 있으면서 보아왔던 것을 근거로 하여 폭로 기사를 쓰기 시작했다. 그렇게 하여 세상 사람들이나 그곳에 들어있는 사람들이, 진실을 깨닫고 자기의 갈길을 올바로 찾아갈 수 있게 되기를 바랐다.

내 기사는 큰 반향을 일으켰고, 많은 사람들의 화제꺼리가 되었다. 특히 K장로의 집단에서는 광적인 반응을 일으키게 되었다. 나는 우선 다른 생각보다도 그에게서 나의 가족을 뽑아 내고 싶었다. 어머니를 어떻게 할 수 없다면, 누이동생만이라도 뽑아 내고 싶었다. 그러나 그건 불가능한 일이었다.

나는 신문에다가 계속 글을 썼다. 나는 그때 국도신문사로 자리를 옮겨 놓고 있었고, 기사는 그 지면 뿐만 아니라 다른 잡지나 신문에도 계속 싣고 있었다.

그러자 K장로쪽에서 어머니를 통해 나를 만나자는 연락이 왔다. 나는 천년성으로 갔다. 그러나 K장로는 나타나지 않았다. 그 대신 그의 집 앞에는 오십여명의 깡패들이 나타나서 나를 둘러싸고 몰매질을 하기 시작했다. 나는 아무런 저항도 할 수 없이 폭행을 당했다. 온몸이 부어터지고, 입고 있던 옷이 갈기갈기 찢기고 말았다. 나는 땅바닥에 주저앉아서 꼼짝도 할 수가 없었다. 사람들이 얼마나 나를 때리고 있는 것조차도 판별할 수가 없었다.

　한참 지나자 그들도 제정신이 난 모양이었다. 수위실로 나를 업고 가서 다 찢어진 내 옷을 벗기더니, 그곳에서 만든 옷으로 갈아입혔다. 그래서는 약간 잘못했다는 표정을 하고는 밖으로 내보냈다. 나는 엉금엉금 기어서 큰 길까지 나가서는 자동차를 잡아 서울로 들어왔다.

　나는 뒷날 K장로와 천년성의 동회장을 상대로 고소를 했다. 그러나 수사는 신통하게 진행이 되지 않았다. 그쪽에서는 나를 그렇게 때린 일이 전연 없었다는 것이었다. 심지어는 나의 어머니와 누이동생을 보내서 수사관에게 내가 맞은 사실을 부인하게 했다. 물론 내가 구타당하고 있던 현장에 그들도 같이 있었다. 그랬는데도 그들은 딱 시치미를 떼고 부인해 버리는 것이었다. 그러니 수사관도 도리어 내쪽을 믿으려 하지 않았다. 아무래도 재판이 우습게 진행이 될 것 같았다. 적반하장이라더니 그런 꼴이 되어 버릴 것 같았다. 그리고 재판에 설령 이긴다고 해도 어머니와 누이동생에 대한 압력이 여간이 아닐 것 같았다. 그들은 한사코 거기서 빠져 나오려고 하지 않을진대 나 때문에 살아가기가 매우 어렵게 될 것이다. 그렇게 되면 나로서는 어머니에게 큰 피해를 주는 결과가 된다…… 나는 여러 가지로 고민에 빠졌다. 그러다가 나는 이 일은 아예 없었던 것으로 하지 않으면 안되겠다고 생각했다. 내가 K장로와 그 집단을 이기기에는 너무나도 힘이 작았다. 정치적으로, 경제적으로 도저히 당할 수가 없을 것 같았다.
 나는 하는 수 없이 고소를 취하하고 말았다. 형식적으로 구타한 사람들의 사과를 받고는. 그러나 그들에 대한 원한이 사그라진 것은 아니었다.
 나는 그런 일이 있고 난 다음에도 가끔 어머니에게로 갔다. 천년성의 정문으로 바로 들어갈 수가 없어서, 산등성이로 해서 거의 밤이 되었을 적에야 올라갔다. 천년성 안은 어마어마하게 변해 있었다. 양지바른 언덕에 K장로의 저택이 있었고, 그 앞에는 상가와 공장이 있었으며, 변두리 지역은 개인들의 단독주택과 가난한 교인들의 아파트가 있었다.
 나는 숨어서 어머니가 있는 아파트로 찾아들어 갔다. 돼지우리처럼 만들어 놓은 아파트였다. 아파트라고 하지만, 진흙으로 된 복도 양쪽에 부엌 하나, 방 하나씩 붙어 있는 그런 집이었다. 부엌에는 연탄 몇 장과 양재기 몇 개, 그리고 방안에는 예수와 K장로의 사진 한 장씩 걸려 있고, 후줄그레한 옷가지가 못에 한 두점 걸려 있는 것이 살림의 전부였다. 피난민 수용소의 가족보다도 더 가난해 보였다. 방안에는 아무도 없었다. 이웃집 아주머니에게 행방을 물으니, 저 꼭대기에 있는 공사장에 나가서 돌을 깨고 있다는 것이다.
 나는 그리로 갔다. 이 천년성이 한 눈에 내려다 보이는 언덕이었는데, 그 꼭대기에다가 오만명을 수용할 수 있는 교회 건물을 견치돌로 만든다는 것이다. 어머니와 누이동생은 여기서 골재로 쓰일 돌을 견치돌에서 깨어내고 있는 작업을 하고 있었다. 마치 노예로 끌려와서 강제 노동을 하고 있는 것 같았다. 왜 이렇게 해야 하는 것일까. 물론 어머니는 자발적으로 하고 있을 것이다.

돈이 있거나 능력이 있는 사람들은, 편안한 일을 하거나 일을 하지 않아도 되었다. 아이들은 공장에서 직공으로 일을 할 수가 있었고, 조금 사무 능력이 있으면 사무원으로 일할 수도 있었다. 그러나 우리 어머니같은 사람은 돈도 이미 장로에게 모조리 가져다 주어 버렸지, 자기가 가진 기술도, 사무 능력도, 돈도 없기 때문에 천상 이런 산꼭대기에 올라와서, 세찬 바람을 맞으면서 골재라도 깨고 있지 않으면 입에 밥이 들어가지 않았다. 누이동생이나 누님은 하나는 간호원이고, 한쪽은 대학 교수 부인이지만, 이런 곳에서는 병원같은 것은 인정하지도 않기 때문에 그런 것이 필요가 없었고, 대학교수 부인이라는 것도 뜻이 없었다. 그들도 어머니와 함께 누더기를 뒤집어 쓰고 쭈구리고 앉아서, 쇠망치로 골재를 깨고 있었다. 손에는 장갑을 꼈지만, 손가락 하나를 제대로 가리지 못하고 있었다. 그러니 손이 엉망이 되어 있지 않을 수가 없었다. 쇠망치에 손가락이 찧어졌고, 견치돌에 갈켜서 가마니 껍데기 같았다. 나는 멀치감치 서서 그들이 눈치채지 못하게 관찰하고 있었다. 이미 그들은 나 때문에 위험시, 혹은 이단시 당하고 있을 가능성이 많았다. 그래서 나는 그들에게 더 이상의 괴롬을 끼치고 싶지 않았다. 나는 그들에게 내 얼굴을 끝내 보이지 않고 되돌아 오고 말았다.

15

　박우병과 여러 차례 같이 만나는 동안에 나는 그가 내가 있는 사방의 바로 이웃의 9사라는 것을 알게 되었다. 그런데 우리는 어떻게 사방 안에서 한 번도 만나 보지 못한 것일까. 그러나 사방이라도 한쪽과 다른쪽이 있으니까 서로가 정반대쪽을 보고 있을 수도 있는 일이다.
　우리는 정한 시각에 서로 얼굴을 내밀어 보기로 했다. 그랬더니 이런 다행한 일이 어디 있는가. 나는 10사의 중간쯤의 아랫쪽이고, 그는 9사의 윗층 구석쪽이었다. 그러니 그와 나는 가까운 직각 코스는 아니지만, 사변으로서도 얼마든지 얼굴을 볼 수가 있으며, 큰 소리로 하면 잠깐씩은 대화도 나눌 수 있는 그런 거리였다. 이런 반가운 일이 어디 있는가.
　나는 약간 높은 철창의 쇠창살을 거머쥐고 소리를 질렀다. 바로 뒤에 교도관이 좌우로 왔다 갔다 하고 있는 걸 뻔히 알면서도. 그러나 그들도 어지간한 일이면 적당히 묵인해 주니까.
　"밥 먹었어."
　지극히 원시적이고 본능적인 문제를 가지고 우리는 첫대화를 시작했다. 거리가 있고, 맘대로 교신을 못하게 되어 있기 때문에 길다란 말이나, 자세한 표현이 필요한 그런 사연은 전연 할 수가 없었다.

이런 식의 무선 교신을 하고 있는 사람들이 한 두 사람이 아니었다. 식사나 점호가 끝나면 사람들이 답답하기도 하니까 모두 반대쪽 쇠창살에 거머리처럼 붙어서 큼직한 소리들로 무선 통신을 하고 있었다. 그 내용은 역시 우리가 하고 있는 것이나 별로 다를 게 없었다.
　"아주 잘 먹었어. 고추장에다 캬베츠로."
　박우병은 아이들같은 장난기 어린 모습으로 쇠창살을 거머쥐고 있었다. 우리는 말의 내용보다도 서로를 수시로 이렇게 바라볼 수 있다는 것에 무한한 행복을 느꼈다.
　"풋고추도 있더라."
　그건 관용 메뉴에서 주는 것이 아니고, 돈으로 사먹는 모양이다. 나는 여태 그런 것에는 전연 신경을 쓰지 않고 있었다. 따지고 보면 쇠고기도 있고, 두부, 빵, 우유도 얼마든지 있어서, 먹고 싶기만 하면 신청을 하면 되었다. 그럴려면 매일 아침 주문을 해서 다음날을 대비해야 한다. 나는 아직 한 번도 그렇게 해 본 일은 없지만, 어쩐지 좀 곰살맞다는 생각이 들었다. 이런 데서는 잘 먹기 보다는 간신히 생존이나 이어나갈 정도로 살아가는 것이 감옥살이를 하는 맛이 있는 것이 아닐까. 자학적인 이유에서보다도 환경이 주는 힘에 가만히 순응해 보는 것도 참 좋은 일이다. 사람은 누구나 나쁜 짓을 하게 되고, 빤히 알면서도 철면피한 일을 저지르기 마련이다. 다만 법망에 걸리게 되는 것은 그 질의 차이와 운의 차이라고 볼 수 밖에 없다. 그러나 자기의 운을 믿고 철면피한 짓거리를 맘 놓고 하고 다닌다는 것에도 문제는 있을 것이지만.
　"너는 콩밥만 먹니?"
　나는 말을 생략하는 뜻에서 아무 말도 하지 않았다.

"우리들이야 말로 영양학을 생각할 때다."
 그의 우렁찬 말은 세상에 공개된 채 넓은 마당을 비둘기처럼 날아서 이쪽 창살로 건너 왔다.
 콩밥만 먹고 있다가, 그걸로 설사를 감당해 내지 못하고……그러다가 이 기나긴 겨울을 참아내지 못하면 나는 아름다운 봄이 오기 전에 어떻게 되어 버릴지도 모른다. 아무리 오래 못살아도, 두꺼운 눈이 녹고, 길다란 고드름이 힘 없이 흘러 떨어지는, 그런 화사한 봄구경은 할 수가 있어야지. 살벌한 대지 위에 사는, 얼마나 많은 인동덩굴들이 본능적으로 봄을 갈망하고 있느냐 말이다.
 "그게 경제적이다."
 그의 말은 간결하고 몹시 시간을 절약하도록 미리 목구멍에서 만들어져서 나온 말이었다. 아닌게 아니라 이곳에서 주문해서 먹는 음식값은 의외로 비싸지 않다고들 했다. 건강을 유지하는데 필요한 돈이란 많아도 많은 것이 아니며, 적어도 적은 것이 아니다.
 "재판은?"
 "이십일 이상은 지나야……"
 내가 대꾸했다. 검취가 거의 끝나면 재판부로 사건이 넘어가는데, 그렇게 해서 공판이 시작되자면 아무리 빨라도 이십일 이상은 기다리지 않으면 안된다.
 "한 달 이상도 걸린다는데."
 "이십일은 한 달에 비하면 짧다."
 박우병이가 대답했다.
 이십일이나 한 달 동안 차가운 마루방에서 말 상대도 없이 기다린다는 것은 죽을 지경이다.

"이 겨울은 길겠구나."

나는 9사의 지붕 위를 쳐다보았다. 눈이 솜뭉치처럼 두어치 두께로 덮여 있었다. 박우병의 표정은 멀어서 보이지 않았다. 그러나 그의 머리에 환한 환상의 세계가 펼쳐지고 있다는 것은 그리 상상하기 어려운 일이 아니었다.

긴 겨울이다…… 우리에게 뿐만이 아니라 다른 사람에게도 역시 겨울은 길 것이다. 아니, 너무 영화를 누리느라고 긴 줄도 모르고 지나가고 있는 사람들도 있을 것이지만…….

박우병은 철창에서 얼른 아래로 내려가서는 안으로 자취를 감추어 버렸다. 아마 교도관에게 들켜서 주의를 들은 모양이다. 나도 뒤돌아 보았다. 복도쪽은 조용했다. 나는 그의 창쪽을 올려다 보았다. 그는 얼른 나타나지 않았다. 이쪽으로 향한 다른 창에서 사람들이 교신을 하고 있었다. 몇 년 먹었냐, 삼년 먹었다, 어디로 갈거냐, 춘천으로 간다, 고작 가봐야 거기구나, 나라가 좁은 데 갈 데가 어디냐, 이왕 징역살이라면 찾아올 수도 없는 곳으로 갔으면……, 징역에도 낭만이 필요하냐? 버려라, 버려, …… 아닌게 아니라 징역살이를 고작해야 수원이나 대전, 아니면 진주나 대구, 춘천이나 전주로 간다고 하면, 비록 높은 담벽 때문에 나오지도 못한다고 하더라도 어딘지 모르게 실감이 나지 않는 것 같았다. 적어도 시베리아에 유배된다든가, 아니면 남아메리카 바다 끝에 있는 고도에 갇힌다든가 해야 징역살이 하는 맛이 나는 건데…….

이곳도 어떤 의미에서는 별로 실감나는 곳이라고 할 수가 없었다. 적어도 이것을 처음으로 만들 때는 문 안에서 이쯤 떨어져 있으면 삭막한 느낌이 들었겠지만, 지금은 도시 한복판이 돼버려 별아별 뚱딴지 같은 도시 소음이 그대로 들려 온다. 이래가지고

서는 정신 수양에 좋지 않다.
 아무에게도 교신할 것이 없는 사람이지만 답답하니까 철창을 두 손으로 거머쥐고 매달려 있는 젊은 학생들도 있었다. 어떻게 보면 성불이 된 사람 같기도 하고, 어떻게 보면 아직도 철부지 같은 나이다. 그들은 자신의 행위를 반성하고 있는 것일까, 아니면 정당했다고 주장하고 있는 것일까. 파렴치범이 아니고, 양심수인 이상에는, 그들의 행동을 심판할 수 있는 사람은 자신 뿐이다.
 이 좁은 땅, 이 얼마 안되는 사람들에게 모두 의사가 소통되는 그런 좋은 정치란 없는 것일까? 그래서 사람들이 불만을 해소하고, 서로 이해하고, 협력하고, 또 기다리고, 참고, 서로 사랑하는 그런 사회를 왜 만들 수 없는 것일까? 그렇게 되어, 도시에 있는 보기 흉한 교도소 건물을 하나씩 헐어서 체육관이나 만들어 나가도록 할 수 없을까? 체육관이 아니면 오페라 하우스라도 좋지 않느냐.
 그런데도 부도덕한 집단은 자신의 부도덕은 인정하지 않으면서 도덕적인 사람들에게 부도덕의 낙인을 찍으려고 함으로써 항상 문제가 생기고, 이런 집단 사회가 만원이 된다. 막연하고 비능률적으로 가두어 놓는다는 것은 그들을 세뇌시키기 보다도 더 큰 잠재력을 길러줄 가능성이 더 많다. 왜냐면 그들은 옳은 자리에 서 있다고 생각하니까. 어떤 인간에게나 절대적인 청결성은 없다. 절대적인 정당성도 없다. 다만 모두가 용납할 수 있는 최소 공약수가 있을 뿐이다. 이 공약수가 사회에 통용이 되지 않으면 감옥 인구는 늘기 마련이다.
 그 일반적인 상식으로 된 사회 공약수를 지키지 않고 있는 쪽은 누구인가?

모든 분야에서 공약수 상식이 지켜져 나간다면 상대적으로 감옥의 인구도 줄어서, 나중에는 덴마크와 같이 감옥 안이 텅텅 비어 있을 날도 올 것이다.
"……야, 이거 어디 날아갈 수도 없잖아."
창밖으로 비둘기는 요란하게 날고 있었다. 그 수인은 비둘기를 보면서 혼자만 훨훨 날고 있는 비둘기를 원망하고 있었다.
"……여러 가지로 어려운 곳에 태어났구나. 쌍……"
그는 오른 주먹으로 쥐어 잡은 쇠창살을 흔들어 보았으나 미동도 하지 않았다. 헐크처럼 쇠창살을 휘저어 버리고 빠져 나간다고 해도, 두터운 벽을 주먹으로 갈겨서 부수고 나간다고 해도 그 사람이 갈 곳이 어디란 말인가? 바다와 휴전선으로 둘러싸인 9만여 평방 키로미터의 자유 밖에 없는 것이다. 그러면 그는 그 속에서 금붕어처럼 다시 잡혀 오기 마련이다.
좁고 답답한 곳에서, 자신감이 넘치는 생활을 해 나가려면, 주어진 공약수를 모두가 지켜나가지 않으면 안되고, 어떤 그럴듯한 이유로도 그게 허물어져서는 안된다. 일단 허물어지면 무리가 가고, 억지가 생겨서 불행하게 되는 사람들이 생기게 된다.
손잡이가 한 발 이상 되는 길다란 장도리를 가진 교도관이 마당 한가운데를 가로 질러서 지나갔다. 접때는 내가 있는 방으로 왔었다. 그는 별로 말도 하지 않는 은근한 수도승과 같은 자세를 하고 있는 사람이었다. 감방문을 따고 들어와서는 자루가 길다란 장도리로 뒷창의 철창쇠를 한 번씩 톡톡 쳐 보았다. 육십여년이나 살아온 건물이니까 낡을 대로 낡았다. 쇠가 박혀 있는 문들을 보면 흑회색으로 변한 나무에 유선형의 틈이 나 있는 것을 볼 수가 있다. 그래도 쇠창살은 흔들어 봐도 꼼짝을 않는다. 그것을 교도관은 잘 아는 모양이다. 대가리가 작은 장도리로 행동을 아껴서 두 번도 치지 않고 꼭 한 쇠창살을 한 번씩만 톡톡 쳐보고는 뒤돌아 섰다. 나같으면 이왕 여기까지 어렵게 왔으니 두서너번씩 쳐보고 또 흔들어 보고 갔으면 온 보람이 있겠는데, 이 사람은 필요없는 것은 망치 뿐만 아니라 손가락 마디 하나도 움직이려 하지 않는 타입이었다. 그런데다 그는 그런 시험을 어떤 계획에 의해서 어디서 어디까지, 이렇게 하는 것이 아니고, 멀리서부터 하나의 쇠창살만 목표로 해서 와서는 그것만 톡톡 쳐 보고는, 그만 아주 다른 곳으로 가버리는 것이었다. 그는 하도 사색적인 얼굴을 하고 있어서, 사색을 하는 것이 직업인지, 이걸 한 번씩 치러 다니는 것이 임무인지 잘 알 수가 없을 정도였다.

나의 변호를 맡는 장변호사가 교도관의 안내로 마당을 가로질러 이쪽으로 오고 있었다. 나는 몹시 반가워서 손을 휘저었으나, 말을 걸지는 못했다. 한 두마디 걸어서 내가 속 시원히 알 수 있는 일이란 거의 없었다. 그는 내게로 오고 있는 것이 아니고, 다른 피의자를 만나러 가고 있는 것이 분명했다. 그는 인기 변호사였고, 그래서 한 사람에게 매달려서 신경을 써 줄 수 있는 형편이 못되었다.

그러나 아무도 내 편에 서 있는 사람을 발견할 수가 없고, 모조리 나를 죄인으로 정죄하려고만 하는 고약한 분위기에서, 장변호사가 처음으로 나타나서, 내 변호인으로 자청했을 적에는 아닌게 아니라 눈시울이 뜨거울 지경이었다. 나를 도와 줄 사람이 이 세상에 아직도 남아 있었구나. 나는 몹시 감격했다.

물론 나는 이런 일에, 특히 우리나라에 사는 변호사의 역할마저 사건에 따라서 큰 제약을 받고 한계가 있다는 것을 잘 알고 있다. 그러나 그건 별문제가 아니다. 친구나 가족 하나 만나지 못하는 판에 변호사를 만날 수 있다는 사실 하나만을 가지고서도, 변호사라는 직업이 이렇게 감격적인 기능을 가지고 있다는 것을 알게 했다.
 장변호사는 지검사를 만나서 별다른 이야기를 하지 않았다. 그저 간단히 인사를 나누기만 했고 지극히 의례적인 말만 두어마디씩 주고 받을 뿐이었다.
 "정말 반갑습니다."
 나는 평소에도 그를 조금은 알고 있었다. 친한 사이는 아니었지만, 그는 거무스레한 피부에다 깡마른 얼굴을 하고 있었다.
 "절대로 용기를 잃어서는 안돼요. 죄를 지어서 들어 온 것은 아니니까. 당당하게 대해야 합니다."
 그는 나지막하게 이렇게 말했다. 나는 아닌게 아니라 명심할 말이라고 생각했다. 죽을 때 죽더라도 남자가 남자답게 굴다가 죽어야 되겠다고 생각했다. 그리고 사람이란 어떤 비극을 당하더라도 다시 소생할 수 있다는 확신을 가지고 행동하지 않으면 안된다. 그러면 반드시 살아날 길은 생기기 마련이다.
 변호사는 쏜살같이 사라져 버렸다. 그 뒤로 나는 그의 얼굴을 볼 수가 없었다. 미국과는 달라서 변호사가 피의자를 만난다는 것도 상당한 절차가 있는 모양이다. 나는 까마득하게 그를 잊고 있을 적에 그가 나를 불러냈다. 변호사 접견이라는 것이다. 나는 직원을 따라 복잡한 구내를 지나서 허름한 건물의 이층으로 올라갔다. 변호사 접견실이라는 간판이 붙어 있는 방이 있었다. 큰 홀에서 기다리고 있으니, 변호사가 한 사람 한 사람 불러서, 마치 영어 공부를 하는 칸막이 박스같은 데로 데리고 들어 갔다. 거기에 장변호사가 와 있었다. 변호사는 안 쪽에 앉아 있고 나는 그 맞은 쪽에, 그리고 가운데는 교도관이 앉아서 우리가 주고 받는 말을 필기를 하고 있었다.
"건강은 괜찮지요?"
"예, 그렇습니다."
나는 간단히 대답했다.
"내가 여기 오기 전에 가족들을 만나봤는데, 집에는 아무 일도 없으니 안심하라고 하더군요. 안심하십시오. 모든게 법 절차에 의해서 잘 진행이 되어 갈 것입니다."
그는 지극히 형식적이고 의례적인 투로 말하고 있었다. 우리 둘 사이에 다른 사람이 끼어 있었기 때문인 것 같았다.
그러나 따지고 보면 무슨 할 말이 더 있을 것인가. 다 아는 이야기고, 법률적으로는 그가 더 잘 알 것이고, 또 많은 경험을 가진 분이니 허용된 범위 내에서 알아서 잘 처리해 줄 것이다.
"친구들도 다 무고하고, 당신 걱정을 많이 하고 있으니, 당신은 아무쪼록 건강에나 유념하시오. 내가 오늘 불러낸 것은······ 무엇을 물어 보자고 한 것이 아니라······ 오래간만이니 얼굴이나 한 번 보고······ 또 혼자서 답답할테니 운동이나 잠시 하라고 한 것이오. 모든 게 잘 처리될 거요."
나도 역시 그러리라고 생각했다. 이렇게 조금이라도 몸을 움직일 수 있게 해 준 것만 해도 고마웠다.
"내게 할 말이 있소?"
"별루······"
우리의 접견은 간단히 끝났다.
"내가 불러낸 사람들이 여러 사람이 있으니까 그게 다 끝날려면 아직 멀었어요. 잠시 더 쉴 수가 있을 거요."
나는 하고 싶은 말을 한 마디도 하지 못하고 자리에서 일어나지 않으면 안되었다. 그러나 사실 그렇게 꼭 해야 할 말이라는 것이 있을 턱이 없는 것이고, 그러고 보면 해도 그만, 안해도 그만인 말만 가득차 있는 것이다. 그런 말이라면 차라리 안하는 것이 가치가 있는 일이다.
　복도의 대기실에 나오니, 다른 사람이 또 내가 앉았던 그 자리로 들어 갔다. 나는 대기실에서 여러 사람들을 만났다. 그들 중에는 전부터 아는 사람들도 있었고 모르는 사람들도 있었다. 정치를 하는 사람, 문인, 대학에 나가고 있는 사람, 학생, 교사…… 이런 사람들이었다. 부쩍 정치범들이 그 사이에 늘어 났다는 느낌을 받았다. 바깥 세상이 좋아진걸까, 아니면 나빠진걸까.
　뜻밖에 거기서 나는 잘 아는 친구를 하나 만났는데, 내가 왜 이런 곳엘 왔느냐고 했더니 역시 내가 잘 아는 여자와 간통사건으로 붙들려 왔다고 했다. 간통 사건도 죄가 된단 말인가. 물론 그런 법이 있다는 것은 나도 잘 알고 있지만, 서로 사랑해서 생긴 것을 어떻게 죄로 다스릴 수 있단 말인가. 사랑이란 어디까지나 당사자들이 은밀하게 주고 받고, 만나고 헤어지는 것도 당사자들이 조용히 해결해야 할 문제일텐데…… 나는 그에게 위로의 말도, 그 반대의 말도 할 수가 없었다.
　우리는 화제를 바꾸어 세상 잘 돌아가는 이야기만 했다. 새로이 누가 왔다는 이야기와, 아무개의 생명이 턱에까지 찼다는 이야기를 주고 받았다. 그러나 그 질기고 긴 생명이 벌써 다했으리라고는 전연 믿어지지 않았다. 그저 그렇게 되기를 바라는 것이겠지…… 하늘이 낸 사람의 생명이란 절대로 간단하지 않는 법이다. 아직도 희망은 적지 않다.
　"진실한 언론인은 직장에서 쫓겨나고, 진정한 정치인도 국회에서 쫓겨나고, 대학의 선생들도, 학생들도, 문인들도…… 오직 남아 있는 것은 사이비족들, 아첨배들 뿐이오. 나라가 아니라

개인숭배자들 뿐이오. 어쩌면 이쪽이 더 맘 편할지 모르겠소. 아무 것도 못보게 세상관 단절돼 있으니…… 참고 기다려야 해요."
한복을 커다랗게 입은 사람이 우리를 보고 말했다. 별로 친교는 없는 사람이지만, 그가 누구라는 것을 나는 잘 알 수 있었다. 머리는 백발이었지만, 얼굴은 아직도 동안(童顔)을 하고 있었다.
우리는 서로 악수를 나누었다. 그는 단단한 골격을 하고 있는 사나이었다.
"내 방 바로 곁에도 국회의원이었던 사람이 한 분 있어요."
"아, 그래, 털보 말이죠? 바로 거기구만. 10사라고 했어요?"
내가 그렇다고 대답했다. 그는 안경 속에서 눈알을 번쩍이고 있었다.
"장선생은 건강이 안좋다더니…… 어떻습니까?"
내가 물었다.
"심장이 좀 나쁘지만…… 모두가 병을 앓고 있는 마당에 내 병이야 하찮은 것이죠. 김교수 보았소?"
"말만 들었지요."
"만나게 될거요. 그도 당신들의 안부를 알면 기뻐할 거요. 문학의 수난이라…… 문학의 수난이라…… 이건 단 한사람 때문에, 단 한사람 때문에 일어나는 일이오."
그는 정치가다운 확신과 정열을 가지고 있었다. 나는 아무 대꾸도 하지 않고 가만히 서 있었다.
교도관이 이쪽으로 다가 오며 소리를 지르고 있었다. 우리를 데리고 왔던 사람이었다. 돌아가는 모양이다.
나는 아는 사람들하고 악수를 나누었다.

"분발하시오. 용기를 잃지 말고……"
 나는 그들에게 목례로 대답했다. 장변호사가 가방을 옆구리에 끼고 우리에게 손을 들어 인사를 했다. 우리는 교도관을 따라 계단을 내려섰다. 바로 맞은 편에 종교부라는 간판이 붙은 방이 하나 있었다. 여기서 가톨릭신보와 복음신보를 넣어 주고 있는 모양이다.
 우리는 현관으로 나갔다. 눈이 땅바닥에 상당히 다져져 있어서 고무신이 몹시 미끄러웠다. 힘 없는 다리를 곱추처럼 오무려서 걷다가, 하늘을 쳐다 보았다. 벌써 서쪽의 아파트촌 뒷쪽 산에 힘빠진 태양이 걸쳐져 있었다. 낮시간이 몹시 짧은 곳임이 분명했다.
 사방 쪽으로 다가가니, 밥통으로 쓰이는 알미늄 그릇을 콘크리트 바닥에 끄는 소리가 요란했다. 콩밥 냄새가 뭉클 퍼져 나오고 있었다. 식욕이 아니라 구역질이 목구멍까지 넘어 오는 것 같았다.
 나는 나의 공짜 전세방으로 들어갔다. 아침에 신문지 크기만한 햇빛이 들어 왔다가, 저녁 때가 되면 방안을 한바퀴 돌아서는 손바닥만한 노란색의 햇빛이 남게 되는데, 이미 그것마저 달아나 버리고, 방 안은 어둡고 음침했다. 나는 자살이라도 하고 싶은 충동을 갑자기 느꼈다. 나는 목을 달아맬 만한 노끈을 찾아 보았으나 그런 것이 있을 턱도 없었다. 허리띠도, 대님도 없으니…… 혈관을 따라낼 칼토막 같은 것도 없었다. 똥통에다 대가리를 박고 질식시켜야 하지만, 그건 좀 힘드는 것 같았다. 어떻게 방법이 없을까……
 그러는 사이에 옆 방에서 벽을 치는 소리가 났다.
 "김형, 나 십오년 받았소."

털보라는 정치인에게서 소식이 넘어 왔다. 십오년이 얼만데……… 십오년, 십오년이 이렇게 흔하게 나돌아 다니고 있을까.
"특별재판에서 말이오?"
"오늘 받았소."
비교적 낙천적이고, 억세게 보이는 그에게서, 높은 벽의 전등불 사이를 비집고 걸직한 목소리가 날아오고 있었다.
"상소는?"
"해서 무얼 하겠소? 포기할 참이오. 해봐야 덕 볼 것도 없으니……."
털보는 내가 잘 모르는 사람이지만, 여기에 와서 이웃사람이 되고 말았으니 서로가 잘 이해하게 되었다. 그는 꼭 한 번 국회의원을 해보고는 계속 수난의 연속에 있었다. 감방살이 경력이 오히려 국회의원 경력보다도 더 화려했다. 그의 정치 사상을 나는 잘 모른다. 그러나 합법적인 야당에 속해 있으면서도 세상이 한 바탕씩 홍역을 치르게 되면, 그 때마다 그는 홍역의 심벌처럼 감방을 오락가락 했다는 것이다. 지금이라고 어찌 예외일 수가 있을까.
국회의원도 못하는 정치인, 그렇다고 돈을 벌 줄 아는 것도 아닌 사람으로서, 소일거리처럼 이곳을 들락거리고 있으면, 그의 가족은 무얼 먹고 살며, 아이들 교육은 어떻게 되어 있을까. 아내가 직업이라도 가지고 있다면 별문제지만, 그렇지 않으면 집안은 엉망으로 되어 있을 것이다. 그런 엉망인 가정을 두고서, 남자가 자신의 소신을 외면하지 않고 살아간다는 것은…… 정말 예수가 이 세상을 살아가는 것 만큼이나 어려운 일일 것이다.
"그럼 어디로 간다는 거요?"
"수원이나 안양으로 가겠지."

나는 내가 당한 것처럼 암담한 생각이 들었다.
"그러나 십오년씩이나 살기야 하겠어요?"
"나도 그렇게 생각해요. 전연 실감이 나지 않으니. 그저 감사장이나 한 장 탄 기분일 뿐이오. 어디 나 한 사람 뿐이어야지. 이십년, 십년이 소나기처럼 쏟아지니 원……"
나는 내가 쭈구리고 앉아 있는 장면을 상상해 보았다.
월요일 아침이면 한 무더기의 사람들이 앞마당에 모여 다른 곳으로 이송되는 것을 구경할 수 있었다. 뒷창살로 고개를 들어 올리면 바로 아래도 잘 내다 보였다. 형이 확정된 사람들은 거지 보따리 하나씩을 들고 마당으로 나가 도열해 있다가, 숫자와 성명을 확인하고서 굴비두름처럼 엮어져서 나가곤 했다. 그들은 특별히 작별을 나누어야 할 친구들도 없었다. 그러나 막연하게 사방쪽으로 손을 흔들어 보이고는 떠나갔다. 간단히 한 두해 살다가 돌아 오게 되는 잡범들도 있었고, 십년, 이십년 먹은 젊은 양심수들도 끼어 있었다. 나는 그들에게 손을 흔들어 주곤 했다. 물론 그들도 나를 알 리가 없지만, 그래도 멀찌감치에서 손을 흔들어 답을 했다. 이런 불행한 일이 우리 사회에서 하루속히 없어져서, 모두 행복하게 살아야 할텐데…… 아내와 처자식을 울리는 일, 늙은 부모를 울리는 일…… 이런 일이 하루바삐 없어져야 하는데…… 행복한 나라와 행복한 국민이 되어야 하는데……

나는 쇠창살로 올라 갔다. 박우병의 방을 건너다 보았으나, 컴컴하기만 할 뿐, 그는 나타나지 않았다. 그러나 소리쳐 부를 수 있게 되어 있지는 않았다. 나는 망연한 시선으로 마당을 건너다 보고 있었다. 저쪽 건물의 담벼락 쪽에 나목이 된 개나리 덤불이 검은 구름덩이처럼 보였다. 저 헐벗은 가지에 노란 꽃이 붙어야 봄이 되는데, 나무 끝을 보니 언제 봄이 올지 까마득한 것 같았다.
"긴 겨울이다."
나는 혼자서 중얼거렸다.
조금 있으니 문짝의 아래 쪽에 나 있는 식구통으로 구멍탄 밥과 소금국이 들어 왔다.

16

　국도신문이 재정난으로 허덕이게 되자, 나는 거기를 나와서 잡지사로 돌아다니면서, 어떤 때는 월급을 받기도 하고, 어떤 때는 원고료를 받기도 하면서 무질서한 생활 속으로 뛰어들었다. 술과 담배를 피우는 것은 고사하고, 창녀를 쫓아다니면서 오입질도 서슴치 않았고, 싸구려 연애 따위도 마다하지 않았다.
　나는 내가 어떻게 사는 것이 가장 좋은지 그걸 잘 알 수가 없었다. 일단 신을 부정해 버린 마당에서는 어떤 일을 한다고 해도 양심에 가책이 되지만 않으면 아무렇지도 않은 기분이었다. 신을 부정한다고 해서 양심마저 마비된다는 그런 법은 없는 것이다. 내게는 양식이 있고, 체면이 있고, 정직성이 있고, 희망이 있으며, 앞으로의 계획을 가지고 있었다. 따라서 그렇게 살아가면 그만이었다.
　나는 이런 생활을 결코 나쁘다고 생각하지는 않았다. 다만, 더 능률적이고, 사려가 부족해서 잘 판단하지 못하는 그런 경우가 많은 것은 인정했다. 그러나 그건 도덕적인 문제라기 보다도 인간의 능력의 차이라고 판단되었다. 내가 능력이 있는 사람이면 좀 더 현명하고, 능률적인 판단을 할 수가 있었을 것이다. 그러나 내가 하는 판단은 항상 옳지 못했다. 감정에 치우치고, 오기에 얽매인 판단이지, 이성적인, 그리고 먼 앞날을 내다 보는 그런 정확한 판단은 아니었다.
　나는 이왕 시작한 것이지만, 문학을 계속할 것이냐, 어떨 것이냐 하는 문제에는 별로 의심을 가지지 못했다. 만일 그때 좀 더 현명했더라면 나는 신학교를 계속 할 수가 있었을 것이고, 그게 정 맘에 들지 않았더라면 다른 대학으로 전학을 할 수도 있었을 것이다. 그리고 미국으로 유학을 갈 수도. 그러나 나는 유학 공부도 하지 않고 값싼 연애에 빠지고 말았다.
　나는 한 때 외교관이 되어 보고 싶은 생각도 있었다. 그래서 영어 공부에 열을 올리기도 했었지만, 오래 계속하지 못했다. 놈팽이적인 기질이 그런 인내심을 발휘할 수가 없었던 것이다.
　나는 그림을 그리고 싶어서, 아마추어 그림쟁이 행세를 하고 다니기도 했다. 그러나 간판쟁이 수준에도 이르지 못하고 그만두었다.
　남이 하다가 버리고 간 교회에 목회 연습도 했으나, 역시 그런 일이 내게 맞는다는 확신을 얻을 수가 없었다.
　나는 사설 학원에 나가서 영어 선생질을 했다. 그러나 날마다 학생수는 자꾸만 줄어들 뿐이지, 늘어나지는 않았다. 나는 화가 나서 수강생 중의 한 여자와 연애를 해 버리는 것으로 그 직업을 집어치우고 말았다.
　나는 형편이 딱하게 되자, 여학교 교문 앞에 가서 흰 구두약 장사를 하기도 했다. 그러나 그런 것으로도 성공하지 못했다.
　매일같이 신문 구인난 광고를 들여다 보며 나는 열심히 취직 운동을 하러 다녔다. 그러나 어느 것 하나 만족스런 것이 없었다. 심지어는 쥐약을 만드는 회사, 콩국을 만드는 회사에까지 근무해 봤으나, 아무 일도 제대로 되지 않았다. 내가 잘못해서 그만 두게 되는 경우보다는 회사 자체가 엉망이어서 그렇게 되는 경우가 많았다.

하숙집도 일정하지 않아서, 아침에 일어나면 저녁을 또 어디서 자야 하는가 하는 것이 항상 걱정이었다.

처음 한동안은 고향 친구네 하숙집으로 쏘다녔다. 그러나 그들도 한 두번이지 노상 와 있는 경우에는 환영할 턱이 없었다. 그러나 나는 그런 것에 신경을 쓰지 않았다. 나는 장난을 좋아했고, 친구들을 좋아했기 때문에, 그런 그들의 눈치쯤은 아랑곳 할 필요도 없었다.

고향 친구들은 대부분 가난한 사람들이었다. 우리 시골에는 넉넉한 부자가 있을 턱이 없었다. 그래서 그들의 하숙생활도 가난하기 짝이 없었다. 대개가 이미 집에서 등록금을 받지 못하고 있거나, 간신히 등록금만 받고 있을 뿐 하숙비를 받지 못하고 있는 아이들도 많았다. 이미 일부 친구들은 군대에 가 버리기도 했고, 나머지는 하숙집 주인 아이들을 가르치거나 해서 간신히 쫓겨나지 않고 있을 정도였다. 그리고 심한 놈들은 하숙집 안주인과 이상한 관계를 맺거나 하여 기둥서방처럼 밥을 얻어 먹고 있는 녀석들도 있었다. 그것도 상대할 만한 나이라면 모르거니와 어떤 친구는 거의 할머니가 다 되어버린 그런 할머니를 잘못 눌러가지고, 그 덕에 밥을 얻어 먹고 있었는데, 나는 그런 친구에게까지 가서 신세를 졌다. 친구녀석은 그 할머니에게서 이미 딸을 하나 얻어 가지고 있었는데, 그 생활하는 모습이 정말 우습고 가관이었다.

낙원동에는 친구 어머니가 의사를 하고 있는 사람이 있었다. 물론 그는 부자였다. 그래서 그 집에는 나 뿐이 아니고, 나와 같은 뜨내기 신세가 된 아이들이 몇 사람 웅크리고 있었다. 대단히 미안한 일이지만, 그렇게라도 붙어 있지 않으면 당장 굶을

판이니 어쩔 도리가 없었다.
 병원의 뒷집은 전통적인 한국 기와집이었고, 노인 부부가 하숙생들을 치며 먹고 살고 있었는데, 내 친구가 거기에 하숙을 하고 있었다. 나는 거기에 자주 들락거리며 마치 하숙생 행세를 했다.
 당시의 대학생들은 요즘 학생들처럼 열심히 공부를 하거나, 졸업을 하면 취직할 수 있는 그런 길이 열려 있는 것도 아니어서, 학생이라는 것이 하나의 고등 룸펜 같은 존재였다. 몇 푼의 돈이 있으면 대포집엘 달려 갔고, 영화관이나 다방, 그리고 당구장엘 열심히 다녔다.
 나는 잡지사에다 잡문을 팔아서 가끔 돈을 벌었다. 그러면 그들에게로 가서 영화를 한턱 쓰거나 했지만, 실제로는 그렇게 하고난 다음에 여러 날 그 집에서 눌러 붙어 버리니, 따지고 보면 그들이 항상 손해를 봤다.
 여러 사람들이 모여 살고 있었기 때문에, 학교는 모두 각각이었다. 그리고 고향도 모두가 달랐으나 우리들은 잘 어울려 다녔다. 서로 싸움을 하거나 쩨쩨한 일은 하지 않았다. 돈이 생기면 종삼으로 같이 떼를 지어 오입하러 가기도 했는데, 어떤 놈은 학생이니 오입값 좀 깎아달라고 해서 핀잔을 받은 일도 있었다. 깎아달랠 오입을 왜 하러 다니냐는 것이다.
 나는 이렇게 열심히 친구네들 집을 돌아다녔으나, 운때가 잘 안맞는 날에는 공치는 날도 가끔 있었다. 그러면 나는 하는 수 없이 남대문 시장으로 가서 꿀꿀이죽을 사 먹기도 했다. 거지나 지게꾼들이 와서 간신히 배를 채우는 그런 곳이었다. 나는 거기서 밥을 먹고, 잠은 남산으로 올라가거나, 추울 때는 서울역 대합실에 가서 자곤 했다. 어떤 때는 그것마저도 얻어 먹지 못할 때가 있었다. 노상 외상으로 다니는 다방의 레지를 꼬셔서 주방에서 먹는 밥 찌꺼기를 얻어 먹기도 했다.

　나의 생활은 정말 죠지·오웰이 쓴 〈빠리와 런던의 영락생활〉과 조금도 다름이 없었다. 아니 그것보다도 더 비참했을 것이다.

　그러나 나 자신도 이상한 것은, 그렇게 고생을 하면서도 그게 슬프거나, 절망적인 생각이 조금도 들지 않는다는 것이었다. 이상한 일이 아닌가. 아마 내가 하고 있는 이런 영락생활을 어머니나 형제들이 봤더라면, 어떤 수를 써서라도 그런 생활을 하지 못하게 했을 것이다. 그러나 나는 형제들에게도 가지 않았고, 어머니에게도 가지 않았다.

　나는 광화문에 있는 노벨 다방에 죽치고 앉아 있었다. 이 다방은 광화문 네거리가 돼서 편리하기도 하거니와, 이 건물의 2층과 4층은 내가 근무하던 회사가 있던 자리여서, 내 근거지가 되었다. 사무실은 잡지를 만들던 회사였고, 이 잡지는 음탕한 기사를 실었다고 하여 판권이 취소되어 문을 닫아버렸다. 사무실로 쓰고 있던 2층과 4층은 그대로 비어 있었다. 그래서 나는 친구집에 가서 잘수가 없게 되면 이 사무실로 올라가서 잠을 잤다. 서울역 대합실보다는 따뜻했다. 물론 난로가 있는 것도 아니고, 스팀이 들어오는 것도 아니었다. 나는 바바리 한장을 입은 채, 그리고 구두도 신은 채, 빈 책상 위에 반듯이 드러 누워서 잤다.

　아침이 되어 외상차 한 잔을 얻어 마시고 가만히 두어시간 앉아 있을라치면 친구들이 하나씩 둘씩 모여 들었다. 그러면 그들에게 돈을 얻거나, 같이 가거나 하며 싸구려 백반을 한 그릇씩 얻어 걸쳤다.

　나는 결코 고향 친구들에게만 신세를 진 것은 아니었다. 이곳

저곳에서 만나게 된 친구들에게 골고루 신세를 졌다. 마치 신이 자비를 베풀듯이……

한 친구가 상도동에다가 방을 얻었다. 나는 염치 없이 그 곳으로 갔다. 방이라고 말이 방이지, 방도 아니고 창고나 마찬가지였다. 처마 밑을 연결해 가지고 거기에다가 방을 하나 넣었을 뿐이다. 방 임자는 두 사람이었지만, 나를 포함해서 매일 저녁 두어 사람의 손님이 끼어 들었다. 그 집은 다행히 하숙이 아니기 때문에 식사를 신세질 것은 없었고, 우리가 적당히 밥을 지어 먹거나 사서 먹으면 되었다. 나는 잡문을 팔아서 얼마 동안 밥값을 지불했다. 우리는 매일저녁 모여서 커다란 소리로 노래를 불렀다. 동네가 잠을 자고 있건, 기도를 하고 있건 전연 관심을 기울이지 않았다.

때마침 여름철이어서, 우리는 밤에 한 차례씩 공동 우물로 가서 목욕을 했다. 상당히 떨어져 있는 거리지만, 집에서부터 홀랑 벗고 우물까지 뛰어 내려 갔다. 거기에는 저녁을 마친 부인네들이 나와서 역시 목욕을 하고 있었다. 그들은 난데 없는 나체 남자들이 뛰어내려 오니 옷을 입지도 못한 채 몸의 중요한 부분만 가리고 도망을 쳤다. 우리는 매일같이 이런 무례한 짓을 반복했다. 목욕 뿐만이 아니라, 고성방가도 서슴치 않았다. 안하무인의 무법자들이었다.

그러자 동네 사람들이 우리에게로 찾아와서 좀 근신해 줄 것을 요청했다. 그러나 우리는 일거에 거절해 버리고 말았다. 매일같이 서부의 무숙자들 같은 생활을 계속했다. 그러자 동네 사람들은 연판장을 만들어서, 제발 물러나가 주기를 바란다고 했다. 그제사 우리는 도저히 가만 있을 수가 없어서 집을 옮기기로 했다.

우리는 사방으로 방을 구해 다니다가 원효로에 방을 얻었다. 이번에는 방을 얻는 것이 아니라, 하숙을 하기로 했다. 나하고 한 친구가 주인이 되기로 했다. 나는 푼돈이기는 했지만, 잡문 수입이 괜찮아서 하숙비 정도는 지불할 수가 있을 것 같았기 때문이다.

왜놈들이 살다가 간 집안에 우리에게 주어진 방은 다다미가 열장이나 깔린 큰 방이었다. 가을이 되어 오니까 좀 춥기는 했지만, 서울역에서나, 사무실에서 자던 것에 비하면 아무 것도 아니어서, 내게는 별로 고통이 되지 않았다.

내가 하숙을 하게 되니까, 이번에는 그 동안 내가 신세를 진 친구들이 모조리 나와 같은 입장이 되어 우리집으로 몰려들었다. 그래서 정식으로 등록된 하숙생은 두 사람이었지만, 매일 밤 여덟명 이상이 같이 뒹굴었다.

밤마다 쇼가 벌어졌다. 밤이 가는 줄 모르고 술 마시고, 노래 부르고, 이야기했다. 그래도 주인은 시끄럽다는 소리 한 번 안했다. 군자같은 사람들이었다. 그러나 불행하게도 그집 딸 아이가 복막염으로 갑자기 죽게 되었다. 우리는 그런 줄도 모르고 장난하고, 술마시고, 떠들고, 노래 부르고 있었다. 그랬더니, 다 죽어가는 얼굴을 한 안주인이 우리에게로 건너왔다.

"우리 아이가 죽어가고 있으니 오늘밤만이라도 조용히 해 주세요."

이미 안주인의 얼굴은 눈물투성이가 돼 있었고, 절망과 슬픔으로 창백해 있었다. 아무리 짐승같은 놈들이지만, 그 말을 듣고도 모른 척 할 수가 없었다. 우리는 벌였던 술판을 조용히 끝내고 잠자리에 들었다.

우리는 모두 총각들이었기 때문에, 가끔 처녀들이 찾아오기도 했고, 또 여자를 데리고 와서 자고 가기도 했다.
 어떤 놈들은 창녀같은 걸 데리고 오기도 했고, 어떤 녀석은 아직 마당에 피도 안마른 걸 데리고 오기도 했다. 술집의 좀 되바라진 여자는 우리와 곧장 잘 어울렸다. 둘러앉아서 술판을 벌이면 금방 모두 친해졌다. 그런 여자들은 이야기도 잘 했다. 그래서 같이 자도 조금도 서먹서먹해지지 않았다.
 나는 대학에 다니고 있던 아가씨와 연애를 하고 있어서 가끔 집으로 데리고 들어 왔다. 많은 친구들이 있을 적에는 자고 가지 않았지만, 룸 메이트 한 사람만 있을 적에는 자고 갔고, 우리는 한 이불 속에서 잤다.
 "원식아, 너 자기 힘들거든 저 벽장 속에 들어가서 자지 그래?"
 내가 보기에 원식이란 놈은 아무래도 잠을 제대로 잘 수 없을 것 같았다. 다른 아이들은 내가 여자를 데리고 오면 벽장에 올라가서 자는 경우가 많았다.
 "아니야. 그럴 필요없어. 잘 수 있으니까."
 원식은 고집을 부렸다.
 "그래? 어디 잘 자는가 보자."
 나는 여자를 껴안고 기다리고 있었다. 한참 지나니 그는 조용히 자는 시늉을 했다.
 "잠 들은 모양이야."
 나는 내 여자에게 속삭였다.
 "아니야. 저 속눈썹이 떨고 있는 걸 봐요. 아직 잠 들지 않았어요."
 여자가 나지막하게 대꾸 했다. 아닌게 아니라 원식은 억지로 자기 위해서 눈을 질끈 감고 있었기 때문에, 눈까풀 끝이 바르르 떨리고 있었다. 나는 손가락 끝으로 그 속눈썹 끝을 가만히 간질러 주었다. 그러니 원식은 하는 수 없이 눈을 번쩍 떴다.
"잠 안오지?"
내가 놀려 주듯이 말했다.
"안오긴. 곧 올거야."
"야, 고집 부리지 말고 벽장에 올라가서 자면 잘 잘 수 있을 거야."
"아니야. 여기서도 잘 잘 수 있어. 보라구. 조금만 있으면 코가 비틀어질테니."
원식은 계속 고집을 부리며 버티고 누워 있었다. 나는 약을 올리듯이 이불 속에서 여자의 몸을 홀랑 벗겼다. 그리고 유별나게 큰 소리가 나게 키스를 했다. 여자는 몸을 움추리고 질겁을 했다.
"살살 해요."
여자는 가느다란 소리로 말했다.
"아니야. 저놈 약을 올려줘야 해."
나는 이번에는 다시 원식에게로 얼굴을 돌렸다.
"잠이 오니?"
"이 자식아, 방금 오고 있어. 잠 깨우지 말란 말이야."
그는 눈을 질끈 감고 있었다.
나는 그날 그가 정말 잠을 잤는지, 어쨌는지는 알 길이 없다. 우리는 비록 다른 사람이 곁에 있었지만, 사랑을 하지 않을 수가 없었다. 아니, 오히려 얼마 가지 않아서 옆에 있는 사람의 존재를 완전히 잊어 버리고 말았다. 우리는 서로 사랑하고 있었기 때문에 제 삼자는 아무 뜻도 없었다.
"대단한 여자야, 대단하구 말구."

뒷날 원식이는 혀를 내두르면서 그렇게 말했다.
"이 자식아, 너는? 남이 연애하는데 꼭 버티고 함께 드러 누워 있는 놈의 배짱은 작은 배짱이란 말이야?"
"그래도 여자가 한 이불 속에서 다른 남자가 있는데, 그런 일을 할 수가 있어?"
"이 자식아, 옛날에는 시부모, 동생들까지 한 이불 속에서 자면서 다 사랑할 것 사랑했고, 아이 낳을 것 다 낳았어. 우리 조상들이 그렇게 살아왔는데 뭘 그래? 오히려 전통적인 문화지 그건……"
"미친 놈이구만."
"나보고 미쳤다고 하지 말고…… 너나 잘 해라. 허지만, 나는 네가 애인을 데리고 오면 같이 잘 그런 용기는 없어. 정말이야. 어때, 한 번 시험해 보지 그래? 나는 분명히 말하지만, 방을 비워 줄테니까. 데리구 오라구. 아니, 벌써 낮에 데리고 와서 했는지도 모르지만."
"아니야, 안했어."
"연애를 몇 번씩 하고 다니면서도? 고등학교 때부터 연애하던 사이가 아니야? 그렇다고 이제 와서 헤어질 것도 아니잖아?"
"안 헤어지구 말구."
"그렇다면 그걸 한다고 무엇이 흉이 되겠어?"
"흉이 아니라…… 실은 이게……"
그는 이상한 몸짓을 해 보였다. 다리를 꼬고 허리를 굽히며 금방 죽어가는 시늉을 했다.
"뭐야 꺼내 봐?"
나는 그의 아랫도리를 벗기듯이 했다. 레스링을 하듯이 조사를 해 보니, 그의 그것은 아직도 껍질을 벗지 않고 있었다. 그런 두텁고 미끈거리지 않는 껍질을 여태 입고 있어서야…… 어디 그게 가능하단 말인가. 서로가 안타깝기만 하지.
"이 자식아, 날 따라와."
"괜찮을까?"
"괜찮구 말구."
 나는 그를 데리고 을지로 2가에 있는 비뇨기과 병원으로 갔다. 그래서는 간단히 수술을 해서, 아무 필요도 없는 껍질을 벗겨 버리고 말았다.
 그러고 난 다음에, 그게 아물만 하게 되었을 적에 그의 애인을 정릉의 조용한 여관으로 불러냈다. 우리는 셋이서 저녁을 먹고 한참 동안 화투를 치다가 나는 자리를 일어섰다.
"자, 오늘 밤 축하하네. 역시 여사도, 재미 많이 보시오."
 나는 일부러 뚜렷한 시선으로 그들 남녀를 번갈아 보았다. 그러나 그들은 조금도 멋적거나 부끄러워하는 기색이 없었다. 아마 오랫동안 연애를 해 왔었기 때문에 당연한 걸로 알고 있는 모양이다. 아직 한 번도 성행위는 하지 않았지만……
 나는 혼자 하숙집으로 되돌아 왔다.
 하숙집에서는 이미 내게는 밥을 주지 않았다. 하숙비가 석달 이상 밀리기 시작했기 때문이다. 원식이가 있을 적에는 원식이 밥은 주었으니까 조금 갈라 먹으면 됐지만, 그가 없을 때는 입에 밥풀을 넣을 수가 없었다.
 나는 점점 딱해지고 있었다. 잡지사에 취직이라고 했지만, 필화를 입고 금방 쓰러져 버리고 말았다. 그러니 나는 또 실업자가 돼 버렸다. 잘 팔리던 잡지가 갑자기 없어지고 나니 다른 잡지들도 타격을 입었다. 그래서 잡문마저 팔리지 않았다. 그러니 하숙비 뿐만 아니라, 주변의 가게에 외상값이 잔뜩 쌓이게 되었다. 세탁소에도 외상값이 쌓여서 그 앞을 지나갈 수가 없었다.
 나는 결심을 했다. 이대로는 마냥 끌고 갈 수가 없다고. 그렇다고 갚을 수도 없는 것이고, 가까운 장래에 그럴 가능성도 조금도 없었다. 눌러 앉아 있으면 있을수록 주변에 피해가 되었다. 당장이라도 그들에게 더 피해를 주지 않으려면 내가 없어지는 것이 좋다.
 나는 뒷날 혼자서 집을 도망쳐서는 다시 그 집으로 들어가지 않았다. 말하자면 하숙비를 떼어 먹은 것이다. 물론 내가 가진 소지품도 없었지만, 가지고 갈 여유도 없었다. 입은 옷만 가지고 나와 버렸다. 세탁소에도 와이셔쓰와 양복이 있었지만, 그대로 두고는 다시 찾지 않았다.
 나중에 원식이가 외상을 갚으라고 몇 번씩 독촉을 했지만, 나는 그것에 응할 수가 없었다.
 나는 다시 광화문쪽으로 왔다. 내가 갈 곳은 고작 여기 뿐이었으니까. 2층 사무실은 당구장이 되었고, 4층 사무실은 아직도 비어 있었다. 나는 거기서 기거를 했다. 가을까지는 괜찮았으나, 겨울이 되어 가자 몹시 고통스러웠다. 그러나 나는 겨울을 어떻게 날까하고 걱정을 하지는 않았다.
 앞골목에는 꽁치를 구워서 백반하고 파는 곳이 있었다. 그야말로 실비집이었다. 이 골목을 들락거리는 가난한 문화인과 월급쟁이, 그리고 언론인들이 단골로 다니는 그런 집이었다. 나는 월급쟁이도 아니어서, 외상을 주었다가는 꼭 떼어 먹히기 알맞은 사람인 줄 알면서도 인심좋게 생긴 아주머니는 내게 계속 외상을 주었다. 항상 제일 걱정이 아침이었는데, 아침만 이렇게 때우고 나면 점심과 저녁 걱정은 별로 할 필요가 없었다. 적어도 아침이 지나고 해가 질 때까지 이 다방에는 친구들이 십여명씩 들락거리고 있었기 때문에, 그들에게서 몇 푼 얻어서 점심을 먹거나, 그들과 함께 어울린다는 것은 쉬운 일이었다. 사실 모두가 가난했고, 누구 하나 제대로 된 직업이나 직장을 가지고 있는 친구들은 아니었지만, 공생공사한다는 그런 우정은 유별나게 돈독했다.

나는 겨울이 오기 전에 조그만한 직장이라도 하나 구해야 한다고 생각했지만, 그런 직장이 얼른 생기지 않았다. 잡문 나부랭이를 써가지고는 하숙을 한다든가, 방을 얻어서 산다는 것은 불가능한 일이었다.

나는 열심히 쏘다니기만 했을 뿐이지, 아무 소득도 없이 겨울을 맞았다. 저녁 열시까지 다방의 난로 앞에서 쭈구리고 있다가 문을 닫을 때가 되면 나는 4층으로 올라갔다. 그래서는 후줄구레한 바바리를 벗고 한 바탕 태권도를 했다. 그러고 나면 온 몸에 땀이 흘러 넘쳤다. 나는 다시 땀을 닦고 옷을 줏어 입고, 후줄그레한 바바리를 덮고 책상 위에 반듯이 드러 누워 잤다. 자는 도중에 잠이 깨거나, 추워서 잠을 잘 수 없거나 하는 그런 일은 거의 없었다.

원식이가 다방으로 찾아왔을 때 나는 그를 근사하게 꼬셨다. 그는 원효로의 하숙집에서 나와 자기 아저씨네 집에서 살고 있을 적이었다.

"아저씨 집에서 공짜로 자기도 여간 힘들지 않지? 오늘 밤에는 나하고 자자."

"어디서 자는데?"

"넓고 좋은 데가 있어. 걱정할 것 없어. 술이나 마시다가 늦으막하게 가면 돼."

그는 설마 내가 거짓말을 하리라고는 생각하지 않았다. 그는 안심을 하고 있다가, 통행금지 시각이 거의 돼서야 나하고 4층 사무실로 올라갔다. 그는 눈을 크게 떴다.
"아니, 어디서? 난로도 없고, 침대 하나도 없는데, 도대체 어디서 잔다는 거야?"
그는 얼굴이 새파랗게 질렸다.
"걱정할 것 없어. 밤은 짧고 추위는 대단찮아."
"추위가 대단찮다구? 지금부터 덜덜 떨리는데?"
"그래도 너는 오바라도 입고 있잖아? 걱정할 것 없다구."
나는 또 한바탕 운동을 하고, 책상 위에 벌렁 나가 자빠졌다.
"여기서 자는 거야?"
"시골 평상 같아서 좋지? 평상에서 자는 것이 건강에 좋다는 거야. 일본의 〈서의학〉이라는 책 읽어 보지 않았어?"
"너는 정말 미쳤구나. 나는 어쩌면 좋단 말이야. 이미 통행금지 시각이 됐구."
그는 정말 안절부절이었다. 발을 동동 구르며 금방 얼어죽을 것 같은 비참한 얼굴을 하고 있었다.
"가까이 와서 누워. 그래도 우리는 행복한 거야. 옛날 만주벌판이나 시베리아로 쫓아다니면서 독립운동하던 사람들을 생각해 보라구. 책상 위가 아니라 그들은 눈 위에서 잠을 잤을 거야. 그러다가 어느 탄환에 소리도 없이 죽어갔지. 이만하면 행복한 거야. 나는 나중에 위대한 인물이 되고 너는 재벌이 될지도 모르잖니? 자, 잔소리 하지 말구 자자. 졸려서 죽겠다."
"이런 데서 잠이 오기나 하니?"
그는 하는 수 없이 무거운 궁뎅이를 슬그머니 책상 위에다 올려 놓았다.
"잠자는 데는 선수다. 내게는 비결이 있지. 심호흡 세 번만 하면, 마지막 호흡이 끝나기 전에 나는 잠에 빠져 버린다구.

이것도 수양에 속하는 거다. 너도 배워 두는 게 좋을 게다."
나는 정말 졸리기 시작해서 어느덧 잠에 빠져 버렸다. 자다가 보니 끙끙 앓는 소리가 나서 눈을 떴다. 그러잖았으면 물론 아침까지 내처 자는 거지만……

원식이란 놈이 새우처럼 웅크리고 드러 누워서, 금방 죽을 것 같은 엄살을 부리며 전신을 부들부들 떨고 있었다. 나는 모른 척 하고 잤다. 더 이상 그를 도와 줄 방법도 내게는 없었다. 내가 이불이라도 한 장 덮고 있었다면, 그에게 주었을 것이지만……

아침에 깨어나보니, 그는 마치 불에 타다 만 장작개피처럼 시컴해져 있었다. 밤새 어지간히 고생을 한 얼굴이었다.

"아이구, 나는 이제 죽었다. 나는 난생 이렇게 추운 걸 처음 당했다. 아마 평생 이렇게 춥게 자 보는 일은 다시는 없을 것이다."

그는 얼굴뿐만 아니라 허리도 완전히 오그라든 자세로 여전히 덜덜 떨고 있었다.

나는 그를 데리고 해장국집으로 가서 소주를 곁들여서 아침을 대접했다.

17

 그러던 봄에 4·19 혁명이 터졌다.
 날씨도 지독한 추위가 가셔지자, 나는 느슨하게 늦잠을 즐길 수 있었다. 아무 것도 없는 사람이라고 늦잠의 즐거움을 느낄 수 없다는 것은 있을 수 없는 일이다.
 갑자기 총성이 요란하게 들려와서 책상 위에서 눈을 떴다. 훤한 대낮이었다. 사방에서 총성과 함께 요란한 소리가 들려오고 있는 것 같았다.
 "아, 드디어 왔구나!"
 나는 얼른 직감했다. 마산에서 사태가 심각하게 번져 나오더니, 드디어 서울에까지 와서 결정타를 치는 것 같은 생각이 들었다. 마산 사람들이 성격이 얼마나 격렬하냐 말이다. 평소에는 조용하고 온순한 사람들이 일단 화를 내면 물불을 안가리는 성격들이다.
 나는 서둘러서 화장실로 가, 세수를 마치고 밖으로 나가 보았다.
 이미 세상은 걷잡을 수 없는 상태에 빠져 있는 것 같았다. 태평로와 세종로 일대가 엉망으로 되어 있었다. 잔뜩 흥분해서, 완전히 이성을 잃어버린 것 같은 학생들이 마치 전쟁을 하듯이 요란한 몸짓으로 거리를 휩쓸면서 세종로 쪽으로 달려 가고 있었다.

이미 태평로나 세종로 쪽에는 그들을 막으려는 어떤 세력도 보이지 않았다. 파출소는 깨어져서 불이 나고 있었고, 헝클어진 옷차림을 하고 있는 학생들이 엄청난 퍼레이드를 벌이며 달려가고 있었다.

나는 광화문 네거리를 건너서, 내자동 길로 걸어 갔다. 내가 가는 곳은 뒷길이었지만 큰 길쪽에서 연방 총소리가 계속되었다. 그 총소리에 맞추어, 학생들의 고함소리도 들려오고 있었는데, 그게 몹시 심각하게 들렸다.

적선동 파출소 쪽으로 가니, 그 파출소 역시 박살이 나 있었고, 꺼지다 만 불길때문에 아직도 연기가 뭉게 뭉게 피어 오르고 있었다. 총소리가 경무대 쪽에서 연방 계속되고 있었지만, 학생들의 후속 부대가 계속해서 그 쪽으로 밀고 나가고 있었다.

총소리가 한바탕 또 요란하게 울려 퍼졌다. 앞서 가던 학생들이 바람 따라 눕는 갈대처럼 길 양편으로 흩어져 나갔다. 총을 맞아서 길바닥에 뒹구는 학생들이 있었고, 피투성이가 된 옷을 입고 골목으로 달려 나오는 학생들이 보이기도 했다. 어떤 학생은 총을 맞은 다른 학생을 들쳐 업고 달려 가기도 했고, 어떤 학생은 쓰러져 있는 학생 곁에서 아우성을 치며 구원을 외치고 있기도 했다.

나는 다시 적선동 골목으로 해서 효자동 쪽으로 더 올라 갔다. 진명 여학교가 있는 쪽까지 오니, 이제는 경찰들의 바리케이트가 보였고, 그 앞에 무장을 한 경관들이 학생들을 향해서 총을 쏘고 있는 것을 구경할 수가 있었다. 그들도 학생들과 함께 흥분 상태에 있는 것 같았다. 마치 죽느냐 사느냐 하는 심각한 최후의 전투를 적군과 치루고 있는 것 같았다. 그러나 상대는 적군도 아닌 같은 시민이며, 민족이고, 더구나 아무 무기도 가지고 있지 않은 맨 주먹의 학생들이었다. 그런 사실을 그들은 완전히 잊고 있는 것 같았다. 그들은 바리케이트를 의지하고, 선채로, 혹은 무릎을 땅에다 댄 채로 꾸역꾸역 밀려드는 학생들에게 총질을 하고 있었다. 학생들은 느린 토끼모양 핑핑 아스팔트 위에 쓰러지고 있었다. 중상을 입고 땅에 쓰러진 학생들이 피문은 팔로 하늘을 휘저으며 아우성을 치고 있었다. 한 학생이 그 부상자를 어깨에 들쳐 업고 한길을 가로질러 적선동 쪽으로 달려 갔다. 학생들 속에는 여자 학생들도 끼어서 남자들과 조금도 다름 없는 용감한 행동을 하고 있었다. 나중에 안 일이지만, 이들 속에 우리 크럽의 멤버였던 고순자라는 학생이 끼어 있다가 총탄을 맞아 죽어 갔다. 물론 그때는 누가 누군지를 전연 알 수가 없었다.

오후가 되자, 사태는 많이 달라져서 학생들이 승세를 이끌고 있는 것 같았다.

나는 명동 쪽으로 갔다. 내무부 앞 쪽으로 가니, 학생들이 소방차를 빼앗아 타고 노상을 질주하고 있었는데, 옷은 갈갈이 찢겨졌고, 피가 얼룩져 있었다. 길가에는 자동차가 뒤집혀 져서 불타고 있는 것도 보였고, 학생들이 떼를 지어 아우성을 치며 지나가고 있었다. 아마 그들은 아무 저항도 받지 않고 있는 것 같았다. 사람들은 큰 길거리로 나오지 못하고 골목에 몸을 숨긴 채, 큰 길에서 일어나는 일을 구경하고 있었다.

나는 종로로 가서 동대문 경찰서가 있는 쪽을 보았으나, 역시 학생들이 맨발로 질주하거나, 아니면 자동차를 타고 거칠게 지나가고 있을 뿐, 저항하는 경찰이 보이지 않았다. 이제는 학생들이 맘놓고 시위할 수 있게 된 것 같았다. 그들은 거리로 거리로 쏟아져 나와서, 거리를 꽉 메워 나갔다. 해가 떨어지고 어둠이 깃들자, 거리는 인산인해를 이루고, 사람이 제대로 걸어다닐 수도 없을 정도였다. 뻐스와 전찻길은 모두 끊겨서, 문안에 있던 사람들이 걸어서 자기 집으로 가고 있었다. 마치 시민들이 모두 밀려나와서 시가 행진을 하고 있는 것 같은 인상이었다.

나는 이상하게도 이제는 서울에 더 있을 수 없을 것 같은 생각이 들었다. 뭔가 다른 생활을 해나가지 않으면 안될 것 같았다. 그렇다고 당장 달라진 생활이 내게 찾아 올 것도 아니었다. 또 새생활이 찾아 올려면 한참 동안 기다리지 않으면 안될 것 같았다. 무엇을 어떻게 하면서 기다린단 말인가.

아무 것도 가진 게 없는 거지로서는 그런대로 세상이 조용해야 그나마 남의 신세를 지기도 편하다. 이런 식으로 혼란이 시작되면, 그것이 당연히 겪어야 할 어쩔 수 없는 혼란이라고 하더라도 내게는 앞날이 막연하기만 했다. 그렇다고 내게 어떤 계획이나 희망이 있는 것은 아니지만.

나는 아무 것도 내거라고는 없는 빈 사무실로 돌아와서 책상 위에 반듯이 드러누웠다. 그래서는 여러가지 일을 생각해 보았다. 내 처량한 신세와, 나라의 일과, 앞날에 대한 것을 두서 없이 밤새 생각하고 있었다. 그러나 나는 내게 가능한 것이 하나도 없다는 결론을 내렸다.

나는 다음날부터 무전여행을 시작했다. 전주로 광주, 목포로 해서, 진주와 마산을 거쳐서 부산으로 갈 계획을 세우고 무작정 기차에 몸을 실었다. 물론 무임승차였다. 승무원이 조사를 오는 눈치가 보이면, 이리 저리 피하다가 변소에 가 있기도 해서 쉽게 조사를 피할 수 있었다. 즐거운 여행은 분명히 아니었지만, 서울을 벗어났다는 것이 홀가분한 기분이었다.

나는 전주에 무작정 내렸다. 한 푼의 돈도, 아는 친구 하나 없었지만, 우선 내려서 구경할 것을 하고, 먹을 걸 얻어 먹고,

다음 기착지인 광주로 갈 작정이었다.——

 구치소 안은 점점 사람이 많아지는 것 같았다. 마침 심한 만조로 물이 턱에 닿아 오르듯이 사람들이 차 오르고 있었다. 대학생들, 교수들, 정치인들이 나날이 불어 갔다. 그들도 모두 나처럼 독방을 써야 하기 때문에 다른 잡범들은 더 좁은 곳에서 고생을 해야 했다. 한평 삼홉의 방은 세 사람이 정원이었다. 그런데 독차지하는 사람의 수가 늘어나니, 다른 사람들은 한 방에 다섯 사람에서 일곱, 여덟까지 올라갔다.
 좁은 방에 다섯 사람 정도가 되면 벌써 평면적으로나, 입체적으로나 가득 차 버리는 것이다. 그런데다 일곱, 여덟이 되면 앉아도 가득, 서도 가득, 누워도 가득이어서 요지부동을 할 수가 없었다. 일어서면 같이 일어서야 했고 앉으려면 같이 앉아야지, 개인적인 행동을 할 수 없었다. 잘 때는 서로 포개 져서 자야 하고, 똥통에게도 넓은 자리를 줄 수가 없어서, 이고 있다시피 하지 않으면 안 되었다. 밥도 서서 먹거나, 아니면 서로 포개 앉아서 먹거나 해야 했으니, 정말 고역스런 징역살이었다. 한 번씩 복도로 나가 보면, 콩나물처럼 서서 앉지도 못하는 사람들이 괴로운 얼굴로 복도를 내다보고 있는 방들이 있었다.
 사람은 너무 넓어도 살기가 힘들고, 너무 좁아도 살기가 힘든다. 나같은 경우는 너무 넓고 너무 심심해서 고통스러웠고, 나와 비슷한 위치에 있는 사람들도 마찬가지였다.
 겨우 스무살 남짓한 어린 학생이 혼자서 추위에 떨며, 심심한 것을 잊으려고 발광을 하고 있었다. 어떤 학생은 집에서 솜옷을 보내 받아서, 추위를 간신히 이기고 있었지만, 그 괴로움은 참을 수 없었다. 그리고 아직도 다 바래진, 훈기라고는 하나도 없는 수인복을 그냥 입고 스물 네시간 떨고 있는 학생들도 있었다. 그러나 그들을 도우거나 위로할 수 있는 아무런 방법을 나는 가지고 있지 못했다.

나는 똥통을 들고 나가거나, 검취를 하러 가게 되면, 빵이나 계란을 숨겨 가지고 지나가다가 슬쩍 식구통 속으로 떨어뜨리고 지나가곤 했다. 서로 얼굴을 잘 모르는 경우가 있다고 하더라도, 그들이 정치범이다, 하는 것은 금방 알 수가 있었다. 얼굴만 보면 당장 알 수 있었을 뿐만 아니라 그들이 있는 방 위에는 노란 딱지나 빨간 딱지를 붙여놓았기 때문에 금방 식별할 수가 있었다. 그리고 그들도 이미 내가 여기에 먼저 들어 와 있다는 것도 잘 알고 있었고, 내 얼굴을 보면 다소라도 위로가 된다는 사실도 알고 있었다. 내가 빵이나 계란을 그들에게 넣어 주는 것은, 그들이 그런 것이 없거나, 혹은 그것이 필요해서가 아니라, 내가 그들의 존재를 알고 있다는 눈치를 보이기 위함이었다. 그러면 그들은 추위와 공포에 초라해진 얼굴에 가냘픈 미소를 띠어 보이곤 했다.

내 옆방에 있는 털보 의원도 열심히 그런 일을 하고 있었다. 새로 어떤 양심수가 왔다는 소식을 들으면 반드시 수건과 치솔, 치약 등을 돌돌 말아서 지나가다가 얼른 집어 던져주곤 하는 것을 나는 자주 볼 수가 있었다. 이건 이런 삭막한 속에서도 인간에게는 선의가 있다는 표시이고 전연 절망만 할 게 아니라는 것의 상징이기도 했다. 한국 사람들이야 어디에다 내 놓아도 인정 하나는 있는 민족이 아닌가. 때때로 무분별하게 인정이 너무 많아서 문제가 되기도 하지만…… 해방 후에 두 번씩이나 독제정치가 허용된 것도 그런 분별 없는 인정주의 때문이 아니었을까.

그러나 인간이 인정이 있다는 것은 지극히 인간다운 일이다. 따지고 보면 얼마나 살벌한 곳이냐 말이다. 모두가 막다른 골목에 들어서 있다고 해도 과언이 아닌 형편이고, 이런 판국에 남을 생각한다는 것은 도저히 불가능한 위치에 있지만, 그러면서도 남을 생각하고, 가능한 한 협조하려 하고 위로하려는 무드가 형성되어 있다는 것은, 아마 다른 나라의 감방에서는 잘 볼 수 없는 그런 분위기가 아닐까. 모르긴 해도……

여기는 양심수 뿐만 아니라, 파렴치범, 흉악범 등이 함께 뒤섞여 있었다. 그러니 모두가 흉악한 마음을 가지고 있는 것처럼 보이고, 언뜻 보기에 지옥에서 나온 사람들처럼 보이기도 하지만, 사실은 그런 무서움은 별로 구경할 수가 없었다. 물론 신입식이다 하여 남을 괴롭히는 일도 있고, 심지어는 사람을 죽이는 경우까지 있다고는 하지만, 그건 서로가 이해부족탓일 뿐이고, 사람으로서 가슴과 가슴이 통하는 그런 경우가 되면 아무리 흉악범이라도 반드시 그렇게 흉악한 것은 아니다.

내가 있는 4방에도 사형수가 하나 있었다. 형이 확정이 되어 있는 사람이 하나, 일심에서 사형을 언도받은 사람이 둘 있었다. 두 사람은 흉악범이었고, 한 사람은 흉악한 공산주의자였다. 어차피 모두 사형을 벗어날 수 없는 사람들인 것 같았다.

사형수는 이따금씩 발작을 해서 흉폭해지기 때문에, 감방 안에서도 수갑을 채워놓고 있다고 하지만, 별로 그렇게 하고 있는 것 같지 않았다. 그들은 열심히 성경을 읽거나, 조각을 하거나, 여자 사형수의 음모를 가지고 짚신을 삼거나 하고 있었다. 모두가, 자기들에게 일어나는 사태를 조용히 받아들일 태세를 갖추고 있는 것 같았다.

그들이 무엇을 생각하고 있는지 알 수가 없었다. 자기의 저지른 죄를 잘못했다고 뉘우치고 있는 것인지, 아니면 뉘우친 척하고 있는 것인지, 아니면 비록 죽임을 당하기는 해도, 자기가 한 행동을 끝까지 옳다고 생각하고 있는지 알 수가 없었다. 그것도 아니라면, 다만 운명의 허망함에 절망을 하고 있거나, 체념을 하고 있거나…… 아뭏든 죽임을 당하는 일을 저질렀다는 사실도 나쁘거니와, 그것으로 사람을 죽여야 하는 것도 괴로운 일일 것이다.

나는 가끔 검취를 하러 가게 되면 그들과 만나는 때가 있었다. 그들의 가슴에는 녹색표지가 붙어있기 때문에 쉽게 식별할 수가 있었다. 나는 한참 동안 그들을 물끄러미 들여다 보았다. 그러나 그들은 절대로 나와 시선을 마주치려고 하지 않았다. 어딘지 모르게 기가 죽어 있거나, 맥이 풀려 있는 느낌이었다. 속으로는 저항도 많이 했겠지만, 이미 이런 생활을 하는 동안에 그런 저항심도 천천히 사그라지고 없을 것이다. 어리석은 행위와, 어리석은 생각이 만들어낸 비극적인 종말을 그들은 가만히 음미하고 있는 것 같았다.

만일 그들이 철저하게 회개한다면, 그리고, 그걸 어떤 사람에게라도 확실하게 보여 줄 수 있다면…… 또 누가 보아도 그들이 회개했다는 것을 알 수가 있게 된다면…… 그들이 다시 인생을 시작할 그런 기회를 가질 수 없을까. 꺼져 가는 잿더미 속에서 다시 불을 찾아서…….

그러나 아직도 인간에게는 그런 것이 불가능하게 되어 있다. 자기 스스로가 자기의 회개한 맘을 믿을 수가 없고, 다른 사람 역시 믿을 수가 없는 것이다. 아직도 우리에게는…… 폭력을 절대로 인정하지 않을 단단한 마음이 부족한 것이다. 그래서 법이 아닌 폭력으로 자기의 뜻을 관철하려는 어리석은 사람들이 가끔 세상에 나타나고 있다.
 폭력이 있는 곳에 진정한 자유는 없다. 그러므로 자유는 폭력을 용인하지 않는다. 자유를 옹호한다는 명목으로 주어지는 폭력 또한 자유의 편일 수가 없다. 다만 자유를 얻는 행위만 자유의 친구로 평가를 받을 수가 있다.
 아직 아시아는 어둡다. 이 어두운 대륙이 새벽을 만나려면 무지무지한 세월과, 많은 사람들의 희생이 있을 것이다. 대륙의 심장부에서부터, 폭력과 부자유의 성이 허물어지고 사방으로 따뜻한 봄이 와야 할 것이다. 그러나 언젠가는 오고 말 그런 봄이다.
 우리는 불행한 시대에 살고 있다. 다만 운명이라는 말외에는 아무 말로도 표현할 수 없는 그런 불행한 시대에 살고 있는 아시아 사람의 하나이며, 한국 사람의 하나일 뿐이다. 누구에게도 죄의 원인이 있는 것도 아니다. 그저 우리가 불행한 시대에 태어났을 뿐이다. 모든 것을 용서하고, 모든 것을 이해하자. 그리고 사랑하자. 그것 만이 불행한 시대를 더 이상 불행하지 않게 하는 방법이다. 참고 기다리자. 참고 기다리자. 십년이든, 이십년이든, 아니면 백년이나 이백년이든. 그렇게 하면 나라는 통일되고, 중국과 시베리아에도 봄이 올 것이다.
 참고 기다리자. 겨울을 참는 인동덩굴처럼.
 시찰구를 통해서 복도쪽을 넘겨다 보니, 학생인 듯 싶은 젊은 사람이 복도의 콘크리트 바닥에 쭈구리고 앉아 있었다. 그는 길다랗게 머리를 길렀고, 노란 프라스틱 밥그릇 하나와 젓가락, 그리고 죄수번호를 적은 나무토막 하나를 들고 앉아 있었다. 그는 공포에 질린 얼굴로 사방을 자꾸 두리번거리고 있었다. 아마 그도 난생 처음으로 이런 곳엘 와 봤을 테니까 기가 막힐 것이다. 영화에서 보는 미국의 형무소하고는 엄청나게 차이가 날 것이다.
 이윽고 그는 나와 시선이 마주쳤다. 몹시 피곤해 보이기도, 불쌍해 보이기도 한 얼굴이었다. 부모들이 그런 아들의 모습을 보았더라면 얼마나 슬피 울 것인가. 그리고 잡혀서 여기까지 오는 과정을 보았더라면…….
 "어디서 왔소?"
 내가 얼른 말을 걸어주었다.
 "K대학요."
 K대학이라면 지방 대학이다.
 "용기를 잃지 마시오. 여긴 그런대로 지낼만한 곳이오. 나는 김봉주라는 사람이오."
 나는 내 이름을 나타내고 싶어서가 아니라, 그렇게 하는 것이 그에게 힘이 될 것 같았기 때문이다. 조금이라도…….
 그는 담당이 와서 문을 열어 주자, 산보 갔다 온 세퍼드가 자기 우리 안으로 들어가듯이 방안으로 들어갔다.
 안에 들어 가서는 얼마나 울고 있는지 여간해서는 얼굴을 시찰구쪽으로 내밀어 보이지 않았다. 그래봤자 아무 소용도 없는 일인데…… 나는 며칠 있다가 그를 다시 만나게 되었는데, 그때는 상당히 마음을 잡은 것처럼 보였다.
 "용기를 내요. 곧 나가게 될거요."
 나는 그와 시선이 마주치게 되면 그렇게 말했으나, 잘 전달이 됐는지 어떤지는 분명하지 않았다. 교도관의 감시를 피해서 하는 말이니까.
 그 학생처럼 내성적인 학생이 있는가 하면, 상당히 낙천적인 학생들도 있었다. 그들은 교도관이 보지 않기만 하면 시찰구에 매달려서, 앞방과 옆방 사람들하고 열심히 농담을 주고 받기도 했다. 그것도 정치적인 것이 아니라, 그저 막연한 농담을 거래하고 있었다. 조금도 이런 생활이 괴로워 보이지 않았다. 어차피 잠시 있다가 갈 곳이니까. 아무리 심하게 벌을 내린다고 해도 그건 아무 것도 아니다. 세상이 좋아지면 모두 사면조치를 받게 될 것이고…….

 그는 내가 똥통을 들고 지나가면 오히려 내게 기운을 내라고 격려를 하곤 했다.

 건너편의 맨 마지막 방에 키가 큰 학생이 하나 있었다. 물론 독방차지였다. 그는 후줄그레한 수의를 입고 추위를 견딜 수 없어서, 방 안에서 항상 펄떡펄떡 뛰고 있었다. 맨 끝 방이니, 그나마 볕이라고는 한 줌도 없었고, 한쪽 벽이 그대로 밖으로 노출되어 있어서, 참을 수 없을 정도로 추운 모양이었다.

 "김선생, 몹시 춥습니다."

 그는 몸을 움추리며 펄떡펄떡 뛰어 보였다.

 나는 가끔 기도를 해 보려고 노력했다. 그러나 어인 일인지 기도가 잘 되지 않았다. 신앙심도 약하기는 하지만, 맘이 가라앉지 않아서 기도가 잘 되지 않았다. 하느님, 저를 이런 곤경에서 구해 주시옵소서…… 하루라도 빨리 자유의 몸이 되어 가족들과 친구들에게로 돌아갈 수 있게 해 주소서…… 나는 중국놈처럼 옷소매에다가 두 손을 찌르고는 천정을 쳐다보며 기도를 했다. 무스림의 무덤같이 생긴, 높은 천정을 쳐다보며 기도를 했다. 무스림의 무덤같이 생긴 높은 천정에 길다란 거미줄이 먼지를 붙여 굵고 길다랗게 흘러내리고 있었다. 왜 저렇게 천정을 높게 했을까. 사람이 둥둥 떠다니는 것도 아닌데…….

 나는 나의 직장 일을 생각했다. 그들로 볼 때 나는 별거아닌 인간이지만, 나로서는 귀중하고 재미있기도 한 직장이었다. 내가 과연 그 직장으로 다시 돌아갈 수 있을까. 그들에게 그런 애정이 있는 것일까. 또 숨막히는 정치적인 분위기가 그런 것을 허용할 수 있을 것인가.

나는 고개를 살래살래 흔들면서 방안을 한참 동안, 동물원의 백곰처럼 돌아다니고 있었다.

견딜 수 없는 무료감과 고독감, 그리고 괴로운 느낌이 마구 밀려드는 것 같았다. 삼손처럼 벽을 손바닥으로 밀어버리고 하늘로 훨훨 날아서, 저 높은 벽, 이 건물이 생기고 나서 아직 아무도 날아서 넘어 보지 못한 벽을 날아가 버리고 싶다. 사람이 만물의 영장이고, 불가능이 없을만큼 엄청난 과학적인 기능을 가지고 있지만, 무능력한 존재적인 인간은 아무 것도 할 수 없는 지극히 무능력한 존재다. 벽은 커녕, 나무로 된 문짝 하나 맘대로 부수지 못하고, 한발 되는 높이까지도 뛰어 오르지 못하고 꼼짝 없이 갇혀 있는 것이다.

나는 하도 발광이 날 것 같아서, 주먹으로 벽을 쿵쿵 쳤다.
"웬 일이오, 김형?"
옆방에서 소리가 들렸다.
"답답해서 견딜 수가 없어요."
"그래도 참아야지. 고통이 오래 가진 않을 거요. 인생 칠십도 지나고 보면 금방인데 뭘?"

그렇다. 시간은 무서운 속도로 흘러 갔다. 우리 눈엔 보이지 않지만, 겁나는 속도로 지구는 돌아가고, 그래서 사람 역시 무서운 속도로 늙어 간다. 그러니 아무리 이런 영어의 생활이 길다고 해도 화살처럼 지나갈 것이다.

조금만 참자. 조금만 참자.

18

 검취가 끝난 다음부터 공판이 시작하는 날까지 기다리기가 몹시 지겨웠다. 캄캄하고 좁은 방에 홀로 갇혀 있으니, 나를 위해서 공판 절차같은 것을 생각해 주는 사람이 있을까 의심스러울 정도로 공판 절차는 나하고는 아무 관계도 없이 기별이 오지 않았다. 나는 지루하고 답답한 나날을 보내지 않을 수가 없었다.
 창밖을 넘겨다 보아도 으스스한 하늘이 있고, 미기미한 구름이 억압적으로 꽉 내려 누르고 있었다. 봄이라는 계절은 이미 사람들에게 완전히 잊혀져 있는 것 같았다. 내가 있는 방의 창문 바로 밑에는 제법 큰 개나리 덤불이 하나 있었다. 아무 것도 없는 삭막한 마당에 개나리 덤불 한 다말만 있을 뿐이다. 나는 목을 힘껏 뽑아 개나리를 내려다 보았다. 여간해서는 잘 볼 수가 없었다. 그러나 아직도 개나리 꽃눈이 틜 것 같은 징조는 조금도 보이지 않았다. 아직도 독한 겨울이 머물러 있는 것 같았다.
 "해빙은 멀었지?"
 박우병이가 자기의 보금자리에서 나를 내려다 보며 소리를 질렀다. 내가 하고 있는 짓거리가 궁상맞아 보였던 모양이다.
 "아직 멀기는 하지만, 언젠가 오기는 하겠지……"
 "공판 날짜 알어?"

"몰라."
"이거 되게 지루한데……"
"그러기."
"무엇을 기다리고 있는 것일까. 귀가 번쩍 뜨일 것을 기다리고 있는 것도 아닌데. 고작해야 공판이란 말이야. 기다릴만한 반가운 손님은 아니거든. 넌 빠져 나갈 수 있니?"
"자신 없어."
"오리발이야."
"오리발 밖에 먹은 게 없는데."
"그러니까 오리발이다. 너는 잘한 것 같아."
"나는 진실일 뿐이야."
"약한 사람은 내세울 게 진실 밖에 없어."
　우리는 서로 얼굴을 들여다 볼 수가 없어서, 주고 받는 말의 뜻을 잘 이해할 수가 없었다.
　나는 혹시 기소가 되지 않을 수도 있을 것이 아닌가 하는 지극히 안일한 기대를 걸어 보면서, 검찰의 손에 있는 이십일을 하루하루 음미하고 있었으나, 마지막 날에도 반가운 소식은 전달되어 오지 않았다.
　우리는 마지막 날까지 검사에게 불려 다녔다.
"결국 기소가 되는 겁니까?"
　나는 바보스럽고, 그래서 하지 않았어야 되는 질문을 기어이 지검사를 보고 하게 되었다. 그들이나 다른 사람들은 어떻게 생각할지 모르지만 내 자신은 한결같이 무죄라는 생각 밖에는 아무 것도 없었다. 정치적으로 어거지로 씌우려는 의도를 배제한다면……
"그야 물론이지."

검사는 씁쓸하게 대꾸했다. 당연하다는 건가, 아니면 하는 수 없는 일이지만, 그럴 수 밖에 도리가 현재로서는 없다, 라는 뜻을 가지고 있는 것일까.

나는 오히려 그를 이해한다는 듯이 그를 물끄러미 들여다 보고 있었다. 검사는 시선을 바꾸었다. 역시 그에게도 입장이 있는 것이고, 자기 맘대로도 하지 못하는 그런 것인지도 모른다. 세상이 잘못되어 가면, 잘 되어 가는 것을 찾는다는 일도 어려운 일이다.

나는 가느다란 실버들가지와 같은 소망을 마저 꺾어 버리고 감방 구석에 앉아서, 이번에는 기솟장이 날라오기를 기다렸다. 그러나 그것도 얼른 날라와 주지는 않았다. 검사가 얼마나 근사한 명문장으로 사람을 정죄하려고 하는지 몹시 궁금하기도 했다.

그는 직업이기 때문에 남을 정죄하려고 하지만, 나는 그것을 빠져나가도록 노력할 권리가 있다. 그러나 이건 공평한 싸움이 아니다. 그는 지극히 유리하지만 나는 지극히 불리하다. 나는 노상 갇혀 있고, 변호사 접견도 이쪽에서 요구할 권리가 박탈당하고 있다. 법조문을 읽을 수 있는 편의도 제공되지 않는다. 다른 사람들을 만나서 자문을 구할 수도 없고, 언론마저도 일방적이기 때문에 사회의 동정을 구할 수도 없다. 아니 내편을 든다는 것 자체가 부도덕하고, 불경스런 것으로 인정되고 있는지도 모른다.

거기에다가 나는 여기서 정상적인 생활을 하고 있지 않기 때문에 모든 사고가 병적이고, 불안정하다. 정확하고 날카로운 판단을 할 수가 없다. 자기를 충분히 변호하기 위해서 자료를 얻을 수도 없다.

그래도 밀려 나가서는 안된다. 검사의 입장이나, 그를 내세워 싸우고 있는 많은 응원자들의 체면을 생각해서 내가 양보를 하면 나는 유죄가 된다. 그 뒤에 내가 그들을 위해서 양보했다고 해도 그들은 그걸 인정해서 고마워하지 않을 것이다. 그저 그들이 옳았다고 생각할 뿐이다. 그러므로 나는 그들의 그런 부정확한 결론이 옳은 것이 아니라는 것을 보여 주어야 한다. 이것은 단순한 반항이 아니다. 자기 생존을 위한 인간의 당연한 본능일 뿐이다.

나는 그들이 나를 유죄로 만들어야 하는 이유를 알고 있다. 그건 도덕적인 것이 아니다. 그들 개인의 안타까와 하는 심정을 동정한다면 내가 유죄가 되어 주는 것은 어렵지 않지만, 그들 역시도 이건 그들 개인의 문제가 아니다. 길다란 배후와 다른 문제가 있다. 그러므로 그들만을 동정해서 나를 희생시킬 수가 없다. 그렇게 되면 나만 파멸하는 것이 아니라, 더 큰 도덕적인 문제가 파멸되어 갈 것이다.

나는 잔인한 일이라고 생각하면서도, 내가 양보할 수 없는 이유를 뚜렷하게 가지고 있었다. 좀 미안한 일이지만…….

나는 수사관에게나, 검사에게 비교적 잘 한 것으로 인정되었다. 나는 내가 진실하다는 것을 그들에게 알리려고 죽을 기를 썼고, 그들은 그걸 어느 정도 사실로 받아주는 것 같았다. 물리적인 강제가 없는 것은 아니었지만, 그것으로 진실이 가리워진다고 믿는 사람은 아무도 없었다. 또 끝까지 비인간적인 장벽만 있는 것이 아니라는 것도 피차가 알게 되었다.

나는 솔직했기 때문에 사법경찰관하고도 접근할 수가 있었다. 자신을 가리고 위장을 해야 할 그럴 필요를 나는 조금도 느끼지 않았다.

우리는 조서를 만들거나, 물리적인 수사를 계속하는 일 외에는 여러가지 의견을 말하면서 서로를 이해하려고 했다. 그는 내가 법률지식이 너무 없는 것이 몹시 걱정스러운 것 같았다.
"법을 잘 안다는 것은 편리해."
나는 그 말이 무슨 뜻을 가지고 있는지 잘 이해가 가지 않았다.
"세상일을 너무 순진하게만 보면 안돼. 강제 자백같은 것을 해서는 곤란해. 검사의 취조 서류는 증거 자료가 된다구. 사법경찰관의 서류와는 달라. 괜히 겁에 질려서, 안한 것도 했다는 식으로 해 버리면 빠져나갈 수가 없을 거야."
그는 나지막한 말로 빠르게, 그러나 힘있게 말했다.
"강제 자백이라는 것은……"
"아니야. 확고한 맘만 가진다면…… 이길 수 없을 정도의 것은 아닐 거야. 어떤 경우라도."
나는 심각하게 고개를 끄덕였다. 앞으로 벌려야 할 실랑이가 결코 로맨틱한 것이 아니라는 생각이 강렬하게 울려 왔다. 내 약한 마음이 과연 그런 십자가를 견딜 수 있을까.
사법경찰관 역시 인자하기만 한 것은 아니었다. 순간적으로 안면이 달라지면서 오징어 대림질을 서슴 없이 하기도 했다. 나는 이따금 그를 이해하기가 참 힘이 든다는 생각을 했다. 변화가 아주 빈번했기 때문에 그 기분을 잘 알 수가 없었다.
그러나 나는 큰 실수를 하지 않았다. 장소가 바뀌었을 때도 실수같은 것은 하지 않으려고 세심한 주의를 했다. 기술적인 것이라기 보다는 의지와 도덕적인 문제였다. 약간의 고초가 있었다. 이틀을 밖으로 더 불려 나갔고, 또 이틀 밤을 이곳서 유린되었다. 그러나 나는 자신을 죄인으로 만드는 어리석은 무쇠탈을 결코 쓰지 않았다. 그런 유혹마저도 물리쳤다. 나는 가을 살모사처럼 독이 올라 있었고, 이를 갈면서도 나의 무죄를 주장하겠다고 맘 먹었다. 또 그렇게 노력했다.

사람은 성행위를 하거나, 죄를 신부에게 고해하거나, 죄를 수사받는 과정에서 상대와 서로 친해지는 것은 이상한 일이 아니다. 서로의 약점을 너무 알게 되기 때문이다. 그럴 때는 진정으로 인간과, 그 인간이 지닌 약점을 절대로 혼돈하지 않으려는 애정이 생긴다. 이것이 인간미다. 모든 인간에게서 경우만 닥치게 되면 이런 인간미를 느끼게 된다. 미워한다는 사실이 얼마나 단순하고 사려가 깊지 않은 생각인가 하는 것을 금방 알게 된다.

우리는 그런 바람직한 분위기 속에 있었다. 물리적인 압력이 가해지기는 했지만, 인간적인 애정은 그대로 통용되고 있는 것 같았다. 또 나는 애써 그걸 믿으려고 했다. 내가 약한 입장에 있었기 때문일까. 어쨌든 나는 내 맘대로 말할 수 있는 권리와 그대로 글을 쓸 수 있는 권리를 부여 받았다. 약간의 우여곡절을 겪으면서도…… 그들은 신사였다.

검취가 끝났을 때에 나는 몹시 피곤함을 느꼈다. 콩밥으로 감당하기 어려운 작업을 치루지 않으면 안되었던 것이다. 시설이 엉망인 방이기는 하지만, 그래도 혼자서 조용히 쉬면서 사색할 수 있어서 좋았다.

나는 열심히 앞으로의 일을 걱정했다. 공판정에서 어떻게 임하는 것이 효과적일까, 하는 것을 열심히 생각했다. 그러나 내게 유리하게 만들어 나가기 위해서 나는 너무나 부족한 경험을 가지고 있었다. 혹 친구들이 앞서서 공판을 받은 경우도 있었지만, 나는 불행하게도 한 번도 방청을 해본 적이 없었다. 그리고 그 분위기부터가 잘 잡히지 않았다. 그리고 법전이라도 한권 있다면 …… 봉사 코끼리 만지듯이 법의 다리와 코를 한 번 만져볼만 하지만, 그런 것은 구할 수가 없었다.
　교도관이 큼직한 종이뭉치를 하나 시찰구로 집어던져 주고 갔다. 얼른 받아보니, 등사질을 한 기소문이었다. 나는 처음부터 끝까지 한 자도 넘어뛰지 않고 자세하게 읽어 보았다. 내가 어떤 행위를 했는데, 그게 무슨 법, 몇 조 위반 사항이라는 설명이었다. 그러나 나는 그 기소문이 가지고 있는 큰 뜻이나 부분적인 작은 뜻을 전연 이해할 수가 없었다. 소설을 읽는 것 같은 그런 것은 아닌 것 같았다. 별로 뜻이 없는 부분으로 보였지만, 그게 바로 법조문하고 연결이 되어 나를 죄인이 되게 하는 위험한 대목인 모양이다. 나는 또 읽었다. 그리고 또 읽었다. 열심히 읽고 나면 아무리 법을 모르는 나라도 그 기소장이 지니고 있는 하자나 약점이 눈에 띌 것 같았다. 나는 열심히 읽었다. 그러나 어디에 핵심이 들어 있는지 잘 발견이 되지 않았다. 문장은…… 비방하고, ……회합하고, ……특별조치법을 위반하고, ……금품을 수수하고, ……유신헌법을 거부하고, ……등의 말이 문장이 끝날 때마다 반복해서 나오고 있는 것이 보였다. 아마 그게 법조문과 유사성을 만들기 위해서 그런 말로 표현이 되어 있는 것인가…… 그렇다면 그걸 피해 갈 수 있는 방법은 무엇인가.
　어떻게 보면 검사의 공소 사실은 엄청나게 과장된 것 같기도 했고, 또 자세히 보면 아무 것도 문제가 될 게 없는 것 같기도 했다. 예를 들어서, 금품을 수수하고……, 하고가 크게 표현이 되어 있지만, 노력의 댓가로 당연히 받을 돈을 받은 것에 지나지 않으며, 그 액수는 미화로 따져서 22불 가량이 된다면…… 이건 아무 것도 아니다. 그런데도 금품 수수 어쩌구 하니까 굉장한 것으로 들린다. 그것을 효과적인 설명으로, 아무 것도 아닌 것으로 인식시키지 않으면 안된다. 장황하거나, 요령부족으로 설명해서도 안되고, 검사나 판사가 화나게 말해서도 안된다. 이성과 겸손과 굴하지 않는 의지를 가지고 떳떳하게 말해야 한다.

나는 어디까지나 죄인이 아니다. 국가에 죄를 지을 만큼 그렇게 파렴치한 인간도 아니다. 다만 지식인이기 때문에 현실보다도 조금 앞서서 옳은 생각을 가지고 있었고, 그것을 끌어들였고, 그것이 실현되도록 다소 노력했을 뿐이다. 그건 죄랄 수가 없다. 오히려 그렇게 하는 사람들이 많아서, 국가를 하루라도 더 빨리 발전하게 해야 한다. 그러니…… 그게 죄일 수가 없다.

나는 죄인이 아니라는 당당한 전제가 있지 않으면 안되었다. 그걸 모든 사람들에게 확신시킬 필요가 있었다. 설령 유죄언도를 받는 한이 있어도 죄가 없는 것은 없는 것이다. 그렇다면 왜 약간이라도 죄가 있는 듯한 인상이 풍기게 조사가 진행이 되었느냐는 것이다.

그것에는 충분한 이유가 있었다. 물론 밝힐 수 있는 것이다. 그러나 그게 좋은 결과를 낼지 어떨지는 잘 모른다. 여태까지의 진술은 강제 자백에 의한 것이니까 사실과는 다르다…… 이렇게 주장한다고 해서 과연 그게 재판부에 그대로 전달이 될까?

전달이 되지 않으면 괜히 자기의 약점만 보이는 결과가 되고 만다. 체면 문제도 있다.

피의자는 맨 먼저 사법경찰관에게 수사를 받는다. 다음에 검사에게. 그리고 다시 공판정에서 검사에게 받는다. 이런 세 번의 과정 속에서 서로 진술이 달라질 수도 있지만, 그게 피의자에게 유리한 것이 아니어서는 아무 뜻이 없다. 또 작전상으로도 모조리 다 털어놓고 나면 나머지 공판정에서 자기에게 유리하게 이끌

이야기가 하나도 없게 될 수도 있다. 검사가 눈치채지 못하는 가운데서 슬쩍 자기를 좋은 위치에 올려 놓을 수 있는 그런 카드를 제출하지 않으면 안된다.
 그러나 재판을 받는 방법이 시종일관 검사와 맞서게 되면 검사뿐만 아니라 판사 자신도 별로 기분 좋지는 않을 것이다. 그러니 인정할 것은 인정하고, 부정할 것은 부인해야 한다. 검사가 죄를 씌우려고 하는 것은 절대로 멍청하게 뒤집어 서서는 안되고, 자기를 결정적으로 변호할 수 있는 것은 기회를 잘 포착해서 효과적으로 설명해야 한다…… 변호사에게 의지해서는 안된다. 자기 혼자라는 기분을 가지고 최선을 다하고 난 다음에 변호사의 기술적인 변론이 도움이 되면 다행이고, 안 된다고 하더라도 자신이 하고 싶은 말은 다 했다는 자부심을 가지게 되지 않으면 안된다. 자신이 충분히 말을 하지 않으면 변호사가 아무리 노력해도 별로 효과를 내지 못할게다. 더구나 정치적인 냄새가 나는 것은……
 나는 이런 식으로 머릿속을 정리해 나갔다. 고소장을 다시 읽으면서, 강제 자백으로 인한, 있지도 않은 사실의 기록은 거의 보이지 않았다. 그것은 내가 이성을 잃지 않고 상대방을 잘 납득시켰다는 증거가 되었다. 그만해도 얼마나 다행스런 일인가. 앞으로 재판을 잘 치르기만 하면 유죄언도를 받지 않을 수도 있을 것이다. 요는 호랑이에 물려가도 정신을 잃지 않는 태도다. 절대로 이성을 잃거나 그릇 판단하는 그런 일이 있어서는 안될 게다……
 검취가 끝난 다음에 다시 '검취'라는 말로 내가 감방에서 복도로 나올 수 있는 특전을 받은 것은 완전히 한 달이 넘고 나서였다. 일심 처리의 법정기일이 6개월이니까 6개월은 하루도 채우지 않고는 안되겠다는 태도를 볼 수 있었다. 절대로 서두르는 눈치도, 일부러 늦추려는 눈치도 아니었다.
어쨌건 간에, 음침한 감방 안에서 맴돌고 있다가, 복도로 나올 수 있다는 것이 얼마나 살만한 일인가 말이다. 나는 그동안에 혹시 몸이 어떻게 된 거라도 아닐까 해서 몸을 디스코를 추듯이 비틀어 보았으나, 어느 한 쪽도 허물어져 내렸다는 그런 것을 느낄만한 곳은 없었다. 전체적인 스테미너가 차차 자기도 모르는 사이에 떨어지고 있다는 사실을 발견하기는 어려웠다.
줄을 선 채로 복도의 콘크리트 바닥에 쭈그리고 앉아 있으니, 교도관이 수갑을 잔뜩 엮어가지고 우리에게로 들어 와서는 하나씩 배급해 주었다. 나도 자연스럽게 그걸 하나 받아서 남의 도움을 받지 않고 팔목에다 끼었다. 나도 모르는 사이에 이곳의 생활에 벌써 적응하게 된 것이다.
"오늘도 검첩니까?"
감방에 들어 있는 학생으로 보이는 사람이 물었다.
"아마 공판이겠지."
이렇게 잊혀진 채로 있으면서도 눈에 보이지 않는 가운데 무언가가 진행되어 가고 있는 것이 참 신기하게 생각되었다. 박우병과 오랫만에 만날 수 있다는 것도 여간 즐거운 일이 아니다. 매일같이 넓은 마당을 가로 질러 멀찌감치에서 만나지 않는 것은 아니지만……. 나는 어서 더 걸어보고 싶었다.
교도관이 요란하게 숫자를 세더니 한 무더기의 사람들을 데리고 밖으로 나갔다. 북쪽 마당에는 구석구석에 눈덩이가 발에 밟히지 않고 남아 있었다. 발가벗은 무궁화나무와 전연 가위질을 해 주지 않은 왜향나무가 볼품 없이 비뚤어지게 서 있었다. 우리는 한 무더기씩 한 무더기씩 줄을 서서 서쪽으로 돌아서, 굳게

닫혀 있는 사형장 앞을 지나갔다. 아이들같이 좀 겁도 나는 기분이었지만, 안의 구조가 어떻게 생겼을까 하는 호기심도 없는 것은 아니었다. 사람이 타의에 의해서, 그것도 아주 천천히 놀림을 받아가면서, 추궁을 받아가면서 사형언도를 받고, 또 그것이 집행되도록 기다린다는 것이 얼마나 기가 막히는 일일까.

사람은 죽음을 초월한다는 사실이 가장 어려운 일이다. 위대한 성자나, 지극한 애국자나, 혹은 악독한 범죄자가 아니고서는 죽음을 초월한다는 것은 거의 불가능한 일이다. 사람은 어차피 한 번 죽고 마는 것——그러니 떳떳하게 죽을 수 있을 때는 미련 없이 죽는 것이 좋다는 것을 이성적으로는 인정하기가 쉽지만, 실제로 그것을 받아들인다는 것은 너무나 어렵구 무서운 일이다.

미결감 쪽의 넓은 복도는 검취를 나가는 사람들로 가득 차 있었다. 나는 많은 사람들 속에서 한동안 박우병을 찾았다. 우리는 함께 묶여져서 가야 했다.

저쪽 모퉁이에서 뚱뚱한 친구가 이쪽을 아까서부터 노려보고 있는 것이 보였다. 말할 것도 없이 박우병이었다.

"참 지루했다. 한 달 동안이나 아무도 불러내 주지 않으니…… 이제는 그런 것은 없겠지. 일주일에 한 번씩은 공판이 열릴테니까."

"재판이 잘 되어 가야 할텐데……"

"그거야 뭐 도리가 없는 일이 아니겠어? 변호사 선발은 잘 한 건가? 그것밖에 달리 손 쓸 방법이 없지."

"이런 일에 변호산들 무슨 맥을 추겠어? 또 아무리 잘 변호한다고 해도 판사가 듣지 않으면 그것도 그만이야. 재판은 판사가 결정하는 거니까…… 뭐랄까, 피의자로서 최선을 다해 보는 도리밖에 없는 일이지. 지혜스럽게."
 우리들이 그렇게 말하고 있는 사이에, 아랫쪽으로는 열심히 사람들이 빠져 나가고 있었다. 우리는 딱 붙어 서서 자꾸 이야기를 계속했다. 재판에 관한 이야기뿐만 아니라 시시콜콜한 이야기까지 하고 있었지만, 그 이야기 한다는 사실이 현재 우리에게는 여간 중요하지 않았다.
 "……우리는 짧은 인생 속에서, 많은 것을 보고 살아왔구나. 어릴 때는 왜놈들 밑에서 살아왔고, 나이가 조금 들어서는 해방, 그리고 6·25 전쟁, 공산주의, 자유당 집권, 4·19, 그 다음에는 또 5·16…… 결코 행복한 세대라고 할 수 없었어."
 박우병이가 말했다. 따지고 보면 우리는 짧은 인생을 살아오면서 너무 지저분한 것을 많이 보고 온 것 같았다.
 "나라가 조그만하고, 그거나마 분단되어 있으니, 다른 나라에서는 도저히 상상할 수 없는 그런 일이 일어나는 것이겠지. 거기에다가, 건전한 상식만 있어도 잘 해결되어 나갈 일이 그나마 안 되는 경우도 있으니까, 엎친데 덮치는 격이지. 그러나 장구한 세월, 어쩌면 우리 국민은 영리하니까 아주 짧은 경험으로 지혜를 터득하여 좋은 국가가 될지도 모르지. 아니면 아주 그 반대 방향으로 가 버릴지도 모르지만…… 아뭏든 힘 있는 자들이 올바른 생각을 가져야지, 힘 없는 사람들이 아무리 좋은 생각을 가져본들 무슨 소용이 있겠어?"
 "그러기 말이야. 날은 훤히 밝았는데도 첩첩산중이야."
 우리는 무거운 기분이 되어 있었다.
 우리가 나갈 차례가 왔을 때 우리는 아무 생각없이 기계적으로 밀려서 밖으로 나갔고, 버스를 탔으며, 대기실로 가서 기다리고 있었다. 그러는 사이에 나는 자꾸만 우리나라가 왜 이렇게 불행한 역사적인 짐을 지고 있는 것일까, 하고 생각했다.

　내가 4·19 뒤에 무전 여행을 떠나서…… 부산에 도착한 것은 아마 오월 중순경이었을 것이다. 나는 아무 목적도, 또 급히 서둘러야 할 이유도 없었기 때문에, 천천히 호남지방을 돌아서 부산으로 간 것이다.
　부산에는 나의 숙부가 살고 있었다. 내가 잠시라도 기거해야 할 곳은 그곳이었다. 그러나 그 당시 그 집은 뒤숭숭한 상태에 있었다. 숙부와 숙모가 별거를 하고 있었으며, 서로가 다른 상대를 각각 하나씩 얻어서 이혼 직전에 있었다. 비교적 금슬이 좋은 부부로 인정받아 왔는데, 왜 갑자기 이런 일이 일어나는 것일까. 나는 좀 어이가 없다는 생각이 들었다. 슬하에 2남 2녀를 두고 있었고, 큰 놈은 이미 고등학교에 다니고 있었다. 그런 자녀들을 두고 지금 헤어져서 어떻게 하자는 것일까. 서로가 이익을 보기보다는 손해를 보게 될 것은 뻔한 일이었다.
　나는 그들이 왜 헤어지지 않으면 안 되었는지 알 수가 없었다. 자세한 내막을 물어 볼 수도 없고, 내게 소상히 말해 주는 사람도 없었다. 다만 알 수 있는 것은 서로가 일보도 양보 없는 고집쟁이들이라는 것 뿐이었다. 내가 아무리 설득시켜 봐도 손톱이 안들어 갔다. 물론 내 설득 따위로 될 그런 일은 아니었지만.
　나는 그들이 각각 새로 가지게 된 애인이 어떤 사람인지 조차도 알 수가 없었고, 또 관심도 없었다. 다만 아이들이나, 여태 살아 온 것을 아껴서 마지막 헤어지는 것이나 막아졌으면 하는 생각 뿐이었다.
　그러나 그들은 기어이 헤어져 버리고 말았다. 조그만한 한옥을 팔아서 숙모에게 위자료로 주고, 숙부는 아이들을 데리고 전세집으로 갔다. 집안꼴이 말이 아니었다.
　숙부는 일주일에 하루나 들어 올 뿐이고, 집안 살림은 일하던 아가씨에게 돈을 맡겨서 하게 했으니 그게 제대로 될 턱이 없었다. 아이들 통솔도 안되고, 그들에 대한 뒷바라지도 엉망이었다. 집안은 도깨비집이나 다를 바 없었다. 일하는 아이가 열심히 책임을 지고 일을 해 줄 것도 아니고, 또 새로 된 주부가 이 곳을 들여다 볼 턱도 없는 일이었다.
　그러니 아이들은 어머니에게 반쯤 가 있고, 이곳에 와서 반쯤 있는 비정상적인 생활을 했다. 아버지가 아무리 말려도 소용이 없었다. 부부는 헤어져 버리면 남남이지만, 아이들에게는 어디까지나 어머니였다. 그러니 비정상적으로 양쪽을 왔다 갔다 할 수 밖에. 아버지가 돈과 권위로 강력하게 아이들을 다스려야 했지만, 거의 내 팽게치다시피 하고 있어서, 도저히 가정 질서가 잡히지 않았다. 오히려 어머니쪽에서 아이들 학비를 대기도 하고, 관심을 보이는 쪽이었다. 그렇게라도 하지 않으면 아이들이 중도에서 학업을 중단해야 할 판이었다.
　나는 여기서도 오래 있을 수 있는 형편이 아니라는 것을 벌써부터 알고 있었다. 나는 다시 상경하기로 맘 먹었다. 계속해서 별아별 똥딴지같은 사람들이 데모를 하고 있었지만, 그렇다고 주저 앉아 있을 수도 없었다.
　나는 경주를 들러서 서울로 올라 왔다. 나의 형이 경주에서 교편을 잡고 있었다.
　서울에서도 연일 소규모의 데모가 벌어지고 있어서 좀 짜증스런 기분이 들었다. 그러나 집도 절도, 직장도 없는 나같은 사람에게는 그런 것은 문제가 아니었다. 좀더 높은 사람들이나 정치인들이 알아서 할 문제지……. 나는 당장 밥을 먹을 수 있는 직장을 하나 구하지 않으면 안 되었다. 까마득하기는 했지만, 설마 새로운 공화국이 탄생되었으니 밥걱정 하나야 해결이 되겠지 하는 생각이었다.

　나는 서울에 도착하자 맹주환이란 친구를 찾았다. K신문사에 같이 있던 녀석이었다. 광화문 근처에 가면 그 녀석의 소문을 들을 수 있을 거라고 했더니, 아니나 다를까 그는 태평로의 대륙이라는 당구장에 가서 매일 당구만 치고 있다는 것이었다.

　나는 그리로 갔다. 나무 계단을 밟고 올라 가면서 보니, 벌써 머리쪽의 맹주환이란 놈이 보였다. 나는 당장 뛰어 올라가서 그놈의 귓때기를 잡고 아래로 끌고 내려 왔다.

　"이 자식아, 제 2 공화국도 탄생되고 했는데, 당구만 치고 있으면 어떡하겠다는 거냐?"

　나는 호통을 치듯이 말했다.

　"누가 불러 줘야지."

　그는 태평스럽게, 혹은 무관심하게 대꾸했다. 조금도 궁해 보이거나, 초조해 보이는 기색도 없었다. 역시 이놈은 태평한 놈이로구나. 지진이 일어난다고 해도 눈 하나 깜짝하지 않을 놈이야.

　"이 자식아, 누가 너를 불러서 장관 자리라도 하나 줄줄 알았어? 우리는 다시 신문사로 찾아가서 말단 자리 하나 차지하는 것이 고작이다."

　"그건 그렇지."

　그제사 그는 잠에서 깨어나는 것 같았다.

　"그렇다면 이놈아, 누굴 찾아가서 한 자리 부탁을 해봐야 할 게 아닌가?"

　"그렇지."

그래서 나는 K신문사의 편집국장을 하던 사람이 M신문사로 갔으니 그리로 가 보자고 했다. 혹시 자리가 있을지 모르니까…
"그러지."
맹주환은 그렇게 대꾸하면서 서두르는 나를 따라서 M신문사로 갔다. 아닌게 아니라 김국장은 편집국의 맨 끝자리에서 얼굴을 잔뜩 찌푸린채 앉아 있었다. 그 양반은 마감이 끝날 때까지는 항상 그렇게 얼굴을 찌푸리고 있는 것이 보통이었다. 항상 세상 돌아가는 것이 못마땅하다는 태도였다.
우리는 멀찌감치에서 인사를 하고는 구석진 의자에 앉아 있었다. 국장은 신문 마감을 하고는, 아무 말 없이 우리에게로 걸어왔다. 우리도 아무 말 없이 그의 뒤를 따라 밖으로 나갔다.
김국장은 허름한 식당으로 들어갔다. 식사도 하고, 대포도 파는 그런 집이었다. 우리 셋은 아주 앉았다. 술부터 얼른 시켜서 국장에게 한 잔 따라 드렸다. 그리고는 또 그가 잔을 비우자 두번째 잔을 채웠다. 이렇게 하여 서너잔을 비우자 국장의 얼굴 주름살이 서서히 펴지기 시작했다.
"네놈들, 뭘하고 있나? 서울에 있었던가?"
그제사 그는 처음으로 입을 떼었다.
"네."
맹주환은 그런 대꾸 뿐이었다.
"예, 저는 전국을 무전 여행했습니다. 그래서 어제 서울에 도착했는데요…… 이놈은 당구장에서 세월 가는 줄 모르고 당구만 치고 있더군요. 그래서 제가 오늘 잡아가지고 왔습니다. 국장님에게 오면 뭔가 일자리를 하나 주시지 않을까 해서요."
내가 이렇게 설명을 하니, 그는 다시 얼굴을 잔뜩 찌푸렸다.
우리는 별로 말도 없이 밥과 술을 마시고 자리를 떴다. 신문사

앞까지 국장을 모셔다 드릴려고 왔다.
 "낼 아침부터 나와."
 거의 헤어질 무렵이 되어서야, 국장은 우리에게 그렇게 말했다. 나는 어이쿠 살았구나 했다. 나는 이 신문사에서 국회 출입을 했고, 이것은 5·16이 나도록 계속되었다.
 이 기간 동안 고무적인 생활을 했다기 보다도, 열등감에 파묻힌 생활을 했다는 것이 올바른 표현이었다. 지나치게 많은 자유가 갑자기 주어져서, 자유가 뭔지도 모르는 무식한 사람들, 그리고 자유를 충분히 악용할 수 있는 나쁜 사람들로 인해서 자유가 마구 도매금으로 넘어 가고 있는 것 같았다. 그 금싸라기 같은 자유가. 그래서 비록 자유를 귀하게 여길 줄 아는 사람들도 그 귀함을 귀하게 누릴 수가 없고, 오히려 얼굴을 붉히지 않으면 안되었다.
 민의원 의사당 앞에는 연일 직업이 다른 사람들의 집단이 몰려들어서 데모를 하고 있었다. 데모도 질서정연한 평화적인 데모라면 민의를 표현하는 방법으로 인정될 수 있는 것이지만, 성급하고 무식한 사람들은 그런 질서나 예의를 전연 차릴려고 하지 않았다. 데모대의 한 떼가 민의원 의사당 안으로 뛰어 들어 와서는 단상을 점령하고, 탁상에 올라가서 적 고지라도 점령한 것처럼 만세를 부르기도 했다. 그것을 보고 나는, 이건 자유도 뭐도 아무 것도 아니구나, 하고 생각했다. 그저 혼란일 뿐이었다.
 정부는 혼란 속에서도 뭔가 길을 잡아볼려고 노력하고 있는 것 같았다. 그러나 너무 고무되어 있는 데모대들 때문에 속도 있게 일 해 나갈 수 있는 것 같지 않았다. 거기에다가 참의원이라는 이상하고 생경한 것이 있어 가지고, 혼란과 지지부진한 느낌을 더 한층 합법적으로 주고 있는 느낌이 들었다.

자유당 정권에 열심히 아첨했던 신문들은 재빠르게 학생들에게 다시 아첨하기 시작했고, 그들을 움직일 수 있고, 그들에게 잘 보일 수 있는 일이라면 무엇이나 할 수 있는 것처럼 글을 쓰기 시작했다. 반대로 감정적인 그들을 잘 타일러서 선도했어야 했지만……

　학생들은 남북회담을 하겠다고 판문점으로 몰려 들기까지 했다. 남북대화를 여는 것은, 우리 민족이면 누구나가 다 원하는 바이지만, 상대가 공산주의자들이라는 점을 감안한다면, 협상이나 외교에 아무 경험도 없는 학생들이 어떻게 그런 막중한 일을 수행할 수 있단 말인가. 공산주의자들과의 협상은 막강한 군사력과 경제력, 그리고 고도의 높은 외교 수완이 아니고서는 어림도 없는 일이라는 것을 우리는 2차대전 이후의 역사 속에서 충분히 알고 있는 일이다. 그런 어려운 일을 학생들이 하겠다는 자체가 좀 과대망상에 사로잡힌 것 같았다. 물론 다른 면에서는 차차 이성과 질서의 회복이 이루어지고 있는 징조가 약간씩 보이기도 했지만……

　아뭏든 실험적인 역사의 한 토막이었다.

　나는 5·16 혁명 직후에, 국토건설단에 자원 입단하여 춘천의 소양강 근처에서 길을 닦는 일에 종사했다. 이건 병역기피자에게, 병역을 필할 수 있는 길이었다.

19

　우리는 재판정에서 우리를 놀라게 하는 여러 가지 사실을 발견하게 되었다.
　우리는 세상이 우리를 완전히 잊고 있는 것이 아닌가 하고 두려움을 가지고 있었으나, 반대로 그들이 초조하게 우리 보기를 바라고 있었다는 사실을 알게 되었다. 그렇다고 우리가 무슨 벼슬을 한 것 같은 기분이 든다는 말은 아니다. 오랫동안 보지 못하고 있던 가족과 친구들을 한꺼번에 감당하지 못할 정도로 구경할 수가 있었고, 오히려 그들이 우리보다도 더 열심히 걱정하고 있었다는 사실을 알았을 때, 우리는 흐뭇한 감정을 금할 수가 없었다.
　방청석은 가족과 친구들, 그리고 낯모르는 외국인들로 가득 차 있었다. 교도관들이 그들과 맘대로 접촉하지 못하도록 막고 있었고, 그래서 우리는 행동에 자유는 없었지만, 이미 그들과는 폭넓고 뜨거운 접촉을 하고 있는 느낌이 들었다. 꼭 말을 하거나, 손을 잡는다고 해서 뜻이 통하는 것 만은 아니었다. 우리가 생각하고 있던 것 만큼, 혹은 교도관이나 검사들이 생각하고 있는 만큼, 우리를 심각하게 사회나 친구들이 생각하고 있는 것은 아니다, 하는 것을 우리는 직감할 수 있었다.
　방청석에 나온 사람들은 우리가 과연 무거운 죄를 지은 것일까, 아니면 어딘지 모르게 잘못된 구석이나, 다분히 분위기적인 필요성에 의해서 만들어진 것일까 하는 것을 간파해 내기 위해 우리가 검찰측 신문을 받는 것을 한 마디 한 마디 빠트리지 않고 심각하게 듣고 있었다.

박우병은 검사 취조에서 한 말을 뒤집으려고 애를 쓰고 있었고, 검사는 약간 신경질을 내고 있는 것 같았다. 검사 취조 때의 말과 공판정에서 하는 말이 너무 차이가 나면 분위기는 긴장하기 마련이다.

나는 그렇게 할 필요가 없었다. 검사에게도 아닌 것은 아니라고 말했고, 긴 것은 기라고 말했기 때문에 모조리 부인할 필요는 없었다. 다만 나는 이 자리에서 검사 뿐만 아니라 판사와 방청객, 그리고 변호사까지 함께 앉아 있는 자리니, 객관성이 있게 분명하게 말대꾸를 하자고 맘 먹고 있었다. 구차하게 자기를 변호하기 위해서 했던 것을 안했다고 새삼스럽게 발뺌을 하는 그런 졸렬한 짓은 하지 않기로 했다. 당당하게 남자답게 말하고, 그게 죄가 되면 정죄를 받을 수 밖에 없었다. 어차피 정치적인 냄새가 짙은 사건이니까.

검사는 나를 불러 내어 발언대에다 세웠다. 그래서는 이미 수십번 물었던 질문을 지루하게 계속했고, 나는 아무 감흥도 없이 했던 답변을 다시 되풀이 했다. 그런 상투적이고, 상식적인 질문과 답변 속에 엄청난 죄가 숨어 있으리라는 생각은 아무도 할 수가 없었다.

나는 많은 해외 여행을 했고, 그때마다 만난 사람들의 이름을 열심히 나열했으며, 그들과의 대화 내용이 산만하게 되풀이 되었다. 물론 대부분이 외국의 상용에 필요한 사람들이지만 그 중에는 한국교포들도 끼어 있었는데, 이들과 어떤 이야기를 주고 받았느냐는 것이 자꾸 문제가 되었다. 그러나 그건 그들에게나 문제가 되는 것이지 나에게는 전연 문제가 되지 않았다. 애국심을 가지고서도, 미국교포가 가지고 있는 애국심과 우리가 가지고 있는 애국은 본질적으로 차이가 있다. 그들은 자유스런 땅에서 살고 있으니까 자유스럽게 아무렇게나 말할 수가 있지만, 우리는 그렇게 되지 않는다. 그리고 나는 외국에 살 사람이 아니라 한국에서 살고 있는 사람이고, 그 안에서 밥을 먹고 있으며 자녀를 기르고 있다. 어디를 떠날 수도 없으며, 떠날 생각이 있는 것도 아니다. 나는 애국심이 있든 없든, 민족적인 비극이나 어려움에 동참하지 않을 수 없는 입장에 있는 사람이었다. 전쟁이 일어나면 같이 싸워야 하고, 자유와 생명을 보호하기 위하여 피를 흘려야 할 사람이다. 남의 나라에서 관념적으로 나라를 사랑한다고 하는 교포들의 한가한 애국과는 근본적으로 다른 애국을 나는 하고 있었다.

만일 이런 나의 애국을 검사나 판사가 안다면 문제는 간단한 일이다. 그러나 그런 내 맘 속을 충분히 설명하기란 여간 힘드는 일이 아니었다. 나는 외국에 가서도, 반갑게 만나지는 한국 사람을 반갑게가 아니라, 일단은 의심하고 경계해야 하는 아픔을 항상 가지고 있었다. 그리고 일단 이상한 사람들이 아니라는 것을 알게 되었을 때도 그들에게 용기와 자신감, 그리고 희망을 불어 넣어 주는 것을 나는 잊지 않았다. 그 외의 화제는 간단한 만남과 헤어짐에 별로 적합한 것이 못되었다. 그저 나의 애국심이 그랬을 뿐이다. 나는 돈을 가지고 다녔기 때문에 그들에게 얻어먹기 보다는 내가 사준 경우가 보통이고, 관광도 별로 즐기는 편이 아니기 때문에 그들과 오래 같이 있을 아무 이유도 없었다. 상업이고, 정치고, 문학이고 하는 것이 분리되어 있을 것도 아니었다.
"……그들을 만나서 무슨 이야기를 했습니까?"
검사의 형식적인 물음이었다.
"여러 가지 국내 사정과 이곳 생활을 번갈아 가면서 이야기했습니다."
"어떤 내용입니까? 정치적인……"
"예, 저는 구체적인 것은 잘 모르는 일이지만, 신문에 나는 정도를 가지고 서로 왈가왈부하기도 하고, 또 비판하기도 하고…… 그럴 권리가 우리들에게도 있는 것이 아닙니까? 그런 자유를 누리고 있는 사람들이 무교동 대폿집으로 가면 얼마든지 있습니다. 누구에게나 있는 자유지만요……"
나는 지극히 온건하게 대꾸했다. 온건한 사실을 온건하게 말하지 않으면 온건한 일이 아닌 것으로 오인될 가능성도 있는 것이다. 우리는 정치를 맘대로 이야기할 수 있다. 그게 건전한 목적을 위해서라면……. 그래서 정치가 올바르게 발전해 가면 국민들은 정치를 잊어버리게 되고 아무 관심도 없는 일이 되어 버리고 만다. 그러면 나라가 제대로 선진국이 된 것이다…… 그러므로 건전한 비판은 언제나 허용되어야 하며, 지금도 그렇게 하고 있는 것이 상식으로 되어 있다…… 나는 정치 같은 것에는 관심을 가질 필요도 없는 사람이다…… 만일 정치가 잘 되어 간다면……
"……피의자는 민주주의에 대해서 비현실적인 어떤 환상을 가지고 있는 것이 아닙니까?"
"당연한 일입니다. 교육은 인간으로 하여금 환상을 갖게 하고, 그 환상이 실제로 이루어지기를 노력합니다."
"국가가 처해 있는 위치를 잘 알지요?"

"잘 압니다. 지도자들이 정직하기만 하면 이스라엘처럼 의연히 대처해 나갈 수 있으리라고 생각합니다. 지도자들이 정직하지 않으면 국민은 배신당한 것 같은 느낌이 들기 때문에 단결을 하거나, 나라를 위해서 목숨을 바치겠다거나 따위의 행동을 하지 않을 것입니다. 부도덕한 지도자들의 탐욕주의는 국민을 낙담케 합니다."

재판은 질서정연하게 진행되고 있었다. 나는 긴장을 하지 않고 있는 것 같았는데도 어느 새 나도 모르는 사이에 등으로 이마로 굵은 땀방울이 솟아나는 것을 느낄 수 있었다.

내가 지루한 답변을 마치고 다시 의자에 가 앉기 위해서 뒤로 돌아섰을 때는 좁은 방청석이 콩나물시루처럼 꽉 차 있었다. 방청석의 친구들은 소리를 지르지 않았지만, 눈과 얼굴로 봐서 이미 그들이 내게 환호성을 지르고 있다는 사실을 알 수가 있었다. 방청석 속에는 외국의 신문기자들, 그리고 국제 엠네스티 사람들이 끼어 있다는 것도 알았다.

공판은 오전 중에만 열렸다. 아직 시일이 충분했기 때문에 재판부는 조금도 서두르는 것 같지가 않았다. 일주일에 한 번씩 열렸다. 그러는 사이에 우리들의 죄상이 어떤 것이라는 것이 온 세상에 공개되었다. 아닌게 아니라, '태산 명동에 서일필' 식이었다.

"거 별거 아니군요."

잔뜩 기대하고 있던 교도관들마저도 맥이 풀리는 것 같았다. 역시 나도 맥이 풀렸다. 싸구려 밀수꾼이나 부정식품 제조업자나, 혹은 부도덕한 신흥종교의 교주 정도로 되어 버릴 가능성마저 있어서, 좀 서운한 느낌이 들기도 했다. 그러나 항상 평범하고 조용한 것이 가장 좋은 것이 아닌가. 비록 독립투사라고 해도, 남에게 행세하기 위한 독립 투사란 배우에 지나지 않으며 사기꾼에 가깝다. 진정한 독립투사는 남에게 보이고자 하는 투사가 아닌가. 나는 정치적인 제스추어를 사랑하기보다는 지식인으로서 거리낌 없는 자기 양심과 의무를 사랑해야 할 사람이었다. 절대로 그런 자기만의 양심이 세속적인 것으로 타락해서는 안된다…… 신과 나와의 약속일 뿐이다……

"……그렇게 말하지만 당신은 무신론자가 아니오? 나는 그렇게 인정하고 있소."

검사의 날카로운 지적이었다.

"저는…… 무신론자냐, 아니냐 하는 것에는 별로 관심이 없을 뿐만 아니라, 큰 문제가 되지도 않는다고 생각해요. 어차피 세상은 점차 무신론으로 되어 갈 것입니다. 그것은 인간의 자각이 높아졌기 때문이고, 능력이 많아졌기 때문이라고도 할 수 있어요. 그래도 신은 이 지상에서 점차 밀려 나고 있으면서도 신이 당하는 고통에 인간들이 동참해 주기를 바라고 있어요. 역사적으로 말입니다. 나는 다만 그 길을 가고 있을 뿐입니다. 민족적인, 역사적인 고통이라고 해도 상관 없습니다. 그게 바로 신의 고통입니다. 나는 그런 고통에 동참해야 한다는 강한 의무감을 느끼고 있습니다. 민족의 고통에 동참해야 하는 것이, 바로 신의 고통에 동참하는 것입니다. 신을 믿느냐, 아니냐는 것은 별로 문제될 게 없습니다."

"신을 믿는다고 하는 사람들은, 흔히 신 아닌 다른 것에 목적을 가지고 있으면서도 그걸 교묘하게 숨기고 있는 경우가 있는데, 피의자는 어느 편입니까?"

"저는 속이고 뭐고가 없어요. 그저 있는 그대로를 가지고 있을 뿐입니다."

이런 정도의 말을 주고 받았을 때, 우리들의 스코아는 어떤 것인지 전연 짐작이 가지 않았다. 다만 나는 여러 사람들 앞에서 공개적으로 내 결백을 주장할 수 있는 좋은 기회이고, 그걸 충분히 활용하고 있다는 생각이 들었다. 좀 더 쉽게 말하면 나는 성공하고 있다는 느낌이 들었다. 그리고 적어도 내가 인정하지 않으면 안되는 범죄사실은, 건전한 시민이면, 그리고 상식적인 지식인이면, 당연히 가지고 있어야 할 상식에 지나지 않는 것이다. 겨울이 다가오면 코트를 준비하듯이…… 그러므로 그것은 엄밀하게 따지면 범죄랄 수가 없었다……

변호사들의 반대 심문도 그리 충동적인 것은 아니었다. 검사에게는 어떻게 보였는지 모르지만, 적어도 우리들에게는 하나의 상식 범위 내에서의 질문이었고, 그런 상식 속에서 우리가 살아오고 있었다는 것을 재확인하는 정도에 지나지 않았다. 글을 쓰는 행위는 아무래도 일반적인 행위보다는 리베랄한 행위라고 보지 않을 수 없었다.

판사는 천성이 부드러운 성품을 가지고 있는 사람과 같은 온화한 표정을 하고 있었다. 나이도 상당히 들어 보였고, 예민한 현실감각을 지니고 있는 사람같이 보이지도 않았다. 그는 별로 질문을 하는 일도 없이 가만히 듣고만 있었다. 간단히 방향만 결정해 주고는……. 그러나 너무나 많이 듣는 가운데서도 어느 한쪽에 치우치지 않고 올바른 판단을 한다는 것은 얼마나 어려운 일일까. 그러나 판사는 그런 괴로움조차도 별로 신경을 쓰고 있는 것 같지 않았다.

재판이 진행되면서 많은 증인들이 등장했다. 검찰측 증인과 변호사측 증인들이 부지런히 증언대를 오르내렸는데, 이상하게도 어느 쪽 증인도 결과적으로는 우리에게 유리한 쪽으로 기울어지는 것 같은 느낌이 들었다. 아무리 검찰측 증인이라고 해도 너무 불합리하거나, 조작스런 냄새가 나는 것은 오히려 반대증언으로서의 가치를 더해 갈 뿐이다. 무슨 흥행업을 한다든가 하는 녀석과 대학에 나가고 있다는 교수 한 사람의 증언은 우리를 철저하게 나쁜 입장에 들어가도록 면밀히 준비된 것이기 때문에 지극히 부자연스럽게 느껴지는 것은 고사하고, 방청객들의 원성을 자아내게까지 했다. 그런가 하면 우리쪽의 증인도 사태 파악을 제대로 하지 못하는 사람이 등장하여 오히려 그쪽에 도움이 되게 하는 경우도 있어서, 실소를 금할 수 없었다. 모두가 책임 있는 말이라는 강박관념을 가지고 있어서 오히려 무책임하게 들리기도 했다.

공판정은 점점 열기를 띠어 가고 있었고, 그래서 한 번 출정하고 나면 몸이 녹아들 듯이 피곤했다.

공판정에서 나와, 낡고 좁은 대기실에 가면, 온 몸이 물투성이가 되어 있는 것 같았다. 우리는 추석 때의 고속버스 터미널같이 붐비고 있는 속에서 조그만한 자리를 하나 차지하고 앉았다. 한동안 아무 말도 할 수가 없었다. 너무도 기운이 빠져서…….

우리는 바쁘게 밀려 왔다가는 다시 밀려 나가는 한떼의 정치범들을 보며 멍청하게 앉아 있었다. 그들을 보고 있으니 우리 자신보다도 역시 그들에게 문제가 더 많은 것 같았다. 저렇게 많은 사람들을 잡아 넣어서 어쩌자는 것일까. 자꾸 저들의 숫자가 늘어간다고 해서 만족스런 결과가 생기는 것일까. 저런 숫자 하나가 생기면 적어도 가족과 친구들을 합해서 동정적인 사람들이 다섯 사람씩은 늘어가기 마련이다. 그러면 그 수는 기하급수적으로 늘어간다. 결국은 잡아넣는 것만으로는 절대로 문제가 해결이 되지 않는다는 사실을 알게 될 뿐이다. 다소의 무리와 시간이 필요하겠지만……
"우리 재판은 잘됐나?"
박우병이가 말끔히 땀을 닦은 얼굴로 말했다.
"글쎄. 더도 없고, 덜도 없는 식으로 치룬 거지."
"최선을 다한 셈인가? 그럴 수 밖에 없는 일이야. 그래도 우리는 용기를 잃지 않은 셈이야. 밖에 있는 친구들 덕택이지. 모두 고맙게 생각해."
그는 갑자기 많이 늙어버린 것 같은 초라한 얼굴이 되어 있었다. 나도 이제 으슬으슬 추워지는 것 같았다. 등떼기에 묻은 땀방울이 식어서 차가워지고 있는 징조였다. 사람들이 좁은 마루바닥을 가득 메우고 서서, 우리와 같은 대화를 하느라고 정신이 없었다. 물론 흡연이 금지되어 있었지만, 어느새 좁은 공간은 푸른색 담배 연기로 뿌옇게 되었다. 모두가 굳게 묶여진 포승을 느슨하게 풀고, 수갑까지 떼어 내어놓고, 손톱 끝에서 보이지도 않는 꽁초를 열심히 빨고 있었다. 마치 어디 가서 한바탕 노동을 하고 방금 휴식 시간에 들어선 것 같았다. 이따금씩 방안으로 직원이 들어 서기도 했으나, 담배 연기 정도를 가지고 말을 하려고 하지 않았다.
"검사는 몇 년이나 구형을 할까?"
박우병이가 말했다.
"글쎄, 한 오년이 아니면 칠년쯤?"
"아무리……"
"그럼 한 삼년이나 해줬으면 좋겠어?"
"그렇게 되면 실형은 언도받지 않고 나갈 수 있을 거야. 우린 초범이구…… 집행유예나 한 삼년해서 말이지…… 검사가 삼년 구형을 하게 되면 판사는 일년 오개월 정도 언도하고 말이지…… 집행유예할 수 있는 것이 아니겠어?"
"엿장수 맘대로?"
"그럼 너는 어떻게 생각하나?"
"……2심쯤 갈런지 모르지. 일년 반이나 혹은 이년 쯤 언도해 놓고 시치미를 따는 거지. 그래서 2심에 가서 원심을 파기하고 내 보내 주지 않을까? 고생시키자는 목적이라면……"
"그런 논조라면 3심까지 갈 수도 있는 것이 아닐까?"
"허지만 공판 분위기란 게 있으니까. 벌써 얼마나 먹어야 하는 건지는 이미 대충 결판난 게 아니겠어? 나는 그 분위기를…… 1심에서 2심 사이에 있다고 본다구."
내가 말했다. 박우병은 고개를 갸웃거렸다. 내 말이 못믿어워서가 아니라, 내 의견을 깊이 감상하느라고 몸짓을 하고 있는 것 같았다.
"그럴지도 모르지. 검사가 십년씩이나 구형할 것 같지는 않지?"
그는 되게 걱정하고 있었다.
"너 같은 놈에게는 십오년 쯤 하게 될지도 모르지."
"뭐라구! 헛!"
그렇게 말하고는 그런 사실도 있을 수 있을 것인가, 하고 궁리해 보고 있는 것 같았다.
"어쨌든 말이야…… 열쇠는 검사가 쥐고 있으니까 그가 구형을 잘 해주면 쉽게 풀려갈 것이고, 그게 아니면 아무리 변호사가 멋지게 변론을 하거나, 판사가 봐 줄려고 해도 어려울 거야. 그렇지?"
"물론이지. 변호사도 말을 잘 해야 하지만, 특히 자네의 최후진술도 중요한 역할을 하게 될 거야. 일생일대의 멋진 연설을 하도록 준비를 해 두게."
 내가 여전히 농담조로 말했다.
 우리는 이제 다른 것에는 아무 관심도 없었다. 이제 마지막 단계까지 와 있으니까. 검사가 어떻게 마지막 논평을 가하느냐, 그리고 판사는 어떤 판단을 내릴 것인가…… 하는 것 외에는 아무 관심도 없었다. 앞으로 1주일 후면 마지막 공판이 있을 것이고, 그러고서 또 일주일이 있으면 선고공판이 있을 것이다. 대체적으로 공판일정은 그런 식이었다. 그러니 우리에게는 앞으로의 2주일이 굉장히 지루할 것 같았다. 그리고 우리가 예정하지 못했던 일이 일어날 수 있는 가능성도 가장 농후한 기간이었다.
 우리는 제각기 자기 일을 열심히 생각하느라고 대화를 끊고 있었다. 교도관이 이쪽으로 와서 우리를 불렀다. 복도로 나오라는 것이었다. 우리는 밖으로 나갔다. 거기에는 한 버스를 타고 갈 인원이 마련되고 있는 중이었다. 우리는 맨끝에 가서 쭈구리고 앉았다. 옆에서 같이 쭈구리고 앉아 있는 녀석이 찔찔 울고 있었다. 가만히 들여다 보니, 나이가 스물이 갓 넘어 보이는 녀석이었다. 다 떨어진 수의의 옷소매로 벌게진 콧등과 눈자위를 열심히 훔치고 있었다. 귀여운 동생 같은 생각이 들었다.
 "언도 받았나? 몇년?"
 내가 물었다.
 "십오년……"
 나는 아무 말도 하지 못했다. 이런 사람에게 어떤 말로 위로할 수 있을까. 많다고 할 것인가, 아니면 적다고 할 것인가. 세상에는 필요한 많은 말이 있지만, 아직도 개발이 되지 않은 말이 많은 것 같았다. 나는 부자유스런 팔로 그의 목을 휘어 감았다. 주여, 이 아이를 도우소서. 주님이 아니고서는 누가 이 아이를 위로할 수가 있겠습니까. 우리 모두를 위로해 주시옵소서……

　교도관이 아랫층에서 올라와서 우리를 데리고 내려 갔다. 좁은 대법정 마당에 회색의 버스가 와 있었다. 우리는 버스를 탔다. 다행히 박우병과 나는 나란히 앉을 수 있었다. 그러나 별로 할 말이 더 있는 것은 아니었다.

　버스는 우리에게는 너무나 눈익은 가까운 거리를 지나서 천천히 굴러갔다. 그러나 절대로 맘대로 내릴 수 있는 그런 팔자는 못되었다. 만일 내가 내리겠다고 하면 굉장한 구속이 가해질 것이다. 따지고 보면 불가사의하고도 우스운 일이다. 그러나 언젠가는 이런 부자유도 끝나는 날이 올 것이다. 살아서 끝나지 않는다면, 죽음으로서라도 끝나는 날이 반드시 올 것이다. 그게 인생이 아닌가. 하하, 그게 인생이다…… 못난 땅에 못난 사람으로 태어난 인생이 바로 그런 것이다.

　우리는 거리의 사람들에게 별로 관심도 주지 못한 채, 이미 교도소의 하얀 벽 앞에 와 있었다. 그들이 우리에게 맘을 써주기에는 지금은 너무나 바쁜 시각이었다.

　우리는 마치 세상의 망각 속으로 들어가는 듯이 높은 벽속으로 들어갔다. 그러나 그것은 망각의 시작이 아니라 깨달음의 시작 같은 것이었다.

―끝―

인간의 자유에 대한 끈질긴 추구
〈忍冬덩굴〉의 작품세계

신 동한(문학평론가)

1

우리 문단에서 누구보다도 많은 작품을 쓰고, 또 엄청난 책을 낸 작가로서는 정을병씨를 따라갈 사람이 별로 없을 것이다.

그만큼 정력적이면서도 활동적인 작가가 이 땅에 있다는 사실은 한국 문학을 위해서 무엇보다도 든든한 일이 아닐 수 없다.

그는 작품 집필뿐 아니라 사회 활동의 행동면에서도 쉽사리 아무나 흉내낼 수 없는 여러가지 일을 해나가고 있다.

이미 그의 저서가 60권을 넘으며 또 국제적인 문학 단체인 펜 클럽의 부회장으로 세 번이나 선출되었으며, 종합 문예지로 크게 자리 잡고 있는 월간지「동서문학」의 주간으로 창간이래 몸담고 있었다는 사실이 그것을 구체적으로 증명해 주고 있는 것이다.
 어떻게 보면 초인적이라고도 할 만한 이러한 일들을 그는 너끈히 해 나가면서 흔들리지 않는 자리를 지키고 있다.
 흔히 여러 가지 일을 벌이고 또 많은 글을 쓰는 사람에게서는 어쩔 수 없는 허점이 드러날 때도 있는 것이지만 그는 이제까지 작품이나 행동면에서 결함이나 비리로 별다른 비난이나 지적을 받아온 일이 없다. 그만큼 그는 재질과 체력을 타고난 모양이다. 거기에다 후천적인 노력과 정진이 보태어져 커다란 그릇을 만들고 있는 것이다.
 그는 작품이나 행동에서 잔재주를 부릴 줄 모른다. 즉 기교에 매달려 자기를 분장하고 또 스스로를 분수 이상으로 과장하려는 구석이 도무지 없다.
 있는 그대로를 송두리째 드러내 놓으면서도 그것이 오히려 기교주의자의 몇 곱절의 힘을 가지고 사람의 마음을 흔들어 놓고 감동과 충격을 주는 창작의 결실을 얻고 있는 것이다.
 구체적인 예를 들어 보더라도 그의 소설 문체는 절대로 미문이 아니다. 아주 예쁘게 다듬어진 장인의 손길로 이루어 놓은 세공품과 같은 글과는 거리가 멀다.
 그렇다면 그의 문장이 악문이며 조잡한 글이란 말인가? 절대로 그렇지는 않은 것이다. 거친 듯하면서도 거기에는 작가 정을병의 톤이 처음부터 끝까지 하나의 질서를 지키며 엮어져 나가는 문장의 스타일이 있는 것이다.
 또 작품 구성에 있어서도 언뜻 보면 치밀성이 없는 것같이 보이기도 한다. 그러나 그것은 피상적인 수박 겉핥기의 경솔한 관찰인 것이다.

아무런 생각없이 무턱대고 써내려간 듯한 내용 속에 무서운 계산이 도사리고 있는 것이다. 자질구레한 짜임새를 떠나서 커다란 줄기를 가지고 작품은 빈틈없이 꾸며져 있는 것이다.

이러한 그의 뛰어난 개성이 번뜩이는 여러 작품이 남다른 다작이라는 작업을 계속해 오면서도 별로 서투른 구석이나 날림의 흔적을 보여주지 않고 있는 것이다.

무엇보다도 그의 소설에서 번뜩이고 있는 것은 다른 작가에게서 쉽게 찾아볼 수 없는 고발과 독설의 무서운 붓끝이다.

읽는 사람의 마음을 후련하게 해주는 통쾌한 표현을 그는 서슴없이 내놓는다. 어떠한 주저나 눈가림의 답답증을 도무지 느끼게 하지 않는 문장 표현은 작가 정을병의 커다란 문학적 특색인 동시에 그의 다른 사람이 따르지 못하는 겁나는 무기라고도 할 수 있다.

이러한 개성과 특색이 가장 두드러지게 나타난 작품으로 장편〈忍冬덩굴〉은 큰 자리를 차지하지 않을까 생각한다.

2

작품〈忍冬덩굴〉은 인간의 가장 기본적인 자유의 문제에 대한 작가의 끈질긴 절실한 모색이 철저하게 펼쳐지는 무서우면서도 숨막히는 내용이다.

그는〈忍冬덩굴〉을 쓰기 이전에도 자유에 관한 테마를 가지고 여러 편의 소설을 쓰고 있다.

작가의 말을 빌어보면 〈아테나이의 碑銘〉에서 자유가 어디서 오는가를 설명했고, 〈까토의 自由〉에서 자유가 어떻게 지켜지는가를, 〈본회퍼의 죽음〉에서 자유가 어떻게 시련을 당하는가를, 그리고 이 작품 〈忍冬덩굴〉에서는 아세아적이고 한국적인 자유가 어떻게 유린되는가를 그렸다고 한다.

새삼스럽게 자유에 관한 논의를 펼칠 필요는 없겠지만 인간에게 자유처럼 소중한 것은 없다. 인간은 자유를 위해서 싸워왔고 자유를 위해서 목숨을 바쳤다. 인간은 자유의 주체이며 자유를 떠나서 인간은 존재할 수 없는 것이다.

그러나 이 자유는 고대에서 오늘에 이르도록 제약을 받아왔고 속박을 받는 가운데 인간은 언제나 고뇌와 갈등을 겪고 있는 것이다.

작가 정을병이 인간의 최대 과제인 자유를 스스로의 문학의 테마로 끈질기게 물고 늘어지는 것은 지나치게 당연한 것이라고 할 수밖에 없다.

그가 집요하게 추구하고 있는 인간의 자유에 관한 추구에 있어서 〈忍冬덩굴〉은 그가 발붙이고 있는 이 땅에서 그것이 어떠한 형상으로 나타나고 있는가를 구체적으로 그려 나가려고 한 야심작이다.

〈忍冬덩굴〉의 작품 내용에 있어서 그 시대 배경이나 사건의 전개는 현실적인 구체성을 명시하고 있지는 않지만 어지간한 독자들은 모두가 짐작할 수 있는 70년대의 유신체제 아래에서의 이야기다.

집권욕이 빚어놓은 독재 정치가 인간의 자유를 탄압하는 데 악용되고 남용되는 가운데에서 벌어졌던 여러 가지의 정치적인 사건을 우리는 기억하고 있다.

〈忍冬덩굴〉은 별다른 범법 사실도 없이 정치적, 사상적 사건에 말려들어간 김봉주라는 인물이 주인공으로 등장하여 펼쳐나가는 1인칭 소설이다.

여기에서는 그의 취조 과정, 그리고 미결감에 옮겨져 감방에 기거하면서 겪게 되는 여러 가지의 신변에 관한 일과 또 검사에게 조사받는 과정, 그리고 공판을 받게 되어 법정에 서는 장면 등 인간이 자유를 구속당한 채 겪게 되는 어두운 세계가 생생하고도 아주 구체적으로 전개되고 있다.

그러면서 이 작품에서는 또 주인공 김봉주가 태어난 가정에 관한 이야기가 할아버지에게서부터 시작하여 그가 성장하는 데 겪어 나온 여러 가지의 에피소드가 펼쳐져 나간다.

또 주인공이 서울에 올라와 신학교에 다닌 이후의 방랑의 생활도 밀도 있게 그려져 있다.

주인공의 옥중 생활과 그의 자라나오는 과정을 병행시켜 가면서 서술해 나간 이 소설에서, 그러면 인간의 자유라는 문제는 어떻게 추구되고 있을까.

다른 작품에 비겨 다분히 사변적인 서술이 많고, 또 그것은 대부분이 자유에 대한 작가의 솔직한 견해인 것이다.

그 가운데에서도 가장 직접적으로 자유에 대해 직설적으로 털어놓은 작품 가운데의 한 토막을 아래에 옮겨 본다.

"나는 가장 많이 생각해 보는 것이 자유의 부도덕성에 대한 것이었다. 자유이고 싶다는 것이 도덕적인 것이냐, 아니면 부도덕적인 것이냐…… 어제도 생각했고, 그저께도 생각했던 문제였다. 자유이고 싶다는 마음은 항상 현실에 도전한다. 그러므로 저항을 받는다. 부도덕하기 때문이다. 그러나 인간의 마음은 자유를 절대로 버릴 수가 없다. 인간의 근본적인 존재 이유는 자유를 획득하는 데 있다. 집단에서의 자유, 소유에서의 자유, 마지막으로는 자기에게서의 자유를 시도한다. 그러나 이건 부도덕하다.

존재는 항상 자유와 맞부딪친다. 인간의 상상력이 현실성을 초월해 있는 한, 자유의 개념은 언제나 비현실적이다. 그리고 절대적인 순수성을 내포하고 있다. 영원토록 그 개념이 고정화 하지 않는다. 그러므로 자유는 항상 발전하고 항상 살아움직인다. 우리가 그것을 획득했다고 느껴지면 이미 우리는 또 다른 부자유 속에서 빠져 있다는 것을 발견하게 된다. 그래서 자유는 역시 부도덕하다."

주인공은 자유와 부도덕성에 대해서 이와 같은 의견을 내세우면서 자유에 대한 스스로의 성찰을 솔직하게 피력하고 있다.

여기에서는 자유의 무한대성과 거기에 따르는 현실적인 제약, 즉 도덕성의 문제가 제기되고 있는 것이다.

주인공이 구속되는 이유도 결국은 자유와 도덕성에 귀결되는 문제로 여기에 등장한다고 볼 수 있다.

작품에서 주인공은 취조관에게 환상가로 불린다. 환상가란 현실성을 떠난 생각을 갖는 사람을 말한다. 그러나 그 환상이 인간의 자유와 행복을 위할 것일진대 절대로 배격할 수는 없는 것이다.

오히려 인간의 발전을 위해서는 환상가의 생각이 필요한 것이다. 이러한 가운데에서 발전을 꾀할 수 있는 것이지, 그것이 없다면 퇴보와 답보가 있을 뿐이다.

주인공이 옥중에서 여러 가지의 일을 겪으면서 펼치는 생각의 방향은 현실과 자유가 어떻게 갈등하는 속에서 변천되어 갈 것이냐 하는 문제다.

이 어려우면서도 절실한 문제는 쉽사리 어떤 속시원한 해답을 주지는 못한다. 언제나 미해결인 채 이어져 가면서도 그것이 인간 삶의 커다란 의미를 부여해 주고 있는 것이다.

작품 〈忍冬덩굴〉은 구체적인 시대 배경이나 사건 내용을 정확하게 담지는 않았지만 다분히 자전적 요소가 가미된 소설이다.

작가가 의식적으로 시대와 사건을 흐려놓기는 하였지만 여기에는 많은 자기 체험이 바탕을 이루고 있다.

또 주인공의 성장 과정이나 방랑생활에 관한 것도 그것이 전적으로 작가의 체험을 그대로 쓴 것은 아니지만 스스로의 겪어나온 토막 토막이 여기에는 섞여 있는 것으로 생각된다.

그러면 왜 작가는 다분히 이와 같이 자전적인 요소를 섞어가면서 〈忍冬덩굴〉을 작품화 했을까.

이것은 사실 이러한 물음을 제기하는 것부터가 어리석은 짓에 속한다고 할 수밖에 없다.

그것은 물을 것도 없는 문제이기 때문이다.

작가는 스스로를 시험대에 올려놓고 자유라는 문제가 우리에게 얼마나 절실하고 소중한 것인가를 다시 한번 검토하고 생각해 볼 기회를 가져보고자 한 것이다.

작가가 작품을 쓰는 데 있어서는 체험과 상상력의 두 가지 요소가 합일하여 하나의 창작의 세계를 꾸며 나간다고 한다.
 이러한 두 가지 요소 가운데에서도 절실한 체험은 작품을 꾸미는데 무엇보다도 커다란 작용을 한다.
 소위 갑인사화(甲寅士禍)로 일컬어지는 지난 70년대의 문인사건(文人事件)에 말려들어 옥고를 치르고 결국은 무죄 판결로 풀려 나왔던 작가의 쓰라린 체험이 이 작품의 바탕을 이루고 있는 것을 짐작하는 사람은 다 하는 것이다.
 그러면서 이것이 막연한 옥중기나 체험기의 유를 달리하는 고차원의 문학 작품으로〈忍冬덩굴〉이 크게 평가받는 것은 다른 이유에서가 아니다.
 그것은 인간의 자유에 대한 작가의 끈질긴 추구가 처음부터 끝까지 이 작품을 끌고 나가는 무서운 힘이 되고 있다는 사실이다.
 이제까지 우리 주변에서도 옥중 체험을 다룬 작품이 없었던 것은 아니다. 해방 전 이광수가 쓴〈無明〉이라는 소설이 있고, 또 해외 작품으로도 오스카・와일드의〈獄中記〉등 그 밖에도 얼마든지 헤아릴 수 있다.
 그러나 그것들이 대부분 그저 이색적인 체험을 늘어놓았을 뿐이지, 어떤 절실한 인간적인 문제를 위해 쓰여지지는 않았던 것이다.
 이러한 점에서 볼 때 「忍冬덩굴」이 갖는 문학적인 특성은 뛰어나고도 솟아난 높은 차원을 쌓아 올렸다고 할 수 있다.
 우리 인간에게 가장 소중한 문제인 자유에 관하여 이 만큼 구체적이고도 절실하게 그려 놓은 문학 작품을 우리는 이제까지 갖지 못했다.
 그것을 비로소〈忍冬동굴〉에서 찾게 되었다는 것은 우리

문학을 위해서 무엇보다 기쁜 일이며 또 이 작품을 읽게 되는 독자를 위해서 그 이상의 다행한 일이 없다고 생각한다.

　인간의 성장과 또 구속의 과정을 통해서 자유의 개념이 어떻게 구체화되고 있는지를 새삼스럽게 생각하고 반성하기 위해서도 작품은 두고두고 읽혀야 할 것이다.

● 작가 약력

　　　　경남남해 출생
1961년 '현대문학'으로 문단에 데뷔
1967년 〈아테나이의 비명〉으로 제13회 현대문학상 수상
1972년 미국 하와이 대학 동서문화센터에서 수학
　　　　가족계획사업으로 보사부장관 표창
1973년 한국문인협회 소설분과위원장
1974년 문인간첩단 사건으로 체포, 복역중 무죄로 풀려남.
　　　　〈병든 지구〉로 제7회 한국창작문학상 수상
1975년 한국소설가협회 창설, 동 상임이사
1976년 제2회 한국소설문학상 수상
1981년 한국 자생란보존회 창설, 동 회장
1982년 문장용 타자기 제작과 보급의 공로로 한글학회로부
　　　　터 공로상 수상
1985년 국제 펜클럽 한국본부 부회장
　　　　제34회 서울시문화상
　　　　순문예지 '동서문학' 창간, 동 주간
1987년 대한민국문학상 수상
1988년 국제펜서울대회 준비위원장으로 세계작가대회 치름
1990년 한국 기업문화협의회 회장
　　　　서울 세계 펜대회를 치른 공로로 대한민국 문화훈장
　　　　제1회 한국 난문화대상 수상
　　　　한국·이스라엘 친선협회 부회장
1991년 자생란 보존 사업으로 산림청장으로부터 표창

• 역대저서

1966 〈개새끼들〉
1968 〈말세론〉〈유의촌〉〈아테나이의 비명〉
1970 〈받아들인다는 문제〉
1971 〈도피 여행〉
1973 〈피임사회〉〈장원 속의 인형들〉
1974 〈병든지구〉
1976 〈성〉〈한탄강〉
1977 〈환상을 만드는 여인〉〈일과 구원〉〈검은 천사의 미
    소〉
    〈흔들리는 신전〉〈내 영혼의 외로운 목소리〉
1978 〈주인 좀 빌립시다〉〈명장 정기룡〉〈화화화〉(나혜석
    전기)
    〈분단기〉〈육조지〉
1979 〈종가에서 난 절름발이〉〈고무신 거꾸로 신다〉〈솟아
    오르는 하얀 새〉
    〈인생을 팝니다〉〈이브의 건넌방〉〈거짓말하는 당나
    귀〉〈자살 파티〉
1980 〈옆으로 걷는 광대〉〈역사가 움트는 소리〉〈촌에서 올
    라온 기사〉
    〈인생을 살찌우는 강물〉〈나비춤〉〈오목놀이〉
1981 〈북벌〉〈감언지의 기적〉〈성서의 지혜〉(번역)〈달려라
    바리새인〉
    〈일리어드의 대학촌〉
1982 〈마지막날의 한강〉〈고독병〉

1983 〈해씨 일대기〉〈까치가 날다〉
1984 〈일어서는 풀〉
1985 〈나르키소스의 피안〉〈말촌〉〈빠리 대원군〉
1986 〈난〉
1987 〈겨울 나무〉〈타인의 소리〉〈바보들의 사막〉
1988 〈부자 일지〉〈남자 두꺼비 시대〉
1989 〈서울 사냥〉
1990 〈즐거운 방관자〉〈솔직한 말은 아름답다〉
1991 〈제3의 엑서더스〉
1992 〈제1통일공화국〉〈살아있는 무대〉〈영혼의 선택〉
1993 〈떠나간 자의 행복〉

대한민국은 고스톱 공화국인가?

고스톱 충격 고스톱실태보고서

100전 99승을 위한 고스톱 비법 공개!

손자병법

책은 공짜라구??
책값은 고!를 한번 더하든지
광 하나 더 팔면 되니까!!

고스톱 한판에
3072점이 터지는 사기도박사
들의 '탄' 설계족보 공개!

◇ 주요수록내용 ◇

제1부	대한민국은 고스톱 공화국
제2부	고스톱판의 요지경세상
제3부	고스톱 손자병법
제4부	잃지않는 고스톱 50계명
제5부	사기도박단 라인계
제6부	고스톱 사모님들
제7부	고도리병과 위대한 탈출

고스톱 황제 이호광 / 저

전국유명서점 값 10,000원

3대 파들리

한국 주먹세계, 일그러진 보스들의 자화상!

빰이 왈라 그리고 말이 왈라 전6권

애기호 신명 · 신학소설

위향 서방 · OB · 영은파악 3번전쟁!

이 영원만년 단장의 밤,
몇 주먹들의 알코올에 단편,
곁에 10년 세계에서 돌아온 부대장!

세기말 아주 주먹세계의 마지막 개소리왕!
3대 빠들러 10은이며 · OB파 신임때,
그들이 부어졌던 한기의 미야마야 소물며,
그리고 그들이 지금 마지막 약속,
사람을 들어놓는다!

각권 8,500원
전국 유명서점 판매중

마지막 가는 길목에서 그들은 하늘을 보고 땅을 본다.
세상을 경이와 공포의 도가니 속으로 몰아 넣었던
신문 제3면의 히로인들 - 말만 들어도 무시무시한
흉악범들, 그들에게도 눈물이 있었고 가슴저미는 통회가
있었다. 주어진 생을 채 마치지도 못하고
떠나야 했던 8인의 사형수 - 그들의 최후가 공개!

베일속에 가려진 사형장의 전모가 전격공개! 원색화보 특별수록

정가 8,500원
전국유명서점

서음출판사 (02)2253-5292~3

정을병 장편소설
개새끼들

기　　　획	이광희
지 은 이	정을병
표 지 장 정	김영태
펴　낸　이	이광희
편 집 교 정	서현숙
본　　　문	삼원기획
개정판인쇄	2021년 3월 10일
개정판발행	2021년 3월 15일
펴　낸　곳	서음미디어(출판사)
	서울시 동대문구 난계로28길 69-4
	전화: 2253-5292
	팩시: 2253-5295
등　　　록	2009년 3월 15일 No 7-0851

✻ 잘못 만들어진 책은 교환해 드립니다.
✻ 저작권법에서 의해 본 내용의 무단복제나 사용을 금함.
printed in korea 2004